주
해 청구야담

III

최 웅

국학자료원

머리말

야담은 설화, 소설과 더불어 비교적 자료가 풍부한 우리의 귀중한 서사문학 유산이다. 야담은 견문(見聞)을 기록한 것인데, 단순한 견문의 기록을 뜻하는 '잡록(雜錄)'·'수록(隨錄)'·'만록(漫錄)'과는 구별되는 특성을 갖고 있다. 즉 야담은 민간적 견문을 바탕으로 실제와 허구가 뒤섞인 일관된 이야기 줄거리를 가지고 있는 서사성으로 보아 설화와 소설의 중간에 자리잡는다. 따라서 야담은 고전소설의 발전 과정에서 중요한 구실을 한 것으로 판단된다. 아울러 야담은 간단한 기사(記事)에서부터 기이한 전설이나 온갖 부류의 역사적 인물에 관한 일화 등, 갖은 화제를 담고 있는데 그 가운데서도 당대(17-19세기)의 현실을 소재로 한 이야기가 대부분이어서 조선조 후기의 사회상을 파악하는데도 유용한 단서를 제공하는 사료로서의 구실도 하고 있다.

문학적으로나 역사적으로 이와 같은 의의를 같고 있는 야담을 모아놓은 수십여종의 야담집 가운데서도 특히 '청구야담(靑邱野談)'은 '계서야담(溪西野談)'·'동야휘집(東野彙輯)'과 함께 야담집을 대표하는데, 18세기 중엽에 이루어진 '학산한언(鶴山閒言)'·'기문총화(記聞叢話)'·'선언편(選言篇)' 등의 야담집을 저본으로 하고 기타 야담들을 집대성하여 19세기 중반에 완성된, 야담집 중 양과 질에서 최우량본으로 손꼽히고 있다.

'청구야담'에는 불리한 생활 여건을 개인의 지혜나 의지로 극복하는, 다시 말해서 소극적인 운명론에서 벗어나 적극적인 현실주의적 세계관을 기반으로 하는 이야기들이 많고, 부(富)의 위력이 신분적 특권

에 우선하는 이야기들이 주종을 이루는 바, 굴종적인 봉건주의적 세계
관에서 점차 탈피해 가는 18-19세기 한국 사회의 전환기적 제반 양상
을 확인할 수 있다. 그런데 이러한 현실주의적 세계관과 자본주의적
사고 방식의 출현 등은 같은 시대 실학자(實學者)들의 한문소설과도 정
신적 유대를 맺는 것들이기도 하여 '청구야담'의 가치를 더욱 높이고
있다.

　이러한 가치를 갖고 있는 '청구야담'을 비롯하여 야담 일반에 관한
연구는 이야기의 구조와 작가 의식에 대한 분석, 그리고 가치 평가에
이르기까지 비교적 활발하게 이루어져 왔다. 중요한 업적을 들어 보면,
이우성과 임형택에 의해 야담 자료가 우리의 귀중한 민족 문화 유산임
이 밝혀지고 각종 야담집 중에서 우선적으로 관심을 끌 수 있는 상당
수 이야기들이 발췌 번역되어 '이조한문단편집(전 3권)'이란 제호로 출
간되었다. 뒤를 이어 김기동의 '한국문헌설화전집(전 10권)', 정명기의
'한국야담자료집성(전 23권)'이란 제호로 수십종의 야담집들이 총집 출
간되었고, 이경우 등에 의해 야담이 문학의 한 갈래로 인식되기에 이르
렀다. 또 박희병과 이강옥 등에 의해 야담의 문학적 가치 및 이야기구조
작가의식 등이 분석되었다. 한편 조희웅과 서대석 등은 이들 야담을 문
헌설화로 취급하여 그 설화적 특징을 밝히는 데에 주력하였다.

　그러나 야담에 관한 이런 연구들은 모두 전문가에 의한, 전문가를
위한 연구로서의 성격을 지니는 것이어서 일반 독자나 인접 학문을 위
한편의 제공이라는 측면은 소홀히 된 면이 없지 않았다. 더구나 '청구
야담'의 경우를 제외한 각종 야담집들은 한결같이 한문으로만 기록되
어 있어서, 야담은 이 방면의 소수 전문가들을 제외한 일반 독자들에
게는 매우 생소한 고전 자료로서 인식될 수 밖에 없는 것이 그 동안의
사정이었다. 따라서 야담은 이제 그것이 지니고 있는 문학적 또는 역

사적 가치에 상응할 수 있도록 많이 읽히는 문학으로 재정리되어야하는 일이 과제로 떠오른다고 하겠다. 그런 의미에서 독자를 위한 야담의 재정리 또는 번역 작업이 늦게나마 이루어지고 있음은 다행스러운 일이다. 서대석은 각종 야담집들의 내용을 단락 중심으로 요약 정리하여 '조선조문헌설화집요'라는 이름으로 계속 출간하고 있고, 이월영과 시귀선은 국립중앙도서관 소장 한문본 '청구야담'을 우리말로 번역함으로써 독자들이 부담없이 야담에 접할 수 있는 길을 열어 놓았다.

본 규장각 소장 한글본 '청구야담'의 주해 작업도 읽히는 고전 자료를 좀더 풍부히 마련하자는 뜻에서 진행되었다. 규장각본이 한글본이라 하여도 민체 흘림으로 필사되었고, 18-19세기의 우리말 고어와 생경한 한자어가 적지 않게 쓰이고 있어 일반 독자들에게는 이 또한 야담을 읽는 데에 장애물로 작용하고 있기 때문이다. 아무튼 앞으로는 우리의 고전 자료에 대한 이런 작업이 좀더 활발하게 이루어져 깊이 있는 연구와 널리 읽히는 고전문학의 세계가 펼쳐졌으면 하고 바랄 뿐이다.

끝으로 상업성을 기대하지 않고 흔쾌히 출간을 맡아준 국학자료원 정찬용 사장께 감사드리며 아울러 편집부원 여러분께도 고마움을 표한다. 그리고 주해 과정에서 함께 강독과 토론을 하며 도움을 준 한국고전문학 원전강독 전공세미나 교실원 여러분과, 특히 컴퓨터에의 원고 입력을 도와준 제자 신장섭 교수와 함복희·석세기 군, 그리고 색인작업을 맡아 준 김복순 군의 노고를 깊이 기억한다.

1996년 여름 더위가 시작하는 때에
백령서실에서   최 웅

일 러 두 기

이 책은 다음과 같은 요령으로 엮었다.

1. 대본은 서울대학교 규장각 소장 한글본 '청구야담(靑邱野談)'으로 하였다.

2. 체재는 원문을 현대 국어 정서법에 맞게 정리하는 것을 원칙으로 하고, 후미에 원문도 영인(影印)하여 수록함으로써 참조하기에 편리하도록 하였다.

3. 고어 중에서 되살려 사용할 가치가 있는 고유어 어휘는 우리말의 자연스러움과 문학성을 살리기 위해 그대로 사용하고 주석란에서 뜻을 풀이하였다.

4. 주석은 본문에 번호를 붙이고 하단에 각주(脚註)하는 것을 원칙으로 하였다.

5. 한자어는 모두 괄호 안에 한자를 병기하여 고유어와 한자어의 구별을 뚜렷이 하였다.

6. 방언은 방언 그대로 표기하고, 주석란에서 표준말을 밝혔다.

7. 이 책에서 사용한 주요 부호는 다음과 같다.

   1) (   ) : 음이 같은 한자를 병기함.
   2) [   ] : 보충 설명을 나타냄.
   3)   ) : 주석 번호를 나타냄.
   4) "   " : 대화나 인용을 나타냄.

5) <   >:원문 방주(傍註)를 나타냄.

6) '   ':책이름이나 작품이름을 나타냄.

7) (?):불확실한 경우를 나타냄.

8) (글자):원문에 빠진 글자를 보충함.

차 례

청구야담 권지십오(靑邱野談 卷之十五)

청구야담 권지십육(靑邱野談 卷之十六)

청구야담 권지십칠(靑邱野談 卷之十七)

청구야담 권지십팔(靑邱野談 卷之十八)

청구야담 권지십구(靑邱野談 卷之十九)

청구야담 권지십사(靑邱野談 卷之十四)

1. 치산업허중자성부(治産業許仲子成富)[1]

여주(驪州) 땅에 한 허성(許姓) 유생(儒生)이 있으니 집이 심(甚)히 간난(艱難)하되 성품(性品)이 인후(仁厚)하여 세 아들이 있어 하여금 학업(學業)을 힘쓰게 하고, 자가(自家)는 몸소 양식(糧食)을 친지간(親知間)에 빌어 써 시량(柴糧)[2]을 이으니 무론지여부지(毋論知與不知)하고[3] 다 선인(善人)이라 일컬어 양자(糧資)를 부조(扶助)하더라.

수년(數年) 후(後) 우연(偶然)히 여역(癘疫)[4]으로써 부처(夫妻)가 구몰(俱歿)하니 그 삼자(三子)가 주야(晝夜) 호읍(號泣)하고 장수(葬需)[5]를 간신(艱辛)히 얻어 초초(草草)히 영장(永葬)하니라.

삼상(三喪)을 이미 마치매 가계(家計) 더욱 소여(掃如)[6]하니 그 중자(仲子)의 이름은 홍(弘)이라. 그 형(兄)과 및 아우더러 일러 가로되,

---

1) 유생(儒生) 허씨(許氏)가 산업에 힘써 부(富)를 이루다.
2) 땔나무와 식량.
3) 아는 사이거나 모르는 사이를 막론하고.
4) 전염성 열병(熱病)의 통칭.
5) 장례비. 장사비.
6) 쓸어 내어 없앤 듯이 물건이 남지 아니함.

"증전(曾前)[7]에 우리 삼형제(三兄弟) 다 아사(餓死)를 면(免)함은 다만 선친(先親)이 인심(人心)을 얻어 양자(糧資)를 도움이러니, 이제 삼상(三喪)을 이미 지나니 선친(先親)의 은택이 다한지라. 다시 호소(呼訴)할 곳이 없으니 이제 도현(倒懸)[8]의 형세(形勢)로 보건대 형제(兄弟)가 다 죽을 밖 다른 수 없는지라. 각자(各自) 도생(圖生)함이 옳으니 금일(今日)로부터 각각(各各) 업(業)을 좇음이 가(可)하니라."

그 형(兄)과 아우 가로되,

"우리 자소(自少)로 배운 것이 문자(文字)에 지나지 못하고 농상(農商)의 일은 역량(力量)이 없을 뿐 아니라 또 향방(向方)을 알지 못하니 어찌 써 하리오. 주림을 참고 공부(工夫)할 외(外)에는 다른 도(道)가 없도다."

홍(弘)이 가로되,

"사람의 소견(所見)이 각각(各各) 다르니 그 하고자 하는 바를 좇음이 가(可)한지라. 삼형제(三兄弟) 다 유업(儒業)을 한 즉(卽) 종신(終身)토록 기한(飢寒)을 면(免)치 못하여 구학(溝壑)에 구를지라. 형(兄)과 아우는 기질(氣質)이 심(甚)히 약(弱)하니 다시 학업(學業)을 다스림이 가(可)하고, 나는 십년(十年)을 한(限)하고 힘을 다하여 산업(産業)을 다스려 일후(日後) 형제(兄弟) 생활(生活)할 도(道)를 삼을 것이니 금일(今日)로조차 파산(破産)하여 두 수씨(嫂氏)는 본가(本家)로 아직 돌아가시고, 형(兄)과 아우는 책(冊)을 지고 산사(山寺)에 올라가 승도(僧徒)의 남은 밥을 얻어 자시고 십년후(十年後) 상면(相面)하옴으로써 한(限)함이 가(可)하니이다. 소위(所謂) 세업(世業)이란 것은 다만 가대모전(家垈牟田) 삼두락(三斗落)과 및 아이종 한 구(口)

---

7) 일찌기 지나간 그때.
8) 심한 곤경이나 위험이 절박하여짐.

뿐이니 이것이 종가(宗家) 물건(物件)이라. 일후(日後) 마땅히 도로 종가(宗家)에 드릴 것이니 내 아직 빌어 써 영산(營産)의 자뢰(資賴)를 삼으리라."

하고, 이날 형제(兄弟) 눈물을 뿌려 서로 이별(離別)하고, 두 수씨(嫂氏)는 본가(本家)에 치송(治送)하고, 형(兄)과 아우는 산사(山寺)로 보내고, 자가(自家)는 기처(其妻)의 신혼(新婚) 때 물건(物件)을 방매(放賣)하니 값이 겨우 칠팔냥(七八兩)이 되는지라. 때마침 목화(木花)가 대풍(大豊)이거늘 그 돈으로써 감곽(甘藿)9)을 무역(貿易)하여 등어 지고 그 선친(先親)의 평일(平日) 걸량차(乞糧次)로 왕래(往來)하여 친숙(親熟)한 집을 두루 찾아 감곽(甘藿)으로써 목화(木花)를 비니, 제인(諸人)이 그 뜻을 불쌍히 여겨 불계다소(不計多少)하고 서로 주니 얻은 바가 수백근(數百斤)이 되더라.

그 아내로 하여금 주야(晝夜)로 방적(紡績)하여 장시(場市)마다 나가 팔고 또 귀리 십여석(十餘石)을 무역(貿易)하여 매일(每日) 죽(粥)을 쑤어 기처(其妻)로 더불어 한 그릇씩 분반(分半)하여 조석(朝夕)을 지나고 동비(童婢)는 온그릇을 주어 가로되,

"네 만일(萬一) 주림을 견디기 어렵거든 가(可)히 스스로 나가라."

비자(婢子)가 울며 가로되,

"상전(上典)은 반 그릇을 자시고 소인(小人)은 한 그릇을 먹사오니 어찌 감(敢)히 주림을 이르리이꼬. 비록 죽사와도 나갈 뜻이 없사이다."

하고, 그 상전(上典)을 따라 방적(紡績)을 부지런히 하고, 허생(許生)인 즉(卽) 혹(或) 자리도 매며 혹(或) 짚신도 삼아 주야(晝夜)를 쉬지 아니하여 혹(或) 친구(親舊)가 찾으면 반드시 울을 격(隔)하여 말하고 가

9) 미역.

로되,

　"나를 인사(人事)로써 책망(責望)치 말고 돌아가면 십년후(十年後)
　서로 만나 죄(罪)를 사례(謝禮)하리이다."

하고, 한 번(番)도 나가보지 아니하더라.

　삼사년(三四年) 간(間)에 재산(財産)이 초요(稍饒)[10]하니 마침 문전답
(門前畓) 십두락(十斗落)과 밭 수일경(數日耕)[11] 파는 자(者)가 있거늘,
드디어 준가(準價)로 사 춘경(春耕)할 때에 가로되,

　"많지 않은 전답(田畓)에 어찌 사람을 품사 경파(耕播)하리오. 내
　스스로 근력(勤力)하여 경종(耕種)하려 하나 농사(農事)에 익지 못하
　니 장차(將次) 어찌할꼬."

　드디어 비린(比隣)[12]에 거(居)하는 노농(老農)을 청(請)하여 주식(酒
食)을 대접(待接)하여 농장(農場)에 앉히고 몸소 쟁기를 잡아 그 지교
(指敎)를 따라 갈고 심으니 여러 날이 못하여 농리(農理)에 통(通)한지
라. 그 갈기와 김매기를 타인(他人)에서 삼배(三倍)나 하고 추수(秋收)
하는 곡수(穀數)가 또 타인(他人)에서 배(倍)나 하고 밭에는 담배를 심
어 때 크게 가문지라. 조석(朝夕)으로 물을 길어 부으니 일경(一境)의
담배 다 마르되 홀로 허생(許生)의 담배는 마르지 아니하여 잎이 무성
(茂盛)하니 서울 상고(商賈)가 미리 수백금(數百金)으로써 흥정하고 그
두 물[13] 담배를 또 후가(厚價)에 파니 돈이 거의 사오백금(四五百金)에
가까운지라. 이같이 오륙년(五六年)에 천석곡(千石穀)을 노적(露積)하고
백리(百里) 안 전답(田畓)이 도무지 허생(許生)에게로 돌아오되 그 의식
(衣食)의 검박(儉朴)함은 한결같이 전일(前日) 모양(模樣)이라.

---

10) 재산이 제법 포실함. 초실(稍實).
11) 며칠갈이.
12) 근린(近隣).
13) 무더기

그 형(兄)과 아우 산사(山寺)로부터 내려오거늘, 홍(弘)의 처(妻)가 세 그릇 밥을 정(正)히 갖추어 나아오려 하거늘 홍(弘)이 눈을 부릅떠 꾸짖고 하여금 다시 죽(粥)을 끌여 드리니, 그 형(兄)이 노(怒)하여 꾸짖어 왈(曰),

"너의 가산(家産)이 이렇듯 부요(富饒)하거늘 홀로 내게 한 그릇 밥을 아끼느냐."

홍(弘)이 가로되,

"내 이미 십년(十年)으로써 기약(期約)하였으니 십년(十年) 전(前)은 밥을 먹지 말자 심맹(心盟)한지라. 형(兄)이 또한 십년(十年) 후(後)에 가(可)히 내 집 밥을 자실 것이니 형(兄)이 비록 나를 노여워하시나 나는 마음에 거리끼지 아니하나이다."

그 형(兄)이 노(怒)하여 죽(粥)을 먹지 아니코 산사(山寺)로 돌아가니라.

익년(翌年) 춘(春)에 기형(其兄) 기제(其弟) 사마방(司馬榜)에 연벽(聯璧)14)하니 홍(弘)이 전백(錢帛)을 가지고 서울로 올라가 응방제구(應榜諸具)를 갖추어 솔창(率倡)15)하고 도문(到門)16)하니, 그날은 약간(若干) 주식(酒食)을 장만하여 잔치하고 소분(掃墳)17) 후(後) 광대(廣大)를 불러 일러 가로되,

"우리 형제(兄弟) 이제 진사(進士)는 하였으나 또 대과(大科)가 있으매 마땅히 산사(山寺)에 올라 공부(工夫)할 것이니 너희 등(等)이 머물러 무엇하리오. 가(可)히 돌아갈지어다."

---

14) 형제가 동시에 과거에 급제함.
15) 과거에 급제한 사람이 고향에 돌아갈 때 광대를 앞세우고 피리를 불게 하던 일.
16) 과거에 급제하여 홍패(紅牌)를 타 가지고 집으로 돌아옴.
17) 경사로운 일이 있을 때 조상의 산소에 가서 무덤을 깨끗이 하고 제사 지내는 일.

각각(各各) 전냥(錢兩)을 주어 보내고, 또 형(兄)과 및 제(弟)를 대(對)
하여 가로되,

"십년한(十年限)이 아직 밎지 못하였으니 즉시(卽時) 산사(山寺)에
올라가 한(限)이 찬 연후(然後)에 내려오심이 가(可)하나이다."

하고, 즉일(卽日) 보내니라.

및 십년(十年)에 이르매 문득 만석(萬石)꾼이 된지라. 이에 포백(布
帛)에 정세(精細)한 자(者)를 가리어 서로 남녀(男女) 의복(衣服) 두 벌
씩 지어 인마(人馬)를 두 수씨(嫂氏) 본가(本家)에 보내어 이수(二嫂)를
뫼시고, 또 인마(人馬)로써 산사(山寺)에 보내어 기형 기제(其兄其弟)를
맞아 와 일실(一室)에 단취(團聚)[18]하고, 그날부터 음식(飲食)이 풍비
(豊肥)하고 의복(衣服)이 찬란(燦爛)하더니, 수일후(數日後) 형제(兄弟)를
대(對)하여 가로되,

"이 집은 좁아 용신(容身)하기 어려운지라. 내 일찍 경영(經營)한
자(者)가 있으니 가(可)히 써 처(處)하리라."

하고, 더불어 행(行)하여 수리허(數里許)의 한 뫼를 넘은 즉(卽) 상하
(上下) 대동(大洞)에 한 갑제(甲第) 있으니 앞에 긴 행랑(行廊)이 있어
노비(奴婢) 간간(間間)이 들고 마구(馬廐)에 우마(牛馬)가 십여필(十餘
匹)이요, 집 셋을 품자(品字)로 짓고 밖 사랑(舍廊)은 다만 한 집이로되
심(甚)히 광활(廣闊)하니, 삼형제(三兄弟)는 밖에 있고 내권(內眷)은 안
에 있어 긴 베개와 너른 이불로 형제(兄弟) 동처(同處)하매 그 즐거움
이 융융(融融)하거늘, 그 형(兄)이 놀라 물어 가로되,

"이 뉘 집이건대 이리 장려(壯麗)하뇨."

답(答)하여 왈(曰),

"이는 우제(愚弟)의 영기(營紀)하온 것이니 또한 가인(家人)으로 하

_____

18) 한 집안 식구나 친한 사람들끼리 화목하게 한데 모임.

여금 알지 못하게 하여이다."

하고, 하예(下隷)로 하여금 목궤(木櫃) 사오쌍(四五雙)을 드려 앞에
놓아 가로되,

"이는 전토(田土) 문서(文書)이니 이제 우리 삼형제(三兄弟) 전답
(田畓)을 고루 나눔이 가(可)하다."

하고, 인(因)하여 가로되,

"가산(家産)을 이룬 바는 이 형처(荊妻)[19]의 탄심 갈력(殫心竭
力)[20]한 바이니 가(可)히 공로(功勞)를 갚지 아니치 못하리라."

하고, 이에 이십석(二十石) 낙(落)[21] 논 문서(文書)로 그 처(妻)를 주
고 삼인(三人)은 각각(各各) 오십석(五十石) 낙(落)으로써 나누니, 이 후
(後)로 의식(衣食)이 풍결(豊潔)하고 그 인리(隣里) 종족(宗族)의 빈궁(貧
窮)한 자(者)를 넉넉히 주급(周給)하니 사람이 그 덕(德)을 칭송(稱頌)하
더라.

일일(一日)은 홍(弘)이 홀연(忽然) 슬피 울거늘, 그 형(兄)이 괴(怪)히
여겨 물어 가로되,

"이젠 즉(卽) 우리 의식(衣食) 부요(富饒)함이 삼공(三公)을 바꾸지
않을지라. 무슨 부족(不足)함이 있어 이같이 슬퍼하느뇨."

대왈(對曰),

"형장(兄丈)과 아우는 과공(課工)을 익혀 소성(小成)[22]을 하였거니
와 제(弟)는 치산(治産)하기에 골몰(汨沒)하와 과업(科業)을 전폐(全
廢)하오니 곧 한 무무(貿貿)[23]한 사람이라. 선친(先親)의 기약(期約)

---

19) 남에게 자기의 아내를 낮추어 이르는 말.
20) 탄갈 심력(殫竭心力). 마음과 힘을 다함.
21) 두락.
22) 소과(小科) 가운데 초시(初試), 또는 종시(終試)에 합격함.
23) (교양이 없어) 무식하고 메떨어짐.

하신 바가 소제(小弟)에게 멸(滅)하오니 어찌 슬프지 않으리이꼬. 이
젠 즉(卽) 나이 이미 늦은지라. 유업(儒業)은 어려우니 투필반무(投筆
反武)[24]함만 같지 못하다."

하고, 즉시(卽時) 궁시(弓矢)를 갖추어 습사(習射)하여 수년(數年) 후
(後) 초방(初榜)에 참예(參豫)하여 구사(求仕)하매 익년(翌年)에 입사(入
仕)하여 차차(次次) 천전(遷轉)하여 안악 군수(安岳郡守)를 몽점(蒙點)[25]
하니, 부임(赴任)한 지 미기(未幾)에 문득 처상(妻喪)을 만나니 홍(弘)이
위연탄식(喟然歎息)하여 가로되,

"내 이미 영감하(永感下)[26]에 영화(榮華)를 뵈지 못하고 외임(外任)
에 닿고자 함은 노처(老妻)의 일생(一生) 간고(艱苦)를 위(爲)하여 한
번(番) 영귀(榮貴)케 함일러니 형처(荊妻)가 이미 몰(歿)한지라. 내 부
임(赴任)하여 무엇하리오."

인(因)하여 정사(呈辭)[27]하여 갈고 하향(下鄕)하니라.

---

24) 문필 생활을 그만두고 무예에 종사함.
25) (조선조 때, 임금에게 추천된 세 사람 중에서) 임금으로부터 벼슬자리에
　　지명됨.
26) 부모가 모두 돌아가서 계시지 아니한 경우.
27) 벼슬아치가 사직(辭職) 청가(請暇) 등의 원서를 관아에 제출하던 일.

2. 제신주진서승언문(題神主眞書勝諺文)[28]

　대(大)쇠[29]라 하는 자(者)는 양반(兩班)의 집 노자(奴子)이라. 어려서
부터 수청(守廳)하여 비록 글을 배우지 못하나 대강(大綱) 문자(文字)를
알더니, 그 상전(上典)이 간성(杆城)에 부임(赴任)하였을 제 대(大)쇠 따
라갔더니, 세여(歲餘)에 유고(有故)하여 상경(上京)할 새 산로(山路)에
술막(幕)이 적은지라. 행(行)하여 일처(一處)에 이르러 촌가(村家)에 빌
어 잘 새 기가(其家)가 마침 상고(喪故)가 있어 종야(終夜) 훤요(喧擾)하
고 주인(主人)이 빈빈(頻頻)히 문(門)을 열고 바라보며 가로되,

　"언약(言約)이 있으되 오지 아니하니 대사(大事)에 이런 낭패(狼狽)
　없으니 장차(將次) 어찌할꼬."

　거조(擧措)가 망급(忙急)하거늘 대(大)쇠가 그 연고(緣故)를 물은대,
답(答)하여 가로되,

　"이제 새벽에 장차(將次) 망부(亡父)의 장례(葬禮)를 지내려 하매
　제주관(題主官)[30]을 모동(某洞) 모생원(某生員)께 청(請)하여 정녕(丁
　寧) 상약(相約)하였더니 방금(方今) 소식(消息)이 없으니 낭패(狼狽)
　극(極)하다."

하고, 인(因)하여 물으되,

　"귀객(貴客)은 경화(京華)[31]에 있는지라. 반드시 제주(題主)를 알
　것이니 다행(多幸)히 나를 위(爲)하여 써 주심이 어떠하뇨."

---

28) 한문으로 아무렇게나 쓴 제문(祭文)이 언문으로 쓴 것보다 낫다고 하다.
29) 큰쇠.
30) 신주(神主)에 글자를 쓰는 것을 맡은 사람.
31) 번화한 서울. 서울의 번화한 곳.

대(大)쇠 또 제주(題主)하는 법을 알지 못하되 우자(愚子)한 마음[32]으로 쾌(快)히 허락(許諾)하니 주인(主人)이 크게 기꺼 주효(酒肴)를 후(厚)히 대접(待接)하니라.

새벽 행상(行喪)할 새 대(大)쇠로 더불어 상산(上山)하여 이미 하관(下棺) 평토(平土)하고 청(請)하여 제주(題主)하라 한대 대(大)쇠 이미 허(許)한지라. 사양(辭讓)할 수 없어 쓰려 하되 법(法)을 알지 못하여 반향(半晌)이나 생각타가 인(因)하여 춘추풍운초한건곤(春秋風雲楚漢乾坤) 여덟 자를 써 주인(主人)에 올리니 이는 대개(大槪) 장기판(將棋板)에서 익히 본 연고(緣故)이러라. 쓰기를 다하매 교위 위에 봉안(奉安)하고 여럿이 행제(行祭)하더니, 이윽고 산하(山下)로부터 일개(一箇) 도포(道袍) 입은 자(者)가 십분(十分) 취기(醉氣)를 띄고 올라 왈(曰),

"때 어찌 되었느뇨."

하거늘, 주인(主人)이 맞아 가로되,

"생원(生員)이 어찌 남의 대사(大事)를 낭패(狼狽)케 하느뇨."

기인(其人)이 가로되,

"내 친구(親舊)의 만류(挽留)한 바가 되어 술이 취(醉)하매 미쳐 오지 못하였더니 이제 놀라 깨닫고 급(急)히 왔노니 제주(題主)를 어찌하뇨."

주인(主人)이 가로되,

"다행(多幸)히 경객(京客)의 오심을 힘입어 이미 하였나이다."

기인(其人)이 가로되,

"그런 즉(卽) 심(甚)히 좋으니 한 번(番) 보기를 원(願)하노라."

대(大)쇠 이 말 듣고 크게 놀라 홀로 혜오되, '이 글이 반드시 이 양반(兩班) 눈에 탄로(綻露)할 것이니 내 장차(將次) 대욕(大辱)을 당(當)

---

32) 어리석은 사람의 마음.

하리로다' 하고, 인(因)하여 측간(厠間)에 감으로써 핑계하고 몸을 피(避)하여 도주(逃走)하고자 할 즈음에 기인(其人)이 제주(題主)를 보고 웃어 가로되,

"인 즉(卽) 참글이라. 내 언문(諺文)에서 크게 낫도다."

대(大)쇠 비로소 방심(放心)하여 취포(醉飽)하고 익일(翌日)에 하직(下直)하니 주인(主人)이 무수(無數)히 칭사(稱辭)하더라.

3. 부패영부인사명기(赴浿營婦人赦名妓)[33]

조태억(趙泰億)[34]의 처(妻) 심씨(沈氏) 천성(天性)이 시투(猜妬)[35]하여 태억(泰億)이 두려함을 범 본 듯하여 일찍 방외범색(房外犯色)[36]이 없더라. 그 형(兄) 태구(泰耈)[37]가 기백(箕伯)이 되었을 제 태억(泰億)이 승지(承旨)로 마침 봉명(奉命)하여 내려가 기영(箕營)[38]에 머문 지 기일(幾日)에 일기(一妓)를 수청(守廳) 들였더니, 심씨(沈氏) 듣고 즉지(卽地) 치행(治行)하여 장차(將次) 그 기아(妓兒)를 타살(打殺)코자 하니 태억(泰億)이 그 형상(形狀)을 듣고 실색(失色)하여 말이 없더니, 태구(泰耈)가 또한 크게 놀라 가로되,

"이를 장차(將次) 어찌하료."

기아(妓兒)로 하여금 피(避)코자 하니 기아(妓兒)가 대(對)하여 가로되,

"소인(小人)이 반드시 피신(避身)치 아니하여도 자연(自然) 살 도리(道理) 있으되 간난(艱難)하여 능(能)히 판비(辦備)치 못하리로소이다."

태구(泰耈)가 그 소유(所由)를 물은대, 대(對)하여 가로되,

"소인(小人)의 일신(一身)을 주취(珠翠)로 꾸미고자 하오나 돈이 없

---

33) 수청 기생을 징치하려고 평양에 간 부인이 그 기생을 용서하다.
34) 조선조 숙종 때의 상신. 소론의 중진으로 종형 조태구(趙泰耈) 등과 함께 신임 사화를 일으켰음.
35) 시기하고 질투함.
36) 본부인 이외의 여자를 탐함.
37) 조선조 숙종 때의 상신. 소론의 영수로 신임 사화를 일으켜 사촌인 조태채(趙泰采) 등 노론 4대신을 역모죄로 죽게 했음.
38) 평양 감영(監營).

는 고(故)로 한탄(恨歎)하나이다."

태구(泰耉)가 가로되,

"네 만일(萬一) 살 도리(道理) 있으면 비록 천금(千金)이라도 내 스
스로 당(當)하리라."

하고, 인(因)하여 막객(幕客)으로 하여금 소입(所入)을 물어 허급(許
給)하고 중화(中和)39) 황주(黃州)40)에 비장(神將)을 보내어 문후(問候)
하고 또 식물(食物)을 갖추어 지공(支供)하더라.

심씨(沈氏) 일행(一行)이 황주(黃州)에 이른 즉(卽) 기영(箕營) 비장
(神將)이 대령(待令)하고 또 지공(支供)41)이 있다 하거늘 심씨(沈氏) 냉
소(冷笑)하여 가로되,

"내 어찌 대신(大臣) 별성 행차(別星行次)42)가 아니거든 문안(問安)
비장(神將)이 있으며 나의 노수(路需)가 유족(裕足)하니 어찌 지공(支
供)이 있으리오."

하여금 다 물리치고 중화(中和)에 이르러 또 이같이 하고 발행(發行)
하여 재송원(裁松院)을 지나 장차(將次) 장림(長林) 가운데로 들어갈 새
정(正)히 모춘(暮春)이라. 십리(十里) 장림(長林)에 춘의(春意) 바야흐로
무르녹고 곡곡(曲曲)43) 청강(淸江)에 경물(景物)이 자못 아름다우니 심
씨(沈氏) 발을 걷어 구경하고 장림(長林)을 지날 새, 홀연(忽然) 바라보
니 흰 모래는 깁 같고 맑은 강(江)은 거울 같으며 봉접(蜂蝶)은 언덕을
둘러 희롱(戲弄)하고 상고선(商賈船)은 수상(水上)에 내왕(來往)하며, 연
광정(練光亭) 대동문(大同門) 을밀대(乙密臺) 초연대(超然臺) 부벽루(浮

---

39) 평안 남도에 있는 지명.
40) 황해도에 있는 지명.
41) 음식물을 이바지함.
42) 봉명사신(奉命使臣)의 행차.
43) 굽이굽이.

碧樓)는 단청(丹靑)의 조요(照耀)함과 난함(欄檻)의 표묘(縹渺)함이 사람의 안목(眼目)을 현황(眩慌)케 하고 흥치(興致)를 돕는지라. 심씨(沈氏) 차탄(嗟歎)하여 가로되,

"과연(果然) 명승(名勝)이란 말이 허언(虛言)이 아니로다."

또 행(行)하며 또 구경할 즈음에 멀고 먼 사장(沙場) 위에 홀연(忽然)한 점(點) 꽃이 묘묘(杳杳)44)히 오더니 점점(漸漸) 가까이 온 즉(卽) 일개(一箇) 명기(名妓) 녹의 홍상(綠衣紅裳)으로 한 필(匹) 백마(白馬)를 탔으니, 수안 금늑(繡鞍錦勒)의 형용(形容)이 절묘(絶妙)하여 옥분(玉盆)의 도화(桃花)가 이슬을 머금고 장제(長堤)의 양류(陽柳)가 춘풍(春風)을 띠어 선연(嬋妍)한 천태 만염(千態萬艶)45)이 볼수록 기이(奇異)하고 아름다워 사람의 정신(精神)을 황홀(恍惚)케 하니 심씨(沈氏) 마음에 심(甚)히 괴(怪)히 여겨 말을 머물고 보니, 기녀(其女)가 말께 내려 재배(再拜)하고 청화(淸和)한 앵성(鶯聲)으로 여쭈오되,

"모기(某妓) 뵘을 청(請)하나이다."

심씨(沈氏) 그 이름을 듣고 인(因)하여 소리를 크게 하여 꾸짖어 가로되,

"네 모기(某妓)냐. 어찌 감(敢)히 내 안전(眼前)에 왔는고."

하여금 말 앞에 세우니 기녀(其女)가 염용(斂容) 공수(拱手)하고 선연(嬋妍)히 섰거늘, 얼굴은 출수(出穗)한 홍련(紅蓮) 같고 명주(明珠) 보패(寶佩)로 그 상하(上下)를 꾸몄으니 침어낙안지용(沈魚落雁之容)46)이요 경국경성지색(傾國傾城之色)47)이라. 심씨(沈氏) 이윽히 보다가 가로되,

---

44) 멀어서 아득함.
45) 여러 가지 모양으로 곱고 아름다운 모습.
46) 자신이 부끄러워 물고기가 물 속 깊이 숨고 기러기가 땅에 내려올 만한 아름다운 용모.
47) [임금이나 성주가 혹하여] 나라가 망하고 성이 무너져도 모를 만하게 뛰어난 미인.

"네 나이 몇이뇨."

기녀(其女)가 앵순(櫻脣)48)을 반(半)만 열어 화성(和聲)으로 여쭈오되,

"소녀(小女)의 나이 십팔세(十八歲)로소이다."

심씨(沈氏) 가로되,

"네 과(果) 명기화(名妓花)이로다. 남자(男子)가 차등(此等) 명기(名妓)를 보고 가까이 아니한 즉(卽) 가(可)히 졸장부(拙丈夫)이라 이를 것이니 영감(令監)이 어찌 혹(惑)치 않으리오. 나의 이에 행(行)함은 너를 타살(打殺)코자 하였더니 이미 너를 본 즉(卽) 천고 절염(千古絶艶)이라. 내 어찌 하수(下手)하리오. 네 가(可)히 가 우리 영감(令監)을 뫼시라. 우리 영감(令監)은 숫사람이니 만일(萬一) 하여금 침혹(沈惑)하여 병(病)이 나게 한 즉(卽) 너의 죄(罪) 마땅히 죽을 것이니 십분(十分) 삼갈지어다."

말을 마치며 인(因)하여 회마(回馬)하여 경성(京城)으로 향(向)하니 태구(泰耉)가 또 듣고 급(急)히 하예(下隸)를 보내어 전갈(傳喝)하되,

"수씨(嫂氏) 행차(行次)가 이미 성외(城外)에 이르샤 인(因)하여 성(城)에 들지 아니하심은 어찜이니이꼬. 원(願)컨대 잠간(暫間) 성내(城內)에 드샤 영중(營中)에 몇날 머무신 후(後)에 환행(還行)하심이 가(可)하니이다."

심씨(沈氏) 냉소(冷笑)하고 가로되,

"내 걸태객(乞駄客)49)이 아니라. 무슨 일로 입성(入城)하리오."

하고, 돌아보지 아니코 환경(還京)하니라.

그 후(後)에 태구(泰耉)가 그 기생(妓生)을 불러 물어 가로되,

"네 어찌 무슨 큰 담(膽)으로써 호구(虎口)를 범(犯)하여 도리어 면

---

48) [앵두 같은 입술이라는 뜻] 미인의 고운 입술.
49) 염치나 체면도 없이 재물을 마구 긁어 들이는 짓을 하는 사람.

(免)함을 얻었느뇨."

기녀(其女)가 대(對)하여 가로되,

"부인(夫人)의 성정(性情)이 비록 한투(悍妬)50)하시나 이 행차(行次)를 천리(千里) 땅에 하심은 어찌 구구(區區)한 아녀배(兒女輩)의 할 바이리오. 물고 차는 말이 반드시 그 걸음이 있나니 사람이 또한 이같은지라. 소인(小人)이 비록 죽기를 자분(自分)51)함이나 필경(畢竟) 헤아림이 있고, 비록 피(避)하나 가(可)히 면(免)치 못하올지라. 그런 고(故)로 단장(丹粧)을 성(盛)히 하고 가 뵙이니 만일(萬一) 죽임을 입은 즉(卽) 하릴없거니와 그렇지 않은 즉(卽) 보시고 불쌍히 여겨 놓으실가 바람이로소이다."

---

50) 사납고 새암이 강함.
51) 스스로의 분수로 알음.

4. 김남곡생사개유이(金南谷生死皆有異)[52]

김감사(金監使) 치(緻)[53]의 별호(別號)는 남곡(南谷)이니 백곡(栢谷)
득신(得臣)[54]의 부(父)이라. 자소(自少)로 추수(推數)[55]하기를 잘하여 맞
추고 이상(異常)한 일이 많더라. 혼조(昏朝)[56]에 등과(登科)하여 홍문
교리(弘文校理) 하였더니 늦게야 비로소 뉘우쳐 병(病)을 칭탁(稱託)하
고 벼슬을 갈고 용산(龍山)에 복거(卜居)하여 두문 사객(杜門辭客)[57]하
였더니, 일일(一日)은 시자(侍者)가 고(告)하되,

"남산동(南山洞) 거(居)하는 심생(沈生)이 와 뵘을 청(請)하나이다."

김공(金公)이 사례(謝禮)하여 가로되,

"존객(尊客)이 나의 병폐(病廢)[58]함을 알지 못하고 수고로이 왕림
(枉臨)하였으나 인사(人事)를 폐(廢)한 지 이미 오랜지라. 이제 맞지
못하리로소니 심(甚)히 한탄(恨歎)하도다."

하고, 밖으로 보내니라.

김공(金公)이 평일(平日)에 자가(自家) 사주(四柱)로 평생(平生)을 추
수(推數)한 즉(卽) 마땅히 물 수(水) 변(邊) 글자 성(姓) 가진 사람을 힘

---

52) 남곡(南谷) 김치(金緻)는 생사간에 이상한 일이 있었다.
53) 조선조 인조 때의 문신. 호는 남봉(南峯) 또는 심곡(深谷). 광해군 때 대사
    간 병조 참의 등을 역임했으나 독직사건으로 파면되었다가 인조 반정 후
    대북(大北)으로 몰려 유배된 후 풀려나와 경상도 관찰사에까지 오름. 천문
    에 밝았으나 재물을 탐내어 비난을 받았음.
54) 조선조 숙종 때의 시인. 벼슬길에 나아가지 않았고 당대에 시명(詩名)을
    날렸음.
55) 앞으로 닥쳐 올 운수를 미리 헤아리어 앎.
56) 암울한 임금이 다스리던 시절. 여기서는 광해조(光海朝)를 말함.
57) 문을 닫고 찾아 오는 손님을 만나 주지 않음.
58) 병으로 말미암아 몸을 제대로 쓰지 못하게 됨.

입어야 가(可)히 대화(大禍)를 면(免)할지라. 문득 생각하매 온 손이 이미 수(水) 변(邊) 성(姓)인 즉(卽) 이 사람이 내게 유력(有力)함이 아니냐 하고 급(急)히 시자(侍者)로 하여금 따라 중로(中路)에서 만나 모시고 오니 이 심기원(沈器遠)[59]이라.

김공(金公)이 연망(連忙)히 맞아 가로되,

"노부(老夫)가 스스로 인사(人事)를 폐(廢)한 지 오랜지라. 존객(尊客)이 누사(陋舍)에 욕림(辱臨)하되 마침 신병(身病)이 있어 맞아 절하는 예(禮)를 잃었으니 참괴(慙愧)함이 심(甚)하도다."

객(客)이 가로되,

"일찍 승안(承顔)[60]치 못하나 그윽히 장자(長者)의 추수(推數)하심이 정통(精通)함을 들은 고(故)로 외람(猥濫)함을 피(避)치 아니하고 감(敢)히 와 써 질정(叱正)하려 하노니 내 사십(四十) 궁유(窮儒)로 명도(命途)가 기구(崎嶇)한지라. 이제 옴은 한 번(番) 신안(神眼)에 뵈고자 함이라."

하고, 인(因)하여 소매 가운데로써 사주(四柱)를 내어 뵈고 또 가로되,

"내 올 때에 절기(切己)한 벗이 또 사주(四柱)를 써 부탁(付託)하오매 물리침이 어려워 마지 못하여 가져 왔사오니 심(甚)히 번거하여이다."

김공(金公)이 일일(一一)히 보고 만구 칭찬(萬口稱讚)하여 가로되,

"부귀(富貴) 당전(當前)하였으니 모로미 다시 묻지 말라."

---

59) 조선조 16대 인조 때의 대신. 자는 수지(遂之), 본관은 청송(靑松). 1623년 인조 반정에 공을 세우고 동부승지(同副承旨) 병조 참판 등을 거쳐 우의정 좌의정에 이름. 이일원(李一元) 권억(權澺) 등과 모의하여 반란을 일으켜 회은군(懷恩君)을 추대하려다 사전에 체포되어 피살됨.
60) 웃어른을 뵈옴.

최후(最後)의 객(客)이 또 한 사주(四柱)를 뵈어 가로되,

"이 사람이 부귀(富貴)는 원(願)치 아니하고 평생(平生)에 병(病) 없음을 다만 원(願)하고 또 수한(壽限)을 알고자 하니 어떠하니이꼬."

공(公)이 별안간(瞥眼間) 한 번(番) 보고 곧 시자(侍者)를 명(命)하여 돗[61]을 펴며 책상(冊床)을 놓고 일어 의관(衣冠)을 정제(整齊)히 하고 염슬 궤좌(斂膝跪坐)[62]하여 그 사주(四柱)로써 서안(書案)에 두어 분향(焚香)하고 가로되,

"이 사주(四柱)는 귀(貴)함을 가(可)히 말 못할 것이라. 상례(常例) 사람의 명수(命數)가 아니오니 어찌 흠경(欽敬)치 않으리오."

심생(沈生)이 물러가고자 하거늘 공(公)이 가로되,

"노부(老夫)가 병중(病中)에 수란(愁亂)하여 존객(尊客)을 추심(推尋)키 어려우니 다행(多幸)히 잠간(暫間) 머물러 써 병회(病懷)를 위로(慰勞)함이 가(可)하다."

하고, 인(因)하여 유숙(留宿)하게 하고 밤이 깊은 후(後) 공(公)이 이에 촉슬(觸膝)[63]하고 가로되,

"노부(老夫)가 불행(不幸)히 이때를 당(當)하여 조정(朝廷)에 자취를 붙였더니 늦게 뉘우침이 있어 칭병(稱病)하여 문(門)을 닫고 세상(世上)을 사절(謝絕)하니 조정(朝廷)의 번복(飜覆)이 오래지 않을지라. 그대 와 질정(叱正)함을 내 이미 아노니 다행(多幸)히 서로 숨기지 말고 실상(實狀)으로 말함이 가(可)하도다."

심생(沈生)이 크게 놀라 처음은 휘(諱)코자[64] 하다가 마침내 그 연고(緣故)를 말하거늘 공(公)이 가로되,

---

61) 돗자리.
62) 무릎을 꿇고 단정하게 앉음.
63) 무릎을 마주 대고 앉음.
64) 감추고자.

"성사(成事)함이 조금도 의려(疑慮)가 없으니 장차(將次) 어느 날로 거사(擧事)하려 하느뇨."

가로되,

"모일(某日)로 정(定)하였노라."

공(公)이 침음(沈吟) 양구(良久)에 가로되,

"이날이 길(吉)한 즉(即) 길(吉)하나 차등(此等) 대사(大事)를 택일(擇日)하매 파살랑(破殺狼)[65]의 일자(日字)가 있은 연후(然後)에 가(可)하니 모일(某日)이 소사(小事)에는 길(吉)하거니와 대사(大事)에는 가(可)치 아니하니 내 마땅히 그대를 위(爲)하여 다시 길일(吉日)을 택(擇)하리라."

하고, 인(因)하여 책력(冊曆)을 헤치고 익히 보아 가로되,

"삼월(三月) 십육일(十六日)이 파살랑(破殺狼)을 범(犯)하였으니 이날 거사(擧事)할 즈음에 비록 혹(或) 고변(告變)하는 사람이 있을지라도 조금도 해(害)로움이 없고 필경(畢竟) 무사 순성(無事順成)하리니 반드시 차일(此日)로써 거사(擧事)함이 가(可)하니라."

심생(沈生)이 크게 이상(異常)히 여겨 가로되,

"만일(萬一) 그러한 즉(即) 공(公)의 명자(名字)를 마땅히 우리 도록(都錄)에 치부(置簿)하리라."

공(公)이 가로되,

"이는 원(願)하는 바가 아니라. 다만 명공(明公)은 성사(成事)한 후(後)에 죽기에 드리운 명(命)을 구(救)하여 화(禍)에 및지 아니케 함이 이 바라는 바이로다."

심생(沈生)이 쾌(快)히 허락(許諾)하고 가니라.

---

65) 파랑(破狼)은 북두(北斗)의 제1성(星)인 탐랑성(貪狼星)과 파군성(破君星)을 일컬음인 듯함. 천문술에 의하면 탐랑성은 화를 가져올 가능성이 있고, 파군성은 살기(殺氣)로 변한다고 함.

및 반정(反正)하매 김공(金公)의 죄(罪)를 가(可)히 사(赦)치 못함으로
써 말하는 자(者)가 많으되 심공(沈公)이 힘써 구(救)하여 영백(嶺伯)을
제배(除拜)하니라.

공(公)이 일찍 자가(自家) 사주(四柱)로써 중원(中原)66) 술사(術師)에
게 물은 즉(即) 한 구(勾) 시(詩)로써 적으니 시(詩)에 가로되,

화산기우객(華山騎牛客)이　　　　화산(華山)의 소 탄 손이

두대일지화(頭戴一枝花)이라　　　머리에 일지화(一枝花)를 이었도다

하니, 그 뜻을 알지 못하더니, 및 영백(嶺伯)이 되어 순력(巡歷)하여
안동부(安東府)에 이르러는 졸연(猝然) 학질(瘧疾)을 얻어 물릴 방문(方
文)을 두루 물은 즉(即) 혹(或)이 써 하되, '당일(當日) 소를 거꾸로 탄
즉(即) 즉시(即時) 났다.' 하는 고(故)로 그 말과 같이 소를 타고 뜰 가
운데 두루 다니다가 잠간(暫間) 소에게 내려 방(房) 안에 들어와 누워
두통(頭痛)이 극심(極甚)한지라. 한 기생(妓生)으로 하여금 머리를 짚히
고 그 이름을 물은 즉(即) 일지화(一枝花)이라. 공(公)이 홀연(忽然) 중
원인(中原人)의 시구(詩句)를 생각하고 탄식(歎息) 왈(曰),

"사생(死生)이 명(命)이 있다."

하고, 새 돗을 펴며 새 옷을 입고 베개를 정(正)히 하고 유연(悠然)히
몰(歿)하니라.

이날에 삼척(三陟) 수(倅)가 아중(衙中)에 있더니, 문득 공(公)이 추종
(騶從)을 성(盛)히 하고 문(門)으로 들어오거늘 놀라 일어 가로되,

"공(公)이 어찌 타도(他道)를 월경(越境)하여 하관(下官)을 찾느뇨."

김공(金公)이 웃어 가로되,

"내 인간(人間) 사람이 아니라 아자(俄者)에 작고(作故)하여 바야흐
로 염라왕(閻羅王)으로 부임(赴任)하는 길에 지나다가 그대를 보고

─────────────

66) 중국.

또 청(請)할 바가 있으니, 내 이제 부임(赴任)하매 신건(新件) 장복(章服)67)이 없으니 그대 평일(平日) 정의(情誼)를 생각하여 다행(多幸)히 위(爲)하여 판비(辦備)할 소냐."

삼척(三陟) 수(倅)가 마음에 그 허탄(虛誕)한 줄을 아나 그 간청(懇請)함을 인(因)하여 비단(緋緞) 일필(一匹)로써 드리니 김공(金公)이 흔연(欣然)히 받고 사례(謝禮)함을 마지 아니하여 하직(下直)하고 가거늘, 삼척(三陟) 수(倅)가 크게 놀라 사람을 보내어 탐문(探問)한 즉(卽) 과연(果然) 이날에 김공(金公)이 안동부(安東府)에서 몰(歿)하였더라. 이러므로 김공(金公)이 염라왕(閻羅王)이 되었단 말이 세상(世上)에 성행(盛行)하니라.

박구당(朴久堂) 장원(長遠)68)이 김공(金公)의 아들 백곡(栢谷)으로 더불어 절기(切己)한 벗이라. 일찍 북경(北京)에 추수(推數)하여 써 온 즉(卽) 모년(某年) 모월(某月)에 마땅히 죽으리라 하였거늘, 박공(朴公)이 그 해 정초(正初)를 당(當)하여 인마(人馬)를 보내어 백곡(栢谷)을 맞아와 한훤(寒暄)을 마치매 박공(朴公)이 한 장(張) 간지(簡紙)를 주니 백곡(栢谷)이 가로되,

"어느 곳에 편지(便紙)하려 하느뇨."

박공(朴公)이 가로되,

"그대 한 글을 얻어 선존장(先尊丈)께 부치려 하노라."

백곡(栢谷)이 당황(唐惶)하여 써주지 않으려 하거늘, 구당(久堂)이 가로되,

"그대 나로써 허탄(虛誕)타 하느냐. 아무케나 나를 위(爲)하여 쓰

---

67) '관디'를 달리 이르던 말. '관디'는 벼슬아치들이 입던 공복(公服). 지금은 구식 혼례 때에 신랑이 입음.
68) 조선조 현종 때의 문신. 호는 구당(久堂). 이조 판서, 한성부 판윤 등을 역임함. 선조 수정 실록 편찬에 참여함.

라."

하고, 재삼(再三) 간청(懇請)하니 백곡(栢谷)이 마지 못하여 붓을 들거늘 구당(久堂)이 입으로 불러 하여금 써 가로되,

"자(子)의 절우(切友) 박모(朴某)의 수한(壽限)이 장차(將次) 금년(今年)에 이른지라. 다행(多幸)히 엎드려 바라건대 특별(特別)히 긍련(矜憐)함을 들이와 하여금 그 수(壽)를 늘여 주소서."

외봉(外封)은 '부주전(父主前)'이라 쓰고 내봉(內封)에 '자(子) 득신(得臣)은 상백시(上白是)[69]라' 쓰니라.

쓰기를 마치매 구당(久堂)이 일실(一室)을 수소(修掃)하고 소화(燒火)하여 가로되,

"이제로부터 면(免)한 줄 아나이다."

하더니, 과연(果然) 그 해를 안과(安過)하고 그 후(後) 수십년(數十年)에 비로소 몰(歿)하니 일이 극(極)히 망탄(妄誕)하나 김공(金公)의 영혼(靈魂)이 크게 타인(他人)에서 다르더라.

그 후(後) 매양(每樣) 밤마다 추종(騶從)을 성(盛)히 하고 등촉(燈燭)을 벌여 장동(長洞) 낙동(駱洞) 두 사이로 왕래(往來)하여 혹(或) 지구(知舊)를 만나면 말께 내려 서회(敍懷)하더니, 일일(一日)은 밤에 한 소년(少年)이 낙동(駱洞)을 지나다가 김공(金公)을 노상(路上)에서 만나 물어 가로되,

"영감(令監)이 어디로조차 오시느니이꼬."

공(公)이 가로되,

"금일(今日)은 나의 기일(忌日)이라. 음식(飮食)을 흠향(歆饗)[70]하러 갔더니 제물(祭物)이 불결(不潔)하여 흠향(歆饗)치 못하고 창결(悵

---

69) 상사리.
70) 신명(神明)이 제물(祭物)을 받아서 먹음.

缺)71)히 돌아오노라."

하고, 인홀불견(因忽不見)72)하거늘 소년(少年)이 즉시(卽時) 그 집에 가니 그 집은 창동(倉洞)이라. 주인(主人)이 제(祭)를 파(罷)하고 나오거늘 소년(少年)이 그 수작(酬酌)으로써 전(傳)한대, 백곡(栢谷)이 크게 놀라 곧 내정(內庭)에 들어가 두루 제물(祭物)을 살피되 하나도 불결(不潔)한 물(物)이 없어도 편73) 가운데 인모(人毛)가 있거늘 거가(擧家)가 경송(驚悚)하여 매년(每年) 기일(忌日)마다 십분(十分) 조심(操心)하더라.

그 후(後) 일인(一人)이 또 노상(路上)에서 만난 즉(卽) 김공(金公)이 가로되,

"내 일찍 타인(他人)의 강목(綱目)을 빌어 보다가 미쳐 보내지 못하고 제(第) 몇째 권(卷) 몇째 장(張)에 금박지(金箔紙)를 접어 끼웠으니 일후(日後) 돌려 보낼 때에 만일(萬一) 살피지 아니하면 금박(金箔)을 유실(遺失)할 염려(念慮)가 있으니 이 말로써 내 집에 전(傳)하여 자세(仔細)히 살펴 금박(金箔)을 빼고 보내라 하라."

기인(其人)이 돌아가 그 말을 전(傳)하거늘 백곡(栢谷)이 강목(綱目)을 뒤져본 즉(卽) 금박(金箔)이 과연(果然) 있으니 사람이 다 이상(異常)히 여기고 신통(神通)히 여기더라.

---

71) 몹시 서운함.
72) 인하여 홀연 보이지 않음.
73) '떡'을 점잖게 이르는 말.

5. 게점사이정익식인(憩店舍李貞翼識人)[74]

이상공(李相公) 완(浣)[75]이 효묘조(孝廟朝) 지우(知遇)[76]하심을 입어
장차(將次) 북벌(北伐)을 꾀할 새 인재(人材)를 구(求)함이 비록 노상인
(路上人)이라도 상모(相貌)가 괴위(魁偉)한 사람이면 반드시 맞아 문정
(門庭)[77]에 이르려[78] 그 재주를 시험(試驗)한 후(後) 조정(朝廷)에 천거
(薦擧)하더라.

일찍 훈장(訓將)[79]으로 말미를 얻어 선영(先塋)에 소분(掃墳)할 새
행(行)하여 용인(龍仁) 점막(店幕)에 이르러는, 한 총각(總角)이 나이는
삼십(三十)이 넘고 몸 길이 십척(十尺)이요 얼굴 길이 일척(一尺)이라.
여윈 골격(骨格)이 능증(崚嶒)하고, 짧은 털이 헙수룩하여 포의(布衣)
능(能)히 몸을 가리지 못하고, 흙마루 위에 거러 앉아 한 동이 탁주(濁
酒)를 한 숨에 마시니 공(公)이 마상(馬上)에서 보고 기(奇)히 여겨 인
(因)하여 말께 내려 길가에 앉고, 하예(下隷)로 궐동(厥童)을 부르니 궐
동(厥童)이 예(禮)를 하지 아니하고 또 석상(石上)에 거러 앉아 눈을 들
어 익히 보거늘, 공(公)이 그 성명(姓名)을 물으니 답(答)하되,

"성(姓)은 박(朴)이요, 명(名)은 탁(鐸)이로소이다."

---

74) 객점에서 쉬던 정익공(貞翼公) 이완(李浣)이 인재를 알아보다.
75) 조선조 효종 때의 무신. 호는 매죽헌(梅竹軒). 효종이 송시열 등과 북벌을
   계획하자 훈련 대장이 되어 신무기의 제조, 성곽의 신축과 개수 등으로
   전쟁 준비를 책임 맡았음. 효종의 별세로 북벌이 중지된 후에도 훈련 대
   장 포도 대장 등을 역임하고 우의정에 이르름.
76) 자기의 인격이나 학식을 남이 알고서 잘 대우함.
77) 대문 또는 중문 안에 있는 뜰.
78) 이르게 하여.
79) 훈련 대장(訓練大將).

또 물으되,

"너의 지벌(地閥)이 어떠하뇨."

대왈(對曰),

"반족(班族)이로되 일찍 가엄(家嚴)을 여의고 편모(偏母)를 뫼시매 집이 간난(艱難)하와 섶을 팔아 봉양(奉養)하나이다."

또 물으되,

"네 술을 좋아하니 능(能)히 다시 마시랴."

대(對)하여 가로되,

"치주(卮酒)[80]를 어찌 족(足)히 사양(辭讓)하리오."

공(公)이 하예(下隷)를 명(命)하여 한 냥(兩) 돈으로 술을 사오라 하니 이윽고 탁주(濁酒) 두 동이를 가져 오거늘, 공(公)이 한 사발(沙鉢)을 마시고 그 그릇을 주니 궐동(厥童)이 조금도 수삽(羞澁)[81]한 뜻이 없고 연(連)하여 두 동이를 거우리거늘 공(公)이 가로되,

"네 비록 초야(草野)에 매몰(埋沒)하여 기한(飢寒)에 곤(困)하나 골격(骨格)이 비범(非凡)하니 가(可)히 크게 쓰일지라. 네 혹(或) 나의 명자(名字)를 들었느냐. 나는 훈장(訓將) 이모(李某)이라. 조정(朝廷)이 이제 대사(大事)를 경영(經營)하여 두루 장수(將帥)의 재목(材木)을 구(求)하나니 네 만일(萬一) 나를 따라 간 즉(卽) 부귀(富貴)를 어찌 이루 말하리오."

궐동(厥童)이 가로되,

"노모(老母)가 당(堂)에 계시니 몸을 가(可)히 가벼이 사람에게 허(許)치 못하리로소이다."

공(公)이 가로되,

---

80) 잔술.
81) 부끄러워 머뭇머뭇함.

"그러면 내 마땅히 네 모친(母親)께 배현(拜見)하려 하니 네 집이
어디 있느뇨. 모로미 인도(引導)하라."

행(行)하여 십여리(十餘里)에 한 집을 다달으니 수간(數間) 두옥(斗屋)
이 풍우(風雨)를 가리지 못하더라.

궐동(厥童)이 먼저 들어가더니 조금 사이에 나와 한 폐석(弊席)을 시
문(柴門) 안에 펴고 육십(六十)이 넘은 한 부인(夫人)이 나와 맞으니 상
발(霜髮) 포군(布裙)이 거지(擧止) 한아(閑雅)하여 돗을 나눠 좌(坐)를
정(定)하매 공(公)이 가로되,

"객(客)은 훈련 대장(訓練大將) 이모(李某)라. 소분(掃墳) 길에 우
연(偶然)히 귀동(貴童)을 만나니 일면(一面)에 가(可)히 인걸(人傑)인
줄 알지라. 존수(尊嫂)가 이러한 기남자(奇男子)를 두어 계시니 크게
하례(賀禮)하나이다."

부인(夫人)이 염임(斂袵)하고 대(對)하여 가로되,

"초야(草野) 시옥(柴屋)에 아비 없는 아이 일찍 학업(學業)을 폐(廢)
하여 산금 야수(山禽野獸)와 초수 목동(樵叟牧童)이거늘 장군(將軍)이
과(過)히 포장(包裝)하시니 참괴(慙愧)하여이다."

공(公)이 가로되,

"존수(尊嫂)가 비록 궁향(窮鄕)에 계시나 조정(朝廷) 시사(時事)를
들어 계실 듯하오니 바야흐로 이제 대사(大事)를 경영(經營)한 즉(卽)
인재(人材)를 초연(招延)하는지라. 이제 귀동(貴童)을 보대 차마 버리
지 못하와 함께 행(行)하여 써 공명(功名)을 도모(圖謀)코자 한 즉(卽)
귀동(貴童)이 친명(親命) 없으므로 칭탁(稱託)하옵는 고(故)로 마지
못하여 몸소 와 감(敢)히 청(請)하나니 다행(多幸)히 존수(尊嫂)는 허
(許)하시리이까."

부인(夫人)이 가로되,

　　"향곡(鄕曲) 우졸(愚拙)한 아이 무슨 지식(知識)이 있어 감(敢)히 대사(大事)를 당(當)하리오. 또 노신(老身)의 독자(獨子)이라. 모자(母子)가 서로 의지(依支)하여 서로 떠나기 어려우니 감(敢)히 응명(應命)치 못하리로소이다."

　　공(公)이 재삼(再三) 간청(懇請)한대, 부인(夫人)이 가로되,

　　"남자(男子)가 나매 사방(四方)에 뜻을 두나니 이미 국가(國家)에 허신(許身)코자 한 즉(卽) 구구(區區)히 사정(私情)을 어찌 돌아보리오. 또 대감(大監) 의향(意向)이 이러하시니 노신(老身)이 어찌 감(敢)히 허(許)치 않으리이까."

　　공(公)이 크게 기꺼 그 부인(夫人)을 하직(下直)하고 궐동(厥童)으로 더불어 낙하(洛下)에 돌아와 궐하(闕下)에 나아가 청대(請對)[82]하니, 상(上)이 가라사되,

　　"경(卿)이 이미 소분(掃墳) 길을 하더니 어찌 지레 돌아오뇨."

　　공(公)이 가로되,

　　"소신(小臣)이 이 번(番) 길에 한 기남자(奇男子)를 만나 더불어 함께 왔나이다."

　　상(上)이 하여금 입시(入侍)하라 하신 즉(卽) 봉두(蓬頭) 돌빈(突鬢)이 곧 한 걸인(乞人)이라. 용탑(龍榻) 하(下)에 직입(直入)하여 예(禮)를 모르고 평좌(平坐)하거늘, 상(上)이 웃어 가라사되,

　　"네 어찌 수척(瘦瘠)함이 심(甚)하뇨."

　　대(對)하여 가로되,

　　"대장부(大丈夫)가 세(世)에 뜻을 얻지 못하니 어찌 그렇지 않으리이꼬."

　　상(上)이 가라사되,

---

82) 신하가 급한 일이 있을 때에 임금 뵙기를 청함.

"이 한 말이 또 기(奇)하고 장(壯)하도다."

이공(李公)을 돌아보사 가라사되,

"마땅히 무슨 벼슬을 제수(除授)하라."

공(公)이 가로되,

"이 아이 아직 산금 야수(山禽野獸)를 면(免)치 못하였사오니 신
(臣)이 삼가 마땅히 가중(家中)에 솔양(率養)하여 인재(人材)를 훈계
(訓戒)한 연후(然後)에 가(可)히 한 직사(職事)를 맡기리이다."

상(上)이 허(許)하시니, 공(公)이 상해 좌우(左右)에 두어 그 의식(衣
食)을 풍족(豊足)히 하고 병법(兵法)과 및 행세(行世)에 요건(要件)으로
써 가르치니 하나를 들으매 열을 아는지라. 일취 월장(日就月將)하니
전일(前日) 우준(愚蠢)[83]한 양자(樣子)가 아니라. 상(上)이 매양(每樣) 이
공(李公)을 대(對)하여 박탁(朴鐸)의 성취(成就)를 물으시니 공(公)이 매
양(每樣) 장진(將進)으로써 주달(奏達)하니 이같이 일년(一年)이 된지라.
공(公)이 매양(每樣) 박탁(朴鐸)으로 더불어 북벌(北伐)할 일을 의논(議
論)한 즉(卽) 그 신기(新奇)한 의사(意思)가 공(公)에서 승(勝)하니 공
(公)이 기이(奇異)히 여기더라.

장차(將次) 주달(奏達)하여 크게 쓰려 하더니 미기(未幾)에 효묘(孝廟)
가 승하(昇遐)하시니 박탁(朴鐸)이 곡반(哭班)[84]에 참예(參預)하여 통곡
(痛哭)함을 마지 아니하여 눈물이 비 되고 자주 기절(氣絶)하더라. 매일
(每日) 조석(朝夕) 곡반(哭班)에 참예(參預)하고 및 인산(因山)[85]을 마치
매 영결(永訣)을 고(告)하니 공(公)이 가로되,

"이 어쩐 말고. 내 너로 더불어 정의(情誼) 부자(父子) 같거늘 어찌

---

83) 어리석고 민첩하지 못함.
84) 국상(國喪) 때에 망곡(望哭)하던 벼슬아치의 반열(班列).
85) 국장(國葬). 옛날 태상황(太上皇)과 그 비(妃), 임금과 그 비, 황태자 부부,
   황태손(皇太孫) 부부의 장례.

차마 나를 놓고 가려 하느뇨."

대(對)하여 가로되,

"소자(小子)가 어찌 대감(大監)의 권애(眷愛)하시는 은혜(恩惠)를 알지 못하리오. 소자(小子)가 이에 옴은 의식(衣食)을 위(爲)함이 아니라 영걸(英傑)의 군왕(君王)이 위에 계시니 가(可)히 써 세예(世譽)[86]하옴이 있을까 바라더니 황천(皇天)이 권고(勸告)치 아니하샤 문득 망애[87]의 통(痛)을 만나오니 이젠 즉(卽) 천하사(天下事)를 가(可)히 할 자(者)가 없는지라. 이 진실(眞實)로 천고 영웅(千古英雄)의 눈물을 금(禁)치 못할 바이라. 내 비록 대감(大監) 문하(門下)에 있사오나 가용(可用)할 기미(機微) 없고, 또 안사(顔私)[88]에 구애(拘碍)하여 의식(衣食)을 낭비(浪費)하고 두류(逗留)[89]하여 가지 않으면 그 의(義) 아니라. 이로조차 길이 가나이다."

하고, 인(因)하여 눈물 뿌려 하직(下直)하고 향리(鄕里)에 돌아가 그 노모(老母)로 더불어 집을 떠나 심협(深峽)으로 들어가 종적(蹤迹)을 숨기니라.

---

86) 세상이 모두 칭찬함. 세상의 명예.
87) 미상(未詳).
88) 안면이 익숙하여서 생기는 사사의 정리.
89) 머물러서 떠나지 아니함.

6. 대과방이랑적심(待科榜李郎摘甚)[90]

이청주(李淸州) 병정(秉鼎)의 위인(爲人)이 소탈(疏脫)하여 문필(文筆)
을 힘쓰고 상해 자취를 감추니 사람이 아는 자(者)가 없는지라. 집이
심(甚)히 빈한(貧寒)하되 자신(資身)할 모책(謀策)이 없고 처가(妻家)가
극(極)히 부요(富饒)하니 처부모(妻父母) 이에 만모(慢侮)함이 심(甚)하
더라. 때로 혹(或) 간 즉(卽) 악공(岳公)[91]이 물으되,

"네 조반(朝飯)을 먹었느냐."

처남(妻男)이 곁에 있다가 가로되,

"불문가지(不問可知)니이다."

악공(岳公)이 비자(婢子)를 불러 가로되,

"모처(某處) 이랑(李郎)이 궐식(闕食)하였다 하니 내간(內間)에 혹
(或) 여반(餘飯)이 있거든 먹이소서."

하니, 그 박대(薄待)함이 이같더라.

형세(形勢) 점점(漸漸) 여지(餘地)없어 처가(妻家) 곁방(房)에 세거(貰
居)하여 낮이면 곧 조을고 밤 든 후(後)는 가만히 글읽고 시(詩)를 지으
니 가중(家中)이 그 문장(文章)이 유려(流麗)함을 알지 못하더라.

때 식과(式科)[92] 초시(初試)를 당(當)하여 공(公)이 한 번(番)도 과사
(科事)를 말하지 아니하거늘, 기처(其妻)가 물어 가로되,

"과거(科擧) 멀지 아니하니 그대는 관광(觀光)코자 아니하느냐."

공(公)이 가로되,

---

90) 과거 시험 본 이랑(李郎)이 오디를 따먹으며 발표를 기다리다.
91) 장인(丈人)의 경칭.
92) 옛날 태세(太歲)가 자(子)·묘(卯)·오(午)·유(酉)가 드는 해로, 3년마다 한
   번씩 돌아오는 식년마다 보이던 과거 시험. '식년과(式年科)'의 준말.

"비록 과장(科場)에 닿고자 하나 시지(試紙) 시필(試筆)을 어찌 담당(擔當)하리오."

기처(其妻)가 이에 장렴(粧奩)93)을 팔아 주니 공(公)이 이로써 과구(科具)를 차리니라.

모든 처남(妻男)과 및 동서(同婿)가 분분(紛紛)히 과구(科具)를 다스리되 하나도 공(公)의 입장(入場) 여부(與否)는 묻지 아니하더니, 및 입장(入場)하매 공(公)과 및 동서(同婿)와 처남(妻男)이 다 고중(高中)94)하니라. 그 동서(同婿)는 시재상(時宰相)의 아들이요 처가(妻家)의 애서(愛婿)라. 그 접대(接待)함이 공(公)에게 비(比)하면 소양(霄壤)이 현격(懸隔)하되 공(公)은 괘념(掛念)치 아니하더라.

방출(榜出) 후(後)에 제인(諸人)이 놀라 물어 가로되,

"그대 어찌써 과거(科擧)를 보아 득중(得中)하뇨. 세사(世事)를 측량(測量)키 어렵도다."

공(公)이 가로되,

"우연(偶然)히 제종(諸從)의 뒤를 따라 여문(餘文) 여필(餘筆)을 보았더니 불의(不意)에 득중(得中)하였도다."

제인(諸人)이 다 크게 웃더라.

및 회시(會試)를 당(當)하매 공(公)이 가만히 박쪼가리 장기(將棋)와 종이판(板)을 가지고 장중(場中)에 들어가 자가(自家)는 일찍 정권(呈券)95)하고 그 처남(妻男)의 접(接)을 찾아간 즉(卽) 남매(男妹)96) 아직 정권(呈券)을 못하였거늘, 공(公)이 인(因)하여 박국(博局)을 내어 놓고 더불어 내기하기를 청(請)하니 남매(男妹) 다 질욕(叱辱)하되 공(公)이

---

93) 경대(鏡臺). 몸치장하는 제구.
94) 높은 점수로 합격함.
95) 과거의 답안을 시관(試官)에게 냄.
96) 처남 남매(妻男男妹)의 뜻으로 쓰임.

굳이 두자 하고 또 희담(戲談)하여 짐짓 괴롭게 하니 제인(諸人)이 가
로되,

"이 사람이 어찌 과장(科場)에 들어와 이 괴악(怪惡)한 형상(形狀)
을 하여 사람의 과사(科事)를 저희(沮戲)[97]하느뇨."

다 때려 쫓거늘 공(公)이 장외(場外)로 나와 처가(妻家)에 돌아온 즉
(卽) 제인(諸人)이 또한 다 나왔더라.

악공(岳公)이 먼저 차서(次婿)의 관과(觀科) 선불선(善不善)[98]을 물은
대, 기서(其婿)가 대(對)하여 가로되,

"미쳐 정권(呈券)치 못하고 바야흐로 쓸 때에 저 이생(李生)이 홀
지(忽地) 돌입(突入)하여 박국(博局)으로 내기하자 하고 저희(沮戲)하
여 거의 낭패(狼狽)할 번 하였나이다."

악공(岳公)이 혀차며 꾸짖어 가로되,

"네 무식(無識)한 아이로써 과사(科事)의 중(重)함을 알지 못하고
사람의 과사(科事)를 작희(作戲)하니 너의 몰염치(沒廉恥)함이 이같도
다. 빨리 물러 가라."

공(公)이 또한 개의(介意)치 아니하더라.

및 방(榜) 나는 날을 당(當)하여 조반(朝飯) 후(後) 문외(門外) 뽕나무
에 올라 오디를 따 먹더니, 이윽고 방군(榜軍)[99]이 오거늘 인(因)하여
그 비봉(秘封)[100]을 탈취(奪取)하여 본 즉(卽) 곧 자가(自家) 명자(名字)
이라. 방군(榜軍)더러 일러 가로되,

"이는 이 집 둘째 양반(兩班)의 참방(參榜)함이니 문(門)에 들어 호
복(呼復)하고 다만 둘째 사위 양반(兩班)이 급제(及第)하였다 하라."

---

97) 훼사를 놂. 남을 지근덕거려 방해함.
98) 과거 시험의 잘 봄과 잘못 봄.
99) 방을 전하는 사령.
100) 남에게 보이지 않으려고 비밀히 봉함, 또는 그렇게 봉한 것

방군(榜軍)이 그 말같이 문전(門前)에 훤동(喧動)하니 거가(擧家)가 서로 경하(慶賀)하고 가로되,

"과연(果然) 그렇도다. 방지(榜紙) 어디 있느뇨."

"문(門)밖 뽕나무에 앉은 선비 뺏어서 가졌나이다."

악공(岳公)과 및 동서(同婚)가 급(急)히 나가 찾으니 공(公)이 서서(徐徐)히 가로되,

"이미 고중(高中)하였은 즉(卽) 비록 방지(榜紙)를 보지 아니하나 무엇이 해(害)로우리오."

제인(諸人)이 꾸짖고 달래어,

"어서 바삐 내려오라."

공(公)이 마지 못하여 내려와 뵈어 가로되,

"이는 나의 방지(榜紙)라. 어찌하여 찾느뇨."

제인(諸人)이 비로소 경아(驚訝)하여 그 남매(男妹)는 다 낙방(落榜)하되 공(公)은 홀로 고중(高中)하니라.

그 후(後) 벼슬하여 여러 번(番) 주목(州牧)을 지내고 처가(妻家)는 탕패(蕩敗)하여 요생(聊生)치 못하거늘, 공(公)이 빙모(聘母)를 아중(衙中)에 뫼셔 후(厚)히 대접(待接)하고 처가(妻家)를 위(爲)하여 전토(田土)를 장만하니라.

7. 초신장곽생시술(招神將郭生施術)[101]

곽사한(郭思漢)은 현풍(玄風)[102] 사람이니 망우당(忘憂堂)[103]의 후손
(後孫)이라. 자소(自少)로 과공(科工)을 업(業)하더니 일찍 이인(異人)을
만나 법술(法術)을 전수(傳受)하매 천문(天文) 지리(地理)와 음양(陰陽)
복서(卜筮)를 무불통지(無不通知)하되 집이 심(甚)히 빈한(貧寒)하나 일
호(一毫)를 망령(妄靈)되이 취(取)치 아니하더라.

그 친산(親山)이 경내(境內)에 있어 초동(樵童) 목수(木手)가 침노(侵
擄)하되 써 금(禁)치 못하는지라. 일일(一日)은 산하(山下)에 두루 행
(行)하여, 나무를 꽂아 표(標)하여 가로되,

"사람이 이 표(標) 안에 드는 자(者)가 있으면 반드시 불측(不測)한
화(禍)가 있으리라."

하여, 동중(洞中) 제인(諸人)을 경계(警戒)하여 하여금 한 걸음을 가
까이 못하게 하니 사람이 다 웃더라.

동중(洞中)의 한 완한(頑悍)한 소년(少年)이 그 표중(標中)에 간 즉
(卽) 천지(天地) 아득하고 풍뢰(風雷) 대작(大作)하며 검극(劍戟)이 삼엄
(森嚴)하고 병마(兵馬)가 붕등(?)한 듯하니 나갈 길이 없는지라. 기인(其
人)이 정신(精神)이 혼미(昏迷)하여 땅에 엎더지니 기모(其母)가 듣고
놀라 급(急)히 곽생(郭生)에게 애걸(哀乞)한대, 곽생(郭生)이 노(怒)하여
가로되,

"내 이미 경계(警戒)하였거늘 좇지 아니하고 어찌 내게 번거히 하

느뇨. 나는 알지 못하노라."

기모(其母)가 울며 간청(懇請)하니 곽생(郭生)이 마지 못하여 몸소 가보고 손을 이끌어내니 이로부터 사람이 감(敢)히 가까이 못하더라.

그 중부(仲父)가 병(病)이 중(重)하매 의원(醫員)이 말하되,

"만일(萬一) 산삼(山蔘)을 얻어 쓴 즉(卽) 가(可)히 하리라."

한대, 그 종제(從弟)와 간청(懇請)하여 가로되,

"친병(親病)이 극중(極重)하되 산삼(山蔘)을 가(可)히 얻을 수 없사오니 형(兄)의 포재(抱才)하심은 제(弟)의 본대 아는 바이라. 어찌 두어 뿌리104)을 구(求)하여 치료(治療)케 아니 하느니이꼬."

곽생(郭生)이 눈썹을 찡기어 가로되,

"이는 중난(重難)한 일이나 병환(病患)이 이같으니 가(可)히 극력(極力) 주선(周旋)하리라."

하고, 더불어 후록(後麓)에 올라 일처(一處) 송음(松陰) 아래 이르러 평원(平原)이 있으니 곧 삼전(蔘田)이라. 기중(其中) 최대자(最大者)105) 삼본(三本)을 캐어 하여금 약(藥)을 하게 하고 경계(警戒)하여 가로되,

"이 일을 누설(漏泄)치 말고 또 다시 캘 생각을 두지 말라."

그 종제(從弟) 급(急)히 돌아와 달여 쓰니 즉시(卽時) 득효(得效)하니라.

올 때에 그 길과 및 삼(蔘) 있는 곳을 기록(記錄)하였더니, 그 종형(從兄)의 없는 때를 타고 가만히 가 본 즉(卽) 다시 향일(嚮日) 간 바 곳이 아니라. 마음에 그윽히 경아(驚訝)하여 돌아와 형(兄)을 대(對)하여 그 갔던 일을 말한대, 곽생(郭生)이 웃어 가로되,

"향일(嚮日) 갔던 곳은 이 두류산(頭流山)106)이라. 네 어찌 가(可)

---

104) 뿌리.
105) 가장 큰 것.
106) '지리산(智異山)'의 별칭.

히 그 지경(地境)을 밟으리오. 이 후(後)는 이같이 말라."

일일(一日)은 방(房)을 정쇄(淨灑)히 하고 기처(其妻)를 경계(警戒)하여 가로되,

"내 이 방(房)에 있어 장차(將次) 삼사일(三四日) 간검(看檢)할 일이 있으니 문(門)을 열지 말고 또 엿보지 말라. 일한(日限)을 기다려 내 스스로 나오리라."

하고, 인(因)하여 문(門)을 닫고 들어가니 가인(家人)이 그 말을 좇아 가까이 아니하더니, 수일(數日) 후(後) 기처(其妻)가 의심(疑心)하여 창(窓) 틈으로 엿본 즉(卽) 방중(房中)이 변(變)하여 대강(大江)이 되고 강(江) 위에 단청(丹靑)한 누각(樓閣)이 있으니 기부(其夫)가 누상(樓上)에 거문고를 타고 학창의(鶴氅衣) 입은 오륙인(五六人)이 대좌(對坐)하고 하상 무의(霞裳霧衣)[107]한 선녀(仙女)가 혹(或) 노래하며 혹(或) 대무(對舞)하니 기처(其妻)가 놀라 감(敢)히 소리를 내지 못하였더니, 기약(期約)한 날에 문(門)을 열고 나와 기처(其妻)를 꾸짖어 가로되,

"내 경계(警戒)를 듣지 아니하고 임의(任意)로 규시(窺視)하니 여행(女行)이 그른지라. 후(後)에 만일(萬一) 이같이 한 즉(卽) 내 가(可)히 여기 머물지 못하리로다."

절기(切己)한 벗이 만고 명장(萬古名將)의 상모(相貌)를 한 번(番) 보기를 청(請)한대, 생(生)이 웃어 가로되,

"이 어렵지 아니하되 그대 정력(精力)이 능(能)히 저당(抵當)치 못하여 도리어 해(害)함이 될까 하노라."

기인(其人)이 가로되,

"만일(萬一) 한 번(番) 보면 비록 죽으나 한(限)이 없으리로다."

생(生)이 웃어 가로되,

---

107) 놀과 안개로 만든 옷. 곧, 선녀의 옷을 형용하는 말.

"그대 말이 이미 이같으니 다만 내 말을 의지(依支)하여 하라."

기인(其人)이 가로되,

"낙(諾)다."

생(生)이 자가(自家) 허리를 안으라 하고 경계(警戒)하여 가로되,

"눈을 감았다가 소리를 기다려 눈을 뜨라."

기인(其人)이 그 말대로 하니 두 귀에 바람 소리 들리더니 이윽고 하여금 눈을 열어 보라 한 즉(卽) 고봉 절정(高峯絶頂) 위의 한 별세계(別世界)라. 기인(其人)이 당황(唐惶)하여 물은 즉(卽) 이 가야산(伽倻山)일러라. 조금 있다가 곽생(郭生)이 의관(衣冠)을 정제(整齊)하고 분향(焚香)하고 앉아 지휘(指揮)하여 부르는 듯하더니, 미기(未幾)에 광풍(狂風)이 대작(大作)하며 무수(無數)한 신장(神將)이 공중(空中)으로조차 내려오니 다 열국(列國) 진(秦)·한(漢)·당(唐)·송(宋) 모든 명장(名將)이라. 위풍(威風)이 늠름(凜凜)하고 상모(相貌)가 당당(堂堂)하여 혹(或) 갑주(甲胄)도 하였으며 혹(或) 검극(劍戟)도 잡아 좌우(左右)에 나열(羅列)하니 기인(其人)이 정신(精神이) 혼미(昏迷)하고 기운(氣運)이 눌려 곽생(郭生)의 곁에 엎드렸더니, 이윽고 곽생(郭生)이 하여금 물러 가게 하니 기인(其人)이 이미 기색(氣塞)한지라. 생(生)이 그 조금 깨어남을 기다려 가로되,

"내 전(前)에 이르지 아니터냐. 그대 기백(氣魄)이 이같고 망령(妄靈)되이 내게 간청(懇請)하였다가 필경(畢竟) 병(病)을 얻으니 진실(眞實)로 가(可)히 탄(歎)함토다."

또 하여금 허리를 안으라 하여 집에 돌아와 기인(其人)이 경계증(驚悸症)108)을 얻어 불구(不久)에 죽으니 대개(大槪) 신이(神異)함이 많더라.

---

108) 걸핏하면 잘 놀라는 증세. 놀란 것처럼 가슴이 두근거리는 증세.

　나이 팔십(八十)에 오히려 강건(康健)[109]하여 소년(少年)같더니, 일일 (一日)에 병(病) 없이 앉아 화(化)하니라.

---

109) (윗사람의 기력이)무탈하고 튼튼함.

8. 창의사뇌양처성명(倡義使賴良妻成名)[110)

　　창의사(倡義使)[111] 김천일(金千鎰)[112]의 처(妻)가 우귀(于歸)[113]하던 날로부터 한 일도 하지 아니하고 다만 낮잠만 일삼더니, 기구(其舅)가 경계(警戒)하여 가로되,

　　"네 진실(眞實)로 아름다운 며느리나 다만 부도(婦道)를 알지 못하니 심(甚)한 흠사(欠事)이라. 무릇 부인(婦人)은 부인(婦人)의 소임(所任)이 있으니 네 이미 출가(出嫁)한 즉(卽) 가사(家事)를 다스리고 산업(産業)을 경영(經營)함이 가(可)하거늘 이를 하지 아니하고 날로 낮잠으로써 일을 삼으니 심(甚)히 불가(不可)하도다."

　　며느리 가로되,

　　"비록 치산(治産)코자 하오나 적수 공권(赤手空拳)이오니 무엇을 자뢰(資賴)하여 가산(家産)을 경영(經營)하리이고."

　　기구(其舅)가 민망(憫憫)하고 불쌍히 여겨 즉시(卽時) 벼 삼십포(三十包)와 노비(奴婢) 사오구(四五口)와 농우(農牛) 수척(數隻)을 주어 가로되,

　　"이같은 즉(卽) 족(足)히 가(可)히 치산(治産)의 자뢰(資賴) 되느냐."

　　대(對)하여 가로되,

　　"족(足)하니이다."

---

110) 창의사가 어진 부인에게 힘입어 공명을 이루다.
111) 나라에 큰 난리가 일어났을 때에 의병(義兵)을 일으킨 사람에게 시키던 임시 벼슬.
112) 임진왜란 때의 의병장. 임진 삼장사(壬辰三壯士)의 한 사람으로, 나주에서 의병을 일으켜, 양화도(陽花渡)에서 대승하고, 진주 싸움에서 성이 함락되자 자결하였음.
113) 시집을 감. 혼인한 후, 신부가 처음으로 시집에 들어가는 일.

하고, 인(因)하여 노비(奴婢)를 불러 가로되,

"이젠 즉(卽) 너희 무리 이미 내게 속(屬)하였으니 이로조차 나의 지휘(指揮)를 들으라. 네 가(可)히 곡식(穀食)을 이 쇠게[114] 싣고 무주(茂朱) 고을 아무 곳 심협(深峽)으로 들어가 나무를 베어 집을 짓고 이 벼로 농량(農糧)을 하고 화전(火田)을 힘써, 매추(每秋)에 서속(黍粟) 소출(所出) 도수(都數)[115]를 내게 와 고(告)하고 서속(黍粟)은 작미(作米)하여 저축(貯蓄)하되 매년(每年) 이같이 하라."

노비(奴婢) 명(命)을 응(應)하여 무주(茂朱)로 향(向)하여 가니라.

수일(數日) 후(後) 김공(金公)을 대(對)하여 가로되,

"남자(男子)가 수중(手中)에 전냥(錢兩)이 없으면 백사(百事)가 일지 못하나니 생각이 어찌 이에 밎지 아니하느뇨."

공(公)이 가로되,

"내 시하(侍下)[116] 인사(人士)로 의식(衣食)이 다 부모(父母)에게 자뢰(資賴)한 즉(卽) 전곡(錢穀)을 어디로조차 판출(辦出)하리오."

기처(其妻)가 가로되,

"이 동중(洞中) 이모(李某)의 집 재산(財産)이 누기만(累幾萬)이요, 성품(性品)이 도박(賭博)을 즐긴다 하니 군자(君子)가 어찌 한 번(番) 가 천석(千石) 노적(露積) 한 더미로써 내기를 아니하느뇨."

공(公)이 가로되,

"차인(此人)이 장기(將棋) 일수(一手)로써 일세(一世)에 유명(有名)하고 나는 수법(手法)이 졸(拙)하니 어찌 가(可)히 생심(生心)이나 내기하리오."

기처(其妻)가 가로되,

---

114) 소에게.
115) 모두 합한 수효. 도합(都合).
116) 노모나 조부모가 살아있어 함께 모시고 있는 사람.

"이는 극(極)히 쉬우니 다만 박국(博局)을 가져 오라."

인(因)하여 대좌(對坐)하여 제반(諸般) 묘수(妙手)를 손을 따라 지획(指劃)하니 김공(金公)이 또한 영오(穎悟)한 사람이라. 반일(半日)을 대국(大局)하매 진법(陣法)이 호연(浩然)한지라. 기처(其妻)가 가로되,

"이제는 넉넉히 가(可)히 도박(賭博)하리니 군자(君子)가 모로미 삼판양승(三板兩勝)[117]으로써 내기하되, 첫 판은 거짓 지고 이삼(二三)판은 근근(僅僅)히 이기고 이미 노적(露積)을 얻은 후(後)에 제 마땅히 다시 자웅(雌雄)을 결(決)코자 하거든 모로미 신묘(神妙)한 수를 내어 저로 하여금 시러곰 하수(下手)치 못하게 함이 가(可)하니이다."

공(公)이 그 말을 좇아 명일(明日)에 그 집에 나아가 도박(賭博)을 청(請)한대, 기인(其人)이 웃어 가로되,

"그대 나로 더불어 한 마을에 있으나 도박(賭博)한단 말을 듣지 못하였으니 이제 와 청(請)함은 어찌뇨. 또 그대 나의 적수(敵手)가 아니니 반드시 대국(大局)치 못할 것이니라."

공(公)이 가로되,

"대국(大局)하여 행마(行馬)한 연후(然後)에 가(可)히 그 고하(高下)를 알 것이니 어찌 미리 척퇴(斥退)[118]하느뇨."

하고, 간청(懇請)함을 지재지삼(至再至三)[119]하니 기인(其人)이 가로되,

"만일(萬一) 그러한 즉(卽) 내 평생(平生)에 대국(大局)하면 반드시 내기하나니 무엇으로써 시행(施行)하려 하느뇨."

공(公)이 가로되,

"그대 집에 천석(千石) 노적(露積)이 삼사(三四) 더미 있으니 이로

---

117) 세 번 내기를 하여 그 중에서 두 번 이기는 편이 결국 승리하는 일.
118) 물리쳐 도로 쫓음.
119) 두 번 세 번. 곧 여러 차례.

써 도박(賭博)하리라."

기인(其人) 왈(曰),

"나는 이로써 시행(施行)하려니와 그대는 무엇으로써 하려 하느뇨."

공(公)이 가로되,

"내 또한 천석(千石)으로써 하리라."

기인(其人)이 가로되,

"그대 시하(侍下) 사람으로 적지 아니한 곡식(穀食)을 어찌 판출(辦出)하랴."

공(公)이 가로되,

"이는 승부(勝負)를 결(決)한 후(後)에 가(可)히 말하리니 내 만일(萬一) 진 즉(卽) 천석(千石)을 어찌 족(足)히 근심하리오."

기인(其人)이 면강(勉强)[120]하여 대국(大局)할 새 양승(兩勝)으로써 한(限)하고, 처음인 즉(卽) 김공(金公)이 거짓 일국(一局)을 지니 기인(其人)이 가로되,

"그러한지라. 그대 나의 적수(敵手)가 아니라 이르지 아니터냐."

웃기를 마지 아니하거늘, 공(公)이 가로되,

"오히려 이국(二局)이 있다."

하고, 또 대국(大局)하니 기인(其人)이 괴(怪)히 여겨 다시 설국(設局)한 즉(卽) 기인(其人)이 연(連)하여 두 판을 진지라. 놀라 가로되,

"이상(異常)하다. 어찌 이러할 리 있으리오. 이미 천석(千石)을 허(許)하였으니 곧 마땅히 수운(輸運)할 것이요, 아무케나 다시 일국(一局)을 대(對)함이 어떠하뇨."

공(公)이 허락(許諾)하고 다시 대국(大局)하매 비로소 신묘(神妙)한

---

120) 억지로 하거나 시킴.

수를 내니 기인(其人)이 세궁(勢窮)하여 다시 하수(下手)치 못하는지라. 공(公)이 웃고 파(罷)하니라.

돌아와 기처(其妻)를 대(對)하여 수말(首末)을 이른 즉(卽) 처(妻)가 가로되,

"내 이미 혜아렸노라."

공(公)이 가로되,

"이미 천석(千石)을 얻었으니 장차(將次) 어찌하리오."

처(妻)가 가로되,

"군자(君子)의 친(親)한 바 중(中)에 궁(窮)하여 능(能)히 보전(保全)치 못하는 자(者)를 혜아려 분급(分給)하되 원근 귀천(遠近貴賤)을 의논(議論)치 말고 만일(萬一) 호걸(豪傑)의 사람이 있거든 더불어 허교(許交)하여 축일(祝日) 청(請)하여는 즉(卽) 주식(酒食) 공궤(供饋)는 첩(妾)이 마땅히 판비(辦備)하리이다."

공(公)이 그 말을 좇아 행(行)하니라.

일일(一日)은 기부(其婦)가 기구(其舅)에게 청(請)하여 가로되,

"식부(食婦)가 장차(將次) 농업(農業)을 힘쓰고자 하오니 울 밖에 오일(五日) 경전(耕田)을 가(可)히 허(許)하시리이까."

기구(其舅)가 허락(許諾)한대, 이에 밭을 갈고 구덩이를 깊이 파고 거름을 많이 넣고 두루 박을 심어 다 익은 후(後)에 뒤웅박을 파 하여금 옻칠하여 매년(每年) 이같이 두매 오간(五間) 고(庫)에 차이고, 또 야장(冶匠)으로 하여금 이개(二箇) 뒤웅박을 쇠로 만들어 고중(庫中)에 넣으니 사람이 그 연고(緣故)를 알지 못하더라.

임진 왜란(壬辰倭亂)을 당(當)하매 부인(婦人)이 김공(金公)더러 일러 가로되,

"첩(妾)이 평일(平日)에 군자(君子)를 권(勸)하여 빈궁(貧窮)을 구휼

(救恤)하고 호걸(豪傑)을 교결(交結)함을 원(願)함은 이런 시절(時節)에 그 힘을 입고자 함이니 군자(君子)가 마땅히 의병(義兵)을 창기(倡起)할 것이요, 구고(舅姑)가 피란(避亂)하실 곳은 첩(妾)이 무주(茂朱) 땅에 이미 경기(耕起)[121]하여 집과 곡식(穀食)이 다 있으니 거의 군자(君子)의 근심을 가(可)히 덜 것이요, 첩(妾)은 여기 있어 군량(軍糧)을 판비(辦備)하여 하여금 핍절(乏絶)치 아니케 하리이다."

김공(金公)이 흔연(欣然)히 좇아 드디어 의병(義兵)을 일으키니 원근(遠近)의 수은(受恩)한 자(者)가 다 붙좇아 수일간(數日間)에 정병(精兵) 사오천(四五千)을 얻은지라. 매명(每名)에 각각(各各) 칠표(漆標)를 채이고 싸우다가 및 회진(回陣)할 때에 쇠로 지은 뒤웅박을 길에 버리고 가니 왜병(倭兵)이 보고 대경(大驚)하여 가로되,

"차군(此軍)이 사람마다 이 표(標)를 차고 그 행(行)함이 비조(飛鳥) 같으니 그 용력(勇力)을 가(可)히 알지라."

하고, 드디어 서로 계칙(戒飭)하여 감(敢)히 그 날[122]을 당(當)치 못하리라 하니, 이런 고(故)로 왜병(倭兵)이 김공(金公)의 군(軍)을 본 즉(卽) 싸우지 아니코 다 쓰러지니 김공(金公)이 기공(奇功)[123]을 많이 세움은 다 부인(婦人)의 찬조(贊助)한 힘일러라.

---

121) 논밭을 갊. 기경(起耕).
122) 날카로움.
123) 기이한 공적.

9. 향유용계만죽천(鄕儒用計瞞竹泉)[124]

죽천(竹泉)[125]이 매양(每樣) 과거(科擧)의 시관(試官)으로 있으면 시감(詩鑑)이 귀신(鬼神) 같더니, 마침 호중(湖中)에 소분(掃墳)하고 돌아올 때에 감시(監試) 회기(會期) 가까운지라. 한 선비 기마(騎馬)하여 앞에 행(行)할 새 마상(馬上)에서 상해 손에 한 책자(冊子)를 가지고 종일(終日) 보고 중화(中火)[126] 숙소(宿所)를 반드시 한가지 하니 죽천(竹泉)이 괴(怪)히 여기더니, 및 숙소(宿所)에 이르매 사람으로 하여금 그 선비를 불러 물은 즉(卽) 곧 회시(會試) 보러 가는 사람이라.

스스로 말하되,

"양(兩) 노친(老親) 시하(侍下)에 칠팔차(七八次) 초시(初試)를 하되 매양(每樣) 회시(會試)에 굴(屈)하여 정리(情理) 절박(切迫)하다."

하거늘, 또 물으되,

"보는 책(冊)이 무슨 글이건대 손에 잠간(暫間)도 놓지 아니하느뇨."

대(對)하여 가로되,

"연래(年來) 지은 바 사초(私草)[127]이라. 이젠 즉(卽) 정신(精神)이

---

124) 시골 유생(儒生)이 계교를 써서 죽천(竹泉) 김진규(金鎭圭)를 속이다.
125) 조선조 숙종 때의 문신. 죽천(竹泉)은 그의 호. 김만기(金萬基)의 아들로 갑술옥사 후 지평(持平)으로 기용되었다가 이듬해 소론(少論) 남구만(南九萬)으로부터 척신(戚臣)으로서 궁중 출입이 잦고 월권 행위가 많다는 탄핵을 받아 삭직됨. 후에 다시 사환하여 대제학·공조 판서 등을 역임함. 문장에 뛰어났고 서화(書畵)에도 능했음.
126) 길을 가다가 중도에서 지어먹는 점심.
127) 스스로 지은 글.

혼모(昏秏)128)하여 엄권(掩卷)129) 즉(卽) 망(忘)하는 고(故)로 상해 눈
에 익혀 보노라."

죽천(竹泉)이 그 책(冊)을 청(請)하여 본 즉(卽) 개개(箇箇) 명작(名作)
이라. 인(因)하여 차탄(嗟歎)하여 가로되,

"과공(科工)이 이렇듯 근실(勤實)하고 귀작(貴作)이 또 이렇듯 청신
(淸新)하거늘 어찌 여러 번(番) 굴(屈)하뇨. 이는 유사(有司)의 책망
(責望)이로다."

기인(其人)이 가로되,

"이제는 나이 늙고 겁(怯)이 많아 자작 자필(自作自筆)할 때에 자
획(字劃)이 매매(每每) 횡서(橫書)하니 어찌 굴(屈)치 않으리오. 금행
(今行)에도 마땅히 이같을 것이니 내 뜻은 관광(觀光)코자 아니하되
노친(老親)이 권(勸)하시매 마지 못하여 이 불긴(不緊)한 길을 하나이
다."

죽천(竹泉)이 긍련(矜憐)히 여겨 위로(慰勞)하여 가로되,

"금번(今番)은 힘써 보라."

하고, 인(因)하여 입성(入城)하여 회시(會試) 시관(試官)을 당(當)하여
고권(顧券)130)할 때에 한 시권(試券)이 있으되 자획(字劃)이 혹(或) 좌서
(左書)하며 혹(或) 횡서(橫書)하였거늘, 죽천(竹泉)이 보고 웃어 가로되,

"이 반드시 궐자(厥者)의 시권(試券)이라."

하고, 인(因)하여 제시(諸試)131)를 향(向)하여 가로되,

"이는 노유(老儒) 실재(實才)의 시권(試券)이니 금번(今番)은 오배

---

128) 늙어서 정신이 흐리고 기력이 쇠약함.
129) 읽던 책을 덮음.
130) 과거 시험의 답안지를 살펴 봄.
131) 여러 시관(試官).

(吾輩)[132] 가(可)히 적선(積善)하리라."

하고, 인(因)하여 묻지 아니하고 장원(壯元) 시키니라.

및 방(榜)을 내매 그 봉내(封內)[133]를 본 즉(卽) 연기(年紀) 쇠로(衰老)치 아니커늘 마음에 심(甚)히 의아(疑訝)하더니, 방방(放榜)[134] 후(後)에 신은(新恩)이 시관(試官)을 와 봄은 전례(前例)라. 차인(此人)이 또한 와 보거늘 죽천(竹泉)이 하례(賀禮)하여 가로되,

"적굴(積屈)[135]한 즈음에 이 의첩(依牒)을 얻으니 심(甚)히 기쁘도다."

기인(其人)이 대(對)하여 가로되,

"첫 초시(初試)에 결실(結實)하였나이다."

또 가로되,

"노친(老親) 시하(侍下)에 가(可)히 써 즐기심을 보리로다."

또 가로(되),

"영감하(永感下)[136]로소이다."

죽천(竹泉)이 괴(怪)히 여겨 가로되,

"향자(向者) 노상(路上)에 어찌 나를 속이뇨."

기인(其人)이 피석(避席) 부복(俯伏)하고 대(對)하여 가로되,

"소생(小生)이 대감(大監)의 주시(主試)하실 줄 아온 고(故)로 이로

---

132) 우리 무리. 우리들.
133) 봉미(封彌). 과거의 답안지 오른쪽 끝에 응시자의 성명 생년월일 주소 사조(四祖) 등을 쓰고 봉하여 붙이던 일. 고려 11대 문종 16(1062)년 처음 실시됨.
134) 조선조 때 과거에 급제한 사람에게 증서(證書)를 주던 일. 문무과(文武科)의 대과(大科)에 합격한 사람에게는 홍패(紅牌)를, 소과(小科)에 합격한 사람에게는 백패(白牌)를 각각 내렸음.
135) 실패한 횟수가 쌓임.
136) 부모가 돌아가서 계시지 않은 경우.

써 잠간(暫間) 기망(欺罔)하옴이니 이같이 아니하면 대감(大監)이 어찌 탁발(擢拔)[137]하시리이꼬. 사죄(死罪) 사죄(死罪)로소이다.”
죽천(竹泉)이 익히 보고 웃더라.

---

137) 발탁.

10. 영기양광수곡수(營妓佯狂隨谷倅)[138]

매화(梅花)는 곡산(谷山) 기생(妓生)이라. 한 노자(老者)[139]가 순상(巡相)이 되어 순력(巡歷)하여 곡산(谷山)에 들어 매화(梅花)의 자색(姿色)을 보고 사랑하여 데리고 영중(營中)에 가 총행(寵行)이 날로 심(甚)하더니, 때에 한 명사(名士)가 곡산수(谷山倅)가 되어 연명(延命)[140]할 때에 잠간(暫間) 매기(梅妓)의 선명(鮮明)함을 보고 본아(本衙)로 돌아오게 하고자 하더니, 환관(還官)[141] 후(後) 기모(妓母)를 불러 후(厚)히 대접(待接)하고 뇌물(賂物)을 주니 이후(以後)로 기모(妓母)가 매양(每樣) 아중(衙中)에 출입(出入)하매 미육(米肉) 전백(錢帛)을 매매(每每)[142] 처급(處給)하여 이같이 한 지 여러 달이라.

기모(妓母)가 괴(怪)히 여겨 일일(一日)에 묻자와 가로되,

"소인(小人)같이 미천(微賤)한 몸을 이같이 관애(寬愛)하시니 황공(惶恐)함이 여지(餘地)없는지라. 아지 못게이다. 사도(使道)가 무슨 소견(所見)으로 이같이 하시나니이꼬."

본수(本倅)가 가로되,

"너희 비록 연노(年老)하나 근본(根本) 창기(娼妓)라. 더불어 파적(罷寂)코자 함이요 별(別)로 다른 일이 없노라."

일일(一日)에 노기(老妓) 또 묻자와 가로되,

"사도(使道)가 반드시 소인(小人)을 쓸 곳이 있어 이같이 관대(寬

---

138) 감영의 기생이 미친 체하여 곡산(谷山) 원을 따르다.
139) 늙은이.
140) 원이 감사를 처음 가서 보던 의식.
141) 지방관(地方官)이 자기의 임소(任所)로 돌아가거나 돌아옴.
142) 번번이.

待)하시나니 어찌 빨리 분부(分付)치 아니하시나니이꼬 소인(小人)이
수은(受恩)함이 망극(罔極)하와 비록 수화(水火)라도 피(避)치 아니하
리이다."

본수(本倅)가 이에 가로되,

"내 영행시(營行時)에 마침 네 딸을 보고 애련(愛戀)함을 잊지 못
하여 거의 성병(成病)할 듯하니 만일(萬一) 솔래(率來)[143]하여 다시
일면(一面)을 접(接)하면 죽어도 한(恨)이 없으리로다."

노기(老妓) 웃어 가로되,

"이는 지이(至易)한 일이라. 어찌 일찍 분부(分付)치 아니하시니이
꼬. 종당(從當)[144] 대령(待令)하리이다."

하고, 집에 돌아와 그 딸에게 전인(傳人)하여 가로되,

"내 무하(無何)의 증(症)[145]으로 사경(死境)에 이르러 너를 보지 못
하면 죽어도 눈을 감지 못하리니 속속(速速)히 수유(受由)[146]를 얻어
내려와 생전(生前) 면결(面訣)[147]하기를 바라노라."

매화(梅花)가 모서(母書)를 보고 울며 순상(巡相)께 고(告)하여 모병
(母病)을 살피려 한대, 순상(巡相)이 허(許)하고 자송(資送)을 후(厚)히
하니라.

매기(梅妓) 급(急)히 와 기모(其母)를 보니 병(病)이 없는지라. 기모
(其母)가 그 사유(事由)를 이르고 함께 아중(衙中)에 들어가 현신(現身)
하니 본수(本倅)의 시년(時年)이 겨우 삼십여세(三十餘歲)라. 풍의(風

---

143) 데리고 옴.
144) 이 뒤에 마땅히. 그 뒤에 드디어.
145) 무하지증(無何之症). 병명(病名)을 몰라서 고칠 수가 없는 병. 이름 모를
병.
146) 말미를 받음, 또는 그 말미.
147) 직접 보는 앞에서 영결(永訣)함.

儀)148) 동탕(動蕩)하고149) 순상(巡相)은 용모(容貌)가 노추(老醜)하니 선
범(仙凡)150)이 현수(懸殊)151)한지라. 매화(梅花)가 한 번(番) 보고 또한
연모(戀慕)하여 이날 시침(侍寢)하매 양정(兩情)이 환흡(歡洽)152)하더니,
일삭(一朔) 수유(受由)한 한(限)이 장차(將次) 격일(隔日)한지라. 매화(梅
花)가 도로 해주(海州)로 가려 하거늘 본수(本倅)가 차마 연연(戀戀)하
여 놓지 못하여 가로되,

　　"이로조차 한 번(番) 이별(離別)하매 후회(後會) 묘연(杳然)하니 장
　　차(將次) 어찌하리오."

매화(梅花)가 눈물을 뿌려 가로되,

　　"첩(妾)이 이미 허신(許身)하온지라. 금행(今行)에 자연(自然) 탈신
　　(脫身)하여 돌아올 계교(計巧)가 있사오니 불구(不久)에 마땅히 뵈시
　　리이다."

하고, 인(因)하여 떠나 해영(海營)153)에 이르러 들어가 순상(巡相)께
뵌대, 순상(巡相)이 물으되,

　　"네 모(母)의 병(病)이 어떠하뇨."

대(對)하여 가로되,

　　"병세(病勢) 위태(危殆)하더니 다행(多幸)히 양의(良醫)를 만나 차
　　도(差度)를 얻었나이다."

전(前)같이 수청(守廳)하더니, 십여일(十餘日) 후(後)에 매화(梅花)가
홀연(忽然) 병(病)을 얻어 침식(寢食)을 폐(廢)하고 여러 날 신음(呻吟)

---

148) 풍채(風采).
149) 얼굴이 토실토실하게 잘 생기고.
150) 신선과 보통 사람. 여기서는 잘 생긴 이와 못생긴 이를 뜻함.
151) 현격하게 다름.
152) 즐겁고 흡족함.
153) 해주(海州) 감영(監營).

하니 순상(巡相)이 근심하여 의약(醫藥)을 잡시(雜施)154)하되 효험(效驗)이 없는지라. 장근(將近)155) 일순(一旬)이러니, 일일(一日)은 궐연(蹶然)156)히 일어 봉두 귀면(蓬頭鬼面)으로 손뼉치고 발구르며 미친 소리와 잡(雜)된 말이라. 혹(或) 웃으며 혹(或) 울어 대청(大廳)에 뛰놀며 순사(巡使)의 성명(姓名)을 척호(斥呼)157)하고 사람이 혹(或) 붙들면 차고 물어 앞에 가까이 못하게 하니 곧 한 광병(狂病)이라. 순상(巡相)이 경해(驚駭)하여 하여금 밖에 내어보내어 제 집으로 환송(還送)하니 대개(大槪) 양광(佯狂)158)이라.

환가(還家)하던 날 곧 아중(衙中)에 들어가 본수(本倅)를 보아 그 형상(形狀)을 말하고 협실(夾室)에 머물러 정의(情誼) 날로 두터우니 소문(所聞)이 자연(自然) 전파(傳播)하여 모르는 이 없는지라. 순상(巡相)이 또한 듣고 드디어 함점159)하니, 그 후(後)에 곡산수(谷山倅)가 영해(營海)에 잔 즉(卽) 순상(巡相)이 물어 가로되,

"매화(梅花)가 병(病)으로써 제 집에 돌아가더니 근래(近來) 어떠하더뇨. 혹(或) 불러 보냐."

대(對)하여 가로되,

"병(病)인 즉(卽) 조금 나으나 영기(營妓)160)를 하관(下官)이 어찌 불러 보리이꼬."

순상(巡相)이 냉소(冷笑)하여 가로되,

---

154) 잡시방약(雜施方藥). 병을 다스리기 위하여 여러 가지 약을 시험하여 씀.
155) '거의'의 뜻으로, 사물의 수효나 차례를 나타내는 말과 함께 쓰이어, 일정한 동안(기간)을 나타낼 때에 쓰임.
156) 갑자기 뛰어 일어남. 벌떡 일어남.
157) 버릇없이 마구 부르는 일.
158) 미친 척함.
159) 함혐(含嫌). 불평을 품음.
160) 감영(監營)에 소속된 기생(妓生).

"원(願)컨대 영공(令公)은 나를 위(爲)하여 잘 수직(守直)하라."

곡수(谷倅)가 그 형상(形狀)을 알고 수유(受由)를 청(請)하여 상경(上京) 후(後)에 한 언관(言官)을 부촉(咐囑)[161]하여 순상(巡相)을 논박(論駁)하여 파직(罷職)하게 하고, 인(因)하여 매화(梅花)를 작첩(作妾)하고 체귀(遞歸)할 제 한가지로 데려오니라.

및 병신옥사(丙申獄事)[162]로 전(前) 곡산수(谷山倅)가 좌죄(坐罪)하여 옥(獄)에 매이니 기처(其妻)가 울며 매화(梅花)더러 일러 가로되,

"주공(主公)이 차경(此境)에 이르니 나는 이미 결단(決斷)한 마음이 있거니와 너는 연소(年少)한 기아(妓兒)라. 어찌 반드시 이에 있으리오. 네 집에 돌아감이 가(可)하니라."

매화(梅花)가 또 울어 가로되,

"천첩(賤妾)이 영감(令監)의 은혜(恩惠)를 입사온 지 또한 오랜지라. 번화(繁華) 시절(時節)에는 더불어 안향(安享)[163]하고 환란(患亂) 시절(時節)에는 어찌 배반(背反)하리오. 죽을 따름이언정 어디가리오."

후(後) 수일(數日)에 장폐(杖斃)[164]한 흉음(凶音)이 집에 이르매 기처(其妻)가 스스로 목매어 죽으니 매화(梅花)가 몸소 습렴(襲殮) 입관(入棺)하고, 및 주인(主人)의 시체(屍體)를 내어주매 또다시 치상(治喪)하여 부부(夫婦)의 영구(靈柩)를 선영(先塋)에 합폄(合窆)[165]하고, 인(因)하여 무덤곁에 자결(自決)하여 하종(下從)[166]하니 그 절개(節介) 결결하더

---

161) 부탁하여 맡김.
162) 1776년 정조 즉위 후 국정을 천단했던 정후겸(鄭厚謙)과 홍인한(洪麟漢)을 제거했던 옥사를 말함.
163) 하늘이 내린 복을 평안하게 누림.
164) 장형(杖刑)으로 말미암아 죽음. 장사(杖死).
165) 부부의 시체를 한 무덤에 묻음. 합장(合葬).
166) (남편이 죽은 뒤에) 아내가 남편을 따라 자결함.

라.167)

처음 순사(巡使)에게는 계교(計巧)를 써 도면(圖免)168)하고 후(後)에
본수(本倅)에게는 입절 사의(立節死義)169)하니 그 또한 여중 예양(女中
豫讓)170)이로다.

---

167) 결결하다. 지나칠 정도로 깨끗하고 여무져서 빈 틈이 없다.
168) 벗어나기를 꾀함.
169) 절개를 세우고 죽음으로써 의를 지킴.
170) 예양은 기원전 5세기, 중국 전국 시대(戰國時代) 진(晋)나라의 의사(義士).
     진나라의 지백(智伯)을 섬겨 총애를 받았으나, 지백이 조양자(趙襄子)에게
     피살되자 복수를 맹세하고, 이름을 바꾸어 형인(刑人)이 되기도 하고, 몸
     에 옻을 발라 문둥이 모양을 하고 또는 숯을 먹고 벙어리가 되기도 하여
     기회를 엿보았으나 번번이 실패하여 자살하였음.

11. 무거자사봉항우(武擧子舍逢項羽)[171]

한 무거자(武擧子)[172]가 있으니 상모(相貌)가 규규(赳赳)[173]한지라.
동중(洞中)에 한 폐사(廢舍)가 있으니 또한 귀신(鬼神)의 빌미로 폐(廢)
한 집이라. 모든 거자(擧子)가 그 집에 모이어 장차(將次) 잡기(雜技)를
하려 언약(言約)할 새 차인(此人)이 먼저 가 돗을 펴고 촉(燭)을 밝혀
기다리더니, 홀연(忽然) 대우(大雨)가 붓듯이 오고 인정(人定)이 이미
보(報)하니 사람이 시러곰 왕래(往來)치 못할지라.

차인(此人)이 촉(燭)을 돋우고 홀로 앉았더니, 삼경(三更) 양에 문득
천병 만마(千兵萬馬)의 소리 있거늘, 차인(此人)이 경아(驚訝)하여 눈을
들어 보니 한 장군(將軍)이 칼을 띠고 말께 앉아 무수(無數)한 갑병(甲
兵)이 들어오거늘, 차인(此人)이 당(堂)에 내려 그 장군(將軍)을 본 즉
(卽) 눈이 중동(重瞳)[174]이요, 말은 오추(烏騅)[175]이라. 계전(階前)에 이
르러 말을 내려 하여금 일으켜 가로(되),

"네 나를 따라 당(堂)에 오르라."

기인(其人)이 만분(萬分) 전율(戰慄)하여 숨을 감추고 뒤를 좇아 오르
니 장군(將軍)이 상좌(上座)에 앉아 기인(其人)을 앉으라 하고, 물어 가
로되,

"네 내 넌 줄 아느냐."

---

171) 무과 준비를 하던 무인이 헌 집에서 항우를 만나다.
172) 무과를 보려는 선비.
173) 씩씩하고 헌걸참.
174) 겹으로 된 눈동자.
175) 오추마(烏騅馬). 옛날 중국의 항우가 탔었다는 말로 검은 털과 흰 털이
     섞인 말.

기인(其人)이 대강(大綱) 사기(史記)를 아는지라. 답(答)하여 가로되,

"장군(將軍)이 서초패왕(西楚覇王)[176]이 아니시니이까."

장군(將軍)이 웃어 가로되,

"그러하다. 내 패공(沛公)[177]으로 더불어 팔년(八年)을 다투다가 필경(畢竟) 패공(沛公)에게 천하(天下)를 사양(辭讓)하니 후세(後世) 사람이 나로써 어떻다 하느뇨. 내 전장(戰場) 지략(智略)이 족(足)치 못함이 아니요 하늘이 망(亡)케 하심이라. 세인(世人)이 그 아느냐"

기인(其人)이 가로되,

"이는 한사(漢史)에 실려 있으니 남궁(南宮) '주석(酒席)의 문답(問答)'(?)을 어찌 듣지 못하였으리이까."

장군(將軍)이 노(怒)하여 꾸짖어 가로되,

"수자(竪子)[178]는 족(足)히 말하지 못하리로다. 이른 바 한사(漢史) 는 나 죽은 후(後) 몇 해에 주출(做出)[179]한 바이니 내 어찌 알리오. 네 다만 말하라."

기인(其人)이 가로되,

"그 글에 일렀으되 패공(沛公)은 능(能)히 삼걸(三傑)[180]을 쓰고 대왕(大王)은 한 범증(范增)[181]을 능(能)히 쓰지 못하니 이런 연고(緣

---

176) 항우(項羽)를 달리 이르는 말. 진(秦)나라 말의 무장. 이름은 적(籍). 우(羽)는 자(字)임. 초(楚)나라 사람으로 기원전 209년에 군사를 일으켜 진나라를 쳐서 멸한 다음, 스스로 서초패왕(西楚覇王)이라 하였음. 뒤에 유방(劉邦)과 불화하게 되어 해하(垓下)에서 싸워 패하여 오강(烏江)에서 자결하였음.

177) 한(漢)나라 고조(高祖) 유방(劉邦).

178) 더벅머리.

179) 없는 사실을 꾸며 만듦. 주작(做作).

180) 한고조(漢高祖) 유방(劉邦)을 도와 천하를 통일하는데 큰 공을 세운 세 사람. 곧 장량(張良)·한신(韓信)·소하(蕭何).

181) 중국 초한(楚漢) 쟁패시(爭覇時) 항우의 모신(謀臣). 항우를 도와 수차례 전공을 세우고 홍문(鴻門)의 회(會)에서 유방을 죽이려다 실패, 뒤에 항우

故)로 승패(勝敗) 판단(判斷)하다 하였나이다."

장군(將軍)이 돌탄(咄嘆)[182]하여 가로되,

"과연(果然) 이 일이 있으니 내 또한 뉘웃노라."

기인(其人)이 가로되,

"속에 평생(平生)에 차석(嗟惜)한 바가 있으니 가(可)히 써 대왕(大王) 앞에서 질정(叱正)코자 하나이다."

가로되,

"무슨 일고."

대(對)하여 가로되,

"대왕(大王)이 비록 동성(東城)의 패(敗)함이 있으나 한 번(番) 오강(烏江)을 건너 두 번(番) 강동(江東)의 군사(軍士)를 일으킨 즉(卽) 천하(天下) 득실(得失)을 가(可)히 알지 못할지라. 또 대왕(大王)이 그 때에 횡행(橫行)하면 그 세상(世上)에 능(能)히 대왕(大王)을 항거(抗拒)할 자(者)가 없거늘 대왕(大王)이 어찌 일시(一時) 분(忿)함을 참지 못하여 자문(自刎)할 지경(地境)에 이르니 어찌 가석(可惜)치 않으리이까. 대장부(大丈夫)가 어찌 아녀자(兒女子)의 구구(區區) 소절(小節)을 하리오."

신장(神將)이 들기를 반(半)이 못하여 칼로써 기둥을 쳐 가로되,

"그대 말을 또 쉬우라.[183] 내 또 생각하니 분한(憤恨)하여 죽고자 하노니 나는 가노라."

하고, 인(因)하여 당(堂)에 내려 말을 타고 중문(中門)으로 나가거늘, 기인(其人)이 가만히 그 뒤를 밟은 즉(卽) 후면(後面)에 이르러 종적(蹤迹)이 멸(滅)하니 마음에 심(甚)히 의아(疑訝)하더라.

와 불합하여 팽성(彭城)에 가서 죽었음.

182) 혀를 차며 탄식함.

183) 쉬라. 곧 말을 그만 하라는 뜻.

및 천명(天明)에 후면(後面)에 가 살핀 즉(卽) 허청(虛廳)[184] 사오칸
(四五間)이 있으되 티끌이 가득하고 벽상(壁上)에 항우(項羽)의 기병(起
兵) 도강(渡江)하던 화축(畵軸)과 및 홍문연(鴻門宴)[185] 그림을 붙였으
니 거의 다 파상(破傷)하였거늘, 인(因)하여 그 화본(畵本)을 소화(燒火)
하니 이로조차 후환(後患)이 없고 기인(其人)이 인(因)하여 입처(入處)하
니라.

---

184) 헛간으로 된 집채.
185) 기원전 206년에 한의 고조 유방이 초왕 항우와 홍문에서 만나 잔치를
    열었던 일. 항우는 범증의 권고로 유방을 죽이려 했으나 유방은 장량(張
    良) 의 꾀로 번쾌(樊噲)의 도움을 받아 무사히 도망쳤음.

12. 신겸권술편재상(新傔權術騙宰相)[186]

옛 한 대신(大臣)이 성품(性品)이 혹독(酷毒)하고 급(急)하여 기백(箕
伯)이 되었을 때에 순력(巡歷)할 새 도로(道路)에 만일(萬一) 돌이 있은
즉(卽) 수향(首鄕) 수리(首吏)로 하여금 이로써 빼게 하고 막대로써 그
발꿈치를 때리니 왕왕(往往) 피를 토(吐)하고 죽는 자(者)가 있으며, 기
외(其外) 거행(擧行)과 및 다담(多啖) 등속(等屬)이라도 혹(或) 여의(如
意)치 못한 즉(卽) 혹(或) 악형(惡刑)하며 중곤(重棍)[187]하니 죽는 자(者)
가 열의 팔구(八九)이라. 열읍(列邑)이 진동(震動)하더라.

행(行)하여 일읍(一邑)에 이르매 제리(諸吏) 황겁(惶怯)하여 할 바를
알지 못하거늘 홀연(忽然) 연소(年少) 기아(妓兒)가 웃어 가로되,

"사도(使道)도 또한 이 사람이라. 어찌 이리 공겁(恐怯)하느뇨. 순
사(巡使)가 어찌 사람을 산 채로 삼키랴. 내 만일(萬一) 수청(守廳)한
즉(卽) 다만 각청(各廳)이 무사(無事)할 뿐이 아니라 순상(巡相)으로
하여금 적신(赤身)으로 방문(房門)을 나게 하리니 이방(吏房) 이하(以
下)로 다 장차(將次) 나를 후(厚)히 대접(待接)할소냐."

제리(諸吏) 가로되,

"만일(萬一) 그런 즉(卽) 우리 청(請)으로 너를 중상(重賞)하리라."

기아(妓兒)가 가로되,

"다만 두루 나의 수단(手段)을 보라."

및 순사(巡使) 행차(行次)가 관부(官府)에 들매 기아(妓兒)가 수청(守

---

186) 새로 온 겸종(傔從)이 계책으로 재상을 속이다.
187) 조선조 때의 곤장의 하나. 버드나무로 만든 것으로 곤장 중 가장 큰 것
    임.

廳)하였더니 때 정(正)히 팔월(八月) 중순(中旬)이라. 낮은 더우나 밤은 서늘한지라. 순사(巡使)가 차기(此妓)로 동침(同寢)할 새 방호(房戶)[188] 장자(障子)를 미쳐 내리지 못하였더니 차기(此妓) 짐짓 추워하는 태도(態度)를 짓거늘, 순사(巡使)가 물어 가로되,

"네 추운 뜻이 있느냐."

대(對)하여 가로되,

"방문(房門)을 닫지 아니하와 냉기(冷氣) 쏘이나이다."

순사(巡使)가 가로되,

"만일(萬一) 그러면 하예(下隷)로 하여금 장자(障子)를 내리랴."

기아(妓兒)가 가로되,

"밤이 깊은지라. 어찌 가(可)히 부르리이꼬."

순사(巡使)가 가로되,

"그러면 어찌할꼬."

기아(妓兒)가 가로되,

"소인(小人)은 키 사도(使道)께 밎지 못하오니 사도(使道)가 잠간(暫間) 내려 가심이 무방(無妨)하니이다."

순사(巡使)가 가로되,

"거조(擧措)가 해이(駭異)[189]치 아니하랴."

기아(妓兒)가 가로되,

"깊은 밤에 뉘 알 리이꼬."

순사(巡使)가 마지 못하여 일어나 장자(障子)를 들어 닫으니, 이때에 하속(下屬)이 좌우(左右)에 규시(窺視)하고 입을 가리고 웃지 않을 이 없으니, 차읍(此邑)은 일인(一人)도 수죄(受罪)함이 없고 무사(無事) 경

---

188) 방에 있는 창문.
189) 놀랄 만큼 이상함.

과(經過)하니 제리(諸吏) 그 기아(妓兒)를 후상(厚賞)하니라.

그 대신(大臣)이 되었을 제 새로 온 겸종(傔從) 일인(一人)이 있어, 매양(每樣) 부릴 데 있으면 그 겸종(傔從)이 반드시 응명(應命)하고 와 요강(尿綱) 연갑(硯匣)190) 등속(等屬)을 발로 차 엎치고, 동으로 가라 하면 반드시 서로 가 일마다 그 뜻을 어기니, 재상(宰相)이 그 괴로움을 이기지 못하여 매양(每樣) 모든 겸종(傔從)을 꾸짖어 가로되,

"너희는 어찌 잉편(仍便)하고191) 반드시 신겸(新傔)으로 하여금 사환(使喚)하게 하여 향방(向方)을 알지 못하여 일만 저질게 하니 그 무슨 도리(道理)뇨."

제겸(諸傔)이 황공(惶恐)하여 매매(每每)히 금(禁)하고 하여금 사환(使喚)을 응(應)치 못하게 하되, 기인(其人)이 마침내 듣지 아니하고 만일(萬一) 사환(使喚)이 있으면 반드시 먼저 내달으니 재상(宰相)이 보면 문득 성화(成火)하더니, 월여(月餘)에 혜청(惠廳)192) 서리(胥吏) 과궐(窠闕)193)이 있거늘 신겸(新傔)이 앞에 부복(俯伏)하여 가로되,

"소인(小人)이 원(願)컨대 차과(此窠)를 하여지이다."

재상(宰相)이 이윽히 보고 가로되,

"그리하라."

인(因)하여 차(差)접194)을 내니 제겸(諸傔)이 일제(一齊) 칭원(稱冤)하여 가로되,

"소인(小人)이 몇 해 근고(勤苦)하오며 몇 대(代) 세교(世交)거늘 이런 호과(好窠)를 신겸(新傔)이 어찌하리이꼬."

---

190) 벼룻집.
191) 늘 편안하고.
192) 선혜청(宣惠廳).
193) 벼슬자리에 결원이 있음.
194) 하급 관리 임명의 사령서(辭令書). 차첩(差帖).

재상(宰相)이 가로되,

"내 살아 있은 후(後)에 너희 무리 가(可)히 소임(所任)을 얻을 것이니 내 죽은 후(後)에 여배(汝輩) 뉘를 향(向)하여 도모(圖謀)하리오. 차겸(此傔)이 만일(萬一) 있으면 내 성화(成火)하여 죽을 것이기로 속속(速速)히 구처(區處)하니만 같지 못하니 여배(汝輩)는 다시 말 말라."

그 후(後)에 신겸(新傔)이 와 뵈어 만일(萬一) 사환(使喚)이 있으면 천령 백리(千伶百俐)[195]하여 재상(宰相)의 뜻을 맞추거늘, 재상(宰相)이 괴(怪)히 여겨 물어 가로되,

"네 범백(凡百)이 전일(前日)과 대상부동(大相不同)[196]하니 요임(要任)을 한 연고(緣故)이냐."

기인(其人)이 가로되,

"사인(小人)이 대감(大監) 댁(宅) 문하(門下)에 새로 들어온 즉(卽) 겸종(傔從)의 수(數)가 삼십(三十)이 지나고 소인(小人)이 거말(居末)[197]이오니 각사(各司) 이궐(吏闕) 있는 자(者)를 차례(次例)로조차 전차(塡差)[198]하온 즉(卽) 소인(小人)이 장차(將次) 늙어 죽을지라. 그윽히 엎드려 대감(大監) 기질(氣質)이 엄급(嚴急)[199]하심을 뵈온 고(故)로 노기(怒氣)를 충격(衝擊)하와 견디지 못할 듯하오면 마땅히 먼저 구처(區處)하실 듯하온 고(故)로 짐짓 몰지각(沒知覺)한 형상(形狀)을 지어 이에 이르렀나이다."

재상(宰相)이 크게 웃어 가로되,

---

195) 온갖 영리함.
196) 조금도 비슷하지 않고 몹시 다름.
197) 말석(末席)에 있음.
198) 벼슬 자리에 벼슬아치를 임명하고 보충함.
199) 엄하고 급함.

"너는 가(可)히 제갈공명(諸葛公明)[200]이라 이르리로다. 내 네게 속임 봄을 한(恨)하노라."
하더라.

---

200) 중국 삼국 시대 촉한(蜀漢)의 정치 전략가. 이름은 양(亮). 공명(孔明)은 자(字). 전에 없던 전략가로 유비의 삼고초려(三顧草廬)에 감격, 그를 도와 오(吳)와 연합하여 조조의 위군(魏軍)을 적벽(赤壁)에서 대파하고 파촉(巴蜀)을 얻어 촉한을 세우고 유비가 제위에 오르자 승상(丞相)이 되었음. 이어 남만(南蠻)을 정벌하고, 위를 여러 번 공격하였으나 성공하지 못하고 병사(病死)하였음. 시호는 충무(忠武).

청구야담 권지십오(靑邱野談 卷之十五)

1. 상숙은세송의자(償宿恩歲送衣資)[1]

교리(校理) 이모(李某)란 사람이 젊었을 때에 그 외구(外舅)가 청주
(淸州) 임소(任所)에 가서 머물더니, 일일(一日)은 화양동(華陽洞)을 구
경하고 돌아오는 길에 그 매씨(妹氏)를 보러 가고자 하나 그 집이 수십
리(數十里) 밖에 있는지라. 걸어 행(行)하매 마침 시장하나 근처(近處)
에 숫막(幕)[2]이 없으매 사고(四顧) 방황(彷徨)하더니, 한 촌가(村家)가
상망지지(相望之地)[3]에 있거늘 급(急)히 가 두드리니 한 젊은 주인(主
人)이 나와 수접(酬接)[4]하되 자못 관곡(款曲)한 빛이 있고, 맞아 들여
좌정(坐定) 후(後) 절하고 인(因)하여 청(請)하여 가로되,

"집에 노조모(老祖母)가 있어 뵈옵기를 청(請)하나이다."

이생(李生)이 듣고 심(甚)히 당황(唐惶)하여 막지기고(莫知其故)[5]하나
마음에 혜오되, 저는 필연(必然) 노인(老人)이요 낸 즉(卽) 소년(少年)이

---

1) 옛 은혜를 갚고자 해마다 옷감을 보내다.
2) 주막(酒幕).
3) 서로 바라보이는 가까운 곳.
4) 찾아온 손님을 맞이하여 대접함.
5) 일의 까닭을 알지 못함.

라. 서로 혐의(嫌疑)할 바가 없고 또 보기를 청(請)하는 일이 필연(必然) 심상(尋常)치 않은 듯하여 드디어 소년(少年)을 따라 들어간 즉(即), 칠팔십세(七八十歲)된 노부인(老夫人)이라. 이생(李生)이 절하여 뵌대, 그 노인(老人)이 혼연(欣然) 영접(迎接) 왈(曰),

"그대 저동(苧洞) 사는 이 석사(李碩士)가 아니냐."

대왈(對曰),

"연(然)하이다."

노인(老人) 왈(曰),

"내 집이 귀택(貴宅)에 각골난망지은(刻骨難忘之恩)[6]이 있더니, 오늘날 서로 만남이 실(實)로 우연(偶然)치 아니토다."

하고, 그 며느리를 불러내어 서로 보게 한 연후(然後), 인(因)하여 측연(惻然)하여 가로되,

"내 집은 이곳 향반(鄕班)이러니 수십년(數十年) 전(前)에 가장(家長)이 추노사(推奴事)로 대구(大邱) 땅에 갈 새 본수(本倅)의 친지(親知)를 반연(絆緣)하여 부탁(付託)하는 서간(書簡)을 부쳤더니, 기시(其時)[7] 본수(本倅)는 즉(即) 존택(尊宅) 왕고(王考)[8]이라. 미기(未幾)에 가장(家長)이 우연(偶然) 득병(得病)하여 마침내 구(救)치 못하니 단신(單身) 객관(客館)에 사고 무친(四顧無親)[9]한지라. 존왕고(尊王考)가 의금(衣衾) 관곽(棺槨)을 전수(全數)[10] 판비(辦備)하고, 염습(殮襲) 등절(等節)을 몸소 간검(看檢)하여 그 정미(精微)함을 극(極)히 하고, 수의(壽衣) 소용(所用) 주단(紬緞) 등속(等屬)을 낱낱이 끝을 모아 봉(封)하여 가인(家人)에게 호부(好否)를 보게 하고, 천리(千里) 운구(運

---

6) 뼈에 새겨져 잊을 수 없을 만큼 큰 은혜.
7) 그때.
8) 죽은 할아버지.
9) 친한 사람이라곤 도무지 없음. 의지할 데가 도무지 없음.
10) 온통. 모두.

柩)를 극력(極力) 담당(擔當)하니 세상(世上)에 어찌 이렇듯한 은혜(恩惠) 있으리오. 강근친척(强近親戚)11)과 세의(世誼)12) 지구지간(知舊之間)13)이라도 시종(始終) 주선(周旋)을 이렇듯 기약(期約)치 못하려든 하물며 소매(素昧) 평생(平生)에 한 향반(鄕班)이랴. 유명(幽明)의 감격(感激)함과 존몰(存歿)의 느꺼움이 없는지라. 이렇듯한 은혜(恩惠)를 일호(一毫) 갚을 길이 없어 자시(玆時)14) 이후(以後)로 고부(姑婦)가 동심(同心)하여 몸소 누에를 기르고 길쌈하여 일년(一年)에 이루는 바 몇 필(匹)씩 수합(收合)하여 매년(每年) 한 필(匹)씩 전인(傳人) 봉송(奉送)하여 써 구구(區區)한 정성(精誠)을 표(表)하옵더니, 기간(其間) 장자(長子)의 참변(慘變)을 당(當)한 후(後) 집에 주관(主管)하는 사람이 없고 통신(通信)하던 길이 돈연(頓然)히 끊어진지라. 연례(年例) 보내던 바를 비록 전(傳)치는 못하나 매년(每年) 상자(箱子)에 저치(貯置)하여 손아(孫兒)15)의 장성(長成)하기를 기다려 신(信)을 이어 봉송(奉送)코자 하옵더니, 향자(向者)에 탐문(探問)하온 즉(卽) 본수(本倅)의 생질(甥姪) 이석사(李碩士)가 아중(衙中)에 머문 지 몇 달이요 일전(日前)에 화양동(華陽洞) 구경가신단 말씀 듣잡고 마음에 그윽히 추앙(推仰)하오나 뵈올 길이 없삽더니, 오늘날 귀가(貴家)16)가 내림(來臨)하심은 하늘이 도우심이라."

하고, 눈물 흘려 하룻밤 자고 가기를 청(請)하거늘 이생(李生)이 황연(晃然) 대각(大覺)하고 호의(好意)를 뇌거(牢拒)17)치 못하여 그날 밤 외당(外堂)에서 머물더니, 돛을 잡고 닭을 삶아 성찬(盛饌)으로 공궤(供

---

11) (도와 줄 만한) 매우 가까운 친척.
12) 대대로 사귀어 온 정의.
13) 오래 전부터 가까이 사귀어 온 친구 사이.
14) 이때.
15) 손자.
16) 귀인(貴人).
17) 아주 거절함. 굳이 거절함.

饋)하더라.

이튿날 작별(作別)할 새 큰 상자(箱子) 둘을 내어 오니 즉(卽) 매년 (每年) 저축(貯蓄)하였던 바 포백(布帛) 등속(等屬)이라. 이생(李生)이 사양(辭讓)치 못하고 한 바리를 싣고 돌아와 그 위절(委折)[18]을 외구(外舅)에게 자세(仔細)히 고(告)한대, 외구(外舅)가 또한 그 정성(精誠)을 아름다이 여겨 아전(衙前)을 보내어 존문(存問)하고, 토지(土地) 소산(所産)으로 후(厚)히 제급(齊給)[19]하고 그 손자(孫子)를 좌수(座首) 체문(帖文)[20] 성급(成給)하여 인리(隣里)에 빛나게 하니라. 그 후(後)에 손자(孫子)가 매년(每年)에 왕래(往來)하여 신(信)을 끊지 아니하더라.

---

18) 곡절(曲折).
19) 금품 따위를 균등하게 줌.
20) 고을 수령이 향교 유생(儒生)에게 유시(諭示)하는 서면.

2. 철음사화소금단(撤淫祠火燒錦緞)[21]

완남군(完南君) 집이 대대(代代)로 가산(家産)이 부요(富饒)하나 장자
(長子)는 일[22] 죽고 손자(孫子) 증손(曾孫)이 세세(世世) 현달(顯達)하되
향수(享壽)하는 사람이 적기로 자손(子孫)이 희귀(稀貴)한지라. 그 집
안 다락 위에 신령(神靈)을 위(位)하고 춘추(春秋)로 성찬(盛饌)을 갖추
어 제사(祭祀)하고, 비단(緋緞) 의복(衣服)을 지어 위(爲)하여 두고, 무릇
포백(布帛) 주단지속(紬緞之屬)이 집에 들어오면 한 폭(幅)을 찢어 반드
시 신전(神前)에 걸기를 누대(累代) 준행(遵行)하여 감(敢)히 폐(廢)치
못하기로 재산(財産)이 점점(漸漸) 파(罷)하고, 집안에 다만 양대(兩代)
노과부(老寡婦)가 있어 어린 손자(孫子) 하나를 길러 장성(長成)하매 호
남(湖南) 사는 권판서(權判書) 상유(尙游)[23]의 딸을 취(娶)하니, 우귀(于
歸)[24]한 후(後) 삼일(三日)에 시모(媤母)가 신부(新婦)를 불러 앉히고 가
중(家中) 대소사(大小事)와 중궤지임(中饋之任)[25]을 신부(新婦)에게 전
장(傳掌)[26]하여 가으말게[27] 하더라.

일일(一日)은 늙은 비자(婢子)가 들어와 권부인(權夫人)께 고(告)하여
가로되,

"아무날은 즉(卽) 가중(家中) 신사(神祠)하옵는 날이니 스입(所入)

---

21) 바르지 못한 귀신을 모신 사당을 없애려고 포백 주단을 태워버리다.
22) 일찍.
23) 조선조 숙종 때의 문신. 호조 판서, 예조 판서, 이조 판서 등을 역임함. 학
    식이 뛰어났으며 숨은 인재를 많이 등용함.
24) 시집을 감. 결혼한 후, 신부가 처음으로 시집에 들어가는 일.
25) 집안의 안살림에서 음식에 관한 일을 맡아 주장하는 여자로서의 임무.
26) 전임자가 후임자에게, 맡아보던 일이나 물건을 넘겨서 맡김.
27) 가말게. '가말다'는 일을 맡아 헤아려 처리하다의 뜻임.

물종(物種)을 미리 차하(上下)[28]하옵소서."

권부인(權夫人) 왈(曰),

"이 무슨 신령(神靈)이며 무슨 일로 기도(祈禱)하느냐."

답왈(答曰),

"이 신령(神靈)은 세대(世代)로조차 춘추(春秋) 기도(祈禱)하온 즉(卽) 가내(家內) 평안(平安)하고 아니하면 재앙(災殃)이 일어나옵기로 폐(廢)치 못하나이다."

부인(夫人) 왈(曰),

"그러한 즉(卽) 신사(神祠)의 한 번(番) 소입(所入)이 얼마나 되느뇨."

노비(奴婢) 생각에 부인(夫人)이 새로 들어오매 전례(前例)를 모른다 하여 일일(一一)히 가수(加數)하여 대(對)하니, 부인(夫人) 왈(曰),

"금년(今年) 즉(卽) 별(別)로 우수(優數)히 하여 소입지물(所入之物)을 전(前)에서 삼배(三倍)나 하라."

그 노대부인(老大夫人)이 이 말을 듣고 탄(歎)하여 가로되,

"내 집이 전(前)부터 신사(神祠)로 말미암아 가세(家勢) 점점(漸漸) 패(敗)하였거늘 내 요량(料量)에 시골 부녀(婦女)가 절검(節儉)하여 치가(治家)를 정긴(精緊)히 할 듯한 고(故)로 호중(湖中) 사람과 결혼(結婚)하였더니, 이제 도리어 이렇듯 오활(迂闊)[29]하니 내 집이 이로조차 미기(未幾)에 탕패(蕩敗)하리로다."

하더라.

신사(神祠)날을 당(當)하매 내외(內外) 실당(室堂)을 정결(淨潔)히 쇄소(灑掃)하고, 음식(飮食) 의복(衣服)을 극(極)히 풍비(豊備)[30]하고, 권부

---

28) <이두> 처럼 줌. 뒤를 대어 줌. 생활비 식량 같은 것을 일정한 액수로 일정한 시기마다 대어 주는 일을 말함.
29) 사리에 어둡고 덩둘함.
30) 풍부히 준비함.

인(權夫人)이 목욕재계(沐浴齋戒)하고 정결(淨潔)한 의복(衣服)을 입고
언서(諺書)로 제문(祭文) 지어 고축(告祝)[31]하되, 사연(事緣)이 대개(大
槪) 사람과 신령(神靈)이 서로 잡(雜)되이 처(處)하지 못하올 말씀과 부
인(夫人)이 새로 구가(舅家)[32]에 들어오매 옛 법을 고치고자 하여 두터
운 폐백(幣帛)과 아름다운 향수(享需)로 신령(神靈)께 고(告)하여 사례
(謝禮)하여 보내는 뜻일러라.

다른 사람으로 하여금 독축(讀祝)하라 한 즉(卽) 다 겁내어 읽지 못
하는지라. 부인(夫人)이 친(親)히 분향(焚香) 궤좌(跪坐)하여 읽은 후
(後), 그 전후(前後)에 감추었던 바 의복(衣服)과 주단(紬緞) 등속(等屬)
을 다 내어 뜰 가운데 쌓고 비복(婢僕)더러 일러 왈(曰),

"이 물건(物件)을 다 불에 사른 즉(卽) 또한 포진천믈(暴殄天物)[33]
이니 그 오래지 아니하여 가(可)히 입음직한 것을 내 먼저 입을 것
이니 그 나머지는 너희 등(等)이 또한 다 입으라."

하고, 드디어 낱낱이 분급(分給)하고 그 중(中) 연구(𡹾久)하여 부패
(腐敗)한 것은 손수 다 불사르려 하니, 노부인(老夫人)이 듣고 크게 놀
라 급(急)히 사람으로 하여금 만류(挽留)한대, 부인(夫人)이 듣지 아니
코 비자(婢子)로 하여금 고(告)하되,

"만일(萬一) 재앙(災殃)이 있어도 손부(孫婦)가 스스로 당(當)하오
리니 구가(舅家)를 위(爲)하여 길이 큰 폐(弊)를 덜 것이니 과(過)히
염려(念慮)치 마르소서."

하고, 드디어 사른 후(後) 그 재를 정(淨)한 곳에 묻으니라.

---

31) 고하여 아룀. 고하여 빎.
32) 시(媤)집.
33) 물건을 아까운 줄을 모르고 함부로 다루어 못 쓰게 만들거나 써 버림. 물
건을 아끼어 쓰지 않고 쓸 수 있는 것도 함부로 버림.

그 비단(緋緞) 불지를 때에 비린 내음새 촉비(觸鼻)[34]하니 비복배(婢
僕輩) 서로 돌아보아 놀라 지저귀대,

"귀물(鬼物)이 다 탔다."

하더라.

이로조차 가중(家中)이 태평(太平)하니 사람마다 그 부인(夫人)의 지
략(智略)을 탄복(歎服)하더라.

---

34) (냄새가) 코를 찌름.

3. 쇄음낭서백농구우(鎖陰囊西伯弄舊友)[35]

옛적에 이(李) 김(金) 양생(兩生)이 있으니 자소(自少)로 벗하여 정의
(情誼) 심밀(甚密)하더니, 김생(金生)이 일찍 과거(科擧)하여 공명(功名)
이 현달(顯達)하여 바야흐로 평안 감사(平安監士)에 있고, 이생(李生)은
낙척(落拓)[36]하여 자연(自然) 가계(家計) 빈궁(貧窮)한 중(口) 과년(過年)
한 딸을 정혼(定婚)하였으나 혼수(婚需)를 판비(辦備)치 못하여 일야(日
夜) 근심하더니, 그 아내 가로되,

"길기(吉期) 점점(漸漸) 가까우되 백계(百計) 무책(無策)이라. 내 들
으니 그대의 벗 김모(金某)가 서백(西伯)을 하였다 하니 찾아가 보고
혼수(婚需)를 청득(請得)[37]함이 좋을 듯하다."

하거늘, 이생(李生)이 그 말을 좇아 즉시(卽時) 발행(發行)하여 감영
(監營)에 이르러 서백(西伯)을 보고 여혼(女婚)에 부조(扶助)하기를 간청
(懇請)하니 감사(監司)가 즉시(卽時) 좌우(左右)를 명(命)하여 정결(淨潔)
한 하처(下處)를 정(定)하여 머물게 하고, 또 사환(使喚)할 동자(童子)를
주어 성찬(盛饌)을 준비(準備)하여 대접(待接)하고, 날마다 정담(情談)이
관곡(款曲)할 뿐이요 조금도 주급(周給)할 뜻이 없거늘 이생(李生)이 심
중(心中)에 초조(焦燥)하나 하릴없어 여러 날 두류(逗留)[38]하더니, 일일
(一日)은 정(正)히 무료(無聊)하여 앞 창(窓)을 열고 왕래(往來)하는 사
람을 구경하여 소견(消遣)[39]하더니, 문득 보니 건너편 집에 한 젊은 소

---

35) 서백(西伯:平安監司)이 옛 친구의 음낭(陰囊)에 자물쇠를 채워 희롱하다.
36) 불우한 환경에 처함.
37) 청하여 얻음.
38) 머물러 떠나지 아니함.
39) 소일(消日).

복(素服)한 계집이 문(門) 뒤에 은신(隱身)하여 때때로 그 얼굴을 반(半)만 드러내고 옥수(玉手)를 들어 괴40) 새끼를 어루니 아리따운 태도(態度)와 청아(淸雅)한 소리를 들으매 심혼(心魂)이 표탕(飄蕩)하는지라.

관동(官僮)41)을 불러 물어 가로되,

"이 어떤 사람의 집이며 저 계집은 뉘뇨."

답왈(答曰),

"소인(小人)의 누이 집이로소이다."

이생(李生)왈(曰),

"네 누이 어느 때에 과거(寡居)하였느뇨."

답왈(答曰),

"작년(昨年)에 과거(寡居)하였나이다."

이생(李生) 왈(曰),

"내 한 번(番) 네 누이를 보고자 하니 네 오늘 밤에 가(可)히 불러오랴."

관동(官僮)이 응낙(應諾)하고 가더니, 그날 밤에 과연(果然) 불러 왔거늘 이생(李生)이 크게 기꺼하여 한가지로 자기를 청(請)한대 궐녀(厥女)가 백계(百計)로 모피(謀避)하거늘, 이생(李生)이 곧 강겁(强劫)코자 한대 궐녀(厥女)가 왈(曰),

"먼저 그대 옷을 벗으라."

한대, 이생(李生)이 즉시(卽時) 바지를 벗으니 궐녀(厥女)가 좌수(左手)로 어루만지고 우수(右手)로 작은 자물쇠를 가졌다가 음낭(陰囊)을 잠그고 몸을 빼쳐 달아나니 이는 감사(監司)가 계교(計巧)로 기녀(妓女)를 가르쳐 이생(李生)을 희롱(戱弄)함일러라.

---

40) 고양이.
41) 관청에 딸린 하인. 공노비.

이생(李生)이 하초(下焦)가 긴통(緊痛)하나 졸연(猝然)히 자물쇠를 뺄 수도 없고 여러 날 두류(逗留)하나 혼수(婚需)도 얻지 못하고 도리어 감사(監司)에게 속은 바가 된지라. 분(忿)함을 이기지 못하여 앉아 밝기를 기다려 감사(監司)에게 작별(作別)도 아니하고 바로 올라가나 음낭(陰囊)이 아프기로 간신(艱辛)히 포복(匍匐)하여 돌아와 곧 내당(內堂)에 들어가니, 그 아내 희색(喜色)이 만면(滿面)하여 나와 맞으며 위로(慰勞) 왈(曰),

"천리(千里)를 발섭(跋涉)42)하여 곤비(困憊)함이 없느냐."

이생(李生)이 분노(忿怒)히 답왈(答曰),

"내 옛날 정의(情誼)를 믿고 망령(妄靈)되이 먼 길을 행(行)하여 혼수(婚需)도 얻지 못하고 도리어 이상(異常)한 병(病)을 얻어 왔노라."

인(因)하여 신음(呻吟)하는 소리를 끊지 아니하고 또 감사(監司)를 무수(無數) 질욕(叱辱)하거늘, 기처(其妻)가 왈(曰),

"그대 어찌 감사(監司)의 극력(極力) 부조(扶助)함을 모르느냐. 일전(日前)에 서감영(西監營)43)에서 수삼태(數三駄) 봉물(封物)이 왔는데 혼수(婚需) 중(中) 미세지물(微細之物)이 다 갖추지 않음이 없으니 감사(監司)의 은혜(恩惠) 태산(泰山) 같은지라. 무슨 연고(緣故)로 저렇듯 질욕(叱辱)하느뇨."

인(因)하여 발기(記)44)를 내어 뵈니, 이생(李生)이 대희(大喜) 과망(過望)하여 도로 웃어 가로되,

"혼수(婚需)는 이미 구비(具備)하였으나 목전(目前)에 급(急)한 일이 있으니 이를 장차(將次) 어찌할꼬."

기처(其妻)가 그 연고(緣故)를 물은대 이생(李生)이 그 아내로 더불어

---

42) 산을 넘고 물을 건너서 길을 감.
43) 서쪽의 감영. 곧, 평안도 감영을 이름.
44) 사람이나 물건 이름을 죽 적은 글발. 건기(件記).

협실(夾室)에 들어가 가만히 그 사연(事緣)을 이르고 인(因)하여 뵈니
기처(其妻)가 박장 대소(拍掌大笑) 왈(曰),

　　"봉물(封物) 건기(件記) 중(中) 열쇠 한 개(箇) 있기로 마음에 이상
　　(異常)히 여겼더니 이제야 그 위절(委折)을 알리로다."

하고, 즉시(卽時) 그 잠근 것을 여니라.

4. 과증돈중야방신교(裹蒸豚中夜訪神交)[45]

옛적 한 사람이 부자(父子)가 동거(同居)하매 그 아들이 벗 사귀기를 좋아하기로 날마다 나가면 벗을 따라 반드시 주육(酒肉)을 취포(醉飽)[46]하고 돌아오며, 혹(或) 일야(一夜)를 유숙(留宿)도 하며, 심지어(甚至於) 수일(數日)을 유련(留連)하다가 만일(萬一) 아니 ᄂᆞ간 즉(卽) 사방(四方) 친구(親舊)가 낙역(絡繹)[47] 추심(推尋)하며, 배반(杯盤)이 낭자(狼藉)하고 희소(戲笑)가 자자(藉藉)하더라.

일일(一日)은 기부(其父)가 물어 가로되,

"네 벗이 다 어떤 사람이뇨."

기자(其子)가 왈(曰),

"다 절친(切親)한 벗이로소이다."

기부(其父)가 왈(曰),

"벗이라 하는 것이 천하(天下)에 지극(至極)히 얻기 어렵거든 어찌 이같이 허다(許多)하뇨. 이 사람이 다 너와 더불어 능(能)히 지기 지심(知己知心)[48]을 하느냐."

대왈(對曰),

"그 사람이 다 심중(心中)에 합(合)하여 단금(斷金)[49] 문경지의취(刎頸之義趣)[50]가 있삽기로 능(能)히 재화(財貨)를 상통(相通)하고 환

---

45) 삶은 돼지를 짊어지고 한 밤중에 참된 벗을 찾다.
46) 취하게 마시고 배불리 먹음.
47) 낙역부절(絡繹不絶)의 준말. 연락부절(連絡不絶)의 뜻임.
48) 서로 마음이 통하여 지극히 참되게 알아줌.
49) 쇠라도 자를 만큼 강하고 굳다는 뜻으로, 교분이 아주 두터움, 또는 그런 관계.
50) 죽고 살기를 함께 하는 몹시 친한 사귐, 또는 그런 벗으로서의 의리를 갖

란(患亂)에 서로 구조(救助)하나이다."

기부(其父)가 왈(曰),

"그런 즉(卽) 내 한 번(番) 시험(試驗)하리라."

하고, 일일(一日)은 돛 한 마리를 온으로 삶아 그 털을 다 벗기고 초
석(草席)51)에 싸 동이고 밤에 그 아들로 하여금 지이고 가로되,

"네 이른 바 가장 친신(親信)52)한 벗의 집을 찾아 가자."

하고, 한 곳을 가서 문(門)을 두드리니 이윽고 그 벗이 나와 물어 왈
(曰),

"네 어찌 깊은 밤에 왔느뇨."

기자(其子)가 가로되,

"내 불행(不幸)히 살인(殺人)하여 사세(事勢) 심(甚)히 위급(危急)하
기로 이제 시신(屍身)을 지고 왔으니 다행(多幸)히 나를 위(爲)하여
잘 처치(處置)하라."

기우(其友)가 겉으로 경동(驚動)하고 차련(嗟憐)한 빛을 지어 왈(曰),

"내 들어가 주선(周旋)하리라."

하더니, 식경(食頃)을 서서 기다리되 다시 나오지 아니커늘 여러 번
(番) 부르되 다시 대답(對答)이 없는지라. 기부(其父)가 탄왈(歎曰),

"네 절친(切親)한 벗이 다 이 따위냐."

하고, 또 한 곳을 가서 그 사연(事緣)을 이르고 어찌하면 좋을 도리
(道理)를 물은대, 기우(其友)가 꾸짖어 왈(曰),

"이 어떠한 큰 일이건대 내게 해(害)를 옮기고자 하느냐. 다시 말
말고 빨리 돌아가라. 더디면 필연(必然) 누설(漏泄)하리라."

하니, 이렇듯 지고 다니기를 삼사처(三四處)에 다 용납(容納)치 아니

는 지향.
51) 풀자리.
52) 친하고 믿을 만함.

하거늘 기부(其父)가 왈(曰),

"네 벗이 이 뿐이냐. 나도 친(親)한 사람 하나가 모처(某處)에 있으되 만나지 못한 지 십년(十年)이라. 그러나 시험(試驗)하여 가 보리라."

하고, 즉시(卽時) 찾아가 그 사연(事緣)의 급(急)함을 고(告)한대, 기우(其友)가 대경(大驚) 왈(曰),

"날이 장차(將次) 밝아오니 이목(耳目)이 번다(煩多)하리라."

하고, 급(急)히 데리고 집 안에 들어가 친(親)히 판삽을 가져 그 자는 방(房) 구들을 헐고 감추고자 하거늘, 기인(其人)이 웃어 왈(曰),

"과(過)히 놀라지 말라. 저 돗에 싼 것이 죽은 시신(屍身)이 아니라 삶은 돗이라."

하고, 인(因)하여 전후(前後) 사연(事緣)을 저저(這這)이[53] 이르니 기우(其友)가 또한 삽을 던져 박장 대소(拍掌大笑)하고 손을 이끌고 들어가 술을 사고, 그 제육(猪肉)으로 안주(按酒)하여 취(醉)토록 먹고, 적년(積年) 회포(懷抱)를 편 연후(然後)에 작별(作別)하고, 인(因)하여 그 아들을 데리고 집에 돌아오니 기자(其子)가 크게 부끄럽고 뉘우쳐 다시 벗을 사귀지 아니하더라.

---

53) 있는 사실 그대로 낱낱이 모두.

5. 의남임수환유철(義男臨水喚兪鐵)[54]

이의남(李義男)은 철산(鐵山) 통인(通引)[55]이라. 그 본관(本官)을 따라 상경(上京)하였더니 때마침 춘절(春節)이라. 일기(日氣) 화창(和暢)하거늘 강색(江色)을 구경코자 하여 본관(本官)에게 연유(緣由)를 고(告)하고 용산(龍山) 강변(江邊)에 나가 높은 언덕에 올라 강산(江山)의 수려(秀麗)한 빛과 선척(船隻)의 왕래(往來)하는 경개(景槪)를 구경하더니, 홀연(忽然) 곤비(困憊)하여 앉아 조을 새 몽중(夢中)에 한 노인(老人)이 일봉서(一封書)를 주어 가로되,

"내 집을 떠난 지 오래매 집안 사람이 내 소식(消息)을 모르는지라. 다행(多幸)히 나를 위(爲)하여 이 서간(書簡)을 내 집에 전(傳)하라."

의남(義男) 왈(曰),

"댁(宅)이 어느 곳에 있느뇨."

노인(老人) 왈(曰),

"내 집이 웅골산(山) 하(下) 대택(大澤) 중(中)에 있으니 못가에 가 세 번(番) 유철(兪鐵)을 부르면 자연(自然) 사람이 물 속으로조차 나올 것이니 이 서간(書簡)을 전(傳)하라."

의남(義男)이 응낙(應諾)하고 깨달으니 남가일몽(南柯一夢)[56]이라. 한

---

54) 이의남(李義男)이 물에 임하여 유철(兪鐵)을 부르다.
55) 조선조 때 지방 관아의 관장 앞에 딸리어 잔심부름하던 사람.
56) [중국 당나라 때의 소설 '남가기(南柯記)'에서 유래한 말] 꿈. 또, 꿈과 같이 헛된 한때의 부귀와 영화. '남가기'는 당나라 때의 이공좌(李公佐)가 쓴 소설로, 동평(東平)의 순우분(淳于棼)이 홰나무 밑에서 낮잠을 자다가, 꿈에 대괴안국(大槐安國)의 왕의 사위가 되어 20년 동안 남가군의 태수로서

봉(封) 서간(書簡)이 곁에 놓였거늘 크게 괴(怪)히 여겨 드디어 서간(書簡)을 거두어 낭중(囊中)에 감추고 돌아왔더니, 몇 날이 지나지 아니하여 본수(本倅)를 따라 고을로 돌아오매 즉일(即日) 수유(受由)[57]를 고(告)하고 나와 웅골산(山) 아래 못가에 다달아 세 번(番) 유철(兪鐵)을 부르니 물이 끌어 솟으며 완연(完然)한 사람이 물 속으로조차 나와 가로되,

"너는 어떠한 사람이건대 무슨 연고(緣故)로 나를 불러내느냐."

의남(義男)이 온 뜻을 말하고 서간(書簡)을 전(傳)하니 유철(兪鐵) 왈(曰),

"조금 머물러 발락(發落)[58]을 기다리라."

하고, 즉시(即時) 몸을 번드쳐 물 속으로 들어가더니, 이윽고 다시 나와 이르되,

"수부(水府)에서 너를 부르시니 들어가자."

하거늘, 의남(義男) 왈(曰),

"내 어찌 능(能)히 수중(水中)에 들어가리오."

유철(兪鐵) 왈(曰),

"두 눈을 감고 내 등에 업힌 즉(即) 자연(自然) 염려(念慮)가 없으리라."

하거늘, 의남(義男)이 그 말을 좇아 등에 업히니 물결이 스스로 갈라지고 두 귀에 다만 물결 소리만 들리더라.

이윽고 언덕 위에 내려 서거늘 문득 눈을 떠 보니 흰 모래 언덕 위

지극한 영화를 누렸는데, 꿈을 깨어 나무 밑을 보니 두 개의 개미굴이 있어, 하나에는 왕개미가 살고 있고 하나는 남쪽으로 난 나뭇가지 쪽을 향하고 있더라는 줄거리임.

57) 말미를 받음, 또는 그 말미.
58) 결정하여 끝냄.

에 붉은 문(門)이 장려(壯麗)하더라. 유철(兪鐵)이 먼저 들어가 통(通)한 후(後) 나와 들어가기를 청(請)하거늘 여러 겹 문(門)을 지나 들어가매 주궁 패궐(珠宮貝闕)59)이 표묘(縹渺) 찬란(燦爛)한지라. 여러 층(層) 섬 돌을 밟아 오르니 한 연소(年少) 절염(絶艶)한 여자(女子)가 흔연(欣然) 영접(迎接) 왈(曰),

"우리 부친(父親)이 고향(故鄕)을 떠나신 지 오래되 소식(消息)을 듣지 못하였더니 지금(只今) 서신(書信)을 전(傳)하니 극(極)히 감사(感謝)하온 중(中) 부친(父親) 서간(書簡)에 그대와 서로 더불어 결혼(結婚)하라 하여 계시니 아지 못게라. 그대 의향(意向)이 어떠하뇨."

의남(義男)이 대희(大喜) 과망(過望)하여 즉시(卽時) 허락(許諾)하니 여자(女子)가 왈(曰),

"나는 곧 용녀(龍女)이라. 그대 조금도 혐의(嫌疑)할 바가 없으랴."

의남(義男) 왈(曰),

"분수(分數)에 과람(過濫)하거늘 무슨 혐의(嫌疑)함이 있으리오."

하고, 즉일(卽日) 성례(成禮)하니 위의(威儀)의 거룩함과 의복(衣服)의 찬란(燦爛)함과 찬품(饌品)의 진이(珍異)함은 인간(人間)의 다 보지 못하던 바일러라.

동방(同房) 삼일(三日) 후(後) 나가기를 청(請)한대, 용녀(龍女)가 왈(曰),

"거연(遽然)히60) 어디로 가려 하는가."

의남(義男) 왈(曰),

"내 수유(受由)함이 한(限)이 지나면 죄책(罪責)이 있을가 하여 부득불(不得不) 나가노라."

---

59) (수중에서 용왕이 산다는, 옛 이야기에 나오는) 진주나 조개 따위의 보물로 호화 찬란하게 꾸며 지은 대궐.
60) 깊이 생각할 겨를도 없이 문득. 별안간. 갑자기.

용녀(龍女)가 왈(曰),

"그대 관가(官家)에 있으매 무슨 소임(所任)을 띠었느뇨."

의남(義男)이 가로되,

"내 통인(通引)이로다."

용녀(龍女)가 왈(曰),

"통인(通引)의 복색(服色)이 어떠하뇨."

의남(義男) 왈(曰),

"긴 옷 위에 쾌자(快子)[61]를 입느니라."

용녀(龍女)가 즉시(卽時) 상자(箱子)를 열고 한 이상(異常)한 비단(緋緞)을 내어 즉시(卽時) 쾌자(快子)를 지어 입히고 또 당부(當付)하여 가로되,

"일후(日後)에 틈을 타 자주 들어오라."

하고, 드디어 유철(兪鐵)을 불러 업어 내어 보내니라.

의남(義男)은 근본(根本) 본수(本倅)의 총애(寵愛)하는 통인(通引)이라. 수유(受由) 과한(過限)하되 오래 현신(現身)치 아니하기로 제 집에 물은 즉(卽),

"상경(上京)하였다가 돌아오매 우금(于今) 집에 돌아온 일이 없사오매 간 바를 알지 못하나이다."

하거늘, 본관(本官)이 대로(大怒)하여 그 아비를 잡아 엄수(嚴囚)하고 날마다 현신(現身)하기를 독촉(督促)하니 기모(其母)가 황공(惶恐)함을 이기지 못하여 사면(四面)으로 방문(訪問)하더니, 제육일(第六日) 만에 비로소 웅골산(山) 하(下)로조차 오거늘, 기모(其母)가 가로되,

"네 어디 갔다가 이제 오느냐. 수유(受由) 과한(過限)하였기로 관가

---

61) 예전 전복(戰服)의 한 가지. 등솔을 길게 째고 소매 없이 만든 옷. 근래는 복건(幞巾)과 함께 명절이나 돌날에 어린 아이들에게 입힘.

(官家)에서 네 부친(父親)을 엄수(嚴囚)하고 일일(日日) 독촉(督促)하니 네 빨리 가 현신(現身)하라."

의남(義男)이 황망(慌忙)히 들어가 현신(現身)하니 본관(本官)이 문(門)을 열고 굽어본 즉(卽) 입은 바 의복(衣服)이 극(極)히 화려(華麗)하여 세상(世上)에 보지 못하던 바이라. 마음에 심(甚)히 의아(疑訝)하여 꾸짖을 겨를없이 불러 물으되,

"네 수유(受由)한 후(後) 바로 어디로 갔으며 입은 바 의복(衣服)은 어느 곳에서 나뇨."

의남(義男)이 감(敢)히 은휘(隱諱)치 못하여 전후(前後) 수말(首末)을 일일(一一) 직고(直告)한대, 본관(本官)이 또한 기이(奇異)히 여겨 가로되,

"네 처(妻)가 용녀(龍女)인 즉(卽) 생각컨대 반드시 아름다울 것이니 네 나로 하여금 한 번(番) 그 얼굴을 보게 할 소냐."

의남(義男)이 가로되,

"마땅히 용녀(龍女)에게 묻고 오리이다."

하고, 또 못가에 가 유철(兪鐵)을 불러 내어 전(前)과 같이 업히어 들어가 본수(本倅)의 한 번(番) 보고자 하는 말을 의논(議論)하니, 용녀(龍女)가 처음은 심(甚)히 어려워하더니 이에 가로되,

"성주(城主)가 보고자 하시니 어찌 감(敢)히 거역(拒逆)하리오."

아무날로 못가에 내림(來臨)하시기를 청(請)하거늘, 의남(義男)이 돌아와 상약(相約)한 말씀을 고(告)한대 본수(本倅)가 대희(大喜)하여, 이에 그날을 당(當)하매 못가에 장막(帳幕)을 높이 치고 본수(本倅)가 크게 위의(威儀)를 베풀고, 읍내(邑內) 향임(鄕任) 이교(吏校)와 노령(奴令)[62] 백성(百姓)과 남녀 노소(男女老少)가 관가(官家)에서 용녀(龍女)

---

62) 지방 관아의 관노(官奴)와 사령(使令).

보러 가는 소문(所聞)을 듣고 일병(一竝) 고을을 비고 나와 만산 편야(滿山遍野)[63]하였더라.

본수(本倅)가 못가에 이르러 좌정(坐定) 후(後) 의남(義男)을 보내어 물에 들어가 용녀(龍女)를 청(請)하니 용녀(龍女)가 왈(曰),

"평복(平服)으로 뵈오랴, 융복(戎服)으로 뵈오랴."

하거늘, 의남(義男)이 나와 본수(本倅)에게 품(稟)하니 본수(本倅)가 심내(心內)에 요량(料量)하되, 고운 계집이 융복(戎服)을 한 즉(卽) 아리따운 태도(態度)가 자별(自別)할 듯하여 융복(戎服)으로 나오라 분부(分付)하니, 의남(義男)이 들어가 본수(本倅)의 명(命)을 전(傳)한대, 용녀(龍女)가 대단 어려운 빛이 있어 침음(沈吟) 반향(半晌)에 가로되,

"성주(城主)의 분부(分付)가 여차(如此)하시니 거역(拒逆)치 못하리라."

하거늘, 의남(義男)이 돌아와 융복(戎服)으로 뵈올 연유(緣由)를 고(告)하니 본수(本倅) 이하(以下)로 읍촌(邑村) 백성(百姓)까지 이르러 다 눈을 씻고 물결 위에 절대 가인(絕對佳人)이 솟아 오를 줄로 바라더니, 이윽고 물결이 끓으며 머리와 뿔이 별안간 솟으니 곧 일개(一箇) 황룡(黃龍)이라. 두 눈이 번개 같고 인갑(鱗甲)[64]이 흉녕(凶獰)[65]한지라. 본수(本倅)가 불의(不意)에 마주쳐 보매 대경 실색(大驚失色)하여 두 손으로 눈을 가리고 엎어지고, 관광(觀光)하던 백성(百姓)이 다 놀라 분산(奔散)[66]하니 용녀(龍女)가 그 경상(景象)을 보고 즉시(卽時) 은신(隱身)하더라. 관리(官吏) 상하(上下)가 다 무료(無聊)히 헤어지니라.

의남(義男)이 이로조차 자주 수유(受由)를 청(請)하되 본수(本倅)가

---

63) 산과 들에 가득히 덮음.
64) 몸뚱이를 싸서 보호하는 비늘 모양의 딱딱한 껍데기.
65) 성질이 흉악하고 사나움.
66) 흩어져 달아남.

괴이(怪異)히 여기지 아니하더라.

수삭(數朔) 후(後) 유월(六月)을 당(當)하여 한기(旱氣) 태심(太深)하여 누차(屢次) 기우(祈雨)하되 조금도 효험(效驗)이 없거늘 심내(心內)에 초민(焦悶)67)하여 생각하되, 만일(萬一) 용녀(龍女)에게 청(請)한 즉(卽) 비를 가(可)히 얻을 듯하여 의남(義男)을 보내어 용녀(龍女)를 보고 간청(懇請)하니, 용녀(龍女)가 왈(曰),

"비 주는 것이 비록 용(龍)의 조화(造化)이라 하나 상제(上帝)의 명령(命令)이 없으면 무가내하(無可奈何)라."

하거늘, 의남(義男)이 백성(百姓)의 초조(焦燥) 갈망(渴望)하는 마음과 관가(官家)의 정성(精誠)이 지극(至極)한 말씀으로 누누(累累) 간청(懇請)한대, 용녀(龍女)가 왈(曰),

"그러하면 마지 못하여 한 번(番) 가 법(法)을 폐풀리라."

하고, 즉시(卽時) 융복(戎服)을 갖추고 손에 한 작은 병(瓶)과 버들가지를 들고 나오거늘 의남(義男) 왈(曰),

"내 그 시법(施法)하는 것을 한 번(番) 구경코자 하니 더불어 함께 가기를 청(請)하노라."

용녀(龍女)가 만류(挽留) 왈(曰),

"용(龍)은 공중(空中)에 행(行)하고 그대는 인간(人間) 범태(凡胎)68)라. 어찌 구름을 타리오."

의남(義男)이 오히려 간청(懇請)하거늘 용(龍)이 마지 못하여 가로되,

"그러면 내 겨드랑 밑의 비늘 속에 붙어 비늘을 잡고 행혀 놓지 말라."

하고, 드디어 옆에 끼고 공중(空中)에 솟아 구름을 토(吐)하고 우뢰

---

67) 썩 민망하게 여김.
68) 사람의 몸에서 태어난 보통 사람. 범태육신(凡胎肉身).

(雨雷)를 발(發)하며 버들가지를 가져 병(甁) 속의 물 세 방울을 뿌리더
니, 의남(義男)이 구름 속으로서 굽어 보니 곧 철산(鐵山) 땅이라. 그
화곡(禾穀)이 다 타고 전답(田畓)이 다 말라터졌는데 세 방울 물이 태
부족(太不足)할지라. 겨드랑 밑으로 가만히 손을 내어 급(急)히 용녀(龍
女)의 가진 병(甁)을 앗아 모두 엎지르니 용녀(龍女)가 대경(大驚)하여
즉시(卽時) 돌아와 의남(義男)더러 왈(曰),

"바삐 돌아가라. 이제 큰 재화(災禍)가 이르리라."

하거늘, 의남(義男)이 그 연고(緣故)를 물은대 용녀(龍女)가 왈(曰),

"내 당초(當初)에 그러할가 염려(念慮)한 고(故)로 그대와 함께 가
지 말고자 하였나니 무릇 용궁(龍宮)의 한 방울 물이 곧 인간(人間)
의 한 치 되는 비라. 세 방울 물이 이미 족(足)하거늘 이제 온 병(甁)
을 다 엎쳤으니 그 해(害)됨을 어찌 이루 말하리오. 나는 하늘에 득
죄(得罪)하여 천벌(天罰)이 장차(將次) 내리리니 그대는 빨리 나가고
만일(萬一) 오늘날 정(情)을 잊지 아니하려 하면 내일 일찍 백각산
(白角山) 하(下)에 가서 내 머리를 거두어 묻으라."

의남(義男)이 불승참측(不勝慘惻)[69]하나 부득이(不得已) 작별(作別)하
고 나와 보니 망망(茫茫)한 평지(平地) 일망무제(一望無際)[70]하고 전답
(田畓) 형용(形容)이 아주 없는지라. 돌아와 물은 즉(卽) 작야(昨夜) 삼
경(三更) 양[71]에 대우(大雨)가 폭주(暴注)[72]하여 평지(平地) 수심(水深)
이 한 길이 넘고 산(山)과 언덕이 무너져 동서(東西)를 분변(分辨)치 못
한다 하니 의남(義男)이 비로소 크게 뉘웃고 한(限)하더라.

---

69) 슬픔을 이기지 못함.
70) 한 눈에 바라볼 수 없도록 아득히 멀고 넓어서 끝이 없음. 일망무애(一望
　　無涯).
71) 쯤.
72) 비가 별안간 몹시 많이 쏟아짐.

이튿날 백각산(白角山)을 찾아 가니 용(龍)의 머리 떨어졌거늘, 드디어 안고 돌아와 정(淨)히 씻고 의복(衣服)에 싸 목함(木函)에 넣어 산하(山下)에 묻은 후(後) 통곡(痛哭)하고 돌아오니라.

6. 노온녀환납소실(老媼慮患納小室)[73]

옛적에 한 재상(宰相)이 있어 내외(內外) 해로(偕老)하더니, 집에 아이 종이 있으되 나이 겨우 이팔(二八)이 넘은지라. 용색(容色)이 선연(嬋妍)하고 성품(性品)이 양순(良順)하기로 부인(夫人)이 총애(寵愛)하더니, 그 재상(宰相)이 항상(恒常) 친압(親狎)할 뜻이 있어 자주 희롱(戲弄)하되 동비(童婢) 종시(終是) 승순(承順)치 아니하고, 일일(一日)은 승간(乘間)[74]하여 부인(夫人)께 울며 고왈(告曰),

"소비(小婢) 장차(將次) 죽겠나이다."

부인(夫人)이 놀라 그 연고(緣故)를 물은대, 동비(童婢) 가로되,

"대감(大監)께오셔 소비(小婢)를 자주 희학(戲謔)하샤 친압(親狎)코자 하시니 만일(萬一) 명(命)을 좇지 아니하면 필연(必然) 죄(罪)에 걸려 죽사올 것이요, 만일(萬一) 승순(承順)하온 즉(卽) 부인(夫人)의 하(意下)에 양육(養育)하신 은혜(恩惠)를 저버릴 것이니 차라리 한 번(番) 죽어 모르나니만 같지 못하옵기로 장차(將次) 물에 빠져 죽으려 하나이다."

부인(夫人)이 그 뜻을 측은(惻隱)히 여겨 금은(金銀) 경보(瓊寶)와 제 의복(衣服) 아울러 한 보(褓)에 싸 주어 왈(曰),

"인생(人生)이 어찌 부절없이[75] 죽으리오. 네 이것을 가지고 가고 싶은 곳으로 가 편(便)히 살라."

하고, 승야(乘夜)[76]하여 가만히 뒷문(門)을 열고 보내니, 그 동비(童

---

73) 늙은 할미가 환란을 염려하여 소실(小室)을 들이게 하다.
74) 틈을 탐.
75) 부질없이.
76) 밤을 탐.

婢) 자아시(自兒時)로 재상가(宰相家) 내실(內室)에서 길린지라. 창졸(倉
卒)에 문(門)을 나매 향(向)할 바를 알지 못하여 곧 대로(大路)로 좇아
행(行)하여 남문(南門)을 나 강두(江頭)에 이르니 날이 바야흐로 밝는지
라. 말방울 소리 나며 소년(少年) 남자(男子)가 뒤를 좇아 오더니 앞에
당(當)하여 말께 내려 물어 왈(曰),

"너는 어디 있는 여자(女子)이건대 이렇듯 청신(淸晨)77)에 홀로 걸
어 어디로 가느뇨."

대왈(對曰),

"내 심중(心中)에 설운 일이 있어 장차(將次) 강(江)에 빠져 죽고자
하노라."

기인(其人) 왈(曰),

"무슨 일로 청춘(靑春)에 물에 빠져 죽으려 하느뇨. 내 나이 이십
(二十)이 되었으나 미쳐 취실(娶室)치 못하였으니 나로 더불어 한가
지로 삶이 어떠하뇨."

궐녀(厥女)가 그 우연(偶然)치 않은 연분(緣分)인가 하여 즉시(卽時)
허(許)하니 드디어 가로되,

"나를 좇아 오라."

하고, 말을 태워 가니라.

그 후(後) 수십년(數十年)에 그 재상(宰相)의 내외(內外) 구몰(俱歿)하
고 그 자제(子弟)도 다 작고(作故)하고 그 손자(孫子) 하나가 있어 이미
장성(長成)하였으나 가세(家勢) 점점(漸漸) 빈궁(貧窮)하여 자생(資生)할
길이 없더니, 홀연(忽然) 생각하되 선세(先世)의 노비(奴婢) 수백명(數百
名)이 각처(各處)에 흩어 있으니 만일(萬一) 문권(文券)을 좇아 추노(推

---

77) 첫새벽.

奴)하면 가(可)히 이렇듯 군급(窘急)[78]함을 면(免)하리라 하고, 드디어
단신(單身)으로 발행(發行)하여 한 곳에 이르러 모든 사람을 불러 앉히
고 문권(文券)을 내어 뵈어 가로되,

  "너희들은 다 우리집 전세(前世) 노속(奴屬)이라. 내 이제 노비(奴
  婢) 공(供)을 받을 차(次)로 내려 왔으니 너희 남녀 노소(男女老少)가
  인구수(人口數)대로 낱낱이 차려 내라."

하니, 그 사람들이 비록 응낙(應諾)하나 심내(心內)에 불평(不平)하여
우선(于先) 한 방(房)을 정(定)하여 머물게 하고 주찬(酒饌)을 갖추어 대
접(待接)하더라.

  그날 밤에 행로(行路)에 발섭(跋涉)하였기로 곤(困)히 자더니, 밤이
깊은 후(後) 창(窓) 밖에 인적(人迹)이 수상(殊常)하거늘 놀라 깨달아 가
만히 엿본 즉(卽) 장정(壯丁) 수십인(數十人)이 각각(各各) 창(槍)과 칼
을 들고 들어오려 하거늘, 생(生)이 크게 놀라 급(急)히 북벽(北壁)을
뚫고 나가 뒤 울을 뛰어 넘었더니, 홀연(忽然) 한 호랑(虎狼)이 달려들
어 물고 가거늘 그 놈들이 뒤를 쫓아 오다가 그 경상(景狀)을 보고 서
로 치하(致賀)하여 가로되,

  "우리 수고로이 착수(着手)치 아니하고 길이 후환(後患)을 끊었으
  니 어찌 하늘이 도우심이 아니랴."

하더라.

  그 범이 생(生)을 들이쳐 등에 업고 반(半)밤 사이에 수백리(數百里)
를 지나 한 곳에 이르러 땅에 내려 놓으니 생(生)이 기브(肌膚)는 비록
상(傷)치 아니하였으나 정신(精神)이 혼절(昏絶)하였더니, 이윽고 정신
(精神)이 돌리어 비로소 눈을 떠 둘러 보니 한 대촌(大村) 중(中) 우물
가 사람의 집이라. 그 범이 웅크리고 그 곁에 앉았더니, 날이 밝으매

_____

78) 일이 펴이지 않고 꽉 막히어서 몹시 급하게 됨.

우물가 사람이 문(門)을 열고 나오다가 범을 보고 크게 놀라 소리 지르
니 여러 사람이 일제(一齊)히 막대를 들고 나오매 범이 비로소 몸을 일
으켜 서서(徐徐)히 가더라.

중인(衆人)이 생(生)을 붙들어 일어 앉히고 그 위절(委折)을 물으니
생(生)이 전후수말(前後首末)을 저저(這這)이 이른대 사람이 다 이상(異
常)히 여기고 놀라더라.

그 집에 늙은 할미 있어 또 나와 보더니 생(生)의 얼굴을 보고 즉시
(卽時) 청(請)하여 내실(內室)에 앉히고 가로되,

"그대 아명(兒名)이 아무 아니냐."

생(生)이 대경(大驚) 왈(曰),

"내 아명(兒名)이 과연(果然) 그러하거니와 노구(老嫗)가 어찌 아느
뇨."

노구(老嫗)가 왈(曰),

"나는 근본(根本) 귀댁(貴宅) 비자(婢子)로서 왕대부인(王大夫人)79)
전(前)의 재생지은(再生之恩)을 입사와 이렇듯 나와 사오나 우금(于
今) 천(賤)한 나이 칠십(七十)이나 부인(夫人)의 은혜(恩惠)를 어느 날
잊으리오마는, 다만 경향(京鄕)이 낙락(落落)하여 성식(聲息)이 적조
(積阻)하더니, 오늘날 서방주(書房主)가 의외(意外)에 이 곳에 이르시
니 이는 곧 하늘이 나로 하여금 옛 은혜(恩惠)를 갚게 하심이로다."

하고, 드디어 모든 아들과 손자(孫子)를 불러 이르되,

"이 양반(兩班)은 나의 상전(上典)이니 여등(汝等)은 일제(一齊) 현
알(見謁)하라."

또 북창(北窓)을 열고 모든 자부(子婦)를 불러 현신(現身)하게 하고
일변(一便) 성찬(盛饌)을 갖추어 내오며 새 의복(衣服) 한 벌을 내어 입

---

79) 남의 할머니를 높이어 이르는 말.

히고 수일(數日)을 머물더니, 생(生)이 노고(老姑)의 자녀손(子女孫)을
보니 다 기상(氣像)이 걸걸(傑傑)하고 신수(身手)가 헌앙(軒昂)하며 재산
(財産)이 부요(富饒)하고 기습(氣習)과 권력(權力)이 일향(一鄕)에 성명
(聲名) 있는 모양(模樣)으로, 이제 불의(不意)에 그 모친(母親)이 일개
(一箇) 유걸(流乞)80)을 가리켜 상전(上典)이라 일컫고 저희들로 일조(一
朝)에 다 노속(奴屬)을 만드니 향중(鄕中)에 수치(羞恥) 되어 분기(憤氣)
탱중(撑中)하나 그 모(母)의 성품(性品)이 엄절(嚴切)하기로 모든 자손
(子孫)이 강잉(强仍)하여 그 뜻을 어기지 못하는 모양(模樣)일러라.

생(生)이 노구(老嫗)에게 돌아감을 청(請)한대 노구(老嫗)가 관곡(款
曲)히 만류(挽留)하더니, 일일(一日)은 밤 든 후(後) 혼가(渾家)가 다 잠
을 들었거늘 노구(老嫗)가 생(生)더러 가만히 일러 왈(曰),

"낭군(郎君)이 모든 사람의 기색(氣色)을 보시니이까. 저희들이 비
록 내 말을 거스르지 못하여 외면(外面)으로 순종(順從)하나 그 마음
은 가(可)히 측량(測量)치 못할지라. 낭군(郎君)이 만일(萬一) 홑몸으
로 돌아간 즉(卽) 중로(中路)에 필연(必然) 비상(非常)한 재화(災禍)가
있으리니 내 한 계교(計巧)가 있으니 낭군(郎君)이 그 능(能)히 좇을
소냐."

생(生) 왈(曰),

"무슨 계교(計巧)이뇨."

노구(老嫗)가 왈(曰),

"내게 손녀(孫女) 하나가 있으매 나이 이팔(二八)이요 자못 자색
(姿色)이 있으나 아직 성혼(成婚)치 못하였으니 이 여아(女兒)로 낭군
(郎君)께 드리고자 하니 의향(意向)이 어떠하뇨."

생(生)이 창졸(倉卒)에 이 말을 듣고 당황(唐惶) 의아(疑訝)하여 능

---

80) 거지.

(能)히 대답(對答)치 못하거늘, 노구(老嫗)가 가로되,

"내 옛 주인(主人)의 은혜(恩惠)를 잊지 못하여 극(極)한 계교(計巧)를 이같이 하니 낭군(郎君)이 내 말을 좇은 즉(即) 가(可)히 살아 돌아갈 것이요, 만일(萬一) 좇지 아니하면 반드시 대화(大禍)를 면(免)치 못하리라."

생(生)이 황연(晃然) 대각(大覺)하여 즉시(即時) 응낙(應諾)하거늘 이튿(날) 노고(老姑)가 모든 아들을 불러 왈(曰),

"내 손녀(孫女) 아무로 하여금 상전(上典) 낭군(郎君)께 드리고자 하니 네 오늘 밤에 혼구(婚具)를 판비(辦備)하라."

제자(諸子)가 청명(聽命)하고 그날 밤에 동방(東房)을 수리(修理)하고 그 손녀(孫女)를 곱게 단장(丹粧)하여 들여보내어 성혼(成婚)하니라.

이튿날 아침에 노구(老嫗)가 들어가 문안(問安)한 후(後) 또 제자(諸子)를 불러 왈(曰),

"낭군(郎君)이 명일(明日) 장차(將次) 환택(還宅)하실 때에 손아(孫兒)를 또 마땅히 솔권(率眷)하여 가실 것이니 기마(騎馬) 일필(一匹) 교마(驕馬) 일필(一匹) 복마(卜馬)[81] 일필(一匹)을 바삐 등대(等待)하고 너희 중(中) 아무 아무는 배행(陪行) 상경(上京)하라."

하니 제자(諸子)가 응명(應命)하여 일제(一齊)히 준비(準備)하였거늘, 이튿날 금침(衾枕) 의복(衣服)과 전재(錢財) 포백(布帛)과 토산집물(土産什物)을 많이 실려 은근(慇懃) 치송(治送)하니, 이로조차 매년(每年)에 신식(信息)[82]을 끊지 아니하여 노구(老嫗)의 생전(生前)까지 빈삭(頻數) 왕래(往來)하더라.

---

81) 짐을 싣는 말.
82) 소식.

7. 몽황룡지성발소매(夢黃龍至誠發宵寐)[83]

이참판(李參判) 진항(鎭恒)이 젊었을 때에 과공(科工)을 독실(篤實)히 하여 과거(科擧)할 뜻이 간절(懇切)하더니, 사람이 다 이르되,

"꿈에 용(龍)을 본 즉(卽) 반드시 등과(登科)한다."

함을 듣고, 이에 반칸(半間) 되는 협실(夾室)을 소쇄(掃灑)하여 홀로 처(處)하고, 가인(家人)을 약속(約束)하여 가중(家中) 범사(凡事)와 빈객(賓客) 왕래(往來)를 거절(拒絶)하고, 대소변(大小便) 보기 외(外)에는 방(房) 밖에 나지 아니하고, 조석(朝夕) 음식(飮食)도 또한 창(窓) 구멍으로 출입(出入)하고, 주야(晝夜) 생각하는 바가 다만 용(龍)이라. 그 형체(形體)와 그 동작(動作)과 그 인갑(鱗甲)과 그 조아(爪牙)[84]를 생각하며, 심지어 용(龍)의 거처(居處)하는 바와 용(龍)의 즐기는 바와 용(龍)의 변화(變化)하는 바를 마음으로써 생각하고 손으로써 지점(指點)하여, 이렇듯 하기를 순식간(瞬息間)이라도 간단(間斷)이 없더니, 제삼일야(第三日夜)에 비로소 한 꿈을 얻으니 큰 황룡(黃龍)을 잡아 왼편(便) 팔에 감을 새, 용체(龍體) 장대(長大)하여 크게 기력(氣力)을 허비(虛費)하여 간신(艱辛)히 얽은 후(後) 놀라 깨달으니 이 곧 용몽(龍夢)이라. 노력(勞力)을 과(過)히 하여 일신(一身)에 땀이 흘렀더라.

이생(李生)이 근본(根本) 실재(實才)로서 이 꿈을 얻은 후(後) 크게 기꺼하여 무릇 용(龍)에게 당(當)한[85] 문자(文字) 중(中) 가장 글제(題)에 합(合)한 자(字)를 가리어 무수(無數)히 지었더니, 미기(未幾)에 정시(庭試)[86] 영(令)이 나거늘, 과전(科前) 수일(數日)에 친(親)히 지전(紙廛)

---

83) 황룡꿈을 꾸려고 지성껏 잠을 자다.
84) 손톱과 어금니.
85) 적당한. 알맞은.
86) 증광(增廣) 별시(別試) 등 나라에 경사가 있을 때에 대궐 안마당에서 보이

에 가 상등(上等) 시지(試紙)를 앞에 쌓고 왼편(便) 손은 소매 속에 감추고 우수(右手)로 종이를 가려다가 가장 상품(上品)을 가리어 이에 좌수(左手)로 빼어내고, 또 생각하되, '형제(兄弟)는 곧 일신(一身)이라. 내 아우의 시지(試紙)를 어찌 한데 가리지 않으리오.' 하고 또 우수(右手)로 택(擇)하고 좌수(左手)로 빼어내어 두 장(張)을 사 가지고 돌아와 드디어 그 제씨(弟氏)로 더불어 장중(場中)에 들어갔더니, 이윽고 성균관(成均館) 관원(官員)이 어제(御題)를 받들어 나오니 만장(滿場) 중(中) 거자(擧子)가 다 대상(臺上)을 우러러 보더니, 및 글제(題)를 걸매 '초롱주장(草龍珠帳)'[87] 네 자(字)이라. 만장(滿場)이 그 해제(解題)를 아는 자(者)가 없어 서로 문의(問議)하되 이생(李生)은 그 출처(出處)를 익히 아는지라. 이에 성심(誠心)하여 일필휘지(一筆揮之)하여 형제(兄弟) 두 장(張)을 차례(次例)로 바쳤더니, 및 방(榜)이 나매 정원(政院)[88] 하(下)에 호명(呼名)할 새 먼저 그 제씨(弟氏) 이름을 부르거늘 내렴(內念)에 생각하여, '나는 비록 참방(參榜)치 못하나 제씨(弟氏) 이미 등과(登科)하니 무엇이 느꺼우리오.' 이윽고 자가(自家)의 성명(姓名)이 또 나오니 그 용몽(龍夢)의 응험(應驗)[89]함을 신기(神奇)히 여기더라.

그 방(榜)에 형제(兄弟) 연벽(聯璧)[90]하여 다 경재(卿宰) 지위(地位)에 오르니라.

그 노래(老來)[91]에 매양(每樣) 소년(少年) 과공(科工)하는 사람을 만나면 반드시 그 정성(精誠)을 이루어 용몽(龍夢) 얻기를 권(勸)하더라.

던 과거.

87) 당나라 담소(曇霄)가 포도곡(葡萄谷)에서 이식해 심은 포도 이름.

88) 승정원(承政院)>

89) 행한 일에 대하여 드러난 표시.

90) 형제가 동시에 과거에 급제함.

91) '늘그막'을 달리 일컫는 말.

8. 송사간웅조동천청(誦斯干雄朝動天聽)[92]

유교리(兪校理) 한우(漢寓)가 소년(少年)에 호방(豪放)하더니, 태학(太學)에 거재(居齋)[93]하여 매양(每樣) 일차(日次)[94] 전강(殿講)[95]을 보는지라. 하룻밤 꿈에 시전(詩傳) 사간장(斯干章)[96]을 강(講)하고 어전(御前)에 사과(司果)[97]하시니, 놀라 깨달은 즉(卽) 동임(洞任)[98]이 와 고(告)하되 명일(明日)에 전강(殿講) 영(令)이 났다 하거늘, 유생(兪生)이 크게 기꺼 급(急)히 일어 앉아 곁에 자는 소동(小童)을 흔들어 일으켜 가로되,

"급(急)히 큰 사랑(舍廊)에 올라가 사모(紗帽)와 관대(冠帶)를 가져오라."

소동(小童) 왈(曰),

"큰 사랑(舍廊) 문(門)이 닫히었고 나리주(主)[99]가 취침(就寢)하여 계시니이다."

유생(兪生)이 가로되,

---

92) '사간장(斯干章)'을 외어 조정에서 임금을 감동시키다.
93) 성균관이나 사학(私學)이나 향교에서 숙식하면서 학업을 닦는 일.
94) 그날의 당번 차례.
95) 조선조 정조(正祖) 초 이후에, 성균관의 유생(儒生) 생원(生員) 진사(進士) 사학재임(四學齋任) 문벌가(門閥家) 자제 중에서 학식이 많은 사람을 대궐 안에 모으고, 임금이 친히 행하던 시험. 삼경(三經) 이나 오경(五經) 중에서 찌를 뽑아서 외게 하였음.
96) '시경(詩經)' 소아(小雅)의 편명.
97) 조선조 때 오위(五衛)에 두었던 정6품의 군직(軍職). 현직에 있지 아니한 문관과 무관 및 음관(蔭官)으로 시키었음.
98) 동네의 일을 맡아보는 사람.
99) 나리님.

"비록 그러나 겸인(傔人)을 불러 빨리 가져 오라."

소동(小童)이 이윽고 가져 왔거늘, 또 큰 댁(宅)에 가 어사화(御賜花)를 가져 오라 하여 이에 장복(章服)¹⁰⁰⁾을 입고 사화(賜花)를 사모(紗帽)에 꽂고 두 사람이 부액(扶腋)하고 정중(庭中)에 왕래(往來)하여 신은(新恩) 진퇴(進退)하는 모양(模樣)을 하더니, 그 부친(父親)이 잠결에 사람의 훤화(喧譁)하는 소리를 듣고 놀라 문왈(問曰),

"이제 밤이 깊었거늘 어떤 사람이 들리느뇨."

좌우(左右)가 가로되,

"서방주(書房主)께오서 신은(新恩) 놀이를 하나이다."

그 대인(大人) 왈(曰),

"이 아이 또 변괴(變怪)를 짓는다."

하고, 그 아들을 불러 크게 꾸짖어 가로되,

"이 무슨 모양(模樣)이며 무슨 괴이(怪異)한 소리뇨."

생(生)이 이에 그 몽사(夢事) 이상(異常)함과 명일(明日) 과거령(科擧令)이 마침 났사오니 금번(今番) 전강(殿講)에 필연(必然) 급제(及第)할 듯하옵기로 희불자승(喜不自勝)¹⁰¹⁾하와 과연(果然) 신은(新恩) 놀이를 하였나이다. 대인(大人)이 분매(憤罵)¹⁰²⁾하여 가로되,

"네 몰지각(沒知覺)한 놈으로 평생(平生)에 글 한 자(字)도 보지 아니하고 헛되이 세월(歲月)을 보내다가 어찌 과거(科擧)를 바라리오. 네 아무케나 사간장(斯干章)을 외우라."

생(生)이 이에 고성 대독(高聲大讀)하다가 말장(末章)에 이르러 외우지 못하거늘 대인(大人)이 또 꾸짖어 왈(曰),

"저 모양(模樣)으로 어찌 과거(科擧)를 바라리오. 바삐 모대(帽帶)

---

100) '관디'를 달리 이르던 말.
101) 기쁨을 스스로 이기기 어려움.
102) 분하여 질책함.

를 벗고 가 일찍 자고 명일(明日) 과거(科擧) 볼 생각 말라."

생(生)이 유유(唯唯)히[103] 퇴(退)하니라.

이튿날 새벽에 가만히 입장(入場)하여 드디어 몽중사(夢中事)로 동접
(同接) 친구(親舊)에게 말한대, 다 가로되,

"그대 그 글을 숙독(熟讀)하였느냐."

생(生) 왈(曰),

"말장(末章)을 외우지 못하노라."

그 벗이 가로되,

"어찌 책(冊)을 펴고 한 번(番) 강(講)하지 아니하느뇨."

생(生) 왈(曰),

"꿈이 만일(萬一) 영(靈)치 아니하면 하릴없거니와 그렇지 아니할
양이면 비록 다 외우지 못하나 필연(必然) 스스로 깨달을 리 있으리
니 강(講)하여 무엇하리오."

모든 벗이 다 힘써 권(勸)하되 종시(終是) 듣지 아니하더라.

및 강장(講章)이 나오니 곧 사간장(斯干章)이라. 생(生)이 더욱 마음
에 홀로 기꺼 드디어 고성 대독(高聲大讀)하여 거의 말장(末章)에 이르
러 상(上)이 어수(御手)로 책상(冊床)을 두드리시고 크게 칭찬(稱讚)하여
가라사되,

"선재(善哉)[104], 선재(善哉)라."

하시고, 구태여 다 외울 것이 없이 순통(純通)[105]으로 수생(收柱)[106]

---

103) 남의 뜻을 거스르지 않는 모양. 지당한 말씀이라고 그저 굽실거리는 모
　　양.
104) 잘한다.
105) 책을 외우고 그 내용에 통달함.
106) (강이 끝났다는 뜻으로) 찌를 거둠. '찌'는 전강이나 강경(講經) 때에 강생
　　(講生)이 뽑는 대쪽. 길이 17.5센티, 너비 5밀리, 두께 5밀리인데, 그 위
　　에 강장(講章)의 글귀를 썼음. 이와 같은 무수한 쪽에 사서(四書)와 삼경

하여 급제(及第) 주시니라.

그 대인(大人)이 아침에 그 과거(科擧) 보러 감을 듣고 우탄(憂歎)하기를 마지 아니하더니, 및 방방(放榜)한 소문(所聞)이 들리매 더욱 의려(疑慮)하여 진위(眞僞)를 모르더니, 유생(兪生)이 궐내(闕內)로조차 집으로 돌아오매 치하(致賀)하는 빈객(賓客)이 낙역(絡繹)[107]하거늘 유생(兪生)이 마상(馬上)에서 손으로 면면(面面)히 지점(指點)하며 자랑하여 가로되,

"내 비록 사간시(斯干詩) 말장(末章)을 외우지 못하여도 이래 능(能)히 과거(科擧)하였노라."

하더라.

의 각 편, 각 장의 글귀를 하나하나씩 따로 써서 직경 11센티, 길이 18센티 되는 통에 넣었음. 생(桮).

107) 낙역부절(絡繹不絶)의 준말. 낙역부절은 연락부절(連絡不絶)의 뜻.

9. 홍상서수정면인(洪尙書受挺免刃)[108]

홍상서(洪尙書) 우원(宇遠)[109]이 소시(少時)에 무슨 일로 동협(東峽) 길을 행(行)하더니, 일세(日勢) 이미 저물고 주점(酒店)이 초원(超遠)[110]하여 부득이(不得已) 산촌(山村)에 들어가 하루 밤 유숙(留宿)하기를 청(請)하니 그 집에 노옹고(老翁姑)[111]와 및 젊은 며느리 있더라.

석반(夕飯)을 공궤(供饋)한 후(後) 노옹(老翁)이 홍생(洪生)더러 일러 왈(曰),

"우리 부처(夫妻)는 오늘 밤 친척(親戚)의 집 대상(大祥) 제사(祭祀)를 참사(參祀)[112]하러 가고 젊은 며느리 홀로 있으니 바라건대 간검(看檢)하여 집을 지키고 편(便)히 쉬라."

하고, 또 자부(子婦)더러 일러 왈(曰),

"우리는 다 나가니 네 홀로 집에 있으매 반드시 손님을 잘 대접(待接)하라."

하고, 드디어 노옹(老翁) 부부(夫婦)가 문(門)을 나니 소부(少婦)가 응낙(應諾)하고 문(門)을 닫고 들어와 인(因)하여 한 방(房)에서 잘 새, 기녀(其女)가 손을 대접(待接)하여 아래목에서 자게 하고 저는 웃목에 앉아 등(燈)을 밝히고 길쌈하더라.

---

108) 홍상서(洪尙書)가 회초리로 맞은 덕분에 칼로 죽임을 면하다.
109) 조선조 숙종 때의 문신. 호는 남파(南坡). 현종 1년(1660) 1차 예송(禮訟) 때 서인 송시열이 주장하는 기년제(朞年制)의 잘못을 논박하다 파직되었고, 그 후 공조 판서·예조 판서 등을 역임했으나 1680년 경신대출척으로 파직 유배되어 배소(配所)에서 죽음.
110) 아득히 멂.
111) 옹고(翁姑)는 시아버지와 시어머니.
112) 제사에 참여함.

홍생(洪生)이 그 여자(女子)를 보니 비록 촌(村) 계집이나 자못 자색(姿色)이 있는지라. 다른 사람 없이 한 방(房)에 있으매 거짓 곤(困)하여 자는 모양(模樣)으로 몸을 두루쳐 그 여자(女子)의 곁에 가까이 가 시험(試驗)하여 한 발로 그 계집의 무릎 위에 얹으니, 그 계집이 생각하되, '객(客)이 원로(遠路)에 행역(行役)하매 자연(自然) 곤비(困憊)하여 그러한가' 하고 가만히 두 손으로 내려 놓거늘, 양구(良久) 생(生)이 다시 그 발로 또 무릎 위에 얹으니 그 계집이 또 여전(如前)히 내려 놓으되 홍생(洪生)은 그 뜻을 깨닫지 못하고 그 계집이 과(過)히 거절(拒絶)치 아니하는가 짐작(斟酌)하여 또 발로 더하니, 기부(其婦)가 비로소 객(客)이 제게 뜻 둠을 깨닫고 즉시(卽時) 생(生)을 흔들어 깨우니, 생(生)이 거짓 잠이 깊은 모양(模樣)으로 여러 번(番) 부른 후(後) 비로소 흠신(欠伸)[113]하고 대답(對答)하니, 기부(其婦)가 생(生)으로 하여금 일어 앉으라 하고 수죄(數罪)[114]하여 가로되,

"양반(兩班)이 글을 읽어 의리(義理)를 알거늘 어찌 남녀유별(男女有別)을 모르는가. 옹고(翁姑)가 나갈 때에 객(客)을 양반(兩班)이라 하여 의심(疑心)치 아니코 집 지키기를 은근(慇懃)히 부탁(付託)하였거늘 심야(深夜) 무인지중(無人之中)에 가만히 음흉(陰譎)[115]한 마음을 일으키니 양반(兩班)의 행실(行實)이 어찌 이같으리오. 밖에 나가 매를 얻어 오라."

홍생(洪生)이 이 말을 듣고 부끄러움을 이기지 못하여 매를 얻어 오니 기부(其婦)가 바지를 걷고 서기를 청(請)하거늘, 홍생(洪生)이 또 하릴없어 걷고 서니 기부(其婦)가 이에 십여개(十餘箇)를 때리고 경계(警戒)하여 가로되,

113) 기지개.
114) 죄를 저지른 행위를 들추어 열거함.
115) (마음 속이) 컴컴하고 내흉스러움.

"명일(明日) 구고(舅姑)가 돌아오시면 마땅히 위절(委折)을 자세(仔細) 고(告)할 것이니 다시는 망상(妄想)을 내지 말고 평안(平安)히 쉬라."

인(因)하여 여전(如前)히 길쌈하더라.

이튿날 노옹(老翁) 부부(夫婦)가 돌아와 객(客)의 평안(平安)히 잔 안부(安否)를 물은대, 홍생(洪生)은 대답(對答)하는 말이 없고 기부(其婦)가 이에 야간사(夜間事)를 세세(細細)히 고(告)한대, 노옹(老翁) 왈(曰),

"너의 정절(貞節)을 아는 고(故)로 홀로 두어 손을 대접(待接)케 하였거니와 소년(少年) 남자(男子)가 색(色)을 보고 동심(動心)함이 또한 고이한 일이 아니거늘 네 말씀을 위곡(委曲)히 하여 그 불가(不可)한 뜻을 베풀지 아니하고 어찌 감(敢)히 양반(兩班)을 달초(撻楚)하리오."

드디어 그 매를 가져 제 며느리를 수십(數十)을 때리고 홍생(洪生)을 향(向)하여 사죄(謝罪)하여 가로되,

"촌(村) 계집이 무지(無知)하여 양반(兩班)으로 하여금 욕(辱)을 뵈니 불승황공(不勝惶恐)하여이다."

홍생(洪生)이 더욱 수괴(羞愧)함을 이기지 못하여 칭사(稱謝)하고 떠나니라.

홍생(洪生)이 그날 또 수십리(數十里)를 행(行)하여 또 날이 저물고 점(店)[116]이 멀어 다시 한 촌가(村家)를 찾아 기숙(寄宿)하더니, 그 집은 다만 부부(夫婦)가 있더라.

석식(夕食) 후(後)에 그 주인(主人)이 홍생(洪生)더러 왈(曰),

"소인(小人)이 마침 긴(緊)히 볼 일이 있사와 장차(將次) 십여리(十餘里) 밖에 갔다가 명조(明朝)에 돌아올 것이니 부디 평안(平安)히

---

116) '주점(酒店)'을 이름인 듯.

쉬라."

하고, 또 기처(其妻)더러 부탁(付託)하여 왈(曰),

"손님을 잘 대접(待接)하라."

하고 나가니, 그 계집이 문(門)을 닫고 방(房)에 들어오니 그 방(房)이 위 아래 칸(間)의 사이 장자(障子)가 있으니 그 계집은 하방(下房)에서 자고 홍생(洪生)은 상방(上房)에서 자더니, 생(生)이 간 밤 지난 일을 경계(警戒)하여 다시 사념(邪念)이 없더라.

야심(夜深) 후(後) 궐녀(厥女)가 생(生)을 불러 가로되,

"상방(上房)이 심(甚)히 소랭(蕭冷)[117]하니 손님이 그 춥지 아니하뇨. 모로미 아랫방으로 내려와 나로 더불어 한가지로 잠이 어떠하뇨."

홍생(洪生)이 그 춥지 아니타 대답(對答)하되 궐녀(厥女)가 누차(屢次) 들어오기를 청(請)하거늘, 홍생(洪生)이 그 계집의 하는 바를 보니 반드시 문(門)을 열고 나올 염려(念慮)가 있는지라. 등으로 문(門)짝을 누르고 앉았더니, 궐녀(厥女)가 과연(果然) 문(門)밑에 이르러 백단(百端)으로 달래고 문(門)을 밀고 나오려 하매 생(生)이 종시(終是) 듣지 아니하니 궐녀(厥女)가 이에 크게 성내어 질욕(叱辱)하여 가로되,

"소년(少年) 남아(男兒)가 어찌 이렇듯 무미(無味)하뇨. 비록 너 아니라도 어찌 다른 사람이 없으리오."

하고, 드디어 앞 창(窓)을 열고 나가더니, 이윽고 한 총각(總角)을 끄을고 들어와 회해(詼諧) 무수(無數)하고 인(因)하여 서로 자더니, 이윽고 그 지아비 돌아와 곧 그 방(房)으로 들어와 한 칼로 그 남녀(男女)를 죽이고 인(因)하여 홍생(洪生) 자는 방(房) 밖에 서서 소리를 나직히 하여 가로되,

---

117) 쓸쓸하고 싸늘함.

"손님이 그저 취침(就寢)하시니이까."

홍생(洪生) 왈(曰),

"너는 어떤 사람이뇨."

궐한(厥漢) 왈(曰),

"소인(小人)은 곧 이 집 주인(主人)이러니 문(門) 열기를 청(請)하나이다."

생(生)이 그 놈의 행흉(行凶)[118]함을 보고 마음에 심(甚)히 두려우나 또 생각하되 몸소 범(犯)한 바가 없으매 다른 염려(念慮) 없을지라. 드디어 문(門)을 여니 궐한(厥漢)이 백배칭하(百拜稱賀) 왈(曰),

"손님은 진실(眞實)로 대인(大人)이로소이다. 무릇 소년(少年) 남자(男子)가 심야(深夜) 밀실지중(密室之中)에 젊은 여자(女子)로 더불어 격벽(隔壁)에 한가지로 자되 능(能)히 동심(動心)치 아니하는 사람이 세상(世上)에 몇이 있으리오. 소인(小人)이 여러 번(番) 궐녀(厥女)의 행사(行事)가 수상(殊常)함을 보오나 진적(眞的)[119]한 장물(贓物)을 잡지 못하여 작일(昨日)에 손님을 보오니 의표(儀表)가 비범(非凡)한지라. 궐녀(厥女)가 필연(必然) 흠모(欽慕)하는 뜻이 있을 듯하기로 소인(小人)이 짐짓 다른 데 가노라 칭탁(稱託)하고 가만히 밖에 은신(隱身)하여 동정(動靜)을 살피더니, 궐녀(厥女)가 과연(果然) 백단(百端)으로 손님을 달래되 견집(堅執)[120]하고 응(應)치 아니하시니 궐녀(厥女)가 필경(畢竟) 정욕(情欲)을 이기지 못하여 이에 동리(洞里)에 사는 총각(總角)을 초인(招人)[121]하여 오니 소인(小人)이 일시지분(一時之憤)을 참지 못하여 한 칼에 찔러 죽였사오니, 만일(萬一) 손님이

---

118) 사람을 죽이는 흉악한 짓을 함.
119) 참되고 틀림없음.
120) 굳게 잡고 있음.
121) 어떤 대상 인물을 꾀어 끌어냄.

궐녀(厥女)에게 미혹(迷惑)한 바가 되었던들 소인(小人)의 칼을 면(免)치 못하여 계시리이다. 소인(小人)이 사람을 많이 보았거니와 이같은 진정(眞正) 대인(大人)은 처음 뵈옵는 고(故)로 칭하(稱賀)하옵나이다. 이제 여기 지체(遲滯)하올 길이 없사오니 날이 밝지 아니하여 소인(小人)과 한가지로 도망(逃亡)하사이다."

하고, 드디어 문(門)을 나 일(一) 마장을 오더니 궐한(厥漢) 왈(曰),

"소인(小人)이 잊었나이다. 그 집에 불을 지르고 올 것이니 잠간(暫間) 기다리소서."

하고 가거늘, 홍생(洪生)이 구태어 궐한(闕漢)을 기다림이 무익(無益)한지라. 홀로 먼저 행(行)하여 멀리 돌아보니 화광(火光)이 충천(衝天)하더라.

그 후(後) 등과(登科)하여 강원 감사(江原監司)로 순력(巡歷)하는 길에 보니 한 치도(治道)[122]하는 백성(百姓)이 비를 들고 섰거늘 낯이 심(甚)히 익은지라. 가까이 불러 교자(轎子)를 머물고 문왈(問曰),

"네 나를 아느냐."

궐한(厥漢)이 망연부지(茫然不知)하는지라. 감사(監司)가 왈(曰),

"네 아무 년분(年分)에 여차여차(如此如此)한 일을 기억(記憶)하느냐."

궐한(厥漢)이 비로소 깨달아 가로되,

"소인(小人)이 과연(果然) 이제야 생각하나이다."

감사(監司)가 분부(分付)하여,

"환영(還營) 후(後) 등대(等待)하라."

하여 무수(無數)히 차탄(嗟歎)하고 우후(優厚)[123]히 주어 보내니라.

---

122) 길닦이.
123) (다른 것에 비하여) 썩 후함.

10. 여수의이화접목(呂繡衣移花接木)[124]

여참판(呂參判) 동식(東植)이 영남 우도(嶺南右道)[125] 어사(御使)로서 행(行)하여 진주(晋州) 땅에 이르러 우연(偶然)히 종인(從人)을 데리고 홀로 가다가 날이 저물매 유숙(留宿)할 곳이 없더니, 마침 노방(路傍)에 한 촌가(村家)가 있거늘 가 문(門)을 두드리고 일야(一夜) 기숙(寄宿)하기를 청(請)하니 응문(應門)[126]하는 동자(童子)가 그 고을 향반(鄕班)으로 연기(年紀) 장성(長成)하였으나 빈한(貧寒)하여 미쳐 성관(成冠)치 못한 아이[127]러라.

흔연(欣然)히 맞아 들여 관곡(款曲)히 대접(待接)하고 그 누이를 가르쳐 석반(夕飯)을 공궤(供饋)하고 밤 들매 객(客)으로 더불어 상방(上房)에 자고 그 누이는 하간(下間)에서 자는데, 그 아이 행동 거지(行動擧止)를 보고 수작(酬酌)한 즉(卽) 사람 되옴이 아상(雅祥)하여 아름다울 뿐 아니라 남매(男妹) 수간(數間) 두옥(斗屋)에 동처(同處)하되 내외(內外) 절엄(絶嚴)하여 심(甚)히 예법(禮法)이 있는지라. 어사(御使)가 문왈(問曰),

"네 나이 저렇듯 장성(長成)하고 무슨 연고(緣故)로 취처(娶妻)치 아니하였느냐."

동자(童子)가 왈(曰),

---

124) 여어사(呂御使)가 짝을 맞춰 혼인을 하게 하다.
125) 우도(右道)는 경기도의 북쪽 부분과, 충청도·전라도·경상도·황해도의 서쪽 부분을 각각 이르던 말.
126) 문 앞에서 찾아온 손님을 응대함.
127) 관례(冠禮)를 치르지 않았음을 의미함. 남자가 스무살이 되면 어른이 된다 하여 15~20살에 관례를 치르고 그 후에 혼례를 함.

"내 집이 빈한(貧寒)한 연고(緣故)로 사람이 다 결혼(結婚)하기를 원(願)치 아니하나이다. 향자(向者)에 동리(洞里) 부자(富者)의 집과 의혼(議婚)[128]하여 언약(言約)이 있삽더니, 또한 빈곤(貧困)함을 혐의(嫌疑)하여 홀연(忽然) 언약(言約)을 배반(背反)하고 다른 곳에 의혼(議婚)하여 명일(明日) 장차(將次) 혼사(婚事)를 지낸다 하더이다."

또 물으되,

"네 누이는 정혼(定婚)한 곳이 있느냐."

답왈(答曰),

"또한 없나이다."

어사(御使)가 이미 그 아이 남매(男妹) 안상(安詳)[129]하여 예법(禮法) 있음을 기특(奇特)히 여겨 때 지나되 혼취(婚娶) 못함을 불쌍히 여기며, 또 전촌(前村) 부자(富者) 집이 빈한(貧寒)하므로 퇴혼(退婚)함을 절증지(切憎之)[130]하여 명일(明日)에 곧 전촌(前村) 부가(富家)에 가보니 문호(門戶)가 고대(高大)하고, 계정(階庭)이 광활(廣闊)하며 차일(遮日)을 높이 치고, 내외(內外)에 병장(屛帳) 포진(鋪陳)이 극(極)히 번화(繁華) 정세(精細)하고, 빈객(賓客)이 만당(滿堂)하고 노복(奴僕)이 만문(滿門)하여 기명(器皿) 반상(盤床) 등속(等屬)을 좌우(左右)에 나열(羅列)하고, 일변(一便) 어육(魚肉)을 팽임(烹飪)[131]하며 병과(餅菓)를 고배(高排)[132]하여 수륙진찬(水陸珍饌)을 차려 진전(進前)할 즈음에, 홀연(忽然) 걸객(乞客)의 훤호지성(喧呼之聲)[133]을 듣고 주인(主人)이 좌우(左右) 노복(奴僕)을

---

128) 혼인을 의논함.
129) (성질이) 찬찬하고 자세함.
130) 그를 절실하게 증오함.
131) 음식을 삶고 지져서 만듦.
132) 과일, 과자, 떡 같은 음식을 높다랗게 괴어 올려서 담음. 또는 그 괴어 놓는 그릇.
133) 떠들썩하게 부르는 소리.

불러 바삐 쫓아 내치라 하거늘, 어사(御使)가 고성 대호(高聲大號)[134]
왈(曰),

"여차(如此) 성회(盛會)에 주육(酒肉)이 난만(爛漫)하거늘 어찌 주
린 사람을 한 번(番) 배부르게 아니하느뇨."

하고, 곧 계하(階下)에 이르니 주인(主人)이 심(甚)히 괴로이 여겨 비
복(婢僕)을 명(命)하여 한 상(床)을 차려 주라 하니 이에 박주(薄酒)[135]
냉적(冷炙)으로 초초(草草)히 수기(數器)[136]를 작은 소반(小盤)에 담아
주거늘, 어사(御使)가 냉소(冷笑)하고 곧 청상(廳上)에 올라가 좌(座)에
앉아 양반(兩班) 박대(薄待)하는 양으로 근책(勤責)[137]한대, 주인(主人)
이 대로(大怒)하여 노복배(奴僕輩)를 명(命)하여 끌어 내치라 하더니,
마침 이때에 역졸(驛卒) 한 놈이 어사(御使) 있는 곳을 찾아 그 집에
이르렀거늘, 어사(御使)가 즉시(卽時) 눈주니 역졸(驛卒)이 드디어 고성
대호(高聲大號) 왈(曰),

"어사(御使) 사도(使道) 출도(出道)이라."

하는 소리에 만당(滿堂) 빈객(賓客)이 일시(一時) 쥐 숨듯 숨고, 소위
(所謂) 신랑(新郎)도 마침 문전(門前)에 이르렀다가 그 광경(光景) 보고
또한 회마(回馬)하여 급(急)히 도망(逃亡)하더라.

모든 종인(從人)이 이 소문(所聞) 듣고 차차(次次) 모여 들거늘 어사
(御使)가 드디어 상좌(上座)에 앉은 후(後) 좌우(左右)를 명(命)하여 집
주인(主人)을 잡아들여 청하(廳下)에 꿇리고 수죄(數罪)하여 가로되,

"네 일읍(一邑) 거부(巨富)로 이미 혼인(婚姻)을 지내려 잔치하매
한 상(床) 음식(飮食)으로 손을 먹여든 무엇이 손상(損傷)함이 있건대

---

134) 높은 소리로 크게 호령함.
135) 맛이 좋지 않은 술.
136) 몇 그릇.
137) 힘써 책망함.

사람을 어찌 이렇듯 구박(驅迫)하며, 여러 번(番) 애걸(哀乞)하매 이
에 중인(衆人)의 먹던 나머지로 초초(草草)히 박대(薄待)하며, 또 당
상(堂上)에 앉은 손을 종놈으로 하여금 손을 끌고 등을 밀어 내치니
세상(世上)에 어찌 이러한 인심(人心)과 도리(道理) 있으리오. 또 네
당초(當初)에 건넌 마을 아무와 청혼(請婚)하였다가 그 빈한(貧寒)함
을 혐의(嫌疑)하여 임시(臨時) 배약(背約)하고 다시 다른 사위를 얻으
니 이것이 어찌 영남(嶺南) 돈후(敦厚)한 풍속(風俗)이랴. 네 죄상(罪
狀)은 마땅히 형장(刑杖)으로 죽일 것이로되 내 십분(十分) 짐작(斟
酌)하는 일이 있어 잔명(殘命)을 용서(容恕)하나니 네 이제로 빨리
신랑(新郎)의 복색(服色) 위의(威儀)를 차려 건넌 마을 아무를 맞아다
가 네 딸과 초례(醮禮)를 행(行)하고, 또 교자(轎子)와 복색(服色) 일
(一) 벌을 차려 아무의 누이를 태워다가 아까 퇴거(退去)한 신랑(新
郎)을 고쳐 불러 네 집에서 한 날 행례(行禮)하라."

하니, 주인(主人)이 복복사죄(僕僕謝罪)하여 부수청명(俯首聽命)[138]하
고 양처(兩處) 혼구(婚具)를 즉각(卽刻) 판비(辦備)하여 양가(兩家) 혼사
(婚事)를 일시(一時) 행례(行禮)하니, 어사(御使)가 박장(拍掌) 칭쾌(稱快)
하고 허다(許多) 종인(從人)으로 더불어 주육(酒肉)을 취포(醉飽)하고 가
니라.

일읍지인(一邑之人)이 그 부자(富者)의 견욕(見辱)함을 상쾌(爽快)히
여기고 어사(御使)의 명백(明白) 조처(措處)함을 칭송(稱頌)하더라.

---

138) 웃사람의 위엄에 눌려 고개를 다소곳하게 숙이고 명령대로 좇아 함.

11. 방명복원옥득신(訪名卜寃獄得伸)[139]

전주(全州) 읍내(邑內)에 한 과부(寡婦)가 있더니, 일야지간(一夜之間)에 어떤 사람이 가만히 그 집에 들어가 과부(寡婦)의 머리를 베어 간지라. 그 이웃 제인(諸人)이 날이 돗도록 사람의 동정(動靜) 없음을 괴(怪)히 여겨 여러 사람이 문(門)을 열고 들어가 본 즉(卽) 과부(寡婦)의 머리 없고 피 흘러 방(房)에 가득하였는지라. 동리(洞里) 사람이 크게 놀라 발장고관(發狀告官)[140]하니 본수(本倅)가 나와 검시(檢屍)한 후(後) 그 머리 간 곳을 찾을 새 피 흔적(痕迹)이 점점(點點)이 떨어져 지게 밖으로조차 서편(西便) 담 밑까지 있거늘, 그 서편(西便) 집에 들어가 두루 찾으니 그 집 서장(西墻)[141] 밑에서 과부(寡婦)의 머리를 얻은지라. 대저(大抵) 변(變)이 깊은 밤에 나고 땅이 유벽(幽僻)하매 그 집 주인(主人)도 미처 깨닫지 못하였더라.

그 집 주인(主人)이 회피(回避) 부득(不得)하여 관가(官家)에 잡혀 들어가 엄형(嚴刑) 국문(鞫問)하매 아무리 호원(呼寃)[142]하나 원구(怨溝)[143]를 지증무처(知曾無處)[144]한지라. 누차(屢次) 악형(惡刑)을 당(當)하고 누월(屢月) 엄수(嚴囚)하여 기지사경(幾至死境)[145]일러라.

그 사람이 두 아들이 있어 그 지원(至寃)함을 호소무처(呼訴無處)요, 또 흉범(凶犯)을 잡지 못하였기로 서로 의논하여 가로되,

---

139) 용한 점장이를 찾아가 원통한 옥사(獄事)를 해결하다.
140) 관청에 고발장을 냄.
141) 서쪽 담.
142) 원통함을 부르짖어 말함.
143) 원망이 되는 근원.
144) 알만한 것이 이에 아무곳에도 없음.
145) 거의 죽을 지경에 이르름.

"봉산(鳳山)에 있는 유운태(劉雲泰)는 일세(一世)에 명복(名卜)이라 하니 어찌 한 번(番) 묻지 않으리오."

하고, 형제(兄弟) 드디어 치행(治行)할 새 복채(卜債)146)를 후(厚)히 가지고 곧 봉산(鳳山) 유맹(劉盲)의 집을 찾아 가서 전후(前後) 사연(事緣)을 자세(仔細)히 이르고 그 정범(正犯)을 찾아 부친(父親)의 원억(冤抑)함을 씻기를 원(願)하노라 하고, 드디어 복채(卜債)를 후(厚)히 주니 유맹(劉盲) 왈(曰),

"오늘은 일세(日勢) 저물었으니 내일 새벽에 점(占)하리라."

하고, 그 이튿날 청신(淸晨)에 유맹(兪盲)이 정결(淨潔)히 관수(盥漱)147)하고 새 도포(道袍) 입고 대청(大廳)에 향안(香案)을 배설(排設)하고 큰 병풍(屛風)을 둘러 막고 분향(焚香) 고축(告祝)하고 한 괘(掛)를 얻은 후(後) 이에 나와 그 형제(兄弟)더러 일러 왈(曰),

"네 이제 급(急)히 본읍(本邑)으로 돌아가 네 집으로 들어가지 말고 바로 서남간(西南間) 노(路)로 좇아 칠십리(七十里)를 행(行)하면 좌편(左便)으로 가는 소로(小路) 몇 리(里)를 가면 삼밭이 있고 그 아래 수십보(數十步) 허(許)에 수칸(數間) 모옥(茅屋)이 있으리니, 낮에는 삼밭 속에 은신(隱身)하였다가 날이 어두운 후(後)에 가만히 그 집 울 밑에 엎드려 있으면 가(可)히 알 일이 있으리라."

그 형제(兄弟) 말을 좇아 급(急)히 돌아와 바로 서남간(西南間)으로 행(行)하여 칠십리(七十里)를 가니 길 좌편(左便)에 과연(果然) 작은 길이 있고 길 끝에 삼밭이 있고 삼밭 아래 외딴 모옥(茅屋)이 있는지라. 이에 말을 산변(山邊) 유벽처(幽僻處)에 매고 삼밭 가운데 은신(隱身)하였다가 황혼(黃昏)을 기다려 가만히 울 밑에 나아가 울 틈으로 엿보니,

---

146) 점을 쳐 준 값으로 점장이에게 주는 돈.
147) 양치질하고 세수함.

그 남자(男子)는 토(土)마루 위에 앉아 짚신을 삼고 그 아내는 방(房) 안에 등잔(燈盞)을 밝히고 실을 짜되 별(別)로 하는 말이 없더니, 이윽고 그 놈이 몸을 일으켜 신 삼던 제구(製具)를 거두고 불끄고 방(房)으로 들어가며 제 지어미더러 하는 말이,

　"시방(時方)은 근심할 바가 없도다. 아무개 살인(殺人)을 체당(替當)148)하여 누차(屢次) 엄형(嚴刑)하매 미구(未久)에 죽으리라."

하거늘, 그 사람의 형제(兄弟) 울 밑에서 이 말을 듣고 흉범(凶犯)이 정녕(丁寧) 무의(無疑)한지라. 즉시(卽時) 울을 뛰어 들어가 그 놈을 결박(結縛)하여 말께 싣고 급(急)히 몰아 날이 새매 관정(官庭)에 들어가 정범(正犯) 흉한(凶漢)을 잡아온 연유(緣由)로 고관(告官)하니, 본수(本倅)가 또 놀라고 또 기꺼 즉시(卽時) 궐한(厥漢)을 잡아들여 시형 엄문(施刑嚴問)149)한대, 궐한(厥漢)이 승복(承服) 왈(曰),

　"소인(小人)은 그 동리(洞里) 사는 가죽 다루는 장색(匠色)150)이옵더니, 그 과부(寡婦)를 흠모(欽慕)하여 여러 번(番) 달래되 종시(終是) 듣지 아니하기로 일시지분(一時之憤)을 참지 못하여 찔러 죽이고 그 머리를 서편(西便) 집에 던지기는 장차(將次) 화(禍)를 남에게 옮길 계교(計巧)이옵더니, 이제 이미 탄로(綻露)하오매 고쳐 아뢸 말씀이 없다."

하거늘, 이에 살옥(殺獄) 문안(文案)을 이루고 드디어 서편(西便) 집 주인(主人)을 방송(放送)하니라.

---

148) 남의 일을 대신하여 담당함.
149) 형벌을 베풀며 엄하게 추궁함.
150) 손재주를 가지고 여러 가지 물건을 만드는 것으로 업을 삼거나 또는 건축 따위 일에 불려 다니면서 벌이를 하는 사람. 목수나 미장이 같은 사람.

12. 과장부서화만태(誇丈夫西貨滿馱)[151]

옛적에 한 선비 과시(科試)를 당(當)하여 반촌(泮村)[152]에 들어갔더니 관주인(館主人)은 마침 다른 데 가고 그 지어미 홀로 있거늘, 생(生)이 다른 사람 없음을 보고 음욕(淫慾)이 발(發)하여 궐녀(厥女)를 희롱(戲弄)코자 하니 궐녀(厥女)가 주객지의(主客之誼)[153]에 괄시(恝視)치 못하여 민면(黽勉)하여 좇을 즈음에, 그 주인(主人)이 들어와 방문(房門)을 열고 들어오고자 하거늘 생(生)이 급(急)히 궐녀(厥女)의 치마로 궐녀(厥女)의 몸을 덮고 주인(主人)을 돌아 보아 눈을 끔적이며 물리치니, 그 주인(主人)이 제 계집인 줄 모르고 드디어 문(門)을 닫고 나가며 가로되,

"나는 노숙(老熟)한 사람이라. 어찌 남의 기색(氣色)을 모르리오."

하고, 이에 큰 문(門)으로 나가거늘, 생(生)이 조금도 염려(念慮) 아니하고 진일(盡日) 행락(行樂)한 연후(然後) 생(生)은 외당(外堂)으로 나오고 궐녀(厥女)는 동리(洞里)로 갔더니, 저물게 주인(主人)이 들어와 앉은 후(後) 그 처(妻)가 밖으로조차 들어옴을 보고 가로되,

"그대 그 사이 어디 갔더뇨."

궐녀(厥女)가 가로되,

"내 옷감을 마르러 동리(洞里)에 갔더니 마침 그 사람이 출타(出他)하였기로 돌아오기를 기다려 옷을 말라 가지고 오기로 지체(遲滯)하였노라."

---

151) 서도(西道)의 재물을 후히 실어 보내어 장부임을 나타내다.
152) 성균관을 중심으로 그 근처에 있는 동네를 일컫는 말. 반중(泮中).
153) 주인과 손님 사이의 정의(情誼).

그 주인(主人)이 그렇이 여겨 고쳐 다른 말이 없더라.

미기(未幾)에 생(生)이 등과(登科)하여 또 몇 해 만에 평안 감사(平安監司)를 하니 관주인(館主人)이 대희(大喜) 왈(曰),

"이제 장차(將次) 기영(箕營)에 가 걸태(乞馱)하여 오리라."

하고, 발행(發行)하려 하거늘 기처(其妻)가 웃어 가로되,

"만일(萬一) 그대 내려가면 아무 것도 못 얻어 오리라."

궐한(厥漢)이 노왈(怒曰),

"내 가서 얻어 오지 못하면 너는 가면 가(可)히 얻어 오랴."

기처(其妻)가 가로되,

"내 만일(萬一) 가면 정녕(丁寧) 많이 얻어 오리라."

하거늘, 궐한(厥漢)이 그 말을 듣지 아니하고 이튿날 치행(治行)하여 몇 날 만에 영문(營門)에 이르러 현신(現身)한대, 감사(監司)가 보고 별(別)로 반기는 빛이 없고 영고(營庫)에 분부(分付)하여 밥하여 먹이라 하고, 이튿날 노자(路資) 주어 바삐 올라 가라 하거늘 궐한(厥漢)이 크게 분(憤)하여 드디어 하직(下直)도 아니코 돌아와 집 문(門)에 들매 감사(監司)를 질욕(叱辱)하며 노기(怒氣) 발발(勃勃)하거늘, 기처(其妻)가 나와 맞으며 왈(曰),

"무엇을 많이 얻어 왔느뇨."

궐한(厥漢) 왈(曰),

"그 감사(監司)가 냉락(冷落)하여 조금도 구일(舊日) 안정(顔情)[154]이 없더라."

한대, 기처(其妻)가 웃어 왈(曰),

"이왕(已往)에 말하지 아니터냐. 그대는 비록 백번(百番) 내려가도 쓸 데 없을 것이요 내가 내려가 바야흐로 얻어 오리라."

---

154) 여러 차례 대면하여 생기는 정.

궐한(厥漢)이 성내어 가로되,

"네 말이 이미 저렇듯 하니 명일(明日)에 즉시(卽時) 내려가라."

궐녀(厥女)가 제 손으로 행구(行具)를 차려 감사(監司)에게 내려가 통기(通寄)하니 감사(監司)가 즉시(卽時) 불러들여 보고 즉시(卽時) 오르라 하여 그 멀리 옴을 위로(慰勞)하고, 또 내아(內衙)에 들여보내어 관곡(款曲)히 대접(待接)하고 며칠을 머문 후(後) 궐녀(厥女)가 하직(下直)코자 하거늘, 순상(巡相)이 옛날 정의(情誼)를 잊지 못하여 행하(行下)를 올리라 하여 전문(錢文) 몇 천냥(千兩)과 면주(綿紬)[155] 백목(白木)[156] 세포(細布) 민석어(民石魚)[157] 유청(油淸) 등속(等屬) 서관(西關) 소산(所産)을 아니 갖춘 바 없이 적어 내려 영고 비장(營庫裨將)으로 하여금 교마(驕馬)를 내어 수종(隨從)하라 하니, 궐녀(厥女)가 수삼십태(數三十馱)를 거느려 집에 돌아온대 궐한(厥漢)이 처음으로 허다(許多)한 재물(財物)을 본지라. 일변(一邊) 놀라고 일변(一邊) 즐거워 차례(次例)로 모든 물종(物種)을 수습(收拾)하여 각각(各各) 구처(區處)한 후(後) 종용(從容)히 물어 가로되,

"나는 내려가 한 물건(物件)도 얻어 오지 못하되 너는 내려가 이렇듯 많은 재물(財物)을 얻어 오니 이 무슨 연고(緣故)뇨."

궐녀(厥女)가 웃어 왈(曰),

"그대 어느 연분(年分)에 사도(使道)가 과거(科擧)를 보러 와 계실 때에 내 방(房)에 들어와 계시던 일을 기억(記憶)치 못하느냐."

궐한(厥漢)이 이윽히 생각타가 황연(晃然)히 깨달아 왈(曰),

"그 일을 생각하거니와 아지 못게라. 기시(其時)에 치마 덮고 누웠던 사람이 누구뇨."

---

155) 명주.
156) 무명.
157) 민어와 석어. '석어'는 조기.

궐녀(厥女)가 웃어 왈(曰),

"내로라."

궐한(厥漢)이 또 놀라 깨달아 차탄(嗟歎)하여 가로되,

"기시(其時)에 만일(萬一) 낸 줄 알고 발각(發覺)하였던들 오늘 이 재물(財物)을 어찌 이렇듯 많이 얻으리오."

하고, 서로 더불어 박장 대소(拍掌大笑)하더라.

13. 점길지어유석함(占吉地魚遊石函)[158]

　이판서(李判書) 정운(鼎運)[159]의 조부(祖父)가 젊었을 때에 절에 가 글을 읽더니, 때마침 삼동 극한(三冬極寒)이라. 한 유걸(流乞)하는 중이 있어 현순 백결(懸鶉百結)[160]로 절에 와 걸식(乞食)하거늘, 동자(童子) 하는 중이 제 저녁밥 한 그릇을 먹이고 하루 밤 잔 연후(然後) 곧 구박(驅迫)하여 내치거늘, 이생(李生)이 측은(惻隱)히 여겨 승도(僧徒)더러 일러 가로되,

　"이렇듯한 엄동(嚴冬)에 의박(衣薄)[161]하고 주린 종을 끌어 내치면 반드시 동사(凍死)하리니 양식(糧食)은 내 준비(準備)하여 줄 것이니 몇 날을 더 머물러 일기(日氣) 적이 온화(溫和)하기를 기다려 보냄이 옳다."

　하고, 생(生)이 또 맞추어 새 옷을 바꾸어 입었으매 그 벗은 바 옷을 다 내어 그 중을 입히니 그 중이 재생지은(再生之恩)을 무수(無數)히 칭사(稱謝)하고 몇 날 후(後) 일기(日氣) 온화(溫和)하거늘 비로소 보내니라.

　그 후(後) 몇 해 만에 이생(李生)이 친상(親喪)을 당(當)하였더니, 성복(成服)[162]날 한 중이 와 조상(弔喪)하기를 청(請)하거늘 생(生)이 조상

---

158) 길지로 점친 땅의 석함 속에 고기가 놀다.
159) 조선조 순조 때의 문신. 호는 오사(五沙). 충청도 관찰사, 함경도 관찰사, 형조 판서를 역임함. 문명(文名)이 있었음.
160) 가난하여 옷이 갈갈이 해어지고 누덕누덕 기워 짧아진 옷을 이르는 말.
161) 입은 옷이 얇음.
162) 초상이 난 지 사흘이나 닷새 만에 상제와 복인들이 처음으로 상복을 입는 일.

(弔喪)은 받으나 면목(面目)이 의희(依俙)163)한지라. 승(僧) 왈(曰),

"뵈온 지 오랜지라, 소승(小僧)을 잊어 계시니이까. 아무 연분(年分) 어느 절에 가 걸식(乞食)하올 때에 거의 동아(凍餓)164)하여 죽게 된 인생(人生)으로 의외(意外)에 은택(恩澤)을 입사와 옷을 벗어 입히시고 밥을 주어 먹이시니 재생지은(再生之恩)이 감황(感惶) 망극(罔極)하여 심폐(心肺)에 새겨 있사오나 일분(一分) 보은(報恩)할 곳이 없사옵더니, 마침 친상(親喪)을 당(當)하오신 소문(所聞)을 듣잡고 생각컨대 미리 정(定)하여 두신 산지(山地) 없을 듯하옵고, 소승(小僧)이 여간(如干) 풍수(風水) 조박(糟粕)165)을 아옵기로 위(爲)하여 길지(吉地)를 택(擇)하여 써 일분(一分)이나 보은(報恩)코자 하오니, 소승(小僧)이 마땅히 먼저 가 초점(初占)하옵고 온 후(後)로 한 번(番) 소승(小僧)과 한가지 가오셔 완정(完定)하심이 좋을 듯하와이다."

상인(喪人)이 말을 듣고 비로소 황연(晃然) 대각(大覺)하여 내심(內心)에 헤오되, 제 이미 간절(懇切)히 은혜(恩惠)를 갚고자 할진대 필연(必然) 정성(精誠)을 다할 듯하여 먼저 보내어 초점(初占)하고 오라 하니 수일(數日) 후(後) 한 곳을 초점(初占)하고 와 한가지로 가기를 청(請)하거늘, 이에 발행(發行)하여 한 곳에 가 살펴 본 즉(卽) 이에 평지(平地) 돌밭 사이라. 국세(局勢) 첨약(尖弱)하고 용호(龍虎)가 분명(分明)치 못하여 마음에 심(甚)히 불합(不合)하나 이미 지술(地術)이 몽매(蒙昧)하매 범안(凡眼)으로 취사(取捨)할 길이 없는지라. 드디어 일종기언(一從其言)166)하여 택일(擇日) 개기(開基)167)할 새, 인아(姻婭) 족당(族黨)과 인

---

163) 어렴풋이 희미함.
164) 춥고 배고픔.
165) 무슨 학문이나 서화나 음악에 있어서 옛 사람이 다 밝혀 낸 찌끼의 비유.
166) 한 번 그 말을 따름.
167) 공사하려고 터를 닦기 시작함.

리(隣里) 친지(親知)와 심지어(甚至於) 역군(役軍) 하예(下隸) 다 훼방(毁謗)하는 말이,

"이렇듯 저습(低濕)한 밭고랑 사이에 무슨 혈정(穴穽)이 있으리오."

하고, 시비(是非) 분운(紛紜)168)하니 상인(喪人)이 비록 중의 말을 전(全)혀 믿고 행(行)하나 뭇 사람의 훼방(毁謗)에 자연(自然) 의려(疑慮)한 마음이 없지 못하여 그 중을 데리고 은근(慇懃)한 곳에 가서 문왈(問曰),

"내 비록 대사(大師)의 말을 전수(全數)히 믿고 결단(決斷)코 행(行)하려 하나 중론(衆論)이 분운(紛紜)하매 대사(大事)를 당(當)하여 적실(的實)한 표(標)를 보지 못하니 어찌 써 모든 의논(議論)을 물리치고 쓸꼬."

그 중이 이윽히 생각타가 가로되,

"소승(小僧)의 정성(精誠)이 혹(或) 범연(汎然)하여 저렇듯 시비(是非) 분운(紛紜)하니 상주(喪主)의 의려(疑慮)하심이 용혹무괴(容或無怪)169)라. 길지(吉地)에 밝은 증험(證驗)을 목도(目睹)하면 가(可)히 쓰리이까."

상인(喪人) 왈(曰),

"만일(萬一) 작은 증험(證驗)이라도 볼 양이면 어찌 두 말이 있으리오."

기시(其時)에 천광(穿壙)은 다하고 장차(將次) 회격(灰隔)170)을 시작(始作)하더니, 그 중이 드디어 상인(喪人)과 한가지로 광중(壙中)에 들

---

168) 여러 사람의 의논이 일치하지 아니하고 이러니 저러니하여 시끄럽고 떠들썩함.
169) 혹시 그럴 수도 있으므로 괴이할 것이 없음.
170) 관을 광중(壙中)에 내려 놓고, 그 사이를 석회로 메워서 다지는 일. 회다짐.

어가 바람을 못들어오게 막고 삽으로 광중(壙中) 밑을 조금 헤치니 아래 방정(方正)한 돌함(函) 하나가 있거늘, 중이 이에 손으로 그 뚜에171) 한 모를 들고 촉(燭)불로 비추어 본 즉(卽) 맑은 물이 함중(函中)에 가득하고 금(金)붕어 세 개(箇) 그 가운데서 노는지라. 상인(喪人)이 보고 크게 놀라 드디어 급(急)히 덮고 인(因)하여 다시 그 헤친 흙을 전(前)과 같이 단단히 메우고 즉시(卽時) 완장(完葬)하니라.

그 중이 하직(下直)하고 갈 때에 상인(喪人)더러 일러 왈(曰),

"소승(小僧)이 상주(喪主)의 은덕(恩德)을 갚고자 하여 극길지지(極吉之地)를 택(擇)하여 기여이 상주(喪主)의 당대(當代)에 발복현달(發福顯達)코자 하였더니 불행(不幸)하여 길기(吉氣) 누설(漏泄)한지라. 이제는 사십년(四十年) 후(後) 길기(吉氣) 완전(完全)히 모인 연후(然後)에야 비로소 가(可)히 발복(發福)하오면 마땅히 문과(文科) 셋이나 현달(顯達)하리라."

하더니, 그 후(後) 사십년(四十年) 만에 이생(李生)의 손자(孫子) 세 사람이 다 등과(登科)하여 맏 손자(孫子) 승운(升運)은 벼슬이 옥당(玉堂)에 이르고, 그 남은 정운(鼎運)과 익운(益運)172)은 벼슬이 다 정경(正卿)173)에 이르니라.

---

171) '뚜껑'의 방언.
172) 조선조 순조 때의 문신. 대사헌,공조 판서, 예조 판서를 역임함.
173) 조선조 때, 정2품 이상의 벼슬인 의정부 참찬(參贊), 육조의 판서, 한성부 판윤(判尹), 홍문관 대제학 등을 아경(亞卿)에 대하여 이르는 말.

청구야담 권지십육(靑邱野談 卷之十六)

1. 현소몽뇽만상폭(現宵夢龍滿裳幅)[1]

해풍군(海豊君) 정효준(鄭孝俊)[2]은 영양위(寧陽尉)[3]의 종손(宗孫)이
라. 나이 사십삼세(四十三歲)에 세 번(番) 상처(喪妻)하매 슬하(膝下)에
오직 어린 딸 삼형제(三兄弟) 있으되 빈한 무의(貧寒無依)[4]하나 본가
(本家) 봉사(奉祀) 외(外)에 노릉(魯陵)[5]과 현덕 왕후(顯德王后)[6] 권씨

---

1) 밤 꿈에 용이 나타나 치마폭을 가득 채우다.
2) 조선조 현종 때의 문신. 호는 낙만(樂晚). 시명이 높았고 변려문에 능했으나
   누차 낙방하다 만년에야 사마시(司馬試)에 합격함. 광해군 때 폐모론이 일
   어나자 극력 항소하다가 북관에 피신 화를 면하고, 효종 3년(1652) 해풍군
   (海豊君)을 습봉(襲奉), 동지돈령부사(同知敦寧府事)가 되었음. 그 후 다섯
   아들이 모두 과거에 급제하여 관직에 올랐으므로 김수항의 추천으로 판돈
   령부사(判敦寧府事)에 승진되었음.
3) 정소종(鄭小宗). 문종(文宗)의 사위로 1450년 문종의 딸 경혜공주(敬惠公主)
   와 결혼, 영양위에 봉해짐. 세조(世祖)가 즉위한 뒤 1461년 중 성탄(性坦)
   등과 모반을 꾀했다 하여 능지처참됨.
4) 살림이 매우 가난하여 집안이 쓸쓸하고 의지할 곳이 없음.
5) 조선조 제6대 임금인 단종의 묘호.
6) 조선조 때, 단종(端宗)의 어머니. 성은 권(權)씨. 화산부원군(花山府院君) 권
   전(權專)의 딸.

(權氏)와 노릉왕후(魯陵王后)[7] 송씨(宋氏), 삼위(三位) 사당(祠堂)을 봉안(奉安)하고 사시(四時) 향화(香火)를 받들더니, 가세(家勢) 점점(漸漸) 빈곤(貧困)하매 제물(祭物)을 준비(準備)할 길이 없어 매양(每樣) 근심하더라.

그 동리(洞里) 사는 이병사(李兵使) 진경(進慶)에게 날마다 상종(相從)하여 기박(碁博)으로 소견(消遣)하니 이진경(李進慶)은 즉(卽) 판서(判書) 준민(俊民)[8]의 손자(孫子)이라. 별천(別薦)으로 무과(武科)하여 기시(其時) 당하(堂下) 벼슬로 있으매 날마다 해풍(海豊)으로 더불어 교계(交契)[9] 심밀(甚密)하더니, 일일(一日)은 해풍(海豊)이 진경(進慶)의 손을 잡고 가로되,

"내 심중(心中)에 긴절(緊切)한 말이 있으니 군(君)이 신청(信聽)[10]하라."

진경(進慶) 왈(曰),

"그대 나로 더불어 이렇듯 절친(切親)한 바에 무슨 청(請)을 아니 들으리오."

해풍(海豊)이 무수(無數)히 자저(越起)[11]하다가 양구(良久)에 가로되,

"내 집이 누대 봉사(累代奉祀) 뿐 아니라 또 지존(至尊)하온 신위(神位)를 봉안(奉安)하오매 내 이제 환거(鰥居)하고 자식(子息)이 없어 반드시 절사(絶嗣)하리니 어찌 가련(可憐)하고 비창(悲愴)치 않으리오. 만일(萬一) 그대 곧 아니면 어찌 이 말을 개구(開口)하리오. 바

---

7) 단종의 비 정순왕후(定順王后). 판돈령부사 송현수(宋玹壽)의 딸.
8) 조선조 선조 때의 문신. 호는 신암(新菴). 병조·예조·이조 판서를 역임함. 당파 싸움을 증오하여 동인과 서인의 조정에 나선 이이의 태도에 경복, 죽은 뒤의 이이를 공격하는 무리들을 자신의 원수처럼 미워했음. 시문(詩文)이 뛰어났음.
9) 교분(交分).
10) 믿어 곧이 들음.
11) 머뭇거리며 망설임.

라건대 그대는 내 정세(情勢)를 불쌍히 여겨 나로써 사위를 삼으라."

진경(進慶)이 발연 작색(勃然作色)[12) 왈(曰),

"그대 말이 진정(眞情)이냐. 기롱(譏弄)이냐. 내 딸이 이제 십오세 (十五歲)라. 어찌 가(可)히 오십(五十) 가까운 사람으로 더불어 혼인 (婚姻)할 리 있으리오. 그대 말이 망령(妄靈)되도다. 다시는 이렇듯 몰지각(沒知覺)하고 되지 못한 말을 내지 말라."

해풍(海豊)이 만면(滿面) 수괴(羞愧)하여 무료(無聊)히 퇴(退)하니라.

기후(其後) 십여일(十餘日)에 이진경(李進慶)이 밤에 꿈을 꾸니 홀연 (忽然) 문전(門前)이 요란(擾亂)하고 멀리서조차 경필지성(警蹕之聲)[13) 이 들리더니 한 모대(帽帶)한[14) 관원(官員)이 들어와 고(告)하되,

"대가(大駕)가 그대 집에 거동(擧動)하시니 급(急)히 나와 맞으 라."

하거늘 진경(進慶)이 황공(惶恐)히 섬돌에 내려 뜰가에 부복(俯伏) 하였더니, 이윽고 소년(少年) 군왕(君王)이 면복(冕服)[15)으로 대청(大 廳)에 전좌(殿座)[16)하시고 진경(進慶)을 명(命)하여 가까이 오라 하샤 하교(下敎) 왈(曰),

"정모(鄭某)가 너로 더불어 결혼(結婚)코자 하니 네 의향(意向)이 어떠하뇨."

진경(進慶)이 기복(起伏)[17) 대왈(對曰),

"성교지하(聖敎之下)에 어찌 감(敢)히 항거(抗拒)하오리이까. 다만

---

12) 왈칵 성을 내어 얼굴색이 변함.
13) 임금이 거둥할 때에 경호하기 위하여 통행을 금지시키려고 지르는 벽제 소리.
14) 관디 입고 사모를 쓴.
15) 조선조 때의 임금의 정복. 곧 면류관과 곤룡포.
16) 조선조 때 친정(親政) 조하(朝賀) 때 임금이 옥좌(玉座)에 나와 앉음.
17) 임금께 상주(上奏)할 때에 먼저 일어섰다가 다시 몸을 굽힘.

신(臣)의 딸이 나이 어리고 정생(鄭生)은 나이 삼십년(三十年)이 다한 지라. 혼배(婚配)하옴이 가당(可當)치 아니할까 하나이다."

또 하교(下敎) 왈(曰),

"연치(年齒)[18] 다소(多少)는 불계(不計)하고 성혼(成婚)함이 가(可)하니라."

하시고 인(因)하여 환궁(還宮)하시거늘, 진경(進慶)이 이에 놀라 깨달아 즉시(卽時) 일어나 내당(內堂)에 들어간 즉(卽) 그 아내 또한 불을 밝히고 앉아 문왈(問曰),

"밤이 미쳐 새지 아니하였거늘 어찌 이렇듯 일찌기 들어 오시느뇨."

진경(進慶)이 몽중사(夢中事)를 자세(仔細)히 말한대, 기처(其妻)가 왈(曰),

"내 꿈이 또 그러하니 이런 큰 괴이(怪異)한 일이 없다."

하거늘, 진경(進慶) 왈(曰),

"이것이 우연(偶然)치 아니한 일이니 장차(將次) 어찌하면 좋을꼬."

기처(其妻)가 왈(曰),

"꿈은 이 허황(虛荒)한 일이라. 어찌 준신(遵信)[19]하리오."

하더니, 또 십일(十日) 후(後)에 진경(進慶)의 몽중(夢中)에 또 대가(大駕)가 내림(來臨)하샤 옥색(玉色)이 불예(不豫)[20]하여 가라사되,

"전일(前日)에 하교(下敎)한 바가 있거늘 네 어찌 우금(于今) 봉행(奉行)치 아니하느뇨."

진경(進慶)이 황공(惶恐)하여 가로되,

---

18) 나이를 높이어 이르는 말.
19) 좇아 믿음.
20) (임금이) 편치 않음.

"삼가 써 마땅히 봉승(奉承)하리이다."

하고, 꿈을 깨어 그 처(妻)더러 일러 가로되,

"내 꿈이 또 이렇듯하니 이는 반드시 천의(天意)라. 만일(萬一) 하늘을 거스른 즉(卽) 큰 화(禍)가 있으리니 장차(將次) 어찌하료."

기처(其妻)가 왈(曰),

"꿈은 비록 이같으나 일은 되지 못할 일이니 내 어찌 차마 어린 딸로써 빈궁(貧窮)한 사람의 소실(小室)을 삼으리오. 이는 아무리 천정(天定)이나 죽어도 좇지 못하리라."

진경(進慶)이 이로조차 마음이 근심하고 두려워 침식(寢食)이 불안(不安)하더니, 또 십여일(十餘日) 후(後) 대가(大駕)가 현몽(現夢)하여 가라사되,

"향일(向日)에 네게 하교(下敎)한 바가 다만 천정 연분(天定緣分)뿐 아니라 이 곧 다복(多福)한 사람인 즉(卽) 네게 해로움이 없기로 내 수차(數次) 하교(下敎)하되 종시(終是) 거역(拒逆)하니 이 무슨 도리뇨. 장차(將次) 큰 화(禍)를 내리리라."

하시니, 진경(進慶)이 이에 황공(惶恐)하여 부복 대왈(俯伏對曰),

"삼가 성교(聖敎)를 받들리이다."

또 하교(下敎) 왈(曰),

"이것은 네 소견(所見)이 아니라 전혀 네 처(妻)의 성품(性品)이 완악(頑惡)하여 내 영(令)을 거스르니 마땅히 그 죄(罪)를 다스리리라."

하시고, 인(因)하여 써 나입(拿入)하라 하시니 삽시간(霎時間)에 형구(刑具)를 크게 베풀고 그 처(妻)를 나입(拿入)하여 수죄(數罪)[21] 왈(曰),

"네 가장(家長)은 나의 명(命)을 듣고자 하거늘 네 홀로 지난(持

---

21) 죄를 저지른 행위를 들추어 열거함.

難)[22])하여 봉승(奉承)치 아니하니 이 무슨 도리(道理)뇨."

이에 명(命)하여 형장(刑杖)하라 하시니 사오(四五) 개(箇)에 이르매 기처(其妻)가 황공(惶恐) 애걸(哀乞) 왈(曰),

"어찌 감(敢)히 하교(下敎)를 위월(違越)[23])하리이꼬. 마땅히 삼가 봉승(奉承)하리이다."

하거늘, 인(因)하여 정형(停刑)하고 환궁(還宮)하시니라.

진경(進慶)이 이에 놀라 깨달아 내실(內室)에 들어간 즉(卽) 기처(其妻)가 먼저 몽중사(夢中事)를 역력(歷歷)히 말하고 무릎을 만진 즉(卽) 형장(刑杖) 흔적(痕迹)이 완연(完然)한지라. 진경(進慶) 부부(夫婦)가 크게 놀라고 두려워 서로 더불어 혼인(婚姻)할 의논(議論)을 정(定)한 후(後), 이튿날 해풍(海豊)을 청(請)하여 진경(進慶)이 웃으며 맞아 가로되,

"그대 향자(向者)에 내 말을 혐의(嫌疑)하여 오래 오지 아니하냐. 내 근일(近日)에 천만(千萬) 가지로 사량(思量)하여도 나 곧 아니면 이 세상(世上)에 그대의 궁곤(窮困)함을 구제(救濟)할 사람이 없으니 내 비록 한 딸의 평생(平生)을 그르치리라 하여도 단정(斷定)코 그대와 결혼(結婚)하리니 사주단자(四柱單子)를 즉시(卽時) 쓰라."

하고, 인(因)하여 간지(簡紙) 일폭(一幅)을 내어주고 또 책력(冊曆)을 내어 택일(擇日)하여 정녕(丁寧) 상약(相約)하고 보내니라.

이튿날 아침에 그 딸이 그 모친(母親)더러 왈(曰),

"간 밤 꿈이 심(甚)히 기이(奇異)한지라. 부친의 장기(將棋)두는 벗 정생(鄭生)이 홀연(忽然) 변(變)하여 용(龍)이 되어 나를 향(向)하여 가로되 '내 아들을 받으라' 하거늘 치마폭(幅)을 벌여 받으니 작은 용(龍) 다섯 개(箇) 치마폭(幅) 위에 꿈틀거리더니 용(龍) 하나가 땅

---

22) 일을 과단성 있게 처리하지 못하고 미루기만 함.
23) 위반.

에 떨어져 목이 부러져 죽으니 이 어찌 괴이(怪異)치 않으리이까."

부모(父母)가 그 말 듣고 이상(異常)히 여겼더니, 및 정문(鄭門)에 들어가매 연년(年年)이 생산(生産)하여 아들 오형제(五兄弟)를 낳으니 다 장성(長成)하여 차례(次例)로 등과(登科)하니, 장자(長子) 차자(次子)는 벼슬이 판서(判書)에 이르고, 삼자(三子)는 대사간(大司諫)이요, 네째 다섯째는 다 옥당(玉堂)이요, 맛손자(孫子)와 그 사위 다 등과(登科)하니, 해풍(海豊)이 오자(五子) 등과(登科)로 한 가자(加資)를 더하여 직품(職品)이 아경(亞卿)에 이르고, 구십여세(九十餘歲)를 향수(享壽)하매 손자(孫子)와 증손(曾孫)이 슬하(膝下)에 가득하니 그 복록(福祿)의 거룩함이 고금(古今)에 드물더라.

그 다섯째 아들이 서장관(書狀官)24)으로 연경(燕京)에 갔다가 책문(柵門)을 나지 못하고 작고(作故)하니 과연(果然) 부인(夫人) 몽중(夢中)에 용(龍) 하나가 떨어져 죽은 일이 이에 증험(證驗)하니라.

그 부인은 육십여세(六十餘歲)를 향수(享壽)하고 해풍(海豊)에서 삼년(三年)을 앞서 돌아가니라.

해풍(海豊)이 소시(少時) 빈궁(貧窮)할 때에 마침 친구(親舊)의 좌석(坐席)에서 한 상(相) 보는 술객(術客)을 만나 모든 좌객(座客)이 다 전정(前程)을 물으되 해풍(海豊)이 홀로 묻지 아니하거늘, 주인(主人) 왈(曰),

"이 사람의 관상(觀相)이 신이(神異)하니 어찌 한 번(番) 묻지 아니하느뇨."

해풍(海豊) 왈(曰),

"빈궁(貧窮)한 사람이 상(相)을 보면 무엇하리오."

---

24) 조선조 때 외국에 보내는 사신을 따라 보내던 임시 벼슬인 기록관(記錄官). 정사(正使) 부사(副使)와 아울러 삼사(三使)의 하나에 드는데 정사 부사보다는 지위가 낮지만 행대어사(行臺御使)를 겸하고 있었음.

술객(術客)이 숙시(熟視)하여 가로되,

"저 분은 누구신지 모르거니와 지금(只今) 비록 저렇듯 곤궁(困窮)하나 그 복록(福祿)이 무궁(無窮)하여 선궁 후달(先窮後達)할 격(格)이요, 오복(五福)이 구전(俱全)하여 좌상 제인(座上諸人)이 밋지 못할 바이라."

하더니, 그 후(後)에 과연(果然) 그 말이 다 맞추더라.

해풍(海豊)이 초취(初娶)하여 초례(醮禮)하는 날 밤 꿈에 한 사람의 집에 들어간 즉(卽) 당상(堂上)에 혼인(婚姻)하는 위의(威儀)를 배설(排設)한대 다만 신부(新婦)는 없더니 미구(未久)에 상처(喪妻)하고, 재취(再娶)하던 날 밤 꿈에 또 그 집에 들어간 즉(卽) 전(前) 꿈과 같으되 이른 바 신부(新婦)가 강보(襁褓)를 면(免)치 못하였더니 또 상처(喪妻)하고, 삼취(三娶)하는 날 밤 꿈에 그 집에 들어간 즉(卽) 역력(歷歷)히 전(前) 꿈과 같으되 소위(所謂) 신부(新婦)가 그 전(前) 강보(襁褓)에 싸였던 아이 그때는 나이 거의 십여세(十餘歲) 되었더라.

또 상처(喪妻)하고, 및 이씨(李氏)의 문(門)에 사취(四娶)하매 신부(新婦)를 본 즉(卽) 곧 향래(向來)[25] 꿈에 뵈던 아이라. 범사(凡事)가 다 전정(前程)이 있음이 이같더라.

이병사(李兵使) 몽중(夢中)에 하교(下敎)하시던 군왕(君王)은 이에 단묘(端廟)[26]가 현성(顯聖)[27]하심이러라.

---

25) 접때. 지난 번.
26) 조선조 제6대 임금인 단종(端宗).
27) 현귀(賢貴)한 사람이 죽은 후(後)에도 신령이 되어 나타남.

2. 복주수충비탁금호(復主讐忠婢托錦湖)[28]

임교리(林校理) 형수(亨秀)[29]의 별호(別號)는 금호(錦湖)이니 소시(少時)에 호협(豪俠)하여 말달리기와 활쏘기를 잘하고 또 글읽기를 좋아하여 문무(文武)가 겸전(兼全)하더라.

일일(一日)은 과거(科擧)보려 하고 경사(京師)에 올라 올 새 동접(同接) 두 사람으로 동행(同行)하더니, 중로(中路)에 한 소장(素帳)[30] 드린 교자(轎子)가 뒤를 좇아오고 교자(轎子) 옆에 한 비자(婢子)가 나이 거의 십칠세(十七歲) 쯤 되고 자못 자색(姿色)이 있어 땋은 머리 발뒤꿈치에 떨치더라. 교자(轎子)를 따라 오더니 세 사람의 앞을 지날 새 그 계집아이 수차(數次) 금호(錦湖)를 돌아보더니, 또 일(一) 마장[31]을 가매 또 한 번(番) 돌아 보니 두 동접(同接)이 서로 돌아브아 조롱(嘲弄)하여 가로되,

"우리 셋이 동행(同行)하거늘 궐녀(厥女)가 편벽(偏僻)되이 그대를 여러 번(番) 돌아보니 아마도 그대의 용모(容貌) 기개(氣槪) 출중(出衆)함이로다."

금호(錦湖)가 왈(曰),

"내 역시(亦是) 그 곡절(曲折)을 알지 못하노라."

---

28) 주인의 복수를 하고자 충성스런 계집종이 금호(錦湖)에게 부탁하다.
29) 조선조 명종 때의 문신. 을사사화(乙巳士禍) 때 제주 목사로 쫓겨났다가 파면되고, 그 후 소윤 윤원형에게 대윤 윤임의 일파로 굴려 유배되었다가 사사됨. 학문과 문장에 뛰어났음.
30) 흰 포장.
31) 주로 오리나 십리가 못되는 거리를 말할 때에 '이(里)' 대신으로 쓰는 단위.

하더니, 그 교자(轎子)가 마을을 지나 한 골 안으로 들어 가거늘 금호(錦湖)가 두 동접(同接)더러 일러 가로되,

"그대 등(等)은 먼저 가 앞 술막(幕)에 가 기다리라. 내 명일 새벽에 좇아가리라."

한대, 두 동접(同接)이 혹(或) 조소(嘲笑)하며 혹(或) 책망(責望)하여 가로되,

"선비가 과행(科行)을 하다가 한 여자(女子)에게 요혹(妖惑)[32]하여 그 동행(同行)을 버리니 어찌 저렇듯 행실(行實)을 가지느뇨."

금호(錦湖)가 웃고 대답(對答)치 아니하고 마부(馬夫)를 재촉하여 말을 몰아 교자(轎子)를 찾아 골로 들어가니 한 고주 대문(高柱大門)[33]이 있거늘, 드디어 말께 내려 말은 기둥에 매고 홀로 방황(彷徨)할 즈음에 그 계집종이 돗자리와 화로(火爐)를 가지고 안으로조차 나와 행랑방(行廊房)에 포진(布陣)하고, 금호(錦湖)를 청(請)하여 앉히거늘 금호(錦湖)가 웃어 가로되,

"네 어찌 내 따라올 줄 알고 이 제구(諸具)를 준비(準備)하였느냐."

궐녀(厥女)가 또 웃어 가로되,

"내 세 번(番) 돌아보매 어찌 오지 아니할 리 있으리이꼬."

하고 들어가더니, 이윽고 석반(夕飯)을 갖추어 공궤(供饋)한 후(後)에 궐녀(厥女)가 홀연(忽然) 눈물을 흘리거늘, 금호(錦湖)가 괴이(怪異)히 여겨 그 연고(緣故)를 물은대, 궐녀(厥女)가 눈물을 거두고 대왈(對曰),

"우리 상전(上典)의 집이 형세(形勢) 고단(孤單)[34]하더니, 아무 연분(年分)에 아무 댁(宅) 부녀(婦女)를 혼취(婚娶)하여 일일(一日)은 본

---

32) 홀림. 미혹함.
33) 솟을대문.
34) 단출하고 외로움.

가(本家)에 귀녕(歸寧)35)하였다가 돌아오는 길에 홀연(忽然) 급(急)한
바람이 교자장(轎子帳)을 걷어치매 마침 완악(頑惡)한 중놈이 있다가
낭자(娘子)의 자색(姿色)을 엿보고 교자(轎子)를 따라와 드디어 상전
(上典)을 살해(殺害)하고 낭자(娘子)를 핍욕(逼辱)하니, 이로조차 빈삭
(頻數)36) 왕래(往來)하되 능(能)히 제어(制御)할 사람이 없으므로 심
중(心中)에 지원 극통(至寃極痛)37)하나 미약(微弱)한 여자(女子)가 보
수(報讐)할 계교(計巧)가 없는지라. 가만히 힘 있는 사람을 구(求)하
여도 우금(于今) 만나지 못하고 다만 좋은 활과 굳센 살을 구(求)하
여 등대(等待)한 지 오래니이다."

금호(錦湖)가 가로되,

"그러면 세 사람이 동행(同行)하는데 어찌 편벽(偏僻)되이 나를 돌
아 보았느뇨."

궐녀(厥女)가 가로되,

"서방주(書房主)가 용모(容貌)가 건장(健壯)하고 신수(身手)가 헌앙
(軒昂)하여 족(足)히 일을 도모(圖謀)하옴직한 고(故)로 유인(誘引)하
였나이다."

금호(錦湖)가 왈(曰),

"그 중이 이제 어디 있느뇨."

궐녀(厥女)가 왈(曰),

"방중(房中)에 있어 낭자(娘子)와 더불어 희학(戱謔)하나이다."

금호(錦湖)가 즉시(卽時) 살을 시위에 먹여 손에 들고 궐녀(厥女)로
하여금 전도(前導)하여 따라 들어가 몸을 어두운 곳에 감추고 엿본 즉
(卽) 등촉(燈燭)이 휘황(輝煌)한대, 그 중이 술을 반취(半醉)하여 옷을

---

35) 근친(覲親).
36) (회수나 도수 따위가) 매우 잦음.
37) 지극히 억울하고 몹시 원통함.

벗어 가슴을 들어내고 벽(壁)을 의지(依支)하여 앉았거늘 금호(錦湖)가
활을 만작하여38) 힘을 다하여 쏘니 정(正)히 그 중의 흉당(胸膛)39)을
맞추매 그 중이 크게 한 소리 지르고 땅에 엎더지거늘 또 그 여인(女
人)을 쏘고자 한대, 궐녀(厥女)가 말려 왈(曰),

"추(醜)한 행실(行實)이 비록 이같으나 또한 나의 상전(上典)이라.
내 손으로 죽이지 못할 것이니 버리고 가는 이만 같지 못하다."

하거늘, 금호(錦湖)가 드디어 궐녀(厥女)로 더불어 외당(外堂)에 나오
니 궐녀(厥女)가 금호(錦湖)더러 일러 왈(曰),

"소인(小人)이 원(願)컨대 한가지로 뫼시고 가 비첩(婢妾) 되기를
원(願)하나이다."

하고, 드디어 행장(行裝)을 수습(收拾)하여 한가지로 말께 올라 행
(行)하여 일(一) 마장을 지나더니 궐녀(厥女)가 왈(曰),

"내 잊은 일이 있도다."

하고, 드디어 말께 내려 가거늘 금호(錦湖)가 말을 머물고 기다리더
니, 이윽고 그 집의 사면(四面)으로 화광(火光)이 일어나며 궐녀(厥女)
가 즉시(卽時) 돌아오거늘 드디어 말을 함께 타고 앞 술막(幕)에 이르
니 두 동행(同行)이 나와 맞을 새 한 계집 아이를 데리고 옴을 보고 또
서로 조롱(嘲弄)하여 가로되,

"이제 과거(科擧) 보러 가는 길에 계집을 데리고 감이 심(甚)히 상
서(祥瑞)롭지 못하다."

하거늘, 금호(錦湖)가 또 웃고 대답(對答)치 아니하고 드디어 데리고
경사(京師)에 올라가 객점(客店)에 머무를 때에 궐녀(厥女)를 내간(內間)
에 머물고 과구(科具)를 수습(收拾)하여 입장(入場) 관광(觀光)하매 드디

---

38) 활시위를 한껏 당기어.
39) 복장.

어 장원 급제(壯元及第)하고 유가삼일(遊街三日)[40] 후(後) 궐녀(厥女)를
데리고 고향(故鄕)에 돌아가 부인(婦人)으로 더불어 서로 콜 새, 부인
(婦人)이 그 행사(行事)를 듣고 크게 칭찬(稱讚)하며 그 외모(外貌)를 보
니 비천(卑賤)한 사람 같지 않은지라. 드디어 금호(錦湖)를 권(勸)하여
작첩(作妾)하라 하니 궐녀(厥女)가 온량(溫良) 공순(恭謹)하고 또 총혜
(聰慧) 영리(怜悧)한지라. 부인(婦人)이 더욱 크게 사랑하여 서로 더불
어 화락(和樂)하여 써 평생(平生)을 마치니라.

---

40) 과거에 급제한 사람이 사흘 동안 좌주(座主)와 선진자(先進者)와 친척을
   방문하던 일.

3. 험이몽서백식전신(驗異夢西伯識前身)[41]

옛적에 한 중신(重臣)이 있으니 아시(兒時)로부터 그 생일(生日)을 당(當)하면 그날 밤 꿈에 한 곳을 간 즉(卽) 어느 고을이며 뉘 집인 줄 모르되, 백수(白首) 노부처(老夫妻)가 있어 목욕 재계(沐浴齋戒)하고 새 옷 입고 음식(飮食)을 풍비(豊肥)히 차려 상(床) 위에 벌이고 곁에 교의(交椅)를 배설(排設)하여 제청(祭廳) 모양(模樣) 같은지라. 곧 들어가 교의(交椅) 위에 앉아 주찬(酒饌)을 포식(飽食)하면 그 노인(老人) 내외(內外)는 상하(床下)에 엎드려 달야(達夜)[42] 통곡(痛哭)하기를 매년 이같이 하니 비록 꿈 속이나 경력(經歷)하기를 여러 해 된지라.

자연(自然) 골의 깊고 옅음과 집의 대소(大小)와 장원(牆垣) 둘린 것과 나무 수풀과 심지어(甚至於) 문호(門戶) 향배(向背)와 대청(大廳) 활협(闊狹)이며 계제(階梯)[43] 굴곡(屈曲)이 역력(歷歷)히 안전(眼前)에 삼렬(森列)하여 비록 사람을 향(向)하여 몽중사(夢中事)를 일찍 말은 아니하나 마음에 항상(恒常) 의아(疑訝)하더니, 그 후(後)에 평안 감사(平安監使)를 하여 도임(到任)하는 날에 영문(營門) 근처(近處)에 마침 한 곳을 보니 심(甚)히 눈에 익어 연년(年年)이 꿈에 가던 곳과 조금도 다름이 없거늘, 감사(監使)가 이상(異常)히 여겨 위의(威儀)를 물리고 단기(單騎)로 그 골을 들어가니 과연(果然) 한 집이 있으되 분명(分明) 몽중(夢中)에 보던 바이라.

공방(工房) 아전(衙前)이 병장(屛障)과 포진(鋪陳)[44]을 가져 청상(廳

---

41) 이상한 꿈을 징험하여 평안 감사가 자신의 전신(前身)을 알다.
42) 밤새움.
43) 층층다리나 사닥다리.
44) 포진장병(鋪陳障屛). 요, 방석, 병풍 같은 것을 통틀어 이르는 말.

上)에 배설(排設)하니 일동(一洞) 사람이 다 놀라 헤어지고 그 집 주인 (主人) 노부처(老夫妻)가 그 연고(緣故)를 알지 못하여 계하(階下)에 엎 디거늘, 감사(監使)가 명(命)하여 당(堂)에 올려 얼굴을 들라 하여 자세 (仔細)히 보니 과연(果然) 몽중(夢中)에 호곡(號哭)하던 부부(夫婦)이라. 드디어 그 연기(年紀) 얼마며 자식(子息) 유무(有無)를 물은대, 그 옹 (翁)이 가로되,

"과연(果然) 한 아들이 있삽더니 요사(夭死)한 지 오래니이다."

감사(監使)가 문왈(問曰),

"몇 살에 죽었느뇨."

대왈(對曰),

"십오세(十五歲)에 죽었으나 소인(小人)의 자식(子息)이 어려서부터 총명(聰明) 영오(穎悟)하옴이 출중(出衆)하옵기로 농업(農業)에 매몰 (埋沒)하기 아깝사와 학당(學堂)에 보내어 독서(讀書)ㅎ오매 일람첩기 (一覽輒記)[45]하여 문일지십(聞一知十)[46]하니 일향(一鄕) 상해 칭찬(稱 讚) 않을 이 없더니, 일일(一日)은 순사도(巡使道) 도임(到任)하는 행 차(行次)를 구경하다가 우연(偶然)히 탄식(歎息)하는 말이 '대장부(大 丈夫)가 마땅히 이러하리라' 하더니, 이날부터 병(病)이 들어 누우매 점점(漸漸) 침중(沈重)하여 모년(某年) 모월(某月) 모일(某日)에 작고 (作故)하니 소인(小人)이 불승참척(不勝慘慽)[47]하와 매년(每年) 그날 을 당(當)하면 약간(若干) 찬수(饌需)[48]를 준비(準備)하여 제(祭)하나 이다."

---

45) (총명해서) 한 번 보기만 하면 잊지 않는 일. 곧 기억력이 썩 좋다는 말임.
46) 하나를 들으면 열을 앎. 곧 머리가 좋다는 말임.
47) 참척을 당함을 이기지 못함. 참척은 자손이 '부모나 조부모보다 일찍 죽 음'의 뜻.
48) 반찬거리.

감사(監使)가 들으니 그 아이 죽은 연월일(年月日)은 곧 자가(自家) 나든[49] 연월일(年月日)이라. 더욱 크게 이상(異常)히 여겨 그 노부처(老夫妻)더러 일러 가로되,

"도임(到任) 후(後) 마땅히 너를 부를 것이니 모름지기 등대(等待)하라."

하고, 인(因)하여 도영(到營)[50] 후(後) 삼일(三日)에 그 노부처(老夫妻)를 불러 전재(錢財)를 후(後)히 주고, 몽중사(夢中事) 기이(奇異)함을 넉넉히 이르고, 한 집을 영문(營門) 근처(近處)에 사 거접(居接)하게 하고, 또 전답(田畓)을 사 주어 노래(老來)[51] 의식지자(衣食之資)를 하게 하고, 무자(無子)함을 측은(惻隱)히 여겨 한 곳 제위답(祭位畓)[52]을 사 작청(作廳)[53]에 붙여 두었다가 노부처(老夫妻) 신후(身後)[54]의 제물(祭物)을 작청(作廳)으로 준비(準備)하여 설행(設行)케 하니 이 후(後)로부터 다시 그 꿈이 없더라.

---

49) 자기가 태어나든.
50) 감영(監營)에 도착함.
51) '늙으막'을 달리 이르는 말. 만래(晩來).
52) 추수한 것을 제사에 드는 비용으로 쓰기 위하여 마련한 논. 제수(祭需)답.
53) 군아(郡衙)에서 아전이 일을 보던 청사. 길청(廳).
54) 죽은 후(後).

4. 요왜구마의명견(料倭寇麻衣明見)[55]

김첨지(金僉知) 윤신(閏臣)이 술객(術客) 남사고(南師古)[56]로 더불어
절친(切親)하더니, 매양(每樣) 사고(師古)의 집에 간 즉(卽) 베옷 입은
노인(老人)이 있어 상좌(上座)에 앉아 남모(南某)로 더불어 미래사(未來
事)를 의논(議論)하더니, 노인(老人) 왈(曰),

"푸른 옷과 나무신이면 가(可)히 나라 일을 알리로다."

남(南)이 생각하기를 이윽히 하여 가로되,

"그러하도다."

노인(老人) 왈(曰),

"불구(不久)에 반드시 변화(變化)가 있으면 난(亂)에 궁궐(宮闕)을
떠나실 액(厄)이 있어 서편(西便) 변방(邊方)에 이른 후(後) 바야흐로
가(可)히 옛 도성(都城)을 회복(回復)하리로다."

남(南)이 또 양구(良久)에 가로되,

"그러하리로다."

나중에 또 말하되,

"두 번(番)째는 한강(漢江)을 건느지 못하리로다."

남(南)이 이윽히 생각타가 왈(曰),

"과연(果然) 그러하다."

하거늘, 김첨지(金僉知) 곁에 있어 분명(分明)히 들으나 능(能)히 해
득(解得)치 못하더니, 미구(未久)에 푸른 옷과 나무신이 세상(世上)에

---

55) 베옷 입은 은자(隱者)가 왜구의 일을 밝히 헤아리다.
56) 조선조 13대 명종 때의 학자. 호는 격암(格菴). 본관은 의령(宜寧). 특히
    역학(易學), 풍수(風水), 천문(天文), 복서(卜筮), 상법(相法)에 도통하여 예
    언에 능했으며 만년에는 천문교수를 지냈음.

성행(盛行)하니 대개(大槪) 아국(我國)이 예로부터 나무신이 없더니 임
진(壬辰) 적병(敵兵)으로부터 귀천(貴賤)이 다 신고, 기자(箕子)께서 흰
옷으로 동(東)으로 나오신 후(後) 아국(我國)이 백의(白衣)를 입더니 임
진년(壬辰年)에 백의(白衣)를 금(禁)하고 청의(靑衣)를 입은 연고(緣故)
이러라.

임진년(壬辰年) 여름에 왜구(倭寇)가 깊이 들어오니 선조대왕(宣祖大
王)이 파천(播遷)[57]하오셔 드디어 연(輦)[58]을 용만(龍灣) 위에 머물러
계시더니, 및 평정(平定)한 후(後) 대가(大駕)가 옛 경성(京城)에 돌아오
시니 마의(麻衣) 노인(老人)의 말이 다 증험(證驗)한지라.

정유년(丁酉年)에 이르러 왜병(倭兵)이 다시 일어나 북(北)으로 향(向)
하니 경사(京師)가 크게 진동(震動)하는지라. 때에 천장(天將) 양경리(楊
經理) 호(鎬) 등(等)이 와 우리나라에 있더니, 선조대왕(宣祖大王)이 양
경리(楊經理) 호(鎬)로 더불어 남대문(南大門) 문루(門樓)에 전좌(殿座)
하시고 조신(朝臣)으로 더불어 한가지로 도적(盜賊) 방비(防備)를 의논
(議論)하실 새, 김첨지(金僉知) 마침 남행(南行) 벼슬로 수가(隨駕)[59]하
여 말반(末班)에 있더니, 몸이 곤비(困憊)하여 앉아 졸더니 사몽비몽(似
夢非夢) 간(間)에 잠간(暫間) 크게 소리하여 가로되,

"재부도한강(再不渡漢江)이라."

하니, 만조(滿朝)가 다 놀라고 상(上)이 또 놀라 물으샤되,

"무슨 소리뇨."

드디어 그 사람을 명초(命招)하샤 탑전(榻前)에 가까이 오라 하시고
물어 가라사되,

---

57) 임금이 도성을 떠나 다른 곳으로 피난함.
58) 임금이 타던 가마의 하나. 덩 모양 비슷한데, 좌우에 주렴(珠簾)이 있고 채
  가 썩 길게 되었음.
59) (거둥 때) 임금을 모시고 따라 다님.

"아까 '재부도한강(再不渡漢江)'이라 하는 소리 무슨 곡절(曲折)이 뇨."

첨지(僉知) 드디어 전일(前日) 마의(麻衣) 노인(老人)에게 듣던 바를 일일(一一)히 주달(奏達)하고 가로되,

"노인(老人)의 말이 이왕사(已往事)를 볼진대 일호(一毫) 차착(差錯)이 없사오니 이제 재부도한강지설(再不渡漢江之說)이 또 반드시 증험(證驗)이 있으리이다."

하거늘, 상(上)이 들으시고 기꺼운 소식(消息)이라 하여 즉시(卽時) 가자(加資)를 돋우어 첨지(僉知)를 시켰더니, 미구(未久)에 양경(楊經)[60]의 보낸 바 마장군(麻將軍) 귀(貴), 와서 왜적(倭賊)을 충청도(忠淸道) 직산(稷山) 소사(素沙)벌에서 만나 철기(鐵騎)로써 돌격(突擊)하여 크게 파(破)하고 쫓아 영남(嶺南) 해변(海邊)까지 이르니 두 번(番) 한강(漢江) 건느지 못하단 말이 또 과연(果然) 명험(明驗)하니라.

---

60) '양경리'에서 '리'자가 탈자(脫字) 되었음.

5. 장삼시호무음덕(葬三屍湖武陰德)[61]

영남(嶺南) 한 무변(武弁)이 있으니 소년(少年) 등과(登科)하여 가산(家産)이 부요(富饒)하매 내념(內念)에 생각하되 '초사일과(初仕一窠)[62] 하기는 타수가득(唾手可得)[63]'이라. 매년(每年) 구사(求仕)할 경영(經營)으로 경사(京師)에 올라올 제 고운 의복(衣服)에 준총(駿驄) 타고 뒤에 복태(卜駄)[64]와 노수(路需)[65] 전재(錢財)를 많이 실려다가 권문 세가(權門勢家)에 청촉(請囑)할 계교(計巧)를 하더니, 간교(奸巧)하고 허랑(虛浪)한 사람에게 여러 번(番) 속으매 수년(數年) 내(內)에 가산(家産)이 점점(漸漸) 모손(耗損)하여 전토(田土)를 발매(發賣)하더니, 사오년(四五年) 후(後)에 낭패(狼狽)하고 본향(本鄉)에 돌아와 바야흐로 사환(仕宦)할 생각을 끊고 농사(農事)를 힘쓰고자 하더니, 가속(家屬)이 칭원(稱寃)하고 향리(鄉里) 책망(責望)하여 가로되,

"공연(空然)히 천금(千金) 가산(家産)을 헤치고 초사일과(初仕一窠)도 못하였다."

하고, 조롱(嘲弄)과 비소(誹笑)하기를 마지 아니하니 그 무변(武弁)이 수치(羞恥)하고 통분(痛憤)하여 남은 전답(田畓)을 전수(全數) 방매(放賣)하여 수천금(數千金)을 수습(收拾)하여 고쳐 경사(京師)에 올라가 구사(求仕)할 계교(計巧)를 하되, 만일(萬一) 금번(今番) 벼슬을 못하면 차

---

61) 호남(湖南)의 한 무변(武弁)이 세 사람의 시체를 안장(安葬)시켜 주는 음덕 (陰德)을 베풀다.
62) 처음 벼슬길에 나아가 한 자리함.
63) 손쉽게 얻을 수 있음.
64) 짐바리.
65) 노자(路資).

라리 술막(幕)에 늙어 죽어도 맹세(盟誓)코 집에 다시 돌아오지 않으리라 하고, 행(行)하여 충청도(忠淸道) 지경(地境)에 이르러 일세(日勢)[66] 저물고 앞 참(站)이 멀어 미쳐 나가지 못하여서 검은 구름이 서북(西北)으로서 일어나더니, 경각간(頃刻間)에 풍우(風雨)가 폭주(暴注)하고 뇌전(雷電)[67]이 대작(大作)하여 정(正)히 망조(罔措)할 즈음에 멀리 바라보니 한 촌장(村庄)이 수목(樹木) 사이에 은연(隱然)하거늘, 드디어 말을 몰아 길을 찾아 들어가 주인(主人)을 보아 일야(一夜) 유숙(留宿)하기를 청(請)하고 행리(行李)를 수습(收拾)하고 젖은 의복(衣服)을 말리고 석반(夕飯)을 먹은 후(後) 주인(主人)으로 더불어 수작(酬酌)하매 어언간(於焉間) 밤이 깊었더니, 홀연 들으니 멀리서 부인(婦人)의 울음소리 심(甚)히 참절(慘絶)하거늘 놀라 물어 가로되,

"이 어찐 곡성(哭聲)이뇨."

주인(主人) 왈(曰),

"이곳에서 일(一) 마장 되는 촌가(村家)에서 수년전(數年前)에 한 선배(先輩)와 우거(寓居)하매 다만 늙은 부처(夫妻)와 미혼(未婚)한 여자(女子)가 있으나 가계(家計) 심(甚)히 빈한(貧寒)하여 남의 고공(雇工)이 되어 연명(延命)하더니, 홀연(忽然) 수일전(數日前)에 그 노부처(老夫妻)와 그 아들이 다 죽고 다만 여식(女息)이 남으매 이미 친척(親戚)이 없고 또 가산(家産)이 핍절(乏絶)하매 세 주검을 빈렴(殯殮)[68]치 못하였으니 반드시 이 계집아이 울음소리로다."

무변(武弁)이 이 말 들으매 긍측(矜惻)함을 이기지 못하여 날새기를 기다려 그 집에 가 찾은 즉(卽) 한 여자(女子)가 안에 있어 대답(對答)하여 가로되,

---

66) 날씨(함경도 방언).
67) 천둥과 번개.
68) 빈소를 차리고 염을 함.

"이같은 궁촌(窮村)에 뉘가 와 찾느뇨."

하거늘, 무변(武弁)이 그 여자(女子)를 보니 비록 주리고 애척(哀慽)
하여 봉두 구면(蓬頭垢面)[69]에 의상(衣裳)이 남루(襤褸)하나 천생(天生)
자태(姿態) 수려(秀麗) 한아(閒雅)한지라. 그 위절(委折)[70]을 자세(仔細)
히 물어 알고 행장(行裝)의 전냥(錢兩)을 많이 내어 초종(初終) 제구(諸
具)를 다 장만하여 차례(次例)로 염습(殮襲)하여 그 집 뒤에 매장(埋葬)
하고 또 문왈(問曰),

"족척 지친(族戚至親)이 성중(城中)에 뉘 있느냐."

여자(女子)가 왈(曰),

"외족(外族) 모성(某姓) 모명(某名) 자(者)가 아무 시골에 있으되
단신(單身) 여자(女子)가 취신무로(就身無路)[71]하옵고 대인(大人)의
은덕(恩德)을 입사와 양친(兩親)을 안장(安葬)하오니 지한(至恨)이 없
는지라. 다시 무슨 소원(所願)이 있으리이꼬. 한 번(番) 죽을 외(外)에
는 다른 생각이 없나이다."

무변(武弁) 왈(曰),

"그렇지 아니하다. 내 마땅히 교마(轎馬)[72]를 갖추어 모가(某家)에
배송(陪送)하리니 염려(念慮) 말라."

하고, 드디어 치행(治行)하여 스스로 배행(陪行)하여 모향(某鄕)을 찾
아 그 여자(女子)를 그 집에 붙이니라.

행자(行資)를 점검(點檢)하니 다만 십여관전(十餘貫錢)이 남았거늘 또
말을 팔아 오륙십냥(五六十兩)을 얻어 도보(徒步) 발섭(跋涉)[73]하여 경

---

69) 헙수룩하게 흐트러진 머리털과 때 낀 얼굴.
70) 곡절(曲折).
71) 몸을 움직이고자하나 길이 없음.
72) 가마와 말.
73) 산을 넘고 물을 건너서 길을 감.

사(京師)에 올라와 여각(旅閣)에 주인(主人)하고, 전일(前日) 친지(親知)를 찾으니 다 그 빈궁(貧窮)한 형상(形狀)을 보고 냉락(冷落)히 대접(待接)하니 뉘 극력(極力) 주선(周旋)하리오. 매양(每樣) 도정(都政)74)을 당(當)하매 이미 궁시(弓矢)를 전폐(全廢)하니 취재(取才)75)는 비소가론(非所可論)76)이요, 반연(攀緣)할 곳이 없으니 의망(擬望)을 어찌 바라리오. 다만 병판(兵判)에게 일차(一次) 명함(名啣)하니 금년(今年)에 이같고 명년(明年)에 또 이같아서 홀연(忽然)히 오륙년(五六年)이 지나매 반전(盤纏)이 다 진(盡)하여 외상으로 매식(買食)하나 의복(衣服)은 무가내하(無可奈何)이요, 도로 하거(下去)코자 하나 노비(路費)를 판출(辦出)하기 어려우니 진소위진퇴유곡(眞所謂進退維谷)77)이라. 한 번(番) 병판(兵判)을 보고 원정(原情)78)을 하고자 하되 마침 유고(有故)하여 손을 보지 아니하는지라. 들으니 병판(兵判)의 대인(大人)이 연세(年歲) 팔순(八旬)이 지나되 기력(氣力)이 강건(强健)하여 뒷 사랑(舍廊)에 있다 하나 문금(門禁)이 엄(嚴)하고 종적(蹤迹)이 서어(鉏鋙)하여 들어갈 길이 없어 어둡기를 기다려 대문(大門) 안에 은신(隱身)하였다가 대인(大人)의 사랑(舍廊)은 더욱 깊은지라, 규시(窺視)하니 한 장원(墻垣)이 있어 고준(高峻)치 아니하매 반원(攀援)79)하여 넘어 들어가 보니 방중(房中)에 촉영(燭影)이 휘황(輝煌)하고 인적(人迹)이 없더니, 방문(房門)이 잠간(暫間)

---

74) 도목정사(都目政事). 고려 조선조 때 관원의 치적을 종합 조사하여 그 결과에 따라 영전, 좌천 또는 파면을 시키던 일.
75) 조선조 때 과거 시험 외에 인재를 뽑기 위하여 실시한 특별 채용 시험.
76) 들어서 말할 거리도 못됨.
77) 참말로 이른 바, 앞으로 나아가지도 못하고 뒤로 물러서지도 못하여 어찌할 길이 없음.
78) 사정을 하소연 함.
79) 기어 올라감. 반연(攀緣).

열리며 한 노인(老人)이 소안(韶顔)[80] 백발(白髮)로 뜰에 내려 배회(徘徊)하거늘, 무변(武弁)이 졸지(猝地)에 내달아 뜰에 부복(俯伏)하니 노인(老人)이 놀라 물으되,

"네 어떤 사람이며 심야삼경(深夜三更)에 어찌 이른가. 필시(必是) 도적(盜賊)이로다."

무변(武弁)이 거짓 모르는 체하여 왈(曰),

"소인(小人)은 전라도(全羅道) 모읍(某邑) 출신(出身)[81]이옵더니 등과(登科)한 지 몇 해에 일두(一斗) 녹(祿)도 얻지 못하고 경향(京鄕)에 분주(奔走)하여 가산(家産)이 탕진(蕩盡)하매 환향(還鄕)코자 하되 노비(路費)도 없사오며 여점(旅店)에 걸식(乞食)하와 고초(苦楚)가 만단(萬端)이라. 듣자오니 대감(大監)께오서 크게 긍도(矜道)를 행(行)하샤 원굴(冤屈) 침체(沈滯)한 이를 다 쓰신다 하오니 소인(小人)이 한번(番) 정세(情勢)를 베풀고저 하오되 문금(門禁)[82]이 지엄(至嚴)하여 통자(通刺)[83]할 길 없어 여러 날 방황(彷徨)하옵더니, 정세(情勢) 궁박(窮迫)하여 만사지계(萬死之計)를 내어 이 거조(擧措)를 지었사오니 사죄(死罪) 사죄(死罪)라. 죽이고 살리시기를 명(命)대로 기다리나이다."

노인(老人)이 소왈(笑曰),

"그대 우리 아이를 보러 왔도다. 다만 이제 야심(夜深)하여 가지 못할 것이니 나를 따라 올라오라."

하고, 방(房)에 들어가니 무변(武弁)이 따라 들어오는지라. 노인(老人)이 잠이 없어 밤 보내기 무료(無聊)할 즈음에 이 무변(武弁)을 만나 일

---

80) 젊은이처럼 빛나는 늙은이의 얼굴.
81) 문무과, 잡과에 급제하고 아직 벼슬에 오르지 못한 사람.
82) 문에 드나들지 못하게 말림.
83) 명함을 내밀고 면회를 청함.

장(一場) 설화(說話)하고 주효(酒肴)를 먹이더니, 날이 장차(將次) 밝으매 물러가고자 하여 왈(曰),

"종종(種種) 뵈옵고자 하되 출입(出入)이 극난(極難)하와이다."

노인(老人) 왈(曰),

"내 뒷 사랑(舍廊)에 있어 종일(終日) 적요(寂寥)하니 그대 수일(數日) 머물러 소견(消遣)함이 어떠하뇨."

무변(武弁)이 그윽히 기꺼하되 겉으로 불안지상(不安之相)을 뵈니 노인(老人)이 괴로이 만류(挽留)하거늘, 무변(武弁)이 이로부터 이에 숙식(宿食)하고 혹(或) 박혁(博奕)하다가 협방(夾房)에 피(避)케 하고 주야(晝夜)에 뫼셔 앉아 혹(或) 고담(古談)을 말씀하더니, 노인(老人)이 문왈(門曰),

"그대 경향(京鄕)에 분주(奔走)하여 문견(聞見)이 많을 듯하니 한 번(番) 듣고자 하노라."

무변(武弁)이 드디어 자기(自己) 과거(科擧)한 후(後)에 구사(求仕)하려 하고 밭 팔던 일을 세세(細細)히 말하고 또 중로(中路)에서 주검 묻은 일과 처녀(處女) 구하던 일을 일통(一統) 말한대, 노인(老人)이 듣고 기이(奇異)히 여겨 이로부터 조석(朝夕) 공궤(供饋) 전(前)에서 낫게 하고, 이튿날 병판(兵判)이 문후(問候)하러 왔거늘 노인(老人)이 무변(武弁)을 불러 뵌 뒤 병판(兵判)이 또 시체(屍體) 묻던 일을 자세(仔細)히 묻고 또 일러 왈(曰),

"근일(近日) 신양(身恙)[84]이 있어 수응(酬應)이 어려워 허다(許多) 무변(武弁)이 문전(門前)에 사후(伺候)하여 정회(情懷)를 베풀지 못하니 심(甚)히 불안(不安)한지라. 그대는 일면여구(一面如舊)[85]하니 종

---

84) 신병(身病).
85) 처음 만나 사귀었으나 옛벗처럼 친숙(親熟)함.

금이왕(從今已往)[86]으로 평복(平服)으로 와 보라."

무변(武弁)이 황송불감(惶悚不敢)타 하더라.

그 후(後) 수일(數日)에 노인(老人)이 무변(武弁)더러 일러 왈(曰),

"다만 나를 따르라."

하고, 마루로서 복도(複道)를 좇아 한 방(房)에 이르러 좌정(坐定)하거늘 무변(武弁)이 그 뜻을 알지 못하여 당황(唐惶)하더니, 홀연(忽然) 계집종이 지게를 열고 왈(曰),

"부인(夫人) 마누라님이 나오신다."

하니, 무변(武弁)이 더욱 경혹(驚惑) 창황(蒼黃)하여 물러가려 한대 노인(老人) 왈(曰),

"놀라지 말고 앉았으라."

무변(武弁)이 더욱 의황(疑愰)하여 공수(拱手) 황축(惶蹙)[87]하더니, 그 부인(夫人)이 응장 성식(凝粧盛飾)으로 문(門)을 열고 나와 무변(武弁)을 향(向)하여 배례(拜禮)한대, 무변(武弁)이 우극(尤極)[88] 황송(惶悚)하여 망지소위(罔知所爲)하여 황공(惶恐) 답배(答拜)하고 감(敢)히 우러러 보지 못하더니, 부인(夫人) 왈(曰),

"대인(大人)이 소녀(小女)를 알지 못하시나니까. 모년(某年) 모군(某郡) 모사(某事)를 생각하소서. 그때에 대인(大人)의 덕(德)을 입사와 부모(父母)의 체백(體魄)[89]을 안장(安葬)하옵고 소녀(小女)의 신세(身世)를 또한 선처(善處)하시니 재생지은(再生之恩)을 폐부(肺腑)에 새겼사오나 소녀(小女)가 연천(年淺)[90]하와 거주(居住) 성명(姓名)을

---

86) 지금으로부터 그 뒤.
87) 황송하여 몸을 움츠림.
88) 더욱.
89) 죽은 지 오래된 송장.
90) 나이가 아직 적음.

기록(記錄)치 못하옵고 보은(報恩) 일념(一念)이 오매(寤寐)에 맺히오
나 길이 없어 주야(晝夜) 한탄(恨歎)하옵더니, 천신(天神)이 도우샤
이런 기회(機會) 있사와 거의 소녀(小女)의 원(願)을 이루리니 이제로
부터 죽어도 눈을 감으리이다."

무변(武弁)이 듣고 비로소 깨닫더라.

대개(大槪) 병판(兵判)이 상배(喪配)하고 거년(去年)에 후취(後娶)하니
곧 그 처녀(處女)이라. 우귀(于歸)91)한 후(後) 상해 집사람을 대(對)하여
이 일을 말하되 그 사람을 알지 못하여 한(恨)이 되더니, 대인(大人)과
병판(兵判)이 또 익히 들어 그 고의(高義)를 차탄(嗟歎)하던 즈음에 무
변(武弁)의 말을 들으매 여합부절(如合符節)이라. 이 일로 부인(夫人)께
전(傳)하여 하여금 나와 보게 하고 은인(恩人)으로 대접(待接)하니, 이
로조차 공궤(供饋) 의복지절(衣服之節)이 극(極)히 풍성(豊盛)하고, 집을
격장(隔墻)에 사 무변(武弁)의 가솔(家率)들을 데려와 살게 하고, 가산
(家産)과 노복(奴僕)을 다 장만하고, 무변(武弁)을 천(薦)하여 선전관(宣
傳官)을 하이고, 병판(兵判)이 봉인(封印) 즉결(卽決)하니 만조 재상(滿
朝宰相)이 모두 차탄(嗟歎)하여, 차차(次次) 승전(升轉)하여 아장(亞
將)92)에 이르니라.

---

91) 시집을 감. 또는 결혼한 후, 신부가 처음으로 시집에 들어가는 일.
92) 포도 대장(捕盜大將), 용호 별장(龍虎別將), 도감 중군(都監中軍), 금위 중
   군(禁衛中軍), 어영 중군(御營中軍), 병조 참판(兵曹參判)들의 두루 일컬음.

6. 입묘석공장감효부(立墓石共匠感孝婦)[93]

윤씨부인(尹氏夫人)은 유참판(兪參判) 한소(漢蕭)의 손부(孫婦)이라. 유씨(兪氏)에게 간 지 오래지 아니하여 과거(寡居)하니 나이 겨우 십팔(十八)이요, 다른 동기(同氣)와 제질(弟姪)이 없고 혈혈단신(孑孑單身)이라.

일일(一日)은 홀연(忽然) 혜아리되 구가(舅家) 양대(兩代) 산소(山所)에 묘표(墓表)와 상석(床石)을 다 갖추지 못하고 집안 일을 주관(主管)할 사람이 없으니 내 만일(萬一) 일조(一朝)에 합연(溘然)[94]한 즉(卽) 부탁(付託)할 곳이 없는지라. 이때에 못하면 눈을 감지 못하리라. 그러나 가계(家計) 빈한(貧寒)하매 침선 방적(針線紡績)을 주야(晝夜) 부지런히 하여 게을리 아니한 지 사십년(四十年)에 푼전(分錢)이 모여 거의 천금(千金)이 되었으되 간사(幹事)할 이 없음을 근심하더니, 일일(一日)은 그 내종남((內從姆) 모관(某官) 김모(金母)가 와 보거늘 부인(夫人)이 이 일을 말한대, 김모(金某)가 왈(曰),

"비문(碑文) 글과 글씨 있느냐."

부인(夫人) 왈(曰),

"있으니 글은 아무 어른이 짓고 글씨는 아무 족숙(族叔)이 써서 받아 둔 지 여러 해로되, 내 자란 자식(子息)이 없고 양손(養孫)이 어려 이 일을 알지 못하니 내 또한 부탁(付託)할 곳이 없는지라. 군(君)의 집 문하(門下)에 사람이 있을 듯하니 나를 위(爲)하여 이 일을 이루게 하라."

---

93) 효부에 감동하여 장인(匠人)이 묘표와 상석을 세워 주다.
94) 갑자기 죽는 모양.

김모(金母)가 그 성의(誠意)를 감동(感動)하여 왈(曰),

"자씨(姉氏)의 성효(誠孝)는 사람을 감동(感動)케 하오니 마땅히 극력(極力)하여 도우리이다. 우리 집에 한 사람이 있으니 본대 이런 일에 익으며 또 위인(爲人)이 근실(勤實)하여 일을 맡김직하니 만일(萬一) 이 사람으로 동력(同力)하면 내 몸소 간검(看檢)하니와 다르지 않으리이다."

부인(夫人) 왈(曰),

"심(甚)히 좋으니 나를 위(爲)하여 부탁(付託)하라."

김모(金某)가 즉시(卽時) 그 사람 불러 그 일을 자세(子細) 말한대 그 사람이 듣고 허희 유체(歔欷流涕)[95]하거늘, 김모(金某)가 괴(怪)히 여겨 물은대 기인(其人)이 대왈(對曰),

"우리 집이 유씨댁(兪氏宅)에 난망지은(難忘之恩)이 있사오니 유참판(兪參判)이 북백(北伯)으로 계실 때에 내 선친(先親)이 좌막(佐幕)이 되어 홀연(忽然) 염질(染疾)을 얻어 인(因)하여 일지 못하니 유참판(兪參判)이 기휘(忌諱)를 돌아보지 아니하고 자주 살펴 보고 구(救)치 못하매 염습지절(殮襲之節)을 친(親)히 간검(看檢)하여 필경(畢竟) 전염(傳染)하여 연관(捐館)[96]하시니 은혜(恩惠) 유명(幽明)에 맺히고 심간(心肝)에 새겼지라. 매양(每樣) 보은(報恩)코자 하되 그 집 자손(子孫)이 영체(零替)하여 이때 있는 줄 알지 못하더니, 이제 이 말씀을 들으니 새로이 비감(悲感)하여 눈물 떨어짐을 깨닫지 못하오니 내 이 집 일의 수화(水火)라도 피(避)치 아니할지라. 하물며 이런 미세사(微細事)를 어찌 진력(盡力)치 않으리이까."

김모(金某)가 왈(曰),

---

95) 길게 한숨 지으며 눈물을 흘리며 욺.
96) 살던 집을 버린다는 뜻으로, 사망의 경칭.

"일이 주합(輳合)하여 우연(偶然)치 아니하니 즉금(卽今)은 우리 자씨(姉氏) 평생(平生) 원(願)을 이루고 그대 또 보은(報恩)할 길을 얻었으니 이는 하늘이 도우심이라. 그 집에 가서 내 말로 내간(內間)에 통(通)하여 선세(先世) 일을 자세(仔細)히 말하고 극력(極力) 간검(看檢)하여 성사(成事)하라."

그 사람이 즉시(卽時) 그 집에 가 유동(兪童)을 찾아 보고 그 수은(受恩)하여 잊지 못하는 일과 김반(金班)의 말을 전(傳)하니, 부인(夫人)이 듣고 또한 기꺼하여 입석(立石)하는 일을 가 맡기니, 그 사람이 보은(報恩)함이 중(重)함을 생각하고 성효(誠孝)가 간절(懇切)함을 감동(感動)하여 제 일같이 하여 소입지물(所入之物)[97]을 다 담당(擔當)하여 자초지종(自初至終)에 정성(精誠)을 다하여 검독(檢督)하고, 또 공장(工匠)들더러 말하여 부인(夫人)의 적수(赤手)로 경기(經紀)[98]함을 감동(感動)하여 너희 또 부조(扶助)하는 일체(一體)로 공전(工錢)[99]을 절반(折半)함이 옳다 하니 공장(工匠) 등(等)이 또한 흠탄(欽歎)하여 반가(半價)를 받고 두 뫼에 표석(表石)을 세우고 세 묘(墓)에 상석(床石)을 놓고, 부인(夫人) 왈(曰),

"오십년(五十年) 지원(至願)을 오늘이야 이뤘으니 죽어도 눈을 감으리로다."

그 후(後)에 그 손자(孫子)가 자라 소년 등과(少年登科)하니 즉(卽) 유진오(兪鎭五)이라. 부인(夫人)이 오히려 무양(無恙)하여 영화(榮華)를 보니 대개(大槪) 그 성효(誠孝)에 감동(感動)하므로 말미암으니라.

---

97) 비용으로 든 돈이나 재물.
98) 경륜하여 처리함. 경영(經營).
99) 품삯.

7. 정가성지사청치동(定佳成地師聽癡僮)[100]

옛적에 한 선비가 있어 병(病)들어 죽으려 할 제 그 아들더러 일러
왈(曰),

"친지(親知) 중(中) 아무가 풍수(風水)를 알고 심(甚)히 빈궁(貧窮)
하여 내개 요뢰(聊賴)[101]한 지 여러 해니 나 죽은 후(後)에 그 사람
을 보고 간청(懇請)하여 구산(求山)하라 하면 반드시 나를 위(爲)하여
길지(吉地)를 가리어 주리라."

하고, 인(因)하여 죽으니 성복(成服) 후(後) 형제(兄弟) 삼인(三人)이
의논(議論) 왈(曰),

"부친(父親) 유탁(遺託)이 여차(如此)하시니 어찌 가 보고 청(請)치
아니하리오."

맏 상인(喪人)이 지사(地師)를 가 보아 부친(父親)의 갈씀을 전(傳)하
고 구산(求山)하기를 청(請)한대, 지사(地師)가 평생(平生) 정의(情誼)를
말하고,

"네 부친(父親) 상사(喪事)에 내 어찌 구산(求山) 아니하리오마는
다만 오늘은 유고(有故)하니 명일(明日)에 가리라."

하거늘, 익일(翌日)에 종일(終日) 기다려도 오지 아니하는지라. 명일
(明日)에 다음 아우를 보내어 청(請)하니 전일(前日)같이 아니 오고, 우
(又) 명일(明日)에 세째 아우를 보내어 청(請)하니 전일(前日)같이 또 오
지 아니하는지라. 형제(兄弟) 삼인(三人)이 분(忿)하여 질욕(叱辱)하여
왈(曰),

---

100) 지사(地師)가 어리석은 아이종의 말을 듣고 좋은 묘자리를 정해 주다.
101) 남에게 의지하거나 의뢰하여 살아 감.

"천하(天下)에 이런 무의 무신(無義無信)한 사람이 어디 있으리오. 다른 지사(地師)를 청(請)하리라."

하고, 수작(酬酌)할 즈음에 한 아이종이 있어 나이 겨우 십육(十六)이요, 게을러 전(全)혀 일은 아니하고 모양(模樣)이 남루(襤褸)하여 인류(人類)로서 혜지 아니하더니, 마침 당하(堂下)에서 주인(主人) 형제(兄弟) 지사(地師)를 분매(忿罵)함을 보고 왈(曰),

"소인(小人)이 불러 오리이다."

하니, 주인(主人)이 대질왈(大叱曰),

"우리 삼인(三人)이 청(請)하여 오지 아니하였거늘 네 어찌 청(請)하여 오리오."

궐동(厥童)이 간청(懇請)하거늘 그 형(兄)이 허락(許諾)한대, 궐동(厥童)이 조그마한 칼을 갈아 낭중(囊中)에 감추고 지사(地師)의 집 문(門)에 가 부르니 지사(地師)가 나와 본 즉(卽) 전일(前日)에 익히 보던 아이라. 문왈(問曰),

"어찌하여 왔느뇨."

답왈(答曰),

"생원(生員)님을 청(請)하러 왔나이다."

지사(地師)가 대로왈(大怒曰),

"네 주인(主人)이 아니 오고 네 나를 청(請)하러 오단 말가."

궐동(厥童)이 계상(階上)에 올라 청(請)하여 듣지 아니하거늘, 또 청상(廳上)에 올라 청(請)하기를 재삼(再三)타가 방중(房中)에 들어가 삼사차(三四次) 청(請)하되 지사(地師)가 마침내 동(動)치 아니하거늘, 궐동(厥童)이 돌연(突然)히 나아가 지사(地師)를 발로 차 거꾸러치고 가슴에 올라 앉아 좌수(左手)로 먹을 잡고 우수(右手)로 낭중(囊中)의 칼을 빼어 찌르려 하며 대매왈(大罵曰),

"네 피골(皮骨)이 네 부모(父母)의 소생(所生)이나 네 기부(肌膚)는 우리 댁(宅)에서 윤택(潤澤)한 바이라. 네 이렇듯 배은(背恩)하느냐.
이러한 놈은 죽여야 가(可)하도다."

지사(地師)가 일고자 하되 무겁기 태산(泰山)같아서 움직이지 못할지
라. 대겁(大怯)하여 강잉(强仍)하여 웃어 가로되,

"네 정성(精誠)이 이러하니 내 어찌 가지 아니하리오."

궐동(厥童)이 일어나 칼을 감추고 바삐 행(行)함을 청(請)하니 지사
(地師)가 마지 못하여 말타고 오더니, 노방(路傍)에 영장(永葬)하는 자
(者)가 있거늘 궐동(厥童)이 지사(地師)더러 왈(曰),

"장사(葬事)하는 산지(山地) 어떠하뇨."

지사(地師)가 왈(曰),

"쓸만 하니라."

궐동(厥童) 왈(曰),

"생원(生員)이 무엇을 알리오. 산지(山地)는 좋으나 거꾸로 장사(葬
事)하니 극(極)히 흉(凶)한지라. 어찌 가 보고 말하지 아니하나니이
꼬."

지사(地師)가 왈(曰),

"네 어찌 아느뇨."

궐동(厥童) 왈(曰),

"가 보면 알 것이니 남의 대사(大事)를 빨리 구(救)하면 또한 착한
일이 아니랴."

지사(地師)가 부득이(不得已) 가서 조상(弔喪)하고 도장(倒葬)한 말을
발(發)하니 상주(喪主)가 대경(大驚)하여 장신 장의(將信將疑)하거늘, 역
사(役事) 처소(處所)에 가서 천회(天灰)[102]와 횡대(橫帶)[103]를 걷고 본

---

102) 광중(壙中)에 관을 넣고 방회(傍灰)로 관의 가를 메운 뒤에 관 위에 다지
  는 석회.
103) 관을 묻은 뒤에 광중(壙中)의 위를 덮는 널조각.

즉(卽) 과연(果然) 위 아래 도치(倒置)한지라. 한 금정(金井)[104]을 내리어 개광(改壙)하고 가니 그 상주(喪主)가 크게 감격(感激)하여 만류(挽留)하거늘 지사(地師)가 바쁨을 사례(謝禮)하고 가니라.

죽은 선비의 집 십리(十里)를 못 미쳐 궐동(厥童)이 지사(地師)더러 왈(曰),

"장지(葬地)를 어디 정(定)하려 하나니이까."

지사(地師)가 왈(曰),

"너의 집 뒤에 쓸 만한 곳이 있느니라."

궐동(厥童) 왈(曰),

"불가(不可)하다. 집 앞에 큰 못이 있고 못 가운데 작은 섬이 있으니 그리로 정(定)하라."

지사(地師)가 왈(曰),

"못 물을 어찌하리오."

궐동(厥童) 왈(曰),

"그러하되 이에 정(定)하라."

드디어 들어 조상(弔喪)하고 그 아이 말대로 못 가운데 섬으로 장지(葬地)를 정(定)하니 상인배(喪人輩)가 크게 해연(駭然)히 여기더라.

지사(地師)가 심(甚)히 의겁(疑㤼)하여 궐동(厥童)더러 물어 왈(曰),

"네 말을 좇아 못 가운데로 정(定)하나 못 물이 저렇듯하니 어찌 장사(葬事)하리오."

궐동(厥童) 왈(曰),

"염려(念慮) 말라."

드디어 택일(擇日)하여 영장(永葬)할 새 장일(葬日)이 가까우니 지사(地師)가 문득 가만히 밖에 나와 본 즉(卽) 못 물이 홀연(忽然) 말라 한

---

104) 뫼를 쓰려고 판 구덩이.

점(點)도 없는지라. 크게 괴(怪)히 여겨 인(因)하여 언덕을 깎아 못을
메워 평지(平地)를 만들고 보니 국세(局勢) 과연(果然) 좋거늘 이에 장
사(葬事)지내니라.

궐동(厥童)이 지사(地師)더러 왈(曰),

"주가(主家)에서 필야(必也)[105] 후(厚)한 폐백(幣帛)을 드리리니 일
절(一切) 받지 말고 나를 데려 가기를 청(請)하라."

명일(明日)에 주인(主人)이 과연(果然) 후(厚)히 주거늘 지사(地師)가
다 받지 아니하고 종아이를 청(請)한대 주인(主人)이 허락(許諾)하거늘
드디어 궐동(厥童)을 데리고 가니라.

궐동(厥童) 왈(曰),

"이후(以後)로 사람을 위(爲)하여 구산(求山)할 때에 나와 함께 가
내 말채찍 꽂고 발 구르는 곳에 혈(穴)을 정(定)하라."

하니, 그 말대로 좇아 도처(到處)에다 발복(發福)하여 얻은 바가 많아
십년내(十年內)에 치부(致富)하니라.

일일(一日)은 궐동(厥童)이 홀연(忽然) 하직(下直)하거늘 지사(地師)가
대경(大驚) 왈(曰),

"네 내 집에 십년(十年)을 있어 정의(情誼) 심(甚)히 두텁거늘 무단
(無斷)히 어찌 가느뇨."

궐동(厥童) 왈(曰),

"이제 갈 곳이 있어 머물지 못하오리니 생원(生員)이 임종(臨終)하
실 때에 내 와서 산지(山地)를 얻어 드리리라."

하고, 가더니 몇 해 후(後)에 홀연(忽然) 와서 보고 왈(曰),

"생원(生員)이 사일(死日)이 불원(不遠)하니 신후지지(身後之地)[106]

---

105) 필연(必然).
106) 죽기 전에 미리 잡아 두는 묏자리.

를 점(占)하러 왔노라."

하고, 지사(地師)와 한가지로 멀지 아니한 곳에 가 지시(指示)하여 왈
(曰),

"이곳에 쓰면 삼자(三子)를 낳고 대귀(大貴)할 것이오."

또 한 곳은 부인(夫人)을 위(爲)하여 정(定)하고 왈(曰),

"이곳은 뇌물(賂物)을 받아 자생(資生)하리라."

하고, 가더라.

그 집에 한 아이 계집종이 있으니 그 어미 죽어 권조(權厝)[107]한 지
누년(屢年)이라. 장차(將次) 궐동(厥童) 오기를 기다려 길지(吉地)를 얻
고자 하더니, 그 주인(主人)이 궐동(厥童)과 한가지로 구산(求山)할 때
에 나물 광주리를 가지고 수풀 사이에 은신(隱身)하여 궐동(厥童) 지시
(指示)하는 곳을 다 자세(仔細)히 알았더니, 제 친척(親戚) 수삼인(數三
人)을 불러 전재(錢財) 오십냥(五十兩)을 얻어 주어 급(急)히 양식(糧食)
과 장사(葬事) 제구(諸具)를 판비(辦備)하여 그 어미 신체(身體)를 옮겨
궐동(厥童) 지시(指示)하던 곳에 장사(葬事)하고 인(因)하여 도망(逃亡)
하였더니, 스스로 생각하되 남의 종이 되어 귀자(貴子)를 낳을 길이 없
는지라, 반드시 반족(班族)의 배필(配匹)을 구(求)하리라 하고 모처(某
處)에 가 고공(雇工)이 되어 나이 장성(長成)하매 그 주인(主人)이 출가
(出嫁)코자 하거늘, 궐녀(厥女)가 왈(曰),

"내 비록 궁빈(窮貧)하나 본시 반족(班族)이라. 상한(常漢)과 결혼
(結婚)치 못하리라. 원(願)컨대 반족(班族)을 얻어 혼인(婚姻)하여지
라."

하더니, 맞추어 동리(洞里)에 향반(鄕班) 홍총각(洪總角)이 있어 나이
삼십(三十)에 미쳐 취실(娶室)치 못한지라. 일러 왈(曰),

---

107) (풍수설에 따라 좋은 묘지를 구할 때까지) 임시로 장사를 지냄.

"내 수양녀(收養女)가 있노라."

하고, 인(因)하여 배필(配匹)을 지어 세 아들을 낳으니 궐녀(厥女)가
홍생(洪生)으로 더불어 상경(上京)하여 살더니, 수십년(數十年) 후(後)
삼자(三子)가 차례(次例)로 등과(登科)하여 문호(門戶)가 부성(富盛)한지
라. 그 어미 세 아들더러 가세(家勢) 수말(首末)을 자세(仔細) 말하여
왈(曰),

"내 모처(某處) 모반(某班)의 사비(私婢)라. 너희 비록 귀(貴)하나
구주(舊主)의 은혜(恩惠)를 잊지 말라."

그날 밤에 도적(盜賊)이 들었다가 그 말을 듣고 구주(舊主)의 집을
찾아가 자세(仔細)히 말하고 또 가로되,

"곧 추노(推奴)[108]하면 필연(必然) 죽으리니 먼저 친척지의(親戚之
誼)로 달래고 동정(動靜)을 보아 말하라."

그 주인(主人)이 그 말을 좇아 드디어 가 친척(親戚)으로 구의(舊誼)
를 펴고 주인(主人)의 모(母) 보기를 청(請)한대, 궐녀(厥女)가 한 번(番)
보매 구주인(舊主人)의 아들인 줄 알고 거짓 기꺼 왈(曰),

"남형(妳兄)이 어디로조차 오뇨."

하고, 후(厚)히 대접(待接)하고 모든 아들을 불러 절하여 뵈게 하고
수일(數日)을 머물러 후(厚)히 주어 보내니라.

당초(當初) 지사(地師) 죽은 후(後)에 그 아들이 궐동(厥童) 지시(指
示)하던 곳을 보니 어떤 사람이 벌써 장사(葬事)하였는지라. 부득이(不
得已)하여 앞 산 소점처(所占處)에 장사(葬事)하니 그 후(後)에 그 아들
이 그 부귀가(富貴家)에 의지(依支)하여 평생(平生)을 마치니라.

---

108) 도망한 노비를 추쇄(推刷)하던 일.

8. 유의리군도화양민(諭義理群盜化良民)[109]

영남(嶺南) 한 진사(進士)가 있어 문장(文章) 지모(智謀)가 과인(過人)
하니 일도(一道)가 다 도원수(都元帥)[110] 재목(材木)이라 일컫더라. 일
일(一日)은 초혼(初昏)[111]에 홀로 앉았더니 한 사람이 준마(駿馬)를 타
고 건노(健奴) 오륙인(五六人)을 거느리고 와 주인(主人)을 보고 말하
되,

"내 만리(萬里) 밖 해도(海島)에 있어 무리 수천(數千)이요, 천성
(天性)이 남의 재물(財物)을 취(取)하여 지휘(指揮)하는 대원수(大元
帥) 일원(一員)이 있더니 금번(今番) 상변(喪變)을 만나 장례(葬禮)를
겨우 마치매 장중(帳中)이 비어 삼천(三千) 도당(徒黨)이 산란(散亂)
하여 생애(生涯) 없는지라. 들은 즉(卽) 주인(主人)이 불세지재(不世之
才)를 품었다 하오니 이제 나오기는 다름아니오라 족하(足下)를 맞아
대원수(大元帥) 위(位)에 앉히려 하오니 의향(意向)이 어떠하니꼬.
만일(萬一) 혹(或) 자저(越趄)하면 반수(反手)에 멸구(滅口)[112]하리
라."

하고, 드디어 장검(長劍)을 빼어 겁박(劫迫)하니 주인(主人)이 생각하
되, '내 사족(士族)으로 도적(盜賊)에게 투신(投身)함이 수욕(羞辱)이 되
건마는 장사(壯士)의 칼에 죽으므로 더불어론 잠간(暫間) 신명(身名)을

---

109) 의리로 도둑의 무리를 달래어 양민이 되게 하다.
110) 전쟁이 났을 때에 군무를 통할하던 임시 무관직. 문관의 최고관을 임명
　　하는 경우가 많았음.
111) 해가 진 뒤로 컴컴하기 전까지의 동안.
112) 비밀한 일이 드러남을 미리 막기 위하여 그 비밀을 아는 사람을 가두거
　　나 죽임.

욕(辱)되게 하여 목전(目前)의 화(禍)를 면(免)하고 또 흉도(兇徒)의 악
습(惡習)을 고치느니만 같지 못하다' 하고, 쾌(快)히 허락(許諾)하니 그
객(客)이 즉시(卽時) 소인(小人)이라 칭(稱)하고 노예(奴隷)에게 분부(分
付)하여 왈(曰),

"밖에 맨 말을 가져 오라."

하여, 그 사람을 태우고 한가지로 나와 빠르기 풍우(風雨) 같아서 이
윽고 해구(海口)에 이르니 큰 붉은 배 일척(一隻)이 등대(等待)한지라.
말께 내려 배를 타매 나는 듯이 한 섬에 다달아 배에 내리니 석곽(石
廓)과 누각(樓閣)이 완연(完然)히 감병영(監兵營)113) 모양(模樣)이라. 견
여(肩輿)에 앉아 앞뒤에 옹호(擁護)하여 대문(大門)에 들어 대청(大廳)
교의(交倚)에 올라 앉으니 수천(數千) 도중(盜衆)이 차례(次例)로 현알
(見謁)한 후(後) 대탁(大卓) 다담(茶啖)을 드리고 명일(明日) 조사(朝
仕)114) 후(後)에 처음 왔던 행수 군관(行首軍官)이 고(告)하여 왈(曰),

"지금(只今) 재력(財力)이 경갈(罄竭)115)하였사오니 처분(處分)이
어떠하옵실지 바라나이다."

주장(主將)이 분부(分付)하되,

"여차여차(如此如此)하라."

그때 전라도(全羅道) 땅에 만석(萬石)꾼이 있으니 선영(先塋)이 삼십
리(三十里)에 있어 수호(守護) 금양(禁養)116)이 경재상가(京宰相家) 같더
니, 일일(一日)은 한 상제(喪制) 행차(行次)가 산직(山直)117)의 집에 들
어온 후(後) 복인(服人) 두 사람과 지사(地師) 두 사람이 안마(鞍馬)와

---

113) 감영(監營)과 병영(兵營).
114) 아랫 동료 벼슬아치가 아침마다 상관을 뵙는 일.
115) 재정이 다 없어짐.
116) 특정 지역에 수목의 벌채, 분묘의 설치, 농지의 개간, 토석의 채취 등을
     금지하고, 수목 특히 소나무의 육성에 힘쓰는 것.
117) 산지기.

복종(僕從)이 극(極)히 번성(繁盛)하니 필시(必是) 재상가(宰相家) 구산지행(求山之行)이라. 산직(山直)이 자하(自下)[118]로 물은 즉(即) 서울 아무댁(宅) 행차(行次)이니 상제주(喪制主)는 이왕(已往) 옥당(玉堂) 지내시고 복인(服人)도 명사(名士)라 하더라.

일행(一行)이 다 묘상(墓上)에 올라 최상(最上) 총지(塚地) 후(後)에 쇠를 놓고 지점(指點) 평론(評論)하다가 치표(置標)[119]하고 내려와 대간지(大簡紙) 사오장(四五張)을 내어 편지(便紙)를 써 종을 보내어 감영(監營)과 모모읍(某某邑)에 전(傳)하고 답장(答狀) 맡아 오라 하고, 산직(山直)을 불러 왈(曰),

"댁(宅) 신산(新山)[120]을 아까 앉았던 곳에 정(定)하였으니 저기가 아무 댁(宅) 산소(山所)인 줄 알건마는 산소(山所) 쓰는 여부(與否)는 피차(彼此) 강약(強弱)에 있으니 네 알 바가 아니라. 장사(葬事) 택일(擇日)이 아무날이니 밥과 술을 예비(豫備)할 것이매 먼저 삼십금(三十金)을 주노니 먼저 양미(糧米)와 술을 등대(等待)하라."

하고, 즉시(即時) 가더라.

산직(山直)이 산주(山主)에게 고(告)한대, 산주(山主)가 소왈(笑曰),

"제 비록 세(勢) 있노라 하나 내 금단(禁斷)한 즉(即) 어찌 감(敢)히 쓰리오. 제 장사(葬事)날 여시여시(如是如是)하고 너희들도 나가지 말고 기다리라."

이날을 당(當)하니 주인(主人)이 가정(家丁)[121] 칠백여명(七百餘名)을 거느리고 십리(十里) 안 백성(百姓)이 모이는 자가 오륙백인(五六百人)

---

118) 윗사람을 거치지 아니하고 자의로 해나아감. 자하 거행(自下擧行)의 준말.
119) 묏자리를 미리 잡아 무덤 모양으로 만들 때, 광중 자리에 표적하거나 표적을 묻어서 무덤의 모양과 같이 만들어 두는 일, 또는 그 표적.
120) 새로 쓴 산소.
121) 자기 집에서 거느리는 남자 일꾼, 하인.

이라. 각각(各各) 막대와 노끈을 가지고 산소(山所)를 향(向)하여 만산편야(滿山遍野)하였더라.

산상(山上)에 가 저 집 빚은 술을 먹이고 결진(結陣)하여 기다리더니, 종일(終日)토록 뵈는 바가 없고 삼경(三更) 즈음에 멀리 보니 만여병(萬餘柄) 횃불이 큰 들로 육속(陸續)[122]하여 오며 상두소리 진동(震動)하고 정구(停柩)를 보지 못하는 데 하였는지라. 상여(喪興)꾼이 약존약무(若存若無)[123]하거늘 산주(山主)의 천여군(千餘軍)이 다 신을 매고 막대 들고 기다리더니, 훤화(喧譁) 소리 점점(漸漸) 끈치고 화광(火光)이 또한 감(減)하여 점점(漸漸) 사람이 없는 듯하거늘 산상군(山上軍)이 크게 의심(疑心)하여 급(急)히 살피니 과연(果然) 한 사람도 없는지라. 빨리 산주(山主)에게 고(告)한대 산주(山主)가 깨달아 왈(曰),

"내 집 재물(財物)을 다 잃었도다."

급(急)히 돌아와 본 즉(卽) 가내(家內)의 인명(人命)은 상(傷)함이 없고 재물(財物)은 탈진(奪盡)하였으니 이는 원수(元帥)의 꾀로 재물을 겁탈(劫奪)함일러라.

명일(明日)에 군도(群盜)를 호궤(犒饋)할 새 금번(今番) 소득(所得)과 고중(庫中) 재물(財物)을 뜰 앞에 쌓아 놓고 다소(多少)를 혜아려 삼천인(三千人)에게 나눠 붙이니 매명(每名)에 백여금(百餘金)이라. 장군(將軍)이 한 장(張) 전령(傳令)으로 효유(曉諭)하여 왈(曰),

"사람이 금수(禽獸)와 다름은 오륜(五倫)과 사단(四端)이 있음이라. 너희 무리 화외(化外) 완민(頑民)으로 해도(海島)에 은복(隱伏)하여 어버이를 떠나며 나라를 버리고 겁략(劫掠) 포탈(逋脫)로 생업(生業)을 삼아 도당(徒黨)을 소취(嘯聚)[124]하여 죄(罪)를 쌓은 지 몇 해라.

---

122) 꼬리를 물고 잇달아.
123) 있는둥 만둥.
124) (자기네 패를) 군호로 부러 모음.

내 이제 오기는 너희를 도와 악(惡)한 일을 하고자 함이 아니라 장차(將次) 너희를 화(化)하여 착한 사람이 되고자 함이니, 사람이 비록 허물이 있으나 고침이 귀(貴)하니 자금(自今) 이후(以後)로 마음을 고쳐 동서남북(東西南北)으로 각각(各各) 고향(故鄕)에 돌아가 부모(父母)를 봉양(奉養)하며 분묘(墳墓)를 지키어 성인(聖人)의 교화(敎化)를 입으면 해상(海上)의 명화적(明火賊)[125]과 어떠하리오. 나눈 재물(財物)이 족(足)히 일가산(一家産)이 되리니 농사(農事)와 장사에 어찌 자뢰(資賴) 없음을 근심하리오."

이에 군도(群盜)가 일시(一時)에 고두(叩頭)하고 칭사(稱辭)하여 왈(曰),

　"진실(眞實)로 분부(分付)대로 하리이다."

그 중(中)에 한두 놈이 영(令)을 좇지 아니하거늘 군령(軍令)으로 베이고 그 성곽(城郭)을 불지르고 삼천(三千) 도중(徒衆)을 거느리고 바다를 건너 뭍에 내려 각기(各其) 그곳으로 보내고 집에 돌아오니 집 떠난 지 일삭(一朔)이 넘은지라. 동리(洞里) 사람이 물은 즉(卽) 경행(京行)하였더니라 답(答)하더라.

---

125) 불한당. 무리를 지어 돌아다니는 도둑의 무리.

9. 어소장투아설부객(語消長偸兒說富客)[126]

영남(嶺南) 땅에 한 사족(士族)이 있으니 대대(代代)로 백여만금(百餘萬金) 재물을 누리고, 사는 집터가 사면(四面)이 석벽(石壁)이요 앞에 대강(大江)이 있고, 동구(洞口) 밖에 종의 집이 이백여개(二百餘箇)라. 이 사람이 비록 백만재(百萬財)를 쌓았으되 누세(累世) 향거(鄕居)하여 연사(連査)[127] 인친(姻親)이 다 향반(鄕班)이요 서울은 일면지친(一面至親)이 없는지라. 세가(勢家) 한 곳을 사귀어 맺고자 하되 길이 없어 하더니, 그때 인읍(隣邑) 울산(蔚山) 원(員)이 상사(喪事) 나매 그 생질(甥姪) 박교리(朴校理)라 하는 자(者)가 내려와 상구(喪具)를 주장(主掌)한다 하더니, 이날 강변(江邊) 사장(沙場)에 한 행차(行次)가 준마(駿馬) 건노(健奴)로 강(江)을 건너 대문(大門)에 이르러 말께 내려 당(堂)에 오르거늘, 주인(主人)이 의관(衣冠)을 정제(整齊)하고 맞아들여 존함(尊啣)을 묻고 온 일을 물으니 객(客)이 대답(對答)하되,

"울산(蔚山) 원(員)의 생질(甥姪)로 상사(喪事)를 당(堂)하여 발인(發靷)이 재명일(再明日)에 있어 숙참(宿站)이 여기 될 듯하니 다행(多幸)히 종의 집 두셋을 비워 다행(多幸)히 상행(喪行)을 용납(容納)케 하라."

주인(主人)이 세가(勢家)를 체결(締結)코자 하더니 지금 마침 만나 재력(財力)을 허비(虛費)치 아니하니 어찌 소망(所望)이 아니리오. 쾌(快)히 허락(許諾)하니 객(客)이 감사(感謝)하여 그날을 언약(言約)하고 가니라.

---

126) 도적이 줄어들고 늘어나는 인생의 이치로써 부자를 설득하다.
127) 혼인을 맺어 사돈이 됨. 또, 그 사돈.

이날을 당(當)하매 주인(主人)이 수노(首奴)에게 분부(分付)하여 삼사(三四) 곳 큰 집을 비워 내어 뜰을 쇄소(灑掃)하며 창(窓)을 도배(塗褙)하여 담(擔)꾼 헐소(歇所)128)와 양반(兩班) 하처(下處)에 병장(屏帳)과 공궤(供饋)를 다 갖추고 자질(子侄)로 더불어 의관(衣冠)을 정제(整齊)하고 기다리더니, 초혼(初昏)에 행상(行喪)이 과연(果然) 들어오는데 방상시(方相氏)129) 선도(先導)하고 상여(喪輿) 따르는 행차(行次)가 태반(殆半) 인읍(隣邑) 수령(守令)이요, 감병영(監兵營) 호상 비장(護喪裨將)이 좌우(左右)에 나열(羅列)하고 옹호(擁護)한 사람의 안마(鞍馬)가 강상(江上) 이십리(二十里)에 늘어 섰고 큰 배 십여척(十餘隻)이 즉시(卽時) 건너 배설(排設)한 곳에 정구(停柩)하고 곡성(哭聲)이 진동(震動)하더니, 박교리(朴校里)란 자(者)가 종자(從者) 오륙인(五六人)을 거느리고 들어와 주인(主人)에게 읍(揖)하여 왈(曰),

"성념(盛念)을 입어 행상(行喪)을 머무니 불승감사(不勝感謝)하여이다."

주인(主人)이 답왈(答曰),

"이만 일을 어찌 족(足)히 치사(致謝)하리이꼬."

수작(酬酌)을 맞지 못하여 안으로써 급(急)히 주인(主人)을 들어오라 하거늘 주인(主人)이 들어가니 아내 발을 굴러 가로되,

"큰 일 났도다. 비복(婢僕)의 말을 들은 즉(卽) 소위(所謂) 상여(喪輿)는 다 군기(軍器)라 하니 장차(將次) 어찌하리오."

---

128) 높은 벼슬아치의 집 대문 안에 있는 방. 그 벼슬아치를 뵈러 온 사람이 잠깐 들어 쉬게 되었음.

129) 구나(驅儺) 때에 악귀를 쫓는 나자(儺者)의 하나. 황금빛의 네 눈과 방울이 달린, 곰의 가죽을 씌운 큰 탈을 쓰고서 붉은 웃옷에 검은 치마를 입고 창과 방패를 들고 있음. 옛날에는 임금의 행차, 사신의 영접, 궁중의 행사에 사용하였으나 지금은 장례(葬禮)에 써서 광중(壙中)의 악귀(惡鬼)를 쫓고 있음.

주인(主人)이 비록 깨달으나 사이지차(事已至此)[130]하니 무가내하(無可奈何)라. 밖으로 나오니 객(客)이 물어 왈(曰),

"주인(主人)의 얼굴에 근심하는 빛이 있으니 무슨 우환(憂患)이 있느냐."

주인(主人) 왈(曰),

"소아(小兒)의 급(急)한 병(病)이 있더니 적이 나았노라."

객(客)이 미소(微笑) 왈(曰),

"주인(主人)의 양(量)이 좁도다. 이제 나의 하고자 한 바가 불과(不過) 재물중(財物中) 경편(輕便)한 것이라. 토지(土地)와 가사(家舍)와 양곡(糧穀)은 다 있으니 이 번(番) 잃은 것이 적지 아니하나 수년지내(數年之內)에 스스로 충만(充滿)하리니 어찌 근심하리오. 또 재물(財物)은 천하(天下)에 공변된 것이라. 쌓는 이 있으면 쓰는 이 있고 지키는 이 있으면 또 취(取)하는 이 있느니 그대 같은 이는 쌓고 지키는 이요 나 같은 이는 쓰고 취(取)하는 자(者)이라. 소장지리(消長之理)[131]와 허실지응(虛實之應)이 곧 조화(造化)의 떳떳한 일이라. 주인(主人)도 또한 조화중(造化中) 붙이어 사는 사람이니 어찌 장(長)하고 소(消)치 않으며 실(實)하고 허(虛)치 않으리오. 일이 이미 깨달았으니 구태어 혼야(昏夜)에 야요하여 인명(人命)을 상(傷)하지 않으리니 주인(主人)이 먼저 내정(內庭)에 들어가 부녀(婦女)를 한 방(房)에 모으게 하라."

주인(主人)이 어찌할 길이 없어 지휘(指揮)대로 하니 객왈(客曰),

"주인(主人)이 응당(應當) 평생(平生) 편애지물(偏愛之物)이 있으리니 일찍 말하여 혼돈(混沌)하여 잃게 말라."

---

130) 일이 이미 이 지경에 이름.
131) 흥망성쇠의 이치.

주인(主人)이 칠백금(七百金)으로 새로 산 나귀로 말하되, 어언지간(於焉之間)에 수령(守令) 비장(神將) 상인(喪人) 복인(服人) 담(擔)꾼 마부지배(馬夫之輩) 다 군복(軍服)을 바꾸어 입고 군물(軍物)을 가지고 외정(外庭)에 둘러섰으니 몇 천명(千名)인 줄 모르고 다 건장(健壯)하고 효용(驍勇)한지라. 객(客)이 하령(下令)하되,

"너희 내실(內室)에 들어가 무론(毋論) 모물(某物)하고 방(房)에 있는 기물(器物)을 일병(一竝) 집어 내되 부녀(婦女) 모여 있는 방(房)은 비록 억만금(億萬金)이라도 범(犯)치 말라. 명분(名分)이 지엄(至嚴)하니 위령자(違令者)는 참(斬)하리라. 또 청려(青驢)132)를 취(取)치 말라."

경계(警戒)하고 또 주인(主人)더러 왈(曰),

"거느리고 들어가 난잡(亂雜)치 말게 하라."

주인(主人)이 거느리고 들어가 모든 방실(房室)과 고사(庫舍)를 다 열어 주어 소재지물(所在之物)을 다 수취(收取)하니 억만금(億萬金)이라. 백필(百匹) 건마(健馬)로 실어 일시(一時)에 강(江)을 건너 돌아나고133) 영수자(領首者)가 주인(主人)으로 작별(作別) 왈(曰),

"주인(主人)은 다시 경화(京華) 사부(士夫) 결교(結交)할 생각을 두지 말라. 실물(失物)한 사람이 매양(每樣) 추후(追後) 쫓아가는 거조(擧措)가 있나니 이는 유익(有益)치 않은지라. 주인(主人)은 속투(俗套)를 써 후회(後悔)치 말라."

재삼(再三) 신신 부탁(申申付託)하거늘 주인(主人) 왈(曰),

"불감불감(不敢不敢)134)이로라."

하니, 드디어 강(江)을 건너 부지거처(不知去處)일러라.

---

132) 털 빛깔이 검푸른 당나귀.
133) 돌아가고.
134) 감히 하지 않겠다, 감히 하지 않겠다.

수백(數百) 노복(奴僕)이 분(憤)함을 이기지 못하여 쫓아갈 의논(議論)을 다투어 나아오니 주인(主人)이 크게 금(禁)하여 불가(不可)타 하였더니, 일야(一夜)는 수노(首奴) 십여배(十餘輩) 다시 나아아 추종(追踪)할 의논(議論)이 봉기(蜂起)하매 상전(上典)이 또한 금(禁)할 길이 없더니, 홀연(忽然) 집 뒤 수풀 속으로조차 천여명(千餘名) 장부(丈夫)가 고함(高喊)하여 내달아 밖 곁문(門) 전(前)에 모이어 오륙백(五六百) 노복(奴僕)을 어지러이 쳐 순식간(瞬息間)에 다 엎지르고 일시(一時)에 강(江) 건너 부지거처(不知去處)일러라.

익일(翌日)에 정신(精神)을 수습(收拾)하여 잃은 것을 상고(詳考)하니 하나도 남은 것이 없고 나귀도 없더라.

재명일(再明日) 새벽에 홀연(忽然) 나귀 우는 소리 강변(江邊)에 나거늘 가보니 잃었던 청려(靑驢)가 강두(江頭)에 섰고 노망(網)태[135]에 피 흐르는 사람의 머리를 담아 안장(鞍裝)에 걸고 또한 봉서간(封書簡)을 걸었거늘, 열어 보니 대강(大綱) 하였으되,

"재백(財帛)의 견실(見失)함은 집사(執事)[136]의 너른 도량(度量)으로 개회(介懷)[137]치 아니하려니와 이별(離別)할 때 갈을 듣지 아니하여 노복(奴僕)이 상(傷)하니 뉘를 원구(怨咎)하리오. 삼백태(三百駄) 경보(瓊寶)로써 일년(一年) 양식(糧食)이 되니 다사다사(多謝多謝)[138]로다. 귀댁(貴宅) 나귀는 돌아보내고 말께 달리인 물건(物件)은 범령(犯令)한 자(者)이라."

하였더라.

---

135) '노망태기'의 준말로 노로 그물처럼 떠서 만든 망태기.
136) 노형(老兄)이라고 하기에는 지나고 존장(尊長)으로 대할 정도는 못되는 이에게 대하여 높이어 이르는 말.
137) 개의(介意).
138) 깊이 감사하다, 깊이 감사하다.

　주인(主人)이 이를 보고 실물(失物)한 분(憤)함이 눈 스 듯하여 마음에 괘념(掛念)함이 없고 사람이 혹(或) 위로(慰勞)하면 봉적(逢賊)으로 대답(對答)치 아니하고 금세(今世)에 호걸(豪傑) 남자(男子)를 보았다 하더라.

10. 재금성장살김한(宰錦城杖殺金漢)[139]

연산조(燕山朝)의 폐첩(廢妾) 오라비 김가(金哥) 한(漢)이 호남(湖南) 나주(羅州) 땅에 있어, 그 누이 형세(形勢)를 믿고 남의 전답(田畓)과 노비(奴婢)를 빼았으며 전곡(錢穀)과 우마(牛馬)를 제 것 쓰듯하여 순(順)히 하면 살리고 거슬리면 죽이니 일도(一道) 사람이 두려워 진공(進供)하고, 그 고을 원(員)도 도임(到任) 당일(當日)에 가 보고 다른 고을 원(員)도 원근(遠近) 없이 다 가 보더라.

그 집에 걸음 잘 걷는 종놈 셋이 있어 일일(一日) 반(半)에 입경(入京)하여 수령(守令) 중(中) 불여의(不如意)한 자(者)가 있으면 즉시(卽時) 제 누이께 기별(奇別)하여 혹(或) 죄(罪)주며 혹(或) 파직(罷職)하더라. 박눌재(朴訥齋) 상(祥)[140]이 분(憤)함을 이기지 못하여 나주(羅州) 목사(牧使)를 구청(求請)하여 도임(到任) 오일(五日)에 김한(金漢)을 보지 아니하니 김한(金漢)이 삼공형(三公兄)[141]을 잡아가는지라. 박공(朴公)이 듣고 즉시(卽時) 관속(官屬) 백여인(百餘人)을 발(發)하여 그 집을 에우고 분부(分付) 왈(曰),

"만일(萬一) 김한(金漢)을 잡지 못하면 너희 마땅히 죽으리라."

양구(良久)에 결박(結縛)하여 왔거늘, 박공(朴公)이 일변(一邊)으로 감영(監營)에 보(報)하고 일변(一邊) 큰 막대로 무릎을 매려 불하십장(不下十杖)에 즉사(卽死)하거늘, 즉시(卽時) 끌어 내치니라.

---

139) 나주 목사가 김한을 때려 죽이다.
140) 조선조 초기의 문장가. 담양 부사(潭陽府使)로 있을 때 중종의 폐비 신씨(愼氏)의 복위를 상소하다가 관직을 삭탈당하였으나 학행으로 이조 판서의 추증(追贈)을 받음.
141) 조선조 때 각 고을의 호장(戶長), 이방(吏房), 수형리(首刑吏)의 세 관속.

감사(監司)가 보장(報狀)을 보고 대경(大驚) 왈(曰),

"일 났다."

하고, 급(急)히 도사(都事)를 보내어 구(救)하니 간 즉(卽) 이미 죽었더라.

박공(朴公)이 인수(印綬)를 끄르고 급(急)히 등정(登程)하여 노령(蘆嶺)을 넘어 천원(川院)에 이르러 홀연(忽然) 마음이 동(動)하여 그대로 (大路)를 버리고 좌편(左便) 길로 바로 홍덕(興德)을 향(向)하여 가더니, 당초(當初) 박공(朴公)이 김한(金漢)을 잡을 제 그 종놈이 일일(一日) 반(半)에 입경(入京)하여 그 누이께 이르니 누이 연산(燕山)께 아뢴대, 연산(燕山)이 대로(大怒)하여 즉시(卽時) 금부 도사(禁府都事)를 보내어 약(藥)을 가져 사사(賜死)하니, 박공(朴公)의 질자(姪子)가 서울 있다가 이 말 듣고 급(急)히 소렴(小殮) 제구(諸具)를 판비(辦備)하여 빨리 달려 내려가 도사(都事)에서 먼저 행(行)하더니, 천원(川院)에 이르러 나주(羅州) 하인(下人)을 만나 박공(朴公)이 홍덕(興德) 길로 갔단 말을 듣고 즉시(卽時) 따라 고부(古阜) 땅에서 만나 사약(賜藥)을 차마 말하지 못하고 속여 왈(曰),

"들사오니 숙부(叔父)께오서 김한(金漢)을 중치(重治)하시니 장차(將次) 불측(不測)한 화(禍)가 있을지라. 구(救)코자 하여 왔나이다."

박공(朴公)이 그 속(速)히 앎을 괴(怪)히 여겨 자세(仔細)히 물으니 과연(果然) 김한(金漢) 죽인 후(後) 일일(一日) 반(半)이라. 동행(同行)하여 상경(上京)할 새 그 질자(姪子)가 중로(中路)에서 먼저 입성(入城)하여 공(公)의 친우(親友)를 보고 곡절(曲折)을 말한대, 모든 친우(親友)가 다투어 술을 가지고 강두(江頭)에 나아가 맞아 가만히 한강(漢江) 촌사(村舍)에 두고 날마다 취(醉)하여 놀더라.

금부 도사(禁府都事)가 나주(羅州)에 달려가 박공(朴公)이 이미 상경

(上京)함을 듣고 일변(一便) 장계(狀啓)하고 급(急)히 말을 돌이켜 쫓아 오더니, 서울을 미쳐 이르지 못하여 중흥(中興) 제공(諸公)이 거의 반정 (反正)을 꾀한지라. 박공(朴公)을 배(拜)하여 부제학(副提學)을 삼으니 이때 공(公)이 숙취미성(熟醉未醒)하여 반정(反正)된 줄 알지 못하고 입 성(入城) 사은(謝恩)할 새, 상(上)이 인견(引見)하시니 공(公)이 앙첨(仰 瞻) 왈(曰),

"천안(天顔)[142]이 사조(辭朝)[143]할 때와 다르도다."

하니, 좌우(左右)가 반정사(反正事)로 고(告)한대 공(公)이 궐문(闕門) 을 나서 즉시(卽時) 이날 향리(鄕里)로 돌아가니라.

---

142) 임금을 높이어 그 '얼굴'을 이르는 말. 성안(聖顔). 용안(龍顔). 옥안(玉 顔).
143) 관직에 새로 임명된 사람이 부임하기에 앞서 임금에게 하직 인사를 드리 던 일.

11. 궁유궤계득과환(窮儒詭計得科宦)[144]

옛적에 한 반족(班族)이 있으되 문필(文筆)을 못하고, 가계(家計) 또 빈곤(貧困)하여 혹(或) 과거(科擧) 보매 접(接)[145]을 스스로 차리지 못하고 다만 친우(親友)를 따라 남은 글씨와 글을 얻어 정권(呈券)[146]하여 요행(僥倖)으로 감시(監試)[147] 초시(初試)를 얻어 하고, 회시(會試)[148] 장중(場中)이 점점(漸漸) 가까우되 문필(文筆)이 없어 관광(觀光)할 수 없고, 또 앉아 정과(停科)하기도 어려워 이에 한 장(張) 정초(正草)[149]를 이끌고 단신(單身)으로 입장(入場)하여 사고무친(四顧無親)하매 차수(借手)[150]도 할 길 없어 방황(彷徨)하더니, 홀연(忽然) 보니 관서(關西) 거벽(巨擘)[151] 윤생(尹生)이 남의 차작(借作)하러 장중(場中)에 모입(冒入)[152]하였거늘 일찍 면분(面分)이 있는지라. 그 접(接)에 가 한훤(寒暄)하고 왈(曰),

"막중(莫重) 장옥(場屋)[153]에 모입(冒入)하였으니 내 만일(萬一) 한 말을 하면 일이 불측(不測)하리라."

---

144) 궁한 선비가 남을 속이는 꾀를 써 과거에 합격하고, 벼슬 자리를 얻다.
145) 글방 학생들이나 과거에 응시하는 유생들이 모여 이룬 동아리.
146) 과거(科擧)의 답안을 시관(試官)에게 냄.
147) 조선조 때 생원(生員)과 진사(進士)를 뽑던 과거.
148) 소과(小科)의 초시(初試)에 합격한 사람에게 보이던 복시(覆試). 여기에 합격한 사람은 대과(大科)에 응시할 자격을 얻었음.
149) 시지(試紙). 과거(科擧) 시험에 쓰던 종이.
150) 남의 손을 빌림.
151) 학식이나 어떤 전문 분야에서 남달리 뛰어난 사람.
152) 위험을 무릅쓰고 들어옴.
153) 과장에서 비를 막거나 햇볕을 피해서, 들어 앉아서 볼 수 있도록 만든 곳. 여기서는 단순히 과거시험장을 의미함.

그 거벽(巨擘)과 주인(主人)이 황겁(惶怯)하거늘, 그 선비 왈(曰),

"시(詩) 한 수(首)를 잘 지어 나를 먼저 주면 내 말을 아니하리라."

거벽(巨擘)이 붓을 잡아 경각(頃刻)에 지어 주니 다행(多幸)히 글은 얻었으나 써 바칠 길 없어 종이를 안고 배회(徘徊)할 즈음에 마침 글씨 잘 쓰고 단문(短文)[154]한 자(者)가 사람으로 상약(相約)하여 환수(換手)[155]코자 하였더니, 임시(臨時) 낭패(狼狽)하여 붓을 잡고 괴로이 읊거늘 그 자리에 나아가 먼저 초면(初面) 인사(人事)를 펴고 동접(同接) 낭패(狼狽)한 일을 위로(慰勞)하고 말하되,

"내 글은 있으되 사수(寫手)가 없어 환수(換手)코자 한다."

하고, 가진 글을 뵌대 사수(寫手)가 그 글을 보고 과연(果然) 거벽(巨擘)임을 알아 허락(許諾)하고 시권(試券)을 펴고 먹 갈아 쓸 새 자주 돌아보아 왈(曰),

"내 마땅히 잘 쓸 것이니 그 사이 한 수(首)를 잘 지으라."

그 선비 왈(曰),

"낙(諾)다."

하고, 초지(草紙)를 내어 초(草) 잡는 모양(模樣)으로 급(急)히 쓰고 인(因)하여 또 먹으로 일변(一邊) 흐려 사람이 못알아 토게 하고 쓰기를 마치매 즉시(卽時) 가지고 암초(暗草)[156] 일장(一張)을 사수(寫手)를 주어 왈(曰),

"내 정권(呈券)하고 잠간(暫間) 올 것이니 잠간(暫間) 기다리라."

하고, 시권(試券)을 안고 바로 대상(臺上)으로 향(向)하여 짐짓 뛰어 망(網)얽이[157] 안에 들어가니 시관(試官)과 군사(軍士)가 보고 범법(犯

---

154) 글을 아는 것이 넉넉하지 못함.
155) 손바꿈.
156) 남몰래 지은 시문의 초고.
157) 노로 그물 뜨듯 얽은 물건.

法)이라 하여 바삐 몰아내거늘, 그 선비 전냥(錢兩)으로 군사(軍士)를 주어 왈(曰),

"시소(試所)158)가 나를 접(接)으로 도로 쫓으라 하셔도 듣지 말고 나를 멀리 쫓아 장중(場中)에 있지 못하게 하라."

군사(軍士)가 이미 그 뇌물(賂物)을 받고 시관(試官) 분부(分付)가 또 엄(嚴)한지라. 앞뒤로 끌어 급(急)히 내치니 그 선비 애걸(哀乞)하는 체하고 그 접(接)을 지날 새 멀리서 사수(寫手)더러 일러 가로되,

"사이지차(事已至此)하니 무가내하(無可奈何)라."

하고, 인(因)하여 장중(場中)에 나갔더니 방(榜)이 나매 과연(果然) 높이 장원(壯元)하였는지라. 그 선비 의외(意外) 과거(科擧)한 후(後)에 벼슬할 뜻이 있으되 세력(勢力)이 없고 결연(結緣)이 없으매 막가내하(莫可奈何)라. 맞추어 그때에 이조 판서(吏曹判書) 아무가 새로 삼십(三十) 된 독자(獨子)를 잃고 여취여광(如醉如狂)하여 민면(黽勉)하여 행공(行公)하더니, 그 진사(進士)가 한 계교(計巧)를 내어 자세(仔細)히 탐지(探知)하여 이판(吏判)의 아들의 나이며 성품(性品)과 재국(才局)과 문필(文筆)과 평일(平日) 사귀어 놀던 이 누구 누구와 어느 곳에 가서 공부(工夫)하던 것을 일일(一一)이 알고, 남산(南山) 아래 문장(文章)하는 사람의 집에 가 간청(懇請)하여 제문(祭文) 한 장(張)을 극(極)히 슬프게 짓고, 교분(交分)과 세의(世誼) 교칠(膠漆)159) 같아서 사람이 보면 뉘 자손(子孫)인 줄 알게 하여 제주(祭酒)를 갖추어 이판(吏判) 없는 사이에 그 집에 가 궤연(궤筵)160)에 제문(祭文)을 읽을 새 오열(嗚咽)하여 소리를 이루지 못하고, 인(因)하여 방성 대곡(放聲大哭)하고 애통(哀痛)하기

---

158) 과시(科試)를 치르는 곳.
159) 사귀는 사이가 아주 친밀하여 서로 떨어질 수 없음.
160) 죽은 이의 혼령을 위하여 차려 놓은 영궤(靈几)와 영궤에 딸린 모든 물건.

를 양구(良久)히 하다가 가니라.

그날 저녁에 이판(吏判)이 돌아와 안에 들어가니 그 부인(婦人) 왈
(曰),

"아까 한 선비 모동(某洞) 모진사(某進士)라 하고 망아(亡兒)의 절
친(切親)한 친구(親舊)이라 하고 전(奠)[161]을 갖추어 제문(祭文)하고
통곡(痛哭) 반향(半晌)에 가더라."

하니, 이판(吏判)이 괴(怪)히 여겨 그 제문(祭文)을 본 즉(卽) 수백(數
百) 항(行)[162]이나 되고 문여필(文與筆)이 다 극(極)히 기특(奇特)한지
라. 탄식(歎息)하여 왈(曰),

"우리 아이 이런 아름다운 벗이 있으되 내 어찌 알지 못하였느뇨.
그 세벌(世閥)을 본 즉(卽) 고가 반족(高家班族)이요 연근사십(年近四
十)[163]하니 정(正)히 벼슬하염직한 나이라. 또 재상(宰相)이 집에 있
지 아니함을 알고 그 아들 영연(靈筵)에 치전(致奠)하니 그 지조(志
操)가 더욱 가상(嘉賞)하다."

하고, 드디어 조정(朝廷)에 검의(檢擬)[164]하여 벼슬 시키니라.

---

161) 장사지내기 전에 영좌(靈座) 앞에 간단히 술 과실 등을 차려 놓는 일.
162) 행(行).
163) 나이가 사십에 가까움.
164) 당하관(堂下官) 무관직을 임명할 때 취재(取才)에 합격했는지 또는 선전
   관(宣傳官) 부장(部將) 수문장(守門將) 등에 추천된 사실이 있는지의 여부
   를 조사하여 위에 천거하는 일.

12. 여상탁사등대천(呂相托辭登大闡)[165]

여상국(呂相國) 성제(聖齊)[166]는 치경(治經)[167] 급제(及第)라. 회시(會試) 강(講)[168]하는 날 강석(講席)에 들어가 앉으니 강지(講紙) 장(場) 안으로 나와 칠서(七書)[169] 대문(大文)을 써 내거늘, 드디어 주역(周易)부터 시(詩)·서(書)·논(論)·맹(孟)·중용(中庸)을 다 순통(純通)[170]하여 십사분(十四分)[171]이 되고, 버금 대학(大學)을 당(當)하니 대학(大學)은 전례(前例)로 조(粗)[172]를 청(請)하여 십사분반(十四分半)이 된 즉(卽) 급제(及第)하는지라. 여상(呂相)이 남을 따라 청조(請粗)하지 아니하고 필야(必也) 순통(純通)하여 십육분(十六分)을 준수(遵守)코자 하더니, 그 강장(講章)[173]을 두루 생각하되 막연(漠然)히 생각이 나지 아니하는지라. 시관(試官)이 여러 번(番) 재촉하되 종시(終是) 개구(開口)를 못하고 부득이(不得已) 한 계교(計巧)를 내어 대변(大便)이 급(急)하다 하니 시관(試官)이 위군(衛軍) 일명(一名)으로 안동[174]하여 가 다녀오라 하니,

---

165) 여재상(呂宰相)이 꾸며대어 핑계함으로써 대과에 급제하다.
166) 조선조 숙종 때의 상신.
167) 강경(講經).
168) 배운 글이나 들은 말을 선생이나 시관 또는 웃어른 앞에서 외어 들리는 일.
169) 사서삼경(四書三經).
170) 책을 외우고 그 내용을 통달함. 여기서는 과거 시험에서의 우등한 등급인 순(純)과 통(通)의 성적을 냈다는 뜻으로 보아야 함.
171) 분(分)은 과거 시험이나 학교 시험의 성적을 평가하는 단위. 성적 등급에 따라 통(通)은 2분, 약(略)은 1분, 조(粗)는 반분(半分)으로 하였음.
172) 과거 볼 때나 서당에서 글을 욀 때의 성적 등급의 하나. 순(純), 통(通), 약(略), 조(粗), 불(不)의 다섯 등급 중에서 넷째 등급으로 열등한 등급임.
173) 전강(殿講)할 때, 시관이 지정하여 준 경서 가운데의 한 장(章).
174) (사람이나 물건을) 따르게 하거나 지니고 감.

여상(呂相)이 측상(厠上)에 앉아 강잉(强仍)하여 뒤보는 형상(形狀)을 하며 무수(無數)히 생각하되 마침내 통(通)치 못하는지라. 위군(衛軍)으로 더불어 한담(閑談) 설화(說話)를 하여 물으되,

"네 어느 시골 군사(軍士)냐."

답왈(答曰),

"소인(小人)은 모읍(某邑) 사람이로소이다."

여상(呂相)이 기꺼 왈(曰),

"그 고을 기생(妓生) 아무의 이름을 아느냐."

위군(衛軍) 왈(曰),

"소인(小人)이 과연(果然) 아옵고 소인(小人) 올라올 때에 그 기생(妓生)이 편지(便紙)주며 부탁(付託)하되 여생원(呂生員) 댁(宅)을 찾아 전(傳)하라 하되 그 댁(宅)을 몰라 전(傳)치 못하였나이다."

여상(呂相)이 또 기꺼 문왈(問曰),

"그 편지(便紙) 어디 있느뇨. 내 곧 여서방(呂書房)이로라."

위군(衛軍) 왈(曰),

"낭중(囊中)에 있나이다."

하고, 내어드리니 대개(大槪) 여상(呂相)의 대인(大人)이 그 고을 원(員)으로 있을 때에 여상(呂相)이 한 기생(妓生)을 보았더니, 연구(年久)한 후(後)에도 잊지 못하여 흔연(欣然)히 글을 받아 본 즉(卽) 과연(果然) 그 기생(妓生)의 편지(便紙)라. 열어 보니 만지장서(滿紙長書)[175]에 무비절절(無比切切)[176] 정담(情談)이라. 강장(講章) 생각은 고사(姑捨)하고 기생(妓生)의 편지(便紙)를 세세(細細)히 보느라 반향(半晌)이 지난지라. 시관(試官)이 괴(怪)히 여겨 다른 위군(衛軍)으로 하여금 가 탐지(探

---

175) 종이를 꽉 채운 긴 글.
176) 견줄 데 없이 뼈에 사무치도록 간절함.

知)하여 오라 하니 돌아와 고(告)하되,

"여생(呂生)이 만지장서(滿紙長書)를 가져 그것만 보고 오지 아니 하더이다."

시관(試官)이 크게 의심(疑心)하여 연(連)하여 재촉하거늘 부득이(不得已)하여 다시 강석(講席)에 들어 앉으니 시관(試官)이 노왈(怒曰),

"'가탁(假託)하여 후급(後急)하다[177]' 하고 나가 낭중(囊中)에 기록(記錄)한 것을 상고(詳考)하니 사습(士習)이 해연(駭然)하도다. 전(前) 강장(講章)은 쓰지 못할 것이니 다른 강장(講章)을 내리라."

서리(書吏)[178]로 하여금 강지(講紙)를 도로 들이라 하니 여상(呂相)이 거짓 민박(憫迫)[179]한 체하고 왈(曰),

"간신(艱辛)히 기록(記錄)하여 응강(應講)코자 하더니 강장(講章)을 홀연(忽然) 바꾸니 어찌 이런 일을 하나니이까."

시관(試官)이 강장(講章)을 바꾸어 내어 강(講)을 재촉하니 여상(呂相)이 자래(自來) 실재(實才)[180]라. 한 장(章)은 우연(偶然)히 기록(記錄)치 못하였거니와 다른 장(章)은 어찌 통(通)하지 못할 리 있으리오. 드디어 한 숨에 달송(達誦)하니 만좌(滿座)가 칭선(稱善)하는지라. 드디어 십육분(十六分)으로 높이 과거(科擧)하고 그 후(後)에 벼슬이 정승(政丞)에 이르니라.

---

177) 뒤가 급하다. 곧, 대변이 마렵다는 뜻.
178) 고려 조선조 때, 경아전(京衙前)의 하나. 하급의 서리(胥吏). 서제(書題).
179) 애가 탈 정도로 걱정이 몹시 절박함.
180) 글재주가 있는 사람.

청구야담 권지십칠(靑邱野談 卷之十七)

1. 대영전의성수점풍(貸營錢義城倅占風)[1]

이익저(李益著)가 의성(義城) 원(員)이 되어 일일(一日)은 연음(宴飮)하매 때마침 하절(夏節)이라. 홀연(忽然) 일진풍(一陣風)이 지나가거늘 익저(益著)가 급(急)히 연석(宴席)을 걷고 영문(營門)에 가 남창전(南倉錢) 오천냥(五千兩)을 순상(巡相)에게 꾸이기를 청(請)하여 써 모맥(牟麥)을 무역(貿易)할 새 때에 모맥(牟麥)이 대등(大登)[2]하여 값이 지천(至賤)하거늘, 무맥(貿麥)하여 각동(各洞)에 봉치(封置)[3]하고 동임(洞任)으로 하여금 수직(守直)하니라.

칠월(七月) 초야(初夜)에 홀연(忽然) 잠을 깨어 관동(官僮)[4]을 불러 후원(後園)의 풀잎을 따 오라 하여 보고 가로되,

"그렇고 그러하다."

하더니, 이튿날 아침에 본 즉(卽) 엄상(嚴霜)이 크게 내려 초목(草木)이 다 마르니 이 가을에 영남(嶺南) 일도(一道)의 들에 청초(靑草)가 없

---

1) 의성 원이 바람점을 치고 감영(監營)의 돈을 빌다.
2) 큰 풍년이 듦.
3) 묶어 둠.
4) 관청에서 심부름하는 아이종.

어 인(因)하여 적지(赤地)5) 된지라. 열읍(列邑)이 설진(設賑)하매 곡가 (穀價)가 등용(登踊)하여 모맥(牟麥) 일석(一石) 값이 초하(初夏)에는 삼 사냥(三四兩)에 지나지 아니하더니, 그 가을에는 일석(一石) 값이 삼십 여냥(三十餘兩)에 이른지라. 익저(益著)가 그 봉치(封置)한 모맥(牟麥)으 로써 진휼(賑恤)의 자뢰(資賴)를 삼고 또 발매(發賣)하여 남창전(南倉錢) 을 여수(如數)히 비보(裨補)하니 익저(益著)가 대개(大槪) 점풍(占風)하 는 술법(術法)이 있더라.

그 후(後)에 인읍(隣邑)으로 옮으매 조현명(趙顯命)6)이 그때에 순상 (巡相)이라. 익저(益著)가 일이 있어 가 볼 새 빈발(鬢髮)이 정제(整齊) 치 못하여 머리털이 조금 망건(網巾) 밖에 드러났더니, 물러가매 순상 (巡相)이 수배(隨陪)7)를 나입(拿入)하여 거조(擧措)가 태만(怠慢)함으로 써 수죄(受罪)하니 익저(益著)가 다시 뵘을 청(請)하여 들어와 사죄(謝 罪)하고 왈(曰),

"하관(下官)이 나이 늙고 기운(氣運)이 쇠(衰)하여 빈발(鬢髮)을 정 제(整齊)히 못하와 상관(上官)에게 견과(見過)하니 지죄지죄(知罪知罪) 라. 이같이 하고 어찌 공직(供職)8)하리오. 원(願)컨대 계파(啓罷)9)하 소서."

순사(巡使)가 가로되,

"아까 일로써 이 말씀을 하시나니이까. 이 불과(不過) 체례(體

---

5) 흉년이 들어 곡식이 말라 죽고 수확할 것이 아주 없게 된 땅.
6) 조선조 21대 영조 때의 대신. 호는 귀록당(歸鹿堂). 본은 풍양(豊壤). 영조 4(1728)년 '이인좌(李麟佐)의 난'때 공을 세워 풍원부원군(豊原府院君)에 봉 군됨. 우의정, 영의정을 지내면서 탕평책을 지지하여 영조의 정책 수행에 적극 협력했음.
7) 원을 따라다니던 아전.
8) 관청이나 공공 단체의 직무를 맡음.
9) 관찰사나 어사가 지방관의 잘못을 임금에게 아뢰어 파직시키는 것.

例)10) 간(間) 일이라. 어찌 이렇듯 하시느뇨."

익저(益著)가 가로되,

"하관(下官)이 상관(上官) 섬기는 체례(體例)를 알지 못하온 즉(卽) 어찌 일일(一日)이나 거관(居官)하리오. 사속(斯速)히 계파(啓罷)함이 가(可)하니이다."

순사(巡使)가 가로되,

"이같이 않을 것이니이다."

익저(益著)가 가로되,

"사도(使道)가 하관(下官)으로 하여금 해거(駭擧)를 짓게 하시니 진실(眞實)로 개연(慨然)하도다."

하고, 하예(下隷)를 불러 가로되,

"내 갓과 도포(道袍)를 가져오라."

인(因)하여 모대(帽帶)를 벗고 인부(印符)를 끌러 순사(巡使)의 앞에 놓고 크게 꾸짖어 왈(曰),

"내 패부(佩符)11)한 연고(緣故)로 네게 굴슬(屈膝)12)함이러니 이젠 즉(卽) 인부(印符)가 없으니 네 내 고인(故人)의 자식(子息)이 아니냐. 내 네 아비로 죽마고교(竹馬故交)13)라. 자소(自少)로 동학(同學)할 제 베개를 한가지로 하고 누워 언약(言約)하되 먼저 취처(娶妻)하는 자(者)는 신부(新婦)의 명자(名字)를 알아 서로 전(傳)하자 하였더니, 네 아비 먼저 취처(娶妻)하매 네 어미 명자(名字)로써 내게 와 전(傳)하니 말소리 오히려 귀에 있는지라. 네 아비 이미 몰(歿)하므로써 날 대접(待接)함이 이에 이르니 이는 네 아비를 잊는 불초자(不肖子)이

---

10) 벼슬아치들 사이에 지키는 예절.
11) 고을 원의 지위에 있는 일.
12) 무릎을 꿇고 절함. 굴복.
13) 죽마고우(竹馬故友).

라. 내 빈발(鬢髮)의 부정(不淨)함이 무슨 상하관(上下官) 체례(體例)에 관계(關係)하리오. 내 노물(老物)이 죽지 아니코 구복(口腹)의 누(累)로써 너의 하관(下官)이 되었으니 네 만일(萬一) 네 망부(亡父)를 조금이나 생각한 즉(卽) 감(敢)히 이같이 못할지라. 너는 구체(狗彘)만 같지 못하도다."

언파(言罷)에 냉소(冷笑)하고 표연(飄然)히 나가니 순사(巡使)가 반향(半晌)이나 말이 없다가 하처(下處)에 따라 이르러 간청(懇請)하여 가로되,

"존장(尊長)이 이 무슨 거조(擧措)이시니이꼬. 시생(侍生)이 과연(果然) 만만(萬萬) 그릇하였사오니 지죄지죄(知罪知罪)라. 엎드려 바라건대 용서(容恕)하소서. 관직(官職) 거취(去就)를 어찌 경(輕)히 하시리이까."

익저(益著)가 가로되,

"하관(下官)이 상관(上官)을 질욕(叱辱)하고 무슨 안면(顔面)으로 다시 이민(里民)을 대(對)하리오."

인(因)하여 옷을 떨치고 일어나니 마지 못하여 계파(啓罷)하니라.

2. 득거산제주백양병(得巨産濟州伯佯病)[14]

옛 한 무변(武弁)이 선전관(宣傳官)으로 춘당대(春塘臺)[15]에 시위(侍衛)하여 시사(試射)할 새, 그때 마침 제주(濟州) 목사(牧使) 파직(罷職) 장계(狀啓) 든지라. 인(因)하여 동료(同僚)더러 가로되,

"내 만일(萬一) 제주목(濟州牧)이 되면 어찌 만고선치(萬古善治)와 천하대탐(天下大貪)을 못하리오."

동료(同僚)가 그 우치(愚癡)함을 웃더라.

상(上)이 마침 들으시고 하순(下詢)[16]하시되,

"뉘 이 말을 발(發)하뇨."

무변(武弁)이 감(敢)히 기망(欺罔)치 못하여 인(因)하여 복지(伏地)하고 아뢰대.

"이는 소신(小臣)의 말씀이로소이다."

상(上)이 가라사되.

"만고선치(萬古善治)면 어찌 대탐(大貪)할 리 있으며 천하대탐(天下大貪)이면 어찌 선치(善治)할 리 있으리오."

무변(武弁)이 부복(俯伏) 대왈(對曰),

"자연(自然) 그 술(術)이 있나이다."

상(上)이 웃으시고, 인(因)하여 특교(特敎)로 제주목(濟州牧)을 초배(超拜)[17]하시고 하교(下敎)하시되,

"네 가서 만고선치(萬古善治)와 천하대탐(天下大貪)을 하라. 그렇

---

14) 큰 재산을 모은 제주 원이 거짓으로 병을 칭하다.
15) 창경궁(昌慶宮) 안에 있는 대(臺).
16) 임금이 신하에게 물음. 순문(詢問). 자순(諮詢). 자측(諮諏).
17) 정한 등급을 뛰어서 벼슬을 시킴.

지 않으면 망언(妄言)한 죄(罪)를 면(免)치 못하리라."

무변(武弁)이 승명(承命)하고 물러와 진말(眞末)[18]을 많이 무역(貿易)하여 치자(梔子)물을 들여 농(籠) 속에 넣어 세 바리를 만들고 그 외(外)는 의복(衣服) 짐 뿐이라. 사조(辭朝)[19]하고 발행(發行)하니 다만 겸종(傔從) 일인(一人)이 수행(隨行)하고, 도임(到任) 후(後) 송사(訟事)를 공평(公平)히 하고 조석(朝夕) 공궤(供饋) 외(外)에 일배주(一盃酒)를 내오지 아니하고, 월름(月廩)[20]을 다 혁폐(革弊)[21]에 부치고, 토지(土地) 소산(所産)을 하나도 취(取)한 바가 없고, 이같이 일년(一年)이 지나매 이민(里民)이 다 칭송(稱頌)하여 이르되, '설읍(設邑) 후(後) 처음 오신 청백리(淸白吏)라' 하여 서로 하례(賀禮)하고, 영행 금지(令行禁止)[22]하여 일경(一境)이 안연(晏然)하더니, 일일(一日)은 홀연(忽然) 신병(身病)이 있다 하고 신음(呻吟)하기를 수일(數日)에 병세(病勢) 중(重)한지라. 음식(飮食)을 전폐(全廢)하고 문(門)을 닫고 앉아 통성(痛聲)이 부절(不絶)하니 향소(鄕所)[23]와 이교배(吏校輩) 삼시(三時)로 문후(問候)하되 그 낯을 얻어 보지 못하니 중군(中軍)과 및 수향(首鄕)[24]이 간걸(懇乞)하여 가로되,

"병환(病患)이 무슨 빌미인 줄 모르오나 차읍(此邑)에 또한 의약

---

18) 밀가루.
19) 관직에 새로 임명된 사람이 부임하기에 앞서 임금에게 하직 인사를 드리던 일.
20) 월급으로 주는 곡식.
21) 폐단을 고쳐 없앰.
22) 하라면 하고 하지 말라면 안함.
23) 고려 말에 생긴 수령(守令)의 자문 기관. 즉, 수령을 보좌하고, 풍속을 바로잡고 향리(鄕吏)를 규찰하며, 정령(政令)을 민간에 전달하고, 민정(民情)을 대표하는 지방 자치 기관이었는데 직원에는 장(長)에 향정(鄕正) 혹은 좌수(座首) 한 사람과 별감(別監) 약간 명이 있었음. 유향소(留鄕所).
24) 향청(鄕廳)의 좌수(座首).

(醫藥)이 있사오니 어찌 진맥(診脈)하여 치료(治療)치 아니하시나니이
꼬.”

태수(太守)가 양구(良久)에 강잉(强仍)하여 소리하여 가로되,

“내 소시(少時)로 이 병증(病症)을 얻어 내 세업(世業)이 다 약치
(藥治)에 탕패(蕩敗)한지라. 근(近) 이십년(二十年)에 다시 발작(發作)
치 아니하니 뜻에 거근(去根)25)하다 일렀더니 이제는 가(可)히 치료
(治療)할 도리(道理) 없으니 다만 죽을 따름이로다.”

제인(諸人)이 물어 가로되.

“이 무슨 증(症)이며 약료(藥料)는 무슨 물(物)이니이꼬. 사도(使道)
병환(病患)이 이같으시니 무론(毋論) 읍촌(邑村)하고 비록 다리를 베
이고 살을 깎아도 아낄 바가 없삽고 승천 입지(昇天入地)할지라도
반드시 약이(藥餌)26)를 구(求)하오리니 원(願)컨대 약(藥)을 가르치소
서.”

태수(太守)가 가로되,

“내의 병(病)은 풍단(風丹)27) 독기(毒氣)요, 약(藥)은 우황(牛黃)28)
이니 우황(牛黃) 몇 십(十) 근(斤)을 떡을 만들어 일신(一身)을 두루
싸매기를 매일(每日) 삼사차(三四次) 씩 새로 갈아 붙여 이같이 사오
일(四五日)이면 차도(差度)를 얻으니 내 가계(家計) 요부(饒富)하더니,
이 연고(緣故)로써 치패(致敗)하였으니 이제 어느 곳에 다시 우황(牛

---

25) 병이나 조심거리로 될 만한 근원을 없애 버림.
26) 약이 되는 먹을 것.
27) 피부 또는 점막부(粘膜部)의 다친 곳이나 헌데에 연쇄상 구균(連鎖狀球菌)
   이 들어가서 일어나는 급성 전염병. 한나절에서 사흘 가량의 잠복기를 지
   나 고열을 내며 그 국부의 피부가 붉어지며 붓고 차차 퍼져서 종창(腫瘡)
   동통(疼痛)을 일으키게 되는 증세로, 내버려 두면 위독하게 되는 수가 있
   음.
28) 소의 쓸개에 병으로 생기어 뭉치는 물건. 경간약(驚癇藥)으로 쓰임.

黃)을 얻어 붙이라."

제인(諸人)이 가로되,

　"차읍(此邑) 소산(所産)을 구(求)함이 지이(至易)하다."

하고, 수향(首鄕)이 각면(各面)에 전령(傳令)하여 써 하되,

　"사도(使道) 병환(病患)이 가(可)히 나으실 방도(方途)가 있은 즉 (卽) 우리배(輩) 진실(眞實)로 갈력(竭力)하여 구(求)할 것이어늘 하물며 이 약(藥)은 읍산(邑産)이라. 귀(貴)치 아니하니 대소(大小) 민인(民人)이 불계다소(不計多少)29)하고 있는대로 드리라."

하니, 민인(民人)이 영(令)을 듣고 다투어 먼저 드리니 일일지내(一日之內)에 부지기백근(不知幾百斤)30)이러라.

겸종(傔從)이 일변(一便) 받아 농(籠)에 넣고 실어온 바 치자(梔子)떡으로써 바꾸어 붙이고 매일(每日) 그 떡을 그릇에 담아 땅에 묻어 가로되,

　"사람이 혹(或) 가까이 하면 독기(毒氣) 쏘이여 면목(面目)이 반드시 상(傷)하니 가(可)히 가까이 말라."

하고, 이같이 한 오륙일(五六日)에 병세(病勢) 득차(得差)하여 인(因)하여 일어 일을 보매 염공(廉公)31)함이 더욱 극(極)하더라.

과만(瓜滿)하여 체귀(遞歸)하매 제인(諸人)이 비(碑)를 세워 송덕(頌德)하니라.

상경(上京) 후(後) 우황(牛黃)을 척매(斥賣)하여 누천금(累千金)을 얻으니 대개(大槪) 제주(濟州) 소가 열이면 우황(牛黃) 든 자(者)가 팔구(八九)라. 이런 고(故)로 우황(牛黃)이 지천(至賤)하니 무변(武弁)이 이 묘리(妙理)를 알고 미리 치자(梔子)떡을 장만하여 이 술(術)을 행(行)하

---

29) 많고 적고를 따지지 않음.
30) 몇 백근인지 알 수가 없음.
31) 청렴하게 공적인 일을 돌봄.

니 관예(官隸)가 감(敢)히 가까이 못하고 멀리 보매 누른 것을 우황(牛黃)으로 앎이러라. 그 후(後) 자상(自上)32)으로 물으신대 무변(武弁)이 실상(實狀)으로 대(對)하니 상(上)이 죄(罪)치 않으시고 능(能)함을 칭(稱)하시더라.

---

32) 위로부터.

3. 교아동해인승위사(教衙童海印僧爲師)[33]

합천(陝川) 군수(郡守) 모(某)의 연(年)이 육십(六十)에 다만 일자(一子)가 있으니 익애(溺愛)한 탓으로 교훈(敎訓)을 엄(嚴)히 못하여 십삼(十三)에 이르되 일자 무식(一字無識)이러니, 해인사(海印寺)의 한 대사(大師)가 있어 자전(自前)으로[34] 친숙(親熟)하여 아중(衙中)에 왕래(往來)하더니, 일일(一日)은 와 본수(本倅)를 보고 가로되,

"도령이 거의 성동(成童)[35]이로되 오히려 입학(入學)치 못하였사오니 장차(將次) 어찌하시려나니이까."

본수(本倅)가 가로되,

"비록 가르치고자 하나 듣지 아니하니 차마 달초(撻楚)[36]치 못하여 이에 이르러 깊이 한(恨)하노라."

대사(大師)가 왈(曰),

"사부(士夫)가 자제(子弟) 젊어서 실학(失學)하면 장차(將次) 세상(世上)에 버린 사람이 되나니 전(全)혀 자애(慈愛)만 일삼고 학공(學工)을 힘쓰지 아니함이 가(可)하나니이까. 그 인물(人物) 범백(凡百)이 가(可)히 하옴직하되 이때껏 포기(抛棄)함이 심(甚)히 가석(可惜)하오니 소승(小僧)이 장차(將次) 훈학(訓學)코자 하나이다."

본수(本倅)가 가로되,

"불감청(不敢請)이언정 고소원(固所願)이라. 대사(大師)가 만일(萬

---

33) 해인사의 중이 원의 아들을 가르쳐 스승이 되다.
34) 이전부터.
35) 열다섯 살 된 사내아이.
36) [어버이나 스승이] 잘못을 징계하느라고 회초리로 종아리를 때림.

一) 교훈(敎訓)하여 해몽(解蒙)하게 한 즉(卽) 어찌 만행(萬幸)이 아니
리오."

대사(大師)가 가로되,

"그러한 즉(卽) 한 일을 질정(質定)37)할 것이 있으니 생살(生殺)을
임의(任意)로 하여 엄립 과정(嚴立科程)38)할 뜻으로 문기(文記)를 지
어 답인(踏印)39)하와 소승(小僧)을 주시고, 또 한 번(番) 산문(山門)에
보낸 후(後)는 한등내(限等內)40)하고 관예지배(官隷之輩)를 상통(相
通)치 말아 은정(恩情)을 베인 후(後) 가(可)히 학업(學業)을 전일(專
一)히 할 것이요, 의식(衣食)은 소승(小僧)이 담당(擔當)하오리니 관가
(官家)가 소승(小僧)의 말을 허(許)하시리이까."

본수(本倅)가 가로되,

"그리하리라."

문기(文記)를 써 주고 즉일(卽日)에 아이를 산사(山寺)에 보내어 끊고
상통(相通)치 아니하니라.

기아(其兒)가 상산(上山) 후(後)로 도랑 방자(跳踉放恣)41)하여 노승
(老僧)을 만모(慢侮)하여 질욕(叱辱)하고 타협(打脅)42)하기를 하지 않을
바가 없으되, 대사(大師)가 시약불견(視若不見)43)하고 저의 하는대로
두어 사오일(四五日)은 지난 후(後) 평조(平朝)에 대사(大師)가 옷을 정
제(整齊)히 하여 책상(冊床)을 대(對)하고 꿇어 앉으니 제자(弟子) 삼사

---

37) 갈피를 잡고 헤아려서 작정함.
38) 매우 엄하게 규정을 세움.
39) 관인을 찍음.
40) 벼슬아치로 있는 동안을 기한으로 함.
41) [행동 말 태도 따위가] 너무 똑똑하게 굴어서 아무 거리낌이 없는 모양.
42) 때리고 위협함.
43) 보고도 못 본 체함.

십인(三四十人)이 뫼셔 앉아 위의(威儀) 정숙(靜肅)하더라.

대사(大師)가 인(因)하여 한 상(上)자[44] 승(僧)을 명(命)하여 궐동(厥童)을 잡아 오라 하니 궐동(厥童)이 일변(一邊) 호곡(號哭)하고 일변(一邊) 후욕(詬辱)하여 가로되,

"네 승도(僧徒)로서 감(敢)히 양반(兩班)을 업수히 여기느뇨. 돌아가 대인(大人)께 고(告)하여 너희를 타살(打殺)하리라."

하고, 한사(限死)하여 오지 아니하거늘 대사(大師)가 소리를 매이하여 제승(諸僧)을 호령(號令)하여 결박(結縛)하라 하니 제승(諸僧)이 궐동(厥童)을 결박(結縛)하여 왔거늘, 대사(大師)가 수기(手記)[45]를 내어 뵈어 가로되,

"너의 대인(大人)이 이를 써 나를 주니 이제조차 네 명(命)이 내 손에 있는지라. 네 사부가(士夫家) 자제(子弟)로 불학무식(不學無識)하고 전(專)혀 패악(悖惡)을 일삼으니 살아 무엇하리오. 차습(此習)을 버리지 않으면 장차(將次) 네 문호(門戶)를 망(亡)케 하리니 아무케나 내 벌(罰)을 받으라."

하고, 인(因)하여 송곳 끝을 불에 달과 두 다리를 찌르니 궐동(厥童)이 혼색(昏塞)하기를 반향(半晑)에 깨어나니 대사(大師)가 또 지지려 하거늘, 궐동(厥童)이 애걸(哀乞)하여 가로되,

"이로조차 대사(大師)의 명(命)하시는 대로 좇으리니 엎드려 빌건대 다시 지지지 말으소서."

대사(大師)가 송곳을 잡고 꾸짖으며 달래기를 식경(食頃) 후(後) 놓고, 앞에 가까이 앉히고 먼저 천자문(千字文)으로 가르쳐 일과(日課)를 정(定)하여 읽히되 조금도 쉬지 못하게 하니, 이 아이 나이 이미 장성

---

44) 상좌(上佐).
45) 물건이나 돈 등을 빌리거나 기탁할 경우에 증표로서 서로 주고 받는 증서.

(長成)하고 지각(知覺)이 점점(漸漸) 나아 하나를 들으면 열을 알아 사
오삭(四五朔) 간(間)에 천자(千字) 통사(通史)를 다 배우고, 일년지내(一
年之內)에 사서(四書)를 통달(通達)하고, 삼년지간(三年之間)에 삼경(三
經)을 역람(歷覽)하고, 외가서(外家書)를 무불통지(無不通知)하여 문리
(文理)의 정연(井然)46)함이 노사 숙유(老士熟儒)47)이라도 밎지 못할지
라. 산사(山寺)에 머문 삼년(三年)에 매양(每樣) 글 읽을 때에 홀로 마
음에 말하되,

"내 사부(士夫)로 이 산승(山僧)에게 수욕(受辱)함은 다 불학(不學)
소치(所致)라. 내 장차(將次) 공부(工夫)를 힘써 등과(登科) 후(後)에
반드시 차승(此僧)을 타살(打殺)하여 금일(今日) 한(恨)을 설치(雪恥)
하리라."

하여, 일념(一念)에 맺히어 더욱 부지런히 하니 이러므로 남에서 십
배(十倍)나 공부(工夫)를 더하더라.

일일(一日)은 대사(大師)가 가로되,

"네 공부(工夫)가 넉넉히 과유(科儒)48)의 소임(所任)을 할 것이니
명일(明日)은 가(可)히 나와 함께 산에 내려가리라."

하고, 익일(翌日)에 데리고 아중(衙中)에 돌아와 가로되,

"귀윤(貴胤)이 이젠 즉(卽) 문사(文辭)가 대진(大進)하여 등과(登科)
후(後) 문임(文任)을 가(可)히 타인(他人)에게 사양(辭讓)치 않으리이
다. 소승(小僧)이 이로조차 하직(下直)하나이다."

궐동(厥童)을 이별(離別)하고 가니라.

본수(本倅)가 체귀(遞歸)한 후(後) 자혼(子婚)을 정(定)하여 성인(成姻)
하고, 과장(科場)에 출입(出入)하여 삼년(三年) 후(後) 등과(登科)하고 수

---

46) 구격(具格)이 맞고 조리가 있음.
47) 늙고 학식이 높은 선비.
48) 과거 볼 실력을 갖춘 유자(儒者).

십년(數十年) 간(間)에 영백(嶺伯)이 되매 크게 기꺼하여 써 하되,

"내 이제는 가(可)히 해인사(海印寺) 노승(老僧)을 타살(打殺)하여 향일(向日) 분(忿)을 풀리라."

하고, 도임(到任) 후(後) 즉시(卽時) 순력(巡歷) 날 새 형구(刑具)를 신칙(申飭)하고, 집장(執杖) 잘하는 자(者) 삼사인(三四人)을 가리어 뒤에 좇게 하고, 행(行)하여 해인사(海印寺)에 이르러는 노승(老僧)이 제승(諸僧)을 거느리고 노좌(路左)에 지영(祗迎)[49]하거늘, 순상(巡相)이 보고 인(因)하여 쌍교(雙轎)에 내려 배영(拜迎)하고 공경(恭敬)하며 기쁜 마음을 금(禁)치 못하니 노승(老僧)이 흔연(欣然)히 웃어 가로되,

"노물(老物)이 다행(多幸)히 죽지 아니코 순사(巡使) 위의(威儀)를 보니 이만 다행(多幸)함이 없도다."

순사(巡使)가 가로되,

"소자(小子)의 이리 되옴이 다 존사(尊師)의 교훈(敎訓)하신 은덕(恩德)이라. 이제 뵈옴이 도리어 죄만(罪萬)[50]하이다."

인(因)하여 사중(寺中)에 들어가니 노승(老僧)이 월방(越房)[51]을 가리켜 가로되,

"이 방(房)은 곧 순사(巡使)의 향년(向年) 공부(工夫)하던 방(房)이라. 금야(今夜)에 하처(下處)를 그리로 옮겨 노승(老僧)으로 더불어 동침(同寢)함이 무방(無妨)하니이다."

순사(巡使)가 허(許)하니 밤이 깊은 후(後) 노승(老僧)이 물으되,

"그대 아시(兒時) 수학(修學)할 때에 반드시 노승(老僧)을 타살(打殺)코자 하는 마음이 있더냐."

---

49) 백관이 임금을 마지한다는 뜻으로 여기서는 정성을 다하여 영접한다는 뜻으로 쓰임.
50) 죄송만만(罪悚萬萬).
51) 건넌방.

가로되,

"그러하더이다."

승(僧)이 가로되,

"등과(登科)로부터 영백(嶺伯)에 이르기 다 이 마음이 있더냐."

가로되,

"그러하더이다."

승(僧)이 또 가로되,

"순력(巡歷) 때에 또 타살(打殺)함을 마음에 맹세(盟誓)하였느냐."

가로되,

"과연(果然)하여이다."

승(僧)이 가로되,

"그러면 그대 어찌 타살(打殺)치 아니코 도리어 관곡(款曲)[52]하뇨."

순사(巡使)가 가로되,

"한심(恨心)을 잊지 못함이러니 및 대사(大師)를 대(對)하매 이 마음이 소삭(消削)하고 흔열(欣悅)하온 마음이 솟아나더이다."

승(僧)이 가로되,

"내 이미 헤아림이라. 그대 작위(爵位) 가(可)히 큰 벼슬에 이르리니 모년월일(某年月日)에 기영(箕營)[53] 안절(按節)[54]할 때에 노승(老僧)이 마땅히 상(上)자를 보낼 것이 그대 반드시 노승(老僧)을 본 듯이 더불어 연침(連寢)함이 가(可)하니 모로미 잊지 말라."

순사(巡使)가 허락(許諾)하니라.

노승(老僧)이 또 한 종이를 내어 가로되,

---

52) 매우 정답고 친절함.
53) 평안도 감영(監營).
54) 어루만지고 조절함.

"이는 노승(老僧)이 그대를 위(爲)하여 평생(平生)을 추수(推數)함이니 향년(享年) 기허(幾許)와 작위(爵位) 기품(幾品)이 다 이에 소연(昭然)하니라."

순사(巡使)가 '유유(唯唯)'하고 익일(翌日)에 미포(米布) 전곡(錢穀)을 많이 수운(輸運)하여 수학(修學)한 은혜(恩惠)를 갚고 가니라.

그 후(後) 과연(果然) 기백(箕伯)이 되었더니, 일일(一日)은 혼자(閽者)55)가 고(告)하여 가로되,

"영남(嶺南) 합천(陜川) 해인사(海印寺) 승(僧)이 와 뵈고자 하나이다."

순사(巡使)가 황연(晃然)히 깨닫고 곧 불러들여 소매를 잡고 무릎을 접(接)하여 대사(大師)의 안부(安否)를 묻고 석반(夕飯)을 연상(連床)하고 밤에 또 동침(同寢)할 새, 경(頃)이 깊은 후(後) 방(房)이 가(過)히 더워 순사(巡使)가 침석(寢席)을 옮겨 바꾸어 누웠더니, 혼몽(昏夢) 중(中)에 문득 비린 내음새 코를 찌르거늘 손으로 승(僧)을 어루만진 즉(卽) 손이 츤츤하거늘, 인(因)하여 지인(知印)을 불러 불을 들어 본 즉(卽) 칼로 승(僧)의 배를 찔러 오장(五臟)이 돌출(突出)하고 피 흘러 방(房)에 가득한지라. 순사(巡使)가 대경(大驚)하여 급(急)히 시체(屍體)를 치우고 익조(翌朝)에 엄(嚴)히 사실(査實)하니, 순사(巡使)의 수청기(守廳妓)는 곧 관노(官奴)의 유정(有情)한 바이라. 이로 함혐(含嫌)하여 순사(巡使)를 해(害)코자 칼을 품고 들어와 아래목에 누운 자(者)가 순사(巡使)라 하여 그릇 승(僧)을 찌름일러라.

인(因)하여 잡아들여 엄문(嚴問)한 즉(卽) 개개(箇箇) 직초(直招)하니 관노(官奴)와 청기(廳妓)를 다 정법(正法)56)하고 그 승(僧)의 신체(身體)

---

55) 문지기.
56) 죄인을 죽이는 데까지 이르는 큰 형벌.

를 치상(治喪)하여 본사(本寺)에 보내니, 대개(大槪) 대사(大師)가 미리 순사(巡使)의 이 액(厄)이 있을 줄 안 고(故)로 상좌(上座)로 하여금 대신(代身)하여 그 액(厄)을 받게 한 연고(緣故)일러라. 그 후(後) 공명(功名)과 수한(壽限)이 다 대사(大師)의 추수(推數)에 합(合)하니라.

4. 사궁유유통제사수보(赦窮儒柳統制使受報)[57]

유통제사(柳統制使) 진항(鎭恒)[58]이 소시(少時)에 선전관(宣傳官)으로 입직(入直)하였더니 임오년(壬午年)[59] 주금(酒禁)이 절엄(切嚴)[60]한지라. 일일(一日)은 월야(月夜)에 상(上)이 홀연(忽然) 입직(入直) 선전관(宣傳官) 입시(入侍)하라 하시니 진항(鎭恒)이 명(命)을 응(應)하여 입시(入侍)한 즉(卽) 한 장검(長劍)을 내어주시며 하교(下敎)하사 왈(曰),

"들으니 여염(閭閻)에서 오히려 주양(酒釀)[61]이 많다 하니 네 모로미 이 칼을 가지고 나가 한삼일(限三日)하고 잡아 들인 즉(卽) 가(可)하려니와 그렇지 않으면 네 머리로써 드리라."

진항(鎭恒)이 봉명(奉命)하고 집에 돌아와 소매로 낯을 가리고 누웠더니 그 사랑하는 소첩(小妾)이 물어 가로되,

"어찌하여 이같이 즐기지 아니하나이꼬."

가로되,

"나의 술을 즐김은 너의 아는 바이라. 술 끊은 지 이미 오래매 목이 말라 죽겠노라."

그 첩(妾)이 가로되,

"저문 후(後)에 가(可)히 도모(圖謀)하오리니 조금 기다리소서."

인정(人定) 후(後)에 그 첩(妾)이 병(甁)을 차고 치마로써 낯을 가리고 문(門)에 나가거늘, 진항(鎭恒)이 가만히 그 뒤를 밟은 즉(卽) 동촌

---

57) 가난한 유생(儒生)을 놓아 준 유통제사(柳統制使)가 보답을 받다.
58) 조선조 정조 때의 무신. 삼도수군통제사, 도총관(都摠管) 등을 역임함.
59) 영조 38년(1762). 유진항이 선전관이던 시절의 임오년은 1762년임.
60) 지엄(至嚴).
61) 양주(釀酒).

(東村) 한 초가(草家)로 들어가 술을 사오거늘 진항(鎭恒)이 마시고 좋이 여겨 다시 하여금 사오라 한대, 기첩(其妾)이 그 집에 가 전(前)같이 사오거늘, 진항(鎭恒)이 병(甁)을 차고 일어난대 기첩(其妾)이 괴(怪)히 여겨 물은 즉(卽) 답(答)하여 가로되,

"모처(某處) 모우(某友)는 곧 나의 주붕(酒朋)이라. 이런 귀물(貴物)을 어찌 홀로 취(醉)하리오. 더불어 가 한가지로 취(醉)하고자 하노라."

하고, 문(門)에 나 그 집을 찾아 들어간 즉(卽) 수간(數間) 두옥(斗屋)이 불폐풍우(不蔽風雨)[62]한대, 한 유생(儒生)이 등(燈)을 대(對)하여 글을 읽다가 보고 괴(怪)히 여겨 일어 맞아 가로되,

"객자(客者)가 무슨 일로 깊은 밤에 욕림(辱臨)하니이꼬."

진항(鎭恒)이 좌정(坐定) 후(後) 가로되,

"내 봉명(奉命)이라."

하고, 허리로써 술병(甁)을 내어 가로되,

"이는 댁(宅)의 파는 바이라. 일전(日前) 하교(下敎)가 여사여사(如斯如斯)하시니 이미 현착(現捉)[63]한 즉(卽) 가(可)히 동행(同行) 아니치 못할 것이니라."

그 선비 반향(半晌)이나 말이 없다가 가로되,

"이미 법금(法禁)을 범(犯)하니 어찌 칭탈(稱頉)[64]하리오마는 노모(老母)가 계시니 한 번(番) 하직(下直)을 고(告)하고 행(行)함이 어떠하뇨."

진항(鎭恒)이 가로되,

"낙(諾)다."

---

62) 집이 허술하여 바람과 비를 가리지 못함.
63) 현행범으로 포착함.
64) 무엇 때문이라고 평계함.

생(生)이 들어가 소리를 나직히 하여 모친(母親)을 부르니 기모(其母)가 놀라 물어 왈(曰),

"진사(進士)이냐. 어찌 자지 아니코 들어오냐."

생(生)이 가로되,

"전(前)에 어찌 앙달(仰達)65)치 아니하니이까. 사부(士夫)가 비록 아사(餓死)할지언정 가(可)히 범법(犯法)은 못하리라 하온 즉(卽) 모친(母親)이 신청(信聽)66)치 아니하시더니 이제 현착(現捉)하오니 소자(小子)가 방금(方今) 사지(死地)로 나아가나이다."

기모(其母)가 방성 대곡(放聲大哭) 왈(曰),

"천(天)아, 지(地)야. 이 어찌 일인뇨. 내 술을 잠매(潛賣)함이 재물(財物)을 탐(貪)함이 아니라 네 조석(朝夕) 죽식(粥食)의 자뢰(資賴)를 위(爲)함이어늘 이제 이리 되었으니 내 죄(罪)라. 장차(將次) 어찌하리오."

기처(其妻)가 또한 가슴을 두드려 호곡(號哭)하거늘 생(生)이 서서(徐徐)히 가로되,

"사이지차(事已至此)하니 운들 무엇하리오. 다만 내 무자(無子)하니 내 죽은 후(後)에 편모(偏母) 봉양(奉養)함을 지성(至誠)으로 하여 나 있을 때와 같이 하라."

하고, 또 가로되,

"모동(某洞) 모형(某兄)이 아들 몇이 있으니 일자(一子)를 솔양(率養)67)하여 안과(安過)하라."

신신 부탁(申申付託) 후(後) 폐포(敝袍)를 입고 사당(祠堂)에 하직(下直)한 후(後) 노모(老母)께 재배(再拜)하고 나오니 진항(鎭恒)이 밖에 있

---

65) 우러러 말씀 드림. 우러러 여쭘.
66) 믿고 곧이들음.
67) 양자(養子)를 삼음. 양자(養子)로 데려옴.

어 자초지종(自初至終)을 자세(仔細)히 듣고 마음에 심(甚)히 긍측(矜惻)
하더니, 및 생(生)이 나오매 물어 가로되,

"자당(慈堂) 춘추(春秋)가 얼마시뇨."

가로되,

"칠십이세(七十二歲)로소이다."

"자녀(子女)가 있느냐."

가로되,

"없사이다."

진항(鎭恒)이 가로되,

"이런 경색(景色)은 사람이 차마 보지 못할 바이라. 나는 두 아들
이 있고 또 시하(侍下)[68]가 아니니 내 가(可)히 대신(代身)하여 죽을
것이니 그대는 방심(放心)하라."

하여금 주효(酒肴)를 내어 오라 하여 더불어 대작(對酌)하여 진취(盡
醉)하고 그 주기(酒器)를 깨쳐 땅에 묻고 가로되,

"그대 심(甚)히 빈한(貧寒)한지라. 내 찬 장도(長刀)로써 일시(一時)
의 정(情)을 표(表)하노니 모로미 팔아 노친(老親)을 공양(供養)하라."

하고, 칼을 끌러 주고 일거늘 생(生)이 고사(固辭)하되 돌아보지 아니
코 문(門)에 나는지라. 생(生)이 따라 나와 성명(姓名)을 물은대, 가로
되,

"나는 선전관(宣傳官)이라. 성명(姓名)을 알아 무엇하리오."

하고, 표연(飄然)히 가니 익일(翌日)은 곧 한일(限日)이라. 입궐(入闕)
하여 대죄(待罪)한대, 상(上)이 물으샤되,

"과연(果然) 술을 잡았느냐."

대(對)하여 가로되,

---

68) 부모나 조부모가 살아 있어 함께 모시고 있는 사람.

"못하였나이다."

상(上)이 노(怒)하샤 가라사되,

"그러면 네 머리 어디 있느뇨."

진항(鎭恒)이 부복(俯伏)하거늘, 인(因)하여 제주(濟州)에 안치(按治)하시니라.

진항(鎭恒)이 적소(謫所)에 있은 지 수년(數年)에 비로소 사명(赦命)을 얻어 돌아와 복직(復職) 후(後) 초계(草溪) 군수(郡守)를 하매 정치(政治) 강명(剛明)하나 청렴(淸廉)은 부족(不足)하니 수의(繡衣)69) 출도(出道)하여 봉고(封庫)하고 곧 정당(政堂)에 들어가 수향(首鄕) 수리(首吏)와 및 창색(倉色)70)을 일병(一竝) 나입(拿入)하여 형장(刑杖)을 바야흐로 베풀더니, 본수(本倅)가 문(門) 틈으로 엿본 즉(卽) 분명(分明)히 향자(向者) 동촌(東村) 주가(酒家) 유생(儒生)이라. 인(因)하여 보기를 청(請)한대 수의(繡衣) 해연(駭然)히 여겨 가로되,

"본관(本官)이 어찌 봄을 청(請)하느뇨. 가위(可謂) 몰렴(沒廉)71)하도다."

본수(本倅)가 곧 들어가 절한대 어사(御使)가 답례(答禮) 아니하고 정색(正色) 위좌(危坐)72)하거늘, 본수(本倅)가 가로되,

"어사(御使)가 이 본관(本官)을 알으시나이까."

어사(御使)가 침음(沈吟)하고 홀로 말하여 가로되,

"본관(本官)을 내 어찌 알리오."

본수(本倅)가 가로되,

"귀댁(貴宅)이 전일(前日) 동촌(東村) 모동(某洞)에 계시니이까."

---

69) '어사또'를 우아하게 이르는 말인 '수의(繡衣)사또'의 준말.
70) 창고(倉庫)를 맡은 아전.
71) 몰염치(沒廉恥).
72) 정좌(正坐).

어사(御使)가 잠간(暫間) 놀라 왈(曰),

"어찌 묻느뇨."

가로되,

"모년(某年) 모월(某月) 모일야(某日夜)에 주금사(酒禁事)로 봉명(奉命)하던 선전관(宣傳官)을 혹(或) 기록(記錄)하시나니이까."

어사(御使)가 더욱 놀라 가로되,

"과연(果然) 기록(記錄)하노라."

본수(本倅)가 가로되,

"본관(本官)이 곧 기인(其人)이로소이다."

어사(御使)가 급(急)히 일어 손을 잡고 낙루(落淚)하여 왈(曰),

"그대는 나의 은인(恩人)이라. 이제 서로 만남이 어찌 하늘이 아니냐."

인(因)하여 형구(刑具)를 물리고 모든 죄인(罪人)을 일병(一竝) 방송(放送)73)하여 종야(終夜) 기악(妓樂)으로 미미(亹亹)74)히 회포(懷抱)를 펴고, 수일(數日)을 머문 후(後) 돌아와 포계(褒啓)75)하니 상(上)이 그 선치(善治)를 아름다이 여기샤 삭주 부사(朔州府使)를 특제(特除)76)하시니라.

---

73) 석방(釋放).
74) [서로의 이야기가] 멈칫거리거나 쉼이 없다.
75) 각 도의 관찰사나 어사가 고을 원의 선정(善政)을 포장하는 계문(啓聞).
76) 임금의 특명으로 벼슬을 시킴.

5. 귀물매야삭명주(鬼物每夜索明珠)[77]

횡성(橫城) 읍내(邑內)에 한 여자(女子)가 있으니 출가(出嫁)한 후(後) 일개(一箇) 장부(丈夫)가 밤마다 오매 타인(他人)은 다 보지 못하되 기녀(其女)가 홀로 보니 여러 날 되매 정녕(丁寧) 그 귀물(鬼物)인 줄 알되 물리칠 계교(計巧)가 없더니, 기녀(其女)의 오촌숙(五寸叔)이 들어온 즉(卽) 궐물(厥物)이 피(避)하거늘 기녀(其女)가 그 형상(形相)을 말한대 기숙(其叔)이 가로되,

"궐물(厥物)이 만일(萬一) 오거든 실꾸리 끝을 바늘에 매어 그 옷깃에 꿰어 맨 즉(卽) 가(可)히 궐물(厥物)의 있는 곳을 알리라."

기녀(其女)가 그 말같이 하여 이튿날 밤에 궐물(厥物)이 오매 실끝을 바늘에 매어 옷기슭에 꽂았더니, 기숙(其叔)이 돌입(突入)한 즉(卽) 궐물(厥物)이 달아날 새 실꾸리 차차 풀리는지라. 기숙(其叔)이 다만 실만 보고 쫓아 가니 앞 수풀에 이르러 그치거늘 다다라 본 즉(卽) 실이 땅 밑으로 들어갔는지라. 인(因)하여 땅을 두어 치 남짓 판 즉(卽) 한 썩은 방아 나무에 실이 매이었고 그 머리에 탄자(彈子)같은 붉은 구슬이 있어 광채(光彩) 사람에게 쏘이거늘, 인(因)하여 그 구슬을 빼어 주머니에 넣고 그 나무는 소화(燒火)하니 그 후(後)에 궐물(厥物)이 절적(絶迹)[78] 하니라.

일일(一日)은 기숙(其叔) 문하(門下)에 홀연(忽然) 한 사람이 밤에 와 애걸(哀乞)하여 왈(曰),

"원(願)컨대 이 구슬을 도로 주소서. 만일(萬一) 주신 즉(卽) 부귀

공명(富貴功名)을 마땅히 그대 원(願)하는 대로 하리이다.˝

기숙(其叔)이 허(許)치 아니한대 기인(其人)이 종야(終夜) 애걸(哀乞)하고 가더니, 매양(每樣) 밤마다 이같이 한 자(者)가 사오일(四五日)이라.

일야(一夜)에 또 와 가로되,

"이 구슬이 내게는 심(甚)히 긴(緊)하고 그대께는 긴(緊)치 아니하니 마땅히 다른 구슬로써 바꿈이 가(可)하니, 이 구슬인 즉(卽) 그대에게 유익(有益)하니라."

기숙(其叔)이 가로되,

"그러면 나를 뵈라."

기인(其人)이 밖으로부터 한 낱 검은 구슬을 들여 보내니 모양(模樣)이 전(前) 구슬과 같은지라. 기숙(其叔)이 아울러 탈취(奪取)하니 기인(其人)이 인(因)하여 통곡(痛哭)하고 가매 다시 형영(形影)이 없더라.

기숙(其叔)이 매양(每樣) 사람에게 자랑하되 그 어느 곳에 쓰는 줄을 알지 못하니 그 귀물(鬼物)에게 쓰는 곳을 묻지 아니함이 가(可)히 아깝도다. 그 후(後) 타처(他處)에 나갔다가 이취(泥醉)[79]하여 노상(路上)에서 자더니 줌치 가운데 두 구슬이 다 부지거처(不知云處)라. 반드시 그 귀물(鬼物)이 가져감인가 하더라.

---

79) 술이 곤드레 만드레하게 취함.

6. 적괴중소척장검(賊魁中宵擲長劍)[80]

정익공(貞翼公)[81]이 소시(少時)에 산행(山行)하기를 좋이 여겨 한 짐 승을 쫓아 점점(漸漸) 심산(深山) 궁곡(窮谷)에 들어가, 일세(日勢) 이미 저물고 사고무인(四顧無人)[82]한지라. 마음이 자연(自然) 황망(慌忙)하여 말을 몰아 길을 찾아 일처(一處)에 이른 즉(卽) 한 와가(瓦家)[83]가 있거 늘 말께 내려 문(門)을 두드리니 한 사람도 응(應)하는 자(者)가 없더 니, 식경(食頃)에 한 여자(女子)가 나와 가로되,

"이 곳은 객자(客子)[84]의 잠시(暫時)도 머물지 못할 곳이니 사속 (斯速)히 돌아가소서."

공(公)이 그 여자(女子)를 본 즉(卽) 연기(年紀) 이십(二十)이 넘고 용 색(容色)이 심(甚)히 아름다운지라. 대(對)하여 가로되,

"산(山)이 깊고 날이 저문지라. 호표(虎豹)[85] 시랑(豺狼)[86]이 횡행 (橫行)하는 곳에 천신 만고(千辛萬苦)하여 인가(人家)를 찾아 왔거늘 이같이 거절(拒絶)하느뇨."

기녀(其女)가 가로되,

---

80) 도둑의 괴수가 한밤중에 장검을 던져 버리다.
81) 이여발(李汝發). 조선조 숙종 때의 무신. 정익은 그의 시호. 여러 관직을 거쳐 포도 대장에 임명되었고, 그 뒤 평안도 병마절도사로 나가 병기를 제조 수선케하여 북방 수비에 만전을 기하였음. 훈련 대장, 어영 대장을 역임함.
82) 사방을 둘러 봐도 사람이 없음.
83) 기와집.
84) 손님.
85) 호랑이와 표범.
86) 승냥이와 이리.

"여기 이미 있은 즉(卽) 무사(無事)치 못할 염려(念慮)가 있기로 가라 함이로라."

공(公)이 가로되,

"문외(門外)에 나가 맹수(猛獸)에게 죽는 이도곤[87] 차라리 이곳에서 죽으리라."

하고, 문(門)을 밀치고 들어가니 여자(女子)가 하릴없어 맞아 들어가 좌정(坐定)에 공(公)이 그 가(可)히 머물지 못할 연고(緣故)를 물은대, 기녀(其女)가 (가)로되,

"이는 적괴(賊魁)의 집이라. 첩(妾)이 양가(良家) 여아(女兒)로 연전(年前)에 차적(此賊)에게 노략(擄掠)한 바가 되어 이에 있은 지 기년(幾年)이로되 오히려 호구(虎口)를 벗어나지 못한지라. 적괴(賊魁) 마침 출렵(出獵)하여 아직 돌아오지 아니하였으니 밤든 후(後) 반드시 올 것이라. 만일(萬一) 객자(客子)를 보면 첩(妾)과 객(客)이 다 검하(劍下)에 경혼(驚魂)[88]이 되리니 객자(客子)는 어떠한 사람인지 모르거니와 공연(空然)히 차적(此賊)에게 죽음이 어찌 긴망(慳惘)치 아니하랴."

공(公)이 웃어 가로되,

"죽을 기약(期約)이 비록 박두(迫頭)하나 과(過)히 시장하니 석반(夕飯)을 빨리 갖추어 오라."

여자(女子)가 적괴(賊魁)의 밥으로 먼저 내오니 공(公)이 포식(飽食) 후(後) 인(因)하여 여자(女子)와 한 방(房)에 자려 한대, 기녀(其女)가 굳이 막아 가로되,

"장차(將次) 후환(後患)을 어찌하려 하느뇨."

---

87) '도곤'은 비교격 조사 '보다'의 옛말.
88) 죽은 사람의 혼.

공(公)이 가로되,

"도차지두(到此地頭)[89]하여는 삭지(削之)라도 역반(亦反)이요, 불삭(不削)이라도 역반(亦反)[90]이라. 깊은 밤 사람 없는데 남녀(男女)가 일실(一室)에 처(處)하여 비록 혐의(嫌疑)를 분별(分別)하나 사람이 뉘 믿으리오. 사생(死生)이 명(命)이 있으니 공겁(恐怯)[91]한들 무엇이 유익(有益)하랴."

인(因)하여 자약(自若)히 누웠더니 기(其)한 지[92] 수식경(數食頃)은 하여서 문득 들리는 소리 나며 짐을 벗어놓는 소리 있으니 기녀(其女)가 일신(一身)을 떨며 낯이 잿빛이 되어 가로되,

"적괴(賊魁) 이르렀으니 이를 어찌하리오."

공(公)이 청약불문(聽若不聞)[93]이러니, 이윽고 일대한(一大漢)이 신장(身長)이 십(十尺)이요 상모(相貌)가 웅위(雄偉)하고 풍의(風儀)[94] 영한(獰猂)하여 손에 장검(長劍)을 잡고 들어와 공(公)의 누웠음을 보고 소리를 크게 하여 가로되,

"네 어떠한 사람이건대 감(敢)히 여기 와 사람의 아이를 작간(作奸)하느냐."

공(公)이 서서(徐徐)히 가로되,

"산(山)에 들어와 짐승을 쫓다가 일세(日勢) 이미 어두어 귀사(貴舍)에 유숙(留宿)하였노라."

적괴(賊魁) 또 꾸짖어 가로되,

---

89) 이 지경에 이름.
90) 목이 베어 죽을 가능성도 반이고, 목이 베이지 않고 살 가능성도 반이라는 뜻.
91) 겁내고 두려워 함.
92) 그렇게 한 지.
93) 듣고도 못 들은 체함.
94) 풍채(風采).

"네 대담(大膽)으로 이미 이곳에 왔으면 외당(外堂)에 처(處)함이 가(可)하거늘 어찌 감(敢)히 내실(內室)에 들어와 내 처(妻)를 범(犯)하느냐. 네 이미 사죄(死罪)를 범(犯)하였거늘 네 객(客)으로써 주인(主人)을 보고 예(禮)를 아니하고 누워 보니 이 무슨 도리뇨. 능(能)히 죽기를 두려 아니하느냐."

공(公)이 웃어 가로되,

"도차지두(到此地頭)하여 내 비록 일심(一心)이 청백(靑白)하여 남녀(男女)가 각처(各處)하고 있은들 네 어찌 믿으리오. 사람이 세(世)에 나매 반드시 한 번(番) 죽음이 있으니 죽기를 어찌 두리리오. 네 할 대로 하라."

적괴(賊魁) 큰 노으로 공(公)을 결박(結縛)하여 들보에 달고 기처(其妻)를 돌아보아 가로되,

"대청(大廳) 위에 사냥한 짐승이 있으니 네 나가 구워 오라."

기녀(其女)가 조심(操心)하여 산저(山猪)[95]와 장록(獐鹿)[96]의 고기를 재할(裁割)하여 익게 구워 대반(大盤)에 담아 공경(恭敬)하여 내어오니, 적괴(賊魁) 또 술을 가져오라 하여 두어 동이를 연(連)하여 거우르고 칼을 빼어 고기를 오려 너흘고[97], 다시 한 덩이 고기를 칼끝에 꿰어 가로되,

"어찌 사람을 곁에 두고 혼자 먹으리오. 제 비록 죽을 놈이나 가(可)히 하여금 지미(知味)케 하리라."

하고, 인(因)하여 칼끝으로 주거늘 공(公)이 입을 열어 받아 먹고 조금도 의려(疑慮)함이 없으니 적괴(賊魁) 익히 보아 가로되,

"족(足)히 대장부(大丈夫)라 이르리로다."

---

95) 멧돼지.
96) 노루와 사슴.
97) 물다. 물어뜯다.

공(公)이 가로되,

"네 나를 죽이고자 한 즉(卽) 죽임이 가(可)하거늘 어찌 이같이 지연(遲延)하여 대장부(大丈夫)이니 소장부(小丈夫)이니 하느뇨."

적괴(賊魁) 칼을 던지고 일어 그 결박(結縛)을 풀고 손을 잡고 자리에 앉아 가로되,

"천하(天下) 기남자(奇男子)이로다. 그대같은 자(者)는 내 처음 본지라. 장차(將次) 세상(世上)에 크게 쓰이여 국가(國家) 주석(柱石)이 되리니 내 어찌 죽이리오. 이로조차 내 지기(知己)로 허(許)하리라. 저 여자(女子)가 비록 나의 처권(妻眷)이나 그대 이미 가까이 한 즉(卽) 곧 그대 내권(內眷)이니 다시 어찌 내 친압(親狎)하리오. 또 고중(庫中)의 재백(財帛)을 다 그대에게 부치노니 사양(辭讓)치 말라. 대장부(大丈夫)가 세상(世上)에 하염이 있을진대 손에 전백(錢帛)이 없으면 어찌 써 경영(經營)하리오. 나는 이로조차 가노니 일후(日後) 만일(萬一) 대액(大厄)이 있거든 그대 반드시 나를 구(救)하라."

말을 마치매 표연(飄然)히 일어 인(因)하여 거처(居處)를 알지 못하니라.

공(公)이 그날 그 여자(女子)를 싣고 또 구마(駒馬)로써 전백(錢帛)을 실어 돌아오니라.

그 후(後) 공(公)이 훈장(訓將)[98]으로 포장(捕將)[99]을 겸(兼)하였더니, 외읍(外邑)에서 일대적괴(一大賊魁)를 올렸거늘 장차(將次) 다스릴 즈음에 공(公)이 그 상모(相貌)를 자세(仔細)히 살핀 즉(卽) 곧 기인(其人)이라. 공(公)이 대희(大喜)하여 당(堂)에 올려 별회(別懷)를 펴고 익일(翌日)에 왕사(往事)[100]로써 주달(奏達)하니 상(上)이 그 일을 장(壯)히 여

---

98) 훈련 대장을 약하여 이름.
99) 포도 대장을 약하여 이름.
100) 지나간 일.

기샤 즉시(卽時) 백방(白放)하여 교열(校列)[101]에 두어 차차(次次) 천전
(遷轉)[102]하더니, 후(後)에 등과(登科)하여 곤임(閫任)[103]에 이르니라.

---

101) 장교의 반열.
102) 벼슬자리를 옮김.
103) 조선조 때 병사(兵使)와 수사(水使)의 직.

7. 홍천읍수의노종(洪川邑繡衣露踪)[104]

이부학(李副學) 병태(秉泰)[105]가 동협(東峽)[106]에 안렴(按廉)할 새 행(行)하여 홍천(洪川) 읍내(邑內)에 이르러 장차(將次) 타읍(他邑)으로 향(向)하려 하여 전촌(前村)에 이르러 기갈(飢渴)이 심한지라. 한 집에 가 밥을 구(求)하니 일녀자(一女子)가 문(門)에 나와 가로되,

"남정(男丁) 없는 집이 빈궁(貧窮)함이 극(極)한지라. 집에 시모(媤母)가 있으되 조석(朝夕)을 오히려 궐(厥)하니 어느 겨를에 행인(行人)을 대접하랴."

공(公)이 물으되,

"가장(家長)이 어디 갔느뇨."

기녀(其女)가 가로되,

"나의 가장(家長)은 곧 차읍(此邑) 이방(吏房)이라. 요기(妖妓)에게 혹(惑)하여 어미를 박대(薄待)하고 아내를 내친다."

하고, 홀로 꾸짖기를 마지 아니할 새 방(房) 안에서 노구(老舅)가 소리하여 가로되,

"식부(息婦)[107]가 어찌 불긴(不緊)한 말을 하여 가부(家夫)의 악사(惡事)를 드러내느뇨."

공(公)이 듣고 그 이방(吏房)을 괘씸히 여겨 도로 읍내(邑內)를 향(向)하여 수리(首吏)의 집을 찾으니 때 정(正)히 한 낮이라. 그 집에 들어간 즉(卽) 수리(首吏) 청상(廳上)에 앉아 점심을 먹고 곁에 한 기아(妓

---

104) 홍천읍에서 어사가 자태를 드러내다.
105) 조선조 영조 때의 청백리. 호는 동산(東山). 합천 군수로 선정을 배풂.
106) 경기도의 동쪽 지방과 강원도 지방을 아울러 이르는 말.
107) 며느리.

兒)가 또한 대반(對飯)108)하거늘, 공(公)이 청변(廳邊)에서 가로되,

"나는 경중(京中) 과객(過客)으로 우연(偶然)히 이곳에 와 실시(失時)하였으니 한 그릇 밥을 얻어 요기(療飢)함이 어떠하뇨."

때마침 흉년(凶年)이라. 수리(首吏) 눈을 들어 아래 위를 훑어 보고 머슴을 불러 가로되,

"아까 개 해산(解産)을 위(爲)하여 죽(粥)을 끓이더니 있느냐."

가로되,

"있나이다."

수리(首吏) 가로되,

"한 그릇으로써 이 걸인(乞人)을 주라."

이윽고 머슴이 일기(一器)109) 겨죽(粥)을 앞에 놓거늘 공(公)이 노(老)하여 가로되,

"그대 비록 요부(饒富)하나 곧 이배(吏輩)요, 나는 비록 유걸(遊乞)110)하나 곧 사족(士族)이라. 실시(失時)하여 밥을 구(求)한 즉(卽) 일기(一器)를 허(許)함이 좋은 일이요, 그렇지 않으면 그대 밥을 덜어 주어도 가(可)하거늘 이제 구체(狗彘) 먹던 남저지111)로 사람을 먹이니 이 무슨 도리(道理)뇨."

수리(首吏) 눈을 부릅뜨고 후욕(詬辱)하여 가로되,

"네 이미 양반(兩班)인 즉(卽) 네 집 사랑(舍廊)에 있지 아니하고 차등(此等) 행사(行事)를 하느뇨. 이제 살년(殺年)112)을 당(當)하여 비록 이것이라도 얻어 먹지 못하거든 너는 어떤 사람이건대 감(敢)히

---

108) 마주 앉아 밥을 먹음.
109) 한 그릇.
110) 떠돌아 다니며 얻어 먹음.
111) '나머지'의 경상도 방언.
112) 크게 든 흉년. 큰 흉년.

이같이 하느뇨."

죽(粥)그릇을 들어 치니 이마 깨어져 유혈(流血)이 낭자(狼藉)하고 죽
즙(粥汁)이 온 몸에 묻은지라. 공(公)이 아픔을 참고 곧 나가 출도(出
道)하니, 이때 본수(本倅)가 마침 진휼(賑恤)하고 남은 곡식(穀食)을 작
전(作錢)하여 경제(京第)113)에 보내려 하는 문서(文書)가 현착(現捉)한지
라. 인(因)하여 봉고 파출(封庫罷出)114)하고 수리(首吏)와 및 기생(妓生)
을 일병(一竝) 타살(打殺)하니, 일여자(一女子)의 원언(怨言)으로 일이
이에 이르니 이른 바 일부함원(一婦含怨)에 오월비상(五月飛霜)115)이로
다.

---

113) [임시로 시골에 나가 있는 사람이] 서울에 있는 본집을 이르는 말.
114) 봉고 파직(封庫罷職). 어사나 감사가 부정이 많은 수령을 파면시키고 관
    가의 창고를 잠그는 일.
115) 한 여자가 한을 품으면 오월달에도 서리가 내린다, 곧 여자의 한이 갖는
    독기를 나타낸 말.

8. 노옹기우범제독(老翁騎牛犯提督)[116]

선묘조(宣廟朝) 임진 왜란(壬辰倭亂)에 천장(天將) 이제독(李提督) 여송(如松)[117]이 황명(皇命)을 받아 동(東)으로 구완할 새, 평양(平壤) 일전(一戰)을 대첩(大捷)하고 성중(城中)에 웅거(雄據)하여 산천(山川)이 수려(秀麗)함을 보고 홀연(忽然) 이심(異心)을 품어 인(因)하여 거(去)[118]하고자 하는 뜻을 두더라.

일일(一日)은 크게 요좌(僚佐)[119]를 거느리고 연광정(練光亭)[120]에 설연(設宴)하였더니, 강변(江邊) 사장(沙場)에 한 노옹(老翁)이 검은 소를 타고 지나거늘 군교배(軍校輩) 소리를 높여 벽제(辟除)하되 청약불문(聽若不聞)[121]하고 서서(徐徐)히 행(行)하거늘, 제독(提督)이 대로(大怒)하여 하여금 나래(拿來)하라 한 즉(卽) 소 가는 것이 빠르지 아니하되 군교(軍校)가 따르지 못하는지라. 제독(提督)이 분(忿)하여 스스로 천리(千里) 노새를 타고 따르니 소 가는 것은 앞에 있어 멀지 아니하고 노새 걸음은 나는 듯하되 마침내 밎지 못하여 산(山)을 넘고 물을 건너 십여리(十餘里)를 행(行)하여 산촌(山村)에 들어간 즉(卽) 소를 시냇가 수양(垂楊)버들에 매고 수양(垂楊) 앞에 모옥(茅屋)이 있어 죽비(竹

---

116) 소를 탄 늙은이가 제독(提督)을 혼내다.
117) 이여송(李如松). 중국 명나라의 무장. 호는 앙성(仰城). 요동 칠령위(鐵嶺衛) 사람. 1592(宣祖 25)년 임진 왜란 때 우리 나라를 도우려 와서 소서행장(小西行長)이 이끄는 왜군을 평양에서 무찔렀으나 벽제관(碧蹄館)에서 소조천융경(小早川隆景)에게 크게 패했음.
118) 제거. 없애 버림.
119) 속관(屬官).
120) 평양의 대동강 가에 있는 큰 정자.
121) 들어도 못들은 체함.

扉)122)를 닫지 아니하였거늘, 제독(提督)이 그 노인(老人)의 집인 줄 알고 노새를 내려 칼을 짚고 들어간 즉(卽) 노인(老人)이 일어 맞거늘, 제독(提督)이 꾸짖어 가로되,

"네 어떠한 야로(野老)건대 하늘이 높음을 알지 못하고 당돌(唐突)함이 이에 이르뇨. 내 황명(皇命)을 받자와 백만(百萬) 대군(大軍)을 거느려 너희 나라를 와 구(救)하니 네 반드시 알지 못할 리 없거늘 이렇듯 감(敢)히 내 진전(陣前)에 범마(犯馬)123)하니 네 죄(罪) 마땅히 죽이리로다."

노인(老人)이 웃어 가로되,

"내 비록 산야(山野)의 사람이나 어찌 장군(將軍)의 존중(尊重)함을 모르리오마는 오늘날 행(行)함은 전(專)혀 장군(將軍)을 맞아 비소(卑巢)124)에 욕림(辱臨)코자 함이라. 노물(老物)이 그윽히 한 일을 부탁(付託)코자 하되 마침내 말씀을 여쭙기 어려운 고(故)로 마지 못하여 차계(此計)를 행(行)하니이다."

제독(提督)이 물어 가로되,

"부탁(付託)할 바가 무슨 일고."

노인(老人)이 가로되,

"비생(卑生)이 불초아(不肖兒) 둘이 있으니 사농(士農)의 업(業)125)을 일삼지 아니하고 전(專)혀 강도(强盜)의 일을 행(行)하며, 부모(父母)의 교훈(敎訓)을 듣지 아니하여 장유(長幼)의 별(別)을 알지 못하니 곧 한 화근(禍根)이라. 나의 기력(氣力)으로써 제어(制御)할 수 없

---

122) 대를 엮어서 만든 사립문. 대사립.
123) 아래 관원이 윗관원의 앞을 지나면서 말을 내리지 아니함. 차마비가 있는 지역에서 말에서 내리지 않음.
124) 자기의 집을 겸손하게 낮추어 이르는 말.
125) 선비의 신분으로 농사를 짓는 일.

사오니 그윽히 듣자온 즉(卽) 장군(將軍)의 신용(神勇)이 개세(蓋世)
하다 하온 즉(卽) 신위(神威)를 빌어 이 패자(悖子)를 덜고자126) 하나
이다."

제독(提督)이 가로되,

"어디 있느뇨."

가로되,

"후원(後園) 죽당(竹堂) 위에 있나이다."

제독(提督)이 칼을 안고 들어간 즉(卽) 두 소년(少年)이 한가지 글을
읽는지라. 제독(提督)이 꾸짖어 가로되,

"네 이 집 패자(悖子)이냐. 여옹(汝翁)127)이 하여금 없이코자 하니
나의 한 칼을 받으라."

하고, 인(因)하여 칼을 둘러치려 한 즉(卽) 그 소년(少年)이 성색(盛
色)을 움직이지 아니하고 서서(徐徐)히 짚었던 서중대128)로써 막으니
마침내 치지 못할지라. 이윽고 그 소년(少年)이 그 서중대로 그 칼을
치니 칼날이 쟁연(錚然)129)하며 부러져 양단(兩端)이 되어 땅에 떨어지
는지라. 제독(提督)이 숨이 차고 땀이 흐르더니 그리할 사이에 노인(老
人)이 들어와 꾸짖어 가로되,

"소자(小子)가 어찌 감(敢)히 무례(無禮)히 하느냐."

하여금 물리치니, 제독(提督)이 노인(老人)을 향(向)하여 가로되,

"저 패자(悖子)의 용력(勇力)이 과인(過人)하여 가(可)히 써 당(當)
하기 어려우니 노인(老人)의 부탁(付託)을 저버릴가 저어하노라."

노인(老人)이 웃어 가로되,

---

126) 없애고자.
127) 너의 아버지.
128) 서진(書鎭)?
129) 쇠붙이가 부딪쳐 울리는 것처럼 소리가 날카롭다.

"아까 말은 희롱(戱弄)이라. 아이 비록 여력(膂力)이 있으나 저의 십배(十倍)로써 감(敢)히 노신(老身)을 당(當)치 못할지라. 장군(將軍)이 도구(島寇)130)를 소제(掃除)하여 아동(我東)131)으로 하여금 기업(基業)을 두 번(番) 정(定)하매 개가(凱歌)를 부르고 돌아가 이름을 죽백(竹帛)에 드리운 즉(卽) 어찌 대장부(大丈夫)의 사업(事業)이 아니랴. 장군(將軍)이 이 사(事)를 생각치 아니하고 도리어 이심(異心)을 품으니 이 어찌 장군(將軍)에게 바라는 바이리오. 금일(今日) 거조(擧措)는 장군(將軍)으로 하여금 아동(我東)에 또한 사람 있는 줄을 알게 함이라. 장군(將軍)이 만일(萬一) 마음을 돌이키지 아니하면 내 비록 쇠로(衰老)하나 장군(將軍)을 제어(制御)할 것이니 삼갈지어다. 산야(山野)의 사람이 말이 심(甚)히 당돌(唐突)하니 장군(將軍)은 용서(容恕)하라."

제독(提督)이 반향(半晌)이나 말이 없어 오직 '낙낙(諾諾)'132)하고 가니라.

---

130) 섬나라 도적. 곧 임진 왜란 때의 침략군인 왜군을 가리킴.
131) 우리 동방. 곧 우리 나라를 가리킴.
132) '예 예'하면서 오로지 남의 말대로 순종하여 응낙함.

9. 신부반호구장부(新婦拼虎救丈夫)[133]

호중(湖中)[134]의 한 사인(士人)이 자혼(子婚)을 인읍(隣邑) 오십리(五
十里) 땅에 행(行)하매 신랑(新郎)이 초례(醮禮)를 파(罷)하고 밤에 신방
(新房)에 들어가 신부(新婦)로 더불어 앉았더니, 밤 든 후(後) 일성 벽
력(一聲霹靂)에 뒷문(門)이 깨어지며 홀연(忽然) 한 대호(大虎)가 돌입
(突入)하여 신랑(新郎)을 물고 가거늘, 신부(新婦)가 창황(蒼惶)히 급(急)
히 일어 범의 뒷다리를 안고 죽기를 그음하여[135] 놓지 아니하니, 범이
곧 산(山)으로 치달아 그 행(行)함이 나는 듯하니, 신부(新婦)가 따라갈
새 암학(岩壑)의 고하(高下)와 형극(荊棘)의 총잡(叢雜)을 혜지 아니하여
의상(衣裳)이 찢어지며 머리 풀어져 만신(滿身)에 핏빛이로되 종시(終
是) 놓지 아니하고 몇 리(里)를 행(行)하매, 범이 또한 기진(氣盡)하여
신랑(新郎)을 풀언덕 위에 버리고 가거늘, 신부(新婦)가 비로소 정신(精
神)을 수습(收拾)하여 손으로 신체(身體)를 어루만진 즉(卽) 명문(命
門)[136]에 적이 온기(溫氣) 있는 듯한지라.

두루 살펴본 즉(卽) 언덕 아래 인가(人家)가 있고 뒷창(窓)에 불빛이
있거늘, 인(因)하여 길을 찾아 내려가 문(門)을 열고 들어가니 마침 오
륙인(五六人)이 모여 술 마시매 배반(杯盤)이 낭자(狼藉)하더니, 홀연(忽
然) 신부(新婦)의 돌입(突入)함을 놀라 서로 보니 만면(滿面) 지분(脂粉)
이 피를 화(和)하여 엉기고 편신(遍身) 의상(衣裳)은 곳곳마다 찢어졌으
니 바라보매 한 여귀(女鬼)라. 제인(諸人)이 땅에 엎드리거늘 신부(新

---

133) 호랑이가 물고 가다 버린 신랑을 신부가 구하다.
134) 충청남북도를 이르는 말. 호서(湖西).
135) 한정(限定)하여.
136) 명치.

婦)가 가로되,

"나는 귀신(鬼神)이 아니요 사람이라. 열위(列位)는 다 놀라지 말고 뒷 동산(東山)에 사람이 있어 사생(死生)을 미분(未分)하니 바라건대 급(急)히 구(救)하소서."

제인(諸人)이 그제야 놀란 혼(魂)을 수습(收拾)하고 후원(後園)에 불을 들고 올라간 즉(卽) 과연(果然) 소년(少年) 남자(男子)가 뻣뻣이 누워 기색(氣色)이 없거늘 제인(諸人)이 살펴 보니 이 주인(主人)의 아들이라. 주인(主人)이 황망(慌忙)하여 급히 들어 더운 방(房)에 누이고 입을 어기고 약수(藥水)를 넣으니 식경(食頃)은 하여 깨어나니 기가(其家)가 처음은 망단(望斷)[137]하다가 이제야 경하(慶賀)하더라.

대개(大槪) 신랑(新郞)의 부친(父親)이 혼행(婚行)을 치송(治送)하고 인우(隣友)를 모아 마침 음주(飮酒)할 즈음에 신부(新婦)가 신랑(新郞)을 구(救)하여 온 곳은 곧 집 뒤라. 비로소 그 여자(女子)가 신부(新婦)인 줄 알아 내실(內室)로 맞아 죽음(粥飮)을 먹이고 익일(翌日)에 부가(婦家)에 통(通)하니, 양가(兩家)가 다 경희(慶喜)함을 이기지 못하여 그 신부(新婦)의 지성 고절(至誠高節)을 탄복(歎服)하고 향리(鄕里) 그 일로써 정관(呈官)[138] 정영(呈營)[139]하여 정문(旌門)하니라.

---

137) 어떻게 하기 어려워 주저함. 어떻게 하기 어렵고 처지가 딱함.
138) (백성이 하소연하기 위하여) 관주(官府)에 소장(訴狀)이나 청원서를 냄.
139) 각 도의 관찰사에게 직접 정소(呈訴)함.

10. 설별과소년고중(設別科少年高中)¹⁴⁰⁾

성묘조(成廟朝)에서 왕왕(往往) 미행(微行)¹⁴¹⁾하실 새 일야(一夜)는 설월(雪月)이 조요(照耀)하거늘, 수삼(數三) 환시(宦侍)로 더불어 미복(微服)¹⁴²⁾으로 행(行)하샤 남산(南山) 아래 이르시니 때 정(正)히 삼경(三更)이라. 만뢰(萬籟)¹⁴³⁾ 구적(俱寂)¹⁴⁴⁾하되, 산하(山下) 수간(數間) 두옥(斗屋)에 등(燈)불이 명멸(明滅)한대 글 읽는 소리 있거늘 상(上)이 복건(幅巾)¹⁴⁵⁾ 도복(道服)으로 지게를 열고 들어가시니, 주인(主人)이 놀라 일어 자리에 맞고 물어 가로되,

"어느 곳 객자(客者)이신지 심야(深夜)에 오시니그."

상(上)이 가라샤되,

"우연(偶然)히 지나다가 독서성(讀書聲)¹⁴⁶⁾을 듣고 들어왔노라."

하시고, 인(因)하여 물어 가라사되,

"무슨 글을 읽느뇨."

대(對)하여 가로되,

"주역(周易)이로소이다."

---

140) 별과(別科)를 베풀어 시험보니 소년이 급제하다.
141) 미복 잠행(微服潛行). 지위가 높은 사람이 무엇을 몰래 살피러 다닐 때 남이 알아차리지 못하도록 남루한 옷차림을 하고서 다니는 것.
142) 지위가 높은 사람이 무엇을 몰래 살피러 다닐 때 남이 알아차리지 못하도록 입는 남루한 옷차림.
143) 바람에 날리어, 여러 가지 물건에서 나는 온갖 소리.
144) 아주 고요함.
145) 도복(道服)에 갖추어서 머리에 쓰는 쓰개의 한 가지. 검은 헝겊으로 위는 둥글고 삐죽하게 만들며 뒤에 넓은 자락이 길게 늘어지고 양옆에 끈이 있어서 뒤로 돌려 매게 되어 있음.
146) 책 읽는 소리.

상(上)이 더불어 문난(問難)하시매 응대(應對)함이 여류(如流)하니 참 대유(大儒)이라. 또 물으샤되,

"나이 얼마뇨."

대(對)하여 가로되,

"오십여(五十餘)이로이다."

"과공(科工)을 폐(廢)치 아니하였느냐."

가로되,

"수기(數奇)¹⁴⁷⁾한 고(故)로 과장(科場)에 여러 번(番) 굴(屈)하였나 이다."

그 사초(私草) 보기를 청(請)하신대 이에 내어 뵈니 개개(箇箇) 명작 (名作)이라. 상(上)이 괴(怪)히 여겨 물으샤되,

"저렇듯 실재(實才)로 지우금(至于今) 결과(決科)¹⁴⁸⁾치 못함은 유 사(有司)의 책망(責望)이로다."

"수기(數奇)한 탓이니 어찌 유사(有司)의 공변되지 아니함을 원망 하리오."

상(上)이 가만히 그 사초중(私草中) 글제(題)를 기록(記錄)하시고 가 라사되,

"재명일(再明日)에 별과(別科)¹⁴⁹⁾ 있음을 혹(或) 들었느냐."

가로되,

"듣지 못하였나이다. 어느 때 영(令)이 나나이꼬."

상(上)이 가라사되,

"아까 자상(自上)으로 명(命)이 계시니 다만 힘써 보라."

하시고, 인(因)하여 나오샤 액예(掖隷)¹⁵⁰⁾로 하여금 이곡미(二斛米)와

---

147) 운수가 기박(奇薄)함.
148) 과거에 합격함.
149) 나라에 특별한 경사가 있을 때 실시하는 문과나 무과.
150) 궁중의 하인.

십근육(十斤肉)을 안에 던지고 가시다.

환궁(還宮) 후(後)에 인(因)하여 별과(別科)를 명설(命設)하시고 어제(御題)151)를 재작야(再昨夜) 유생(儒生) 사초중(私草中) 글제(題)로 내어 걸고 그 글이 들어오기를 고대(苦待)하시더니, 미기(未幾)에 한 시권(試券)을 바치니 과연(果然) 보신 바 부(賦)이라. 제일(第一)에 탁치(擢置)152)하였더니 및 탁방(坼榜)153)한 후(後)에 신은(新恩)을 부르신 즉(卽) 향야(向夜) 유생(儒生)이 아니 오고 곧 다른 소년(少年) 선비거늘, 상(上)이 의아(疑訝)하샤 물으샤되,

"이 너의 지은 바이냐."

대(對)하여 가로되,

"아니오라, 과연(果然) 소신(小臣)의 스승 사초중(私草中)에 만난 글이로소이다."

가라사되,

"너의 사부는 어찌 관광(觀光)치 아니하뇨."

대(對)하여 가로되,

"신(臣)의 사부(師父)가 우연(偶然)히 미육(米肉)을 과식(過食)하고 졸연(猝然)히 관격(關格)154)하여 과장(科場)에 들지 못하옵고 소신(小臣)이 그 사초(私草)를 품고 들어왔삽더니 천은(天恩)을 감축(感祝)하나이다."

상(上)이 묵연(默然) 양구(良久)에 하여금 물러가라 하시다.

대개(大槪) 주신 바 미육(米肉)을 주린 창자에 과(過)히 먹고 병(病)

---

151) 임금이 내리는 글제.
152) 뽑아 둠.
153) 과거(科擧)에 급제한 사람의 성명을 내어 붙임.
154) 음식물이 급하게 체하여, 가슴이 꽉 막히어 답답하고, 먹지도 못하고 토하지도 못하며 대소변도 잘 못 보고 정신을 잃는 위급한 병.

이 났으니 이로 말미암아 보면 어찌 명(命)이 아니랴. 그 유생(儒生)이
이 빌미로 인(因)하여 일지 못하니라.

11. 전서봉천리방부친(傳書封千里訪父親)[155]

차덕봉(車德鳳)은 대흥(大興)[156] 두련리(斗蓮里) 사인(士人)이라. 동향(同鄕) 문관(文官)을 따라 북청(北靑) 임소(任所)에 아객(衙客)[157]이 되어, 우연(偶然)히 관기(官妓) 초안(楚岸)으로 더불어 사정(私情)이 있어 태기(胎氣) 있은 지 수월(數月)에 그 문관(文官)이 파직(罷職)하매 차생(車生)이 또한 동행(同行)할지라. 임발(臨發)에 일선(一扇)을 주어 이별(離別)할 새 그 부채에 써 가로되,

"아들을 낳거든 이름을 대흥(大興)이라 하고 딸을 낳거든 두련(斗蓮)이라."

하여 써 자가(自家) 거(居)하는 바 지명(地名)을 기록(記錄)하여 타일(他日) 이름을 돌아보아 아비 생각하는 뜻을 부침이러니, 초안(楚岸)이 및 생녀(生女)하매 두련(斗蓮)이라 이름하되 차생(車生)은 알지 못하더라.

북청(北靑)이 대흥(大興)에 가기 천여리(千餘里)라. 성식(聲息)[158]이 서로 및지 못함이 거의 수십년(數十年)에 부채 주고 이름 지으라 한 일을 전연(全然) 잊었더니, 일일(一日)은 차생(車生)이 이점(痢漸)[159]으로 위중(危重)하여 침석(寢席)에 엎드려 정신(精神)을 모르더니, 홀연(忽然) 동리(洞里) 거(居)하는 사인(士人)의 노자(奴子)가 경중(京中)으로부터 와 한 서봉(書封)을 전(傳)하여 이르되,

---

155) 편지를 전하고 천리(千里)를 찾아와 아버지를 만나 뵙다.
156) 충청 남도 예산군(禮山郡) 대흥면(大興面).
157) 원(員)을 찾아와 지방 관아에 묵고 있는 손.
158) 음신(音信). 소문(所聞).
159) 이질(痢疾).

"안장령(安掌令)160) 집으로 전래(傳來)한 자(者)이라."

하고, 또 의복보(衣服褓)와 삼용 물종(蔘茸物種)161)이 있거늘 차생(車生)이 크게 의아(疑訝)하여 서봉(書封)을 떼어 본 즉(卽) 이에 두련(斗蓮)의 수송(輸送)한 바이라. 서중(書中) 사의(辭意)162)는 '생래(生來)에 아비 안면(顔面)을 알지 못하여 사람의 아비 부르는 소리를 들으면 심(甚)히 측달(惻怛)163)하여 천륜(天倫)을 모르는 인생(人生)이 인류(人類)에 들지 못하오니 만일(萬一) 부친(父親)이 세상(世上)에 계신 줄 알면 천리(千里)를 멀리 아니 여기고 근친(覲親)하와 한 번(番) 부안(父顔)을 뵈온 즉(卽) 죽어도 눈을 감으리로소이다.' 만지(滿紙) 사연(事緣)이 간절(懇切)한지라. 차생(車生)이 황연(晃然)히 깨달아 이에 초안(楚岸)이 딸을 낳아 과연(果然) 두련(斗蓮)으로써 이름하여 장성(長成)함에 이른 줄 알고 일희 일비(一喜一悲)164)하여 능(能)히 정(情)을 정(定)치 못할지라. 병(病)을 강잉(强仍)하여 답서(答書)하여 부치고 병(病)인 즉(卽) 인(因)하여 그 여식(女息)의 보낸 바 약종(藥種)을 연복(連服)하니 점점(漸漸) 낳으니라.

이 해 가을에 두련(斗蓮)이 근친(覲親) 수유(受由)를 고(告)하고 그 사정(事情)을 아뢴대, 북청(北靑) 수(倅)가 그 뜻을 감동(感動)하여 특별(特別)히 허(許)하니 두련(斗蓮)이 비로소 행장(行裝)을 차려 천리(千里)를 발섭(跋涉)하여 그 부친(父親)을 홍주(洪州) 금마천(金馬川)에서 와 뵈니 대흥(大興)으로 이거(移居)함이라. 서로 붙들고 통곡(痛哭)하여 부녀(父女)의 정(情)을 펴니라.

---

160) 장령은 사헌부(司憲府)에 소속된 정4품 관리.
161) 인삼과 녹용 같은 물건 종류.
162) 글 뜻.
163) 불쌍히 여기어 슬퍼함.
164) 한 편으로는 기쁘고 한 편으로는 슬픔.

그 후(後)에 자주 왕래(往來)하여 마침내 종신(終身)하고 삼상(三喪)을 맞고 돌아가니라.

12. 점천성심협봉이인(점天星深峽逢異人)[165]

경중(京中) 한 사인(士人)이 북관(北關)에 갔다가 돌아올 때에 산중(山中) 경개(景槪)를 탐(貪)하여 소로(小路)로조차 행(行)하더니, 일일(一日)은 이천(伊川)[166] 지경(地境)에 이르러 일세(日勢) 저물고 산세(山勢) 사면(四面)으로 둘렀고 수목(樹木)이 참천(參天)[167]하고 호표호리(虎豹狐狸)[168] 낮에 횡행(橫行)하는지라. 배회(徘徊)하여 사고(四顧)하되 인적(人迹)이 끊어지고 산로(山路)가 험준(險峻)하여 정(正)히 위태(危殆)한지라. 행(行)하여 인가(人家)를 찾더니 홀연(忽然) 보니 큰 돌이 가운데 열려 성문(城門) 같고 대천(大川)이 그 가운데로 흘러 나오고 무우와 배추 잎이 때때로 유수(流水)를 따라 흘러 나오거늘, 사인(士人)이 가로되,

"차간(此間)에 반드시 인가(人家)가 있도다. 무릉 선계(武陵仙界)[169] 아니면 반드시 천태 은거(天台隱居)[170]이라."

하고, 그 노자(奴子)로 하여금 물에 헤엄하여 들어가 보라 하니 이윽고 그 노자(奴子)가 작은 배를 타고 나오거늘, 사인(士人)이 드디어 배에 올라 노자(奴子)로 더불어 배를 저어 거슬러 올라가 물이 진(盡)한 곳에 가 언덕에 배를 붙이고 행(行)하여 일처(一處)에 이르러 인가(人

---

165) 별점을 치는 기이한 사람을 깊은 골짜기에서 만나다.
166) 경기도 북서쪽에 위치한 한 군.
167) (하늘을 찌를 듯이)공중으로 높이 솟음.
168) 호랑이, 표범, 여우, 이리.
169) 이 세상을 떠난 별천지를 비유하여 이르는 말. 무릉 도원(武陵桃源). 아득한 옛날, 신선이 살았다는 중국의 승지(勝地).
170) 천태는 천태종의 개조(開祖)인 천태대사(天台大師) 지의(智顗)를 가리킴. 지의는 천태산에서 10년간 수양하였음.

家)가 있으니, 산고 곡심(山高谷深)하여 진애(塵埃)171) 이르지 아니하는
곳에 촌거(村居)가 극(極)히 소쇄(掃灑)하니 정(正)히 별세계(別世界)라.
한 노인(老人)이 막대를 이끌고 나오니 의관(衣冠)이 탈속(脫俗)한지라.
사인(士人)을 맞아 가로되,

　　"이 땅이 심(甚)히 유벽(幽僻)하여 인세(人世)로 더불어 통(通)치
　　아니한 지 백여년(百餘年)이라. 속객(俗客)이 아는 자(者)가 없거늘
　　그대 어찌 써 들어오뇨."

사인(士人)이 실로(失路)한 형상(形狀)을 고(告)한대, 그 노인(老人)이
맞아 자리에 올려 석반(夕飯)을 대접(待接)하매 산채(山菜)172) 야소(野
蔬)173)가 세간(世間)의 맛이 아닐러라.

인(因)하여 동침(同寢)할 새 종용(從容)히 담화(談話)하여 이르되,

　　"그대 내 말을 들으라. 우리 선대(先代)로부터 세상(世上)의 영욕
　　(榮辱)을 사절(辭絶)하고 지기지우(知己之友)174) 오륙인(五六人)으로
　　더불어 이에 복거(卜居)한 지 이제 수백년(數百年)이라. 종적(蹤迹)이
　　한 번(番)도 산(山)에 나지 아니하고 생남 생녀(生男生女)하여 서로
　　더불어 혼취(婚娶)하매 이제 누백호(累百戶) 대촌(大村)이 되어 밭 갈
　　아 먹고 길쌈하여 입어 시비(是非) 이르지 아니하고 조세(租稅)를 내
　　지 아니하며 다만 꽃 피면 춘절(春節)이요 잎 지면 가을인 줄 아노
　　라."

밤이 깊은 후(後) 뜰에 거닐다가 홀연(忽然) 한 별이 떨어짐을 보고
문득 놀라 가로되,

　　"평구(平邱) 박진헌(朴震憲)이 죽었도다."

___

171) 티끌. 먼지. 티끌 세상의 속된 것.
172) 산나물.
173) 들에서 나는 푸성귀.
174) 자기의 속마음을 참되게 알아주는 벗.

인(因)하여 탄식(歎息)하되,

"불구(不久)에 병란(兵亂)이 날 것이니 이를 장차(將次) 어찌하리오."

그 사인(士人)이 마음에 괴(怪)히 여겨 가만히 그 일자(日字)를 행중(行中) 소책(小冊)에 기록(記錄)하고 노인(老人)더러 물어 왈(曰),

"병란(兵亂)이 만일(萬一) 일어난 즉(卽) 어찌 써 화(禍)를 피(避)하리이꼬. 청(請)컨대 길지(吉地)를 가리어 주소서."

노인(老人) 왈(曰),

"만일(萬一) 강릉(江陵) 삼척(三陟)으로 가면 가(可)히 화(禍)를 면(免)하리라."

익일(翌日)에 사인(士人)이 석문(石門)을 나와 집에 돌아올 때에 평구촌(平邱村)에 이르러 물으되,

"여기 박진헌(朴震憲)이란 사람이 있느냐."

촌인(村人)이 가로되,

"이미 죽었나이다."

그 일자(日字)를 물은 즉(卽) 과연(果然) 별 떨어지던 밤일러라.

병자란(丙子亂)을 당(當)하매 사인(士人)이 그 노인(老人)의 말을 생각하여 드디어 처자(妻子)를 데리고 삼척(三陟)으로 이접(移接)하여 마침내 전가(全家)가 무사(無事)하니라.

13. 문이형낙강봉포은(問異形洛江逢圃隱)[175]

박천(博川)의 한 포수(砲手)가 묘향산(妙香山)에 출렵(出獵)하니 차산 (此山)이 대개(大槪) 인적부도처(人迹不到處)[176]가 많은지라. 포수(砲手) 가 한 사슴을 쫓아 거의 잡을 듯하되 종일(終日) 못잡고 필경(畢竟) 차 차(次次) 심산 궁곡(深山窮谷)에 이르려는 날이 황혼(黃昏)이라. 향(向) 할 바를 알지 못하여 심(甚)히 황겁(惶怯)하더니 희미(稀微)한 길이 절 학(絶壑)[177] 가운데 있는 듯하거늘, 앞으로 수리(數里)를 행(行)하매 한 초려(草廬)를 얻으니 초려(草廬)가 열두 칸(間)을 내쳐 지어 중간(中間) 이 다 통(通)하고 한 칸(間)은 부엌이라. 문(門)이 있고 기외(其外)는 문 (門)과 벽(壁)이 없어 당당(堂堂)한 통방(通房)이라. 주하(廚下)[178]에 한 미인(美人)이 바야흐로 석반(夕飯)을 짓다가 객(客)을 보고 경괴(驚怪)치 아니하거늘 포수(砲手)가 심산(深山)에 실로(失路)한 연유(緣由)를 고 (告)한대, 그 여자(女子)가 흔연(欣然)히 문답(問答)하거늘 드디어 들어 가 쉬더니, 소경(小頃)[179]에 석반(夕飯)을 내어오니 반찬(飯饌)은 다 웅 장(熊掌)[180]과 녹포(鹿脯)[181]와 저육(猪肉)[182]이라. 가장(家長)의 유무 (有無)를 물은 즉(卽) 출렵(出獵)하였다 이르더니, 이경(二頃) 때에 인적

---

175) 낙동강에서 포은(圃隱) 정몽주(鄭夢周)를 만나 괴이한 형체에 대하여 묻 다.
176) 사람의 발이 닿지 않은 곳.
177) 깎아 세운 듯한 골짜기.
178) 부엌 아래.
179) 잠시 동안. 잠시 지나간 동안.
180) 곰의 발바닥. 맛이 좋아 팔진미(八珍味)의 하나로 꼽히며 풍한(風寒)을 물 리친다고 함.
181) 사슴 고기를 말린 포(脯).
182) 돼지 고기. 여기서는 멧돼지 고기를 뜻함.

(人迹)이 있거늘 기녀(其女)가 급(急)히 나가 맞을 새, 다만 보니 기인 (其人)이 뜰에 서서 짐을 벗어 놓으되 몸이 집더미 만하고 길이 팔구장 (八九丈)이라. 방(房) 안에서 그 낯을 보지 못할러라.

기처(其妻)를 돌아보아 가로되,

"객(客)을 잘 대접(待接)하였느냐."

가로되,

"그리하였나이다."

드디어 방(房)에 들려 할 새 그 몸이 너무 길므로써 능(能)히 집 가운데로 들어오지 못하고 제일칸(第一間) 긴 머리로부터 차차(次次) 구부려 들어와 누우니 길이 십일칸(十一間)에 뻗치는지라. 대개(大槪) 앉은키 능(能)히 들보에 펴지 못하여 들어오면 곧 누움이러라. 인(因)하여 포수(砲手)더러 이르되,

"네 종일(終日) 사슴을 쫓아 얻지 못하였냐."

가로되,

"그러하다."

가로되,

"네 저 여자(女子)를 교합(交合)하였냐."

포수(砲手)가 헤오되,

"저의 영리(怜悧)함이 이같고 장대(長大)함이 저같으니 나의 작죄 (作罪)를 제 이미 알 것인 즉(卽) 가(可)히 속이지 못하리라."

하고, 드디어 실고(實告)한대 궐물(厥物)이 가로되,

"무방(無妨)하다. 내 저 여자(女子)를 둠은 음식(飮食)을 가으말 아183) 수종(隨從)할 뿐이요 처음부터 범근(犯近)한 일이 없으니 너희 상합(相合)함이 내게 불관(不關)한지라. 조금도 두리지 말라."

───────────

183) '가으말다'는 '가말다'의 방언. '일을 맡아 헤아려 처리하다'는 뜻.

기녀(其女)를 돌아보아 가로되,

"식물(食物)을 갖추어 오라."

기녀(其女)가 명(命)을 응(應)하여 나가 지고 온 큰 돝[184]을 재할(裁割)[185]하여 대반(大盤)에 담아 앞에 놓으니 생육(生肉) 뿐이요 다른 찬물(饌物)이 없는지라. 누워서 몰끽(沒喫)[186]하고 다시 기녀(其女)더러 이르되,

"저 손으로 더불어 편(便)히 동침(同寢)하라."

익일(翌日)에 궐물(厥物)을 자세(仔細) 본 즉(卽) 대저(大抵) 사람 같으되 실(實)은 사람이 아니라, 의괴(疑怪)함이 측량(測量) 없더라.

평조(平朝)에 궐물(厥物)이 누워 기녀(其女)를 불러 왈(曰),

"객(客)의 식물(食物)과 나의 식물(食物)을 일병(一竝) 가져 오라."

기녀(其女)가 갖추어 내어오니 객(客)은 익힌 찬물(饌物)이요 궐물(厥物)은 생육(生肉)이라. 먹기를 파(罷)하고 궐물(厥物)이 밖에 나갈 새 이슴[187]의 요동(搖動) 같아서 머리 향(向)하는 곳에 엉금엉금 기어 나가 외정(外庭)에 앉아 가로되,

"내 객(客)의 상모(相貌)를 보니 실(實)로 다복(多福)한지라. 네 작일(昨日) 여기 옴은 실(實)로 나의 인도(引導)함이요, 여인(女人)은 이곳에 있음이 불가(不可)하니 솔거(率去)함이 무방(無妨)하고 나의 모은 바 호표장록웅저(虎豹獐鹿熊猪)[188]의 피물(皮物)은 여기 저축(貯蓄)하여 쓸 데 없으니 너를 주고자 하되 네 힘이 약(弱)하여 능(能)히 많이 지지 못하리니 내 마땅히 진력(盡力)하여 수운(輸運)하리라."

---

184) 돼지.
185) 갈라서 나눔.
186) 조금도 남기지 않고 다 먹음.
187) 이무기.
188) 호랑이, 표범, 노루, 사슴, 곰, 멧돼지.

하고, 드디어 대망(大網)으로써 석굴(石窟) 안의 산(山)같이 쌓인 피물(皮物)을 넣어 메고 나와 가로되,

"네 저 여인(女人)을 데리고 먼저 행(行)하여 무론(毋論) 모처(某處)하고 해구(海口)[189]의 배 대이는 곳을 좇아 그치라."

포수(砲手)가 안주(安州) 포구(浦口)에 이르니 궐물(厥物)이 피물(皮物)을 지고 이르러 일러 왈(曰),

"이 값을 의논(議論)하면 일가산(一家産)이 될지라. 내 또한 네게 청(請)할 것이 있으니 모로미 닷새 후(後)에 소 두 필(匹)을 잡고 소금 백석(百石)을 무역(貿易)하여 나를 여기서 기다리라."

하고, 이별(離別)하고 가니라.

포수(砲手)가 배를 세(貰)내어 여인(女人)과 피물(皮物)을 싣고 돌아와 여인(女人)은 작처(作妻)하고 피물(皮物)은 척매(斥賣)하여 수천금(數千金)을 얻어 거연(巨然)[190] 부가옹(富家翁)이 되니 궐물(厥物)이 사람인지 사람 아닌지 여인(女人)도 알지 못하더라.

제오일(第五日)에 이르러 소를 재살(宰殺)[191]하고 소금을 무역(貿易)하여 신지(信地)[192]에 가 기다리더니, 궐물(厥物)이 과연(果然) 전(前)같이 또 피물(皮物)을 져다가 주고 소 둘을 다 먹은 후(後) 백석(百石) 소금을 가죽 담은 망(網)태에 거두어 메되 조금도 힘을 허비(虛費)치 아니하고 또 가로되,

"후(後) 오일(五日)에는 소를 그만두고 소금은 전(前)같이 가져 와 이 땅에 기다리라."

포수(砲手)가 기일(期日)에 소와 소금을 가져 가니 궐물(厥物)이 피물

---

189) 육지의 후미진 곳으로 들어간 바다 어귀.
190) 크고 의젓함.
191) 도살(屠殺).
192) 목적지.

(皮物)을 여전(如前)히 수래(輸來)하여 소금은 망중(網中)에 넣고 소는
매매(洗洗)히[193] 물리쳐 가로되,

"만일(萬一) 먹고자 하면 어찌 먼저 부탁(付託)치 아니하였으리오.
금번(今番)은 마땅히 먹지 않으리라."

하고, 굳이 사양(辭讓)하니 포수(砲手)가 실정(實情)으로 만집(挽
執)[194]하고 가로되,

"이미 숙분(宿分)[195]이 없거늘 나를 이끌어 미녀(美女)로써 작처
(作妻)하게 하고 세 짐 피물(皮物)로써 주어 값을 의논(議論)하면 수
만금(數萬金)이라. 이제 소를 잡음이 실(實)로 은덕(恩德)을 감격(感
激)하여 중심(中心)[196]으로 줌이거늘 어찌 정(情)을 막느뇨."

궐물(厥物)이 문득 사량(思量)하여 가로되,

"비록 오일한(五日限)을 물릴지라도 네 정의(情誼)를 감동(感動)하
노라."

하고, 드디어 진끽(盡喫)[197]하고 가로되,

"이제 일별(一別)이 길이 천고(千古)를 격(隔)하도다. 진중(珍重)히
좋이 있으라."

포수(砲手)가 또 길을 막아 가로되,

"사람이 서로 앎이 내력(來歷)을 분명(分明)히 함이 귀(貴)하거늘
하물며 영별(永別)을 당(當)하여 그 유(類)를 분명(分明)히 알지 못하
니 마음이 억울(抑鬱)하여 구구(區區)함을 이기지 못하여 묻잡노니
아지 못게라. 존형(尊兄)이 사람이냐. 망량(魍魎)[198]이냐. 짐승이냐.

---

193) 창피를 줄 만큼 거절하는 태도가 야멸차게.
194) 붙들어 말림. 만류(挽留).
195) 숙명(宿命).
196) 속마음.
197) 모두 먹음.
198) 도깨비.

산령(山靈)이냐."

궐물(厥物)이 가로되,

"법(法)에 제 이름을 제 부르지 못하나니 네 명년(明年) 단오일(端午日)에 낙동강(洛東江) 진두(津頭)에 가 기다리면 청포(靑袍) 초립(草笠)으로 검은 나귀 타고 오는 미소년(美少年)을 만나 물으면 알리라."

하고, 유연(悠然)히 가니라.

포수(砲手)가 일변(一邊) 의괴(疑怪)하고 일변(一邊) 초창(怊悵)하여 돌아와 피물(皮物)을 척매(斥賣)하니 드디어 관서(關西) 갑부(甲富)가 되니라.

단오일(端午日)을 고대(苦待)하여 낙동강(洛東江)에 가 기다린 즉(卽) 과연(果然) 한 행차(行次)를 만나니 궐물(厥物)의 말과 같더라. 앞에 나아와 읍(揖)하고 한훤(寒暄)을 파(罷)한 후(後) 궐물(厥物)의 내력(來歷)으로써 일일(一一)히 물으니 궐반(厥班)[199]이 추연(啾然)[200] 장탄(長歎)하여 가로되,

"이 좋지 아니한 소식(消息)이로다. 이는 이름이 우(禹)라. 그 물(物)되옴이 있으매 다행(多幸)하고 그 망(亡)하매 불행(不幸)하니, 대개(大槪) 천지간(天地間) 순양(純陽) 정기(精氣) 화(化)하여 영웅(英雄) 호걸(豪傑)이 되나니 주성 신직(主聖臣直)[201]하고 국태 민안(國泰民安)한 즉(卽) 웅걸(雄傑)의 인재(人才) 족(足)히 제세(齊世)할 공(功)이 되지 못하는 고(故)로 기운(氣運)이 영웅(英雄) 호걸(豪傑)이 되지 아니하고 우(禹)가 되어 심산 궁곡(深山窮谷)에 숨었다가 밑 세도(世道)

---

199) 그 양반.
200) 처량하고 구슬픔.
201) 임금은 성스럽고 신하는 정직함.

가 판탕(板蕩)202)하여 액운(厄運)이 장차(將次) 이른 즉(卽) 우(禹)가
스스로 진(盡)하되 소금이 아니면 얻지 못하나니 이미 자진(自盡)한
후(後)에는 그 기운(氣運)이 우주(宇宙)에 흩어 허다(許多) 영웅(英雄)
을 종생(種生)하나니 이것의 남이 어찌 우연(偶然)하리오. 저의 소금
찾음은 장차(將次) 먹고 자진(自盡)하려 함이니, 대개(大槪) 그 소금
을 오일(五日)에 일포(一飽)한 즉(卽) 쇠(衰)하고 오일(五日)을 또 일
포(一飽)한 즉(卽) 진(盡)하나니 중간(中間)에 만일(萬一) 생육(生肉)을
먹은 즉(卽) 그 자진(自盡)할 기약(期約)이 오일(五日)을 차퇴(且退)하
나니 오일(五日) 재(再)203) 우육(牛肉)을 고사(固辭)함은 이 연고(緣
故)이라. 슬프다. 삼십년(三十年)이 못하여 해내(海內) 영웅(英雄) 호
걸(豪傑)이 동한(東漢) 말년(末年)과 같으리니 여국(汝國)이 그 위태
(危殆)한저. 그러나 너의 복력(福力)을 제 이미 알고 또 그 처(妻)로
써 주었으며 저의 범(犯)치 아니하였다 함이 또한 실상(實狀)이라. 사
람이 기운(氣運)을 타 나매 남(男)은 가론 양기(陽氣)요 여(女)는 가
론 음기(陰氣)니, 남(男)이 순양(純陽)이 아니요 여(女)가 순음(純陰)이
아닌 즉(卽) 남(男)은 양중(陽中)에 음(陰)이 있고 여(女)는 음중(陰中)
에 양(陽)이 있으매 남녀(男女)가 교합(交合)하는 이(理) 있으되, 우
(禹)는 도시(都是) 양기(陽氣)라. 진실(眞實)로 순양(純陽)인 즉(卽) 능
(能)히 교합(交合)치 못하나니 너의 처(妻)가 또한 정결(貞潔)하고 또
한 복상(福相)이니라."
포수(砲手)가 크게 이상(異常)히 여기고 묻자오되,
　"행차(行次)의 성명(姓名)을 알고자 하나이다."
가로되,

---

202) 정치를 잘못해서 어지러워진 나라의 형편을 이르는 말.
203) 다시.

"나는 정몽주(鄭夢周)[204]이로라."

하고, 강(江)을 건너 가더라.

삼십년(三十年)이 못하여 과연(果然) 국내(國內) 대란(大亂)하여 생령(生靈)이 도륙(屠戮)하되 포수(砲手) 일문(一門)은 무사(無事)하니라.

---

204) 고려말의 충신, 유학자. 호는 포은(圃隱). 끝까지 고려 왕조를 떠받들다가 이방원(李芳遠)이 보낸 자객에게 피살되었음.

14. 좌초당삼노양성(坐草堂三老穰星)[205]

선묘조(宣廟朝) 갑신(甲申) 정월(正月)에 낙하(洛下) 이생(李生)이 마침 강릉(江陵) 땅에 일이 있어 행(行)하여 절협(絶峽)에 이르러 미미(微微)히 길을 잃어 인마(人馬)가 피곤(疲困)하며 날이 저물고 술막(幕)이 멀어 향(向)할 바를 알지 못하더니, 문득 수풀 사이에 한 목동(牧童)을 만나 전로(前路)를 물으니 목동(牧童)이 건넌 뫼를 가리켜 가로되,

"저 아래 모성(某姓) 반가(班家)가 있고 기외(其外)는 다른 인가(人家)가 없느니라."

생(生)이 그 말을 좇아 집을 찾아 간 즉(卽) 초옥(草屋) 수칸(數間)에 한 노인(老人)이 나이 육십(六十) 남짓하고 머리에 파모관(破毛冠)을 쓰고 손에 청려장(靑藜杖)[206]을 짚었으니 곁에 일쌍(一雙) 동자(童子)가 모셨더라.

흔연(欣然)히 영접(迎接)하여 가로되,

"이같은 궁향(窮鄕)에 귀객(貴客)이 왕림(枉臨)하시니이꼬."

사인(士人)이 실로 실로(失路)함을 고(告)한대 주인(主人)이 유숙(留宿)함을 허(許)하고 서로 대좌(對坐)하여 정(正)히 한 말이 없어 우려(憂慮)함이 있는 듯하니, 생(生)이 또한 설화(說話)를 한만(閑漫)[207]히 못하고 한 구석에 앉았더니 이윽고 석반(夕飯)을 내어 오니라.

황혼(黃昏) 때에 주옹(主翁)이 시동(侍童)더러 일러 가로되,

"날이 이미 어두우되 오히려 오지 아니하니 심(甚)히 괴이(怪異)하

---

205) 세 노인이 초당에 앉아 다가올 재앙을 물리치려고 빌다.
206) 명아주 대로 만든 지팡이.
207) 아주 한가롭고 느긋함.

다. 네 모로미 나가 보라."

시동(侍童)이 문(門)을 열고 멀리 바라보고 고(告)하여 가로되,

"이제 앞 내를 건너 오나이다."

주옹(主翁)이 생(生)더러 일러 가로되,

"반드시 곁에 있어 개구(開口)치 말라."

소언(少焉)[208]에 두 사람이 들어오니, 일(一)은 궁조대(窮措大) 늙은 사람이요, 일(一)은 검은 장삼(長衫) 입은 중이라. 당(堂)에 올라 한훤(寒暄)을 마치매 다시 잡언(雜言)이 없고, 시동(侍童)을 명(命)하여 정화수(井華水) 일기(一器)를 반상(盤上)에 놓고 분향(焚香)하고 다 북면(北面)하고 궤좌(跪坐)[209]하여 오래 축원(祝願)하니, 생(生)이 들으되 가(可)히 해득(解得)치 못할지라. 이같이 하기를 수식경(數食頃)에 주옹(主翁)이 동자(童子)를 불러 가로되,

"네 문(門)에 나가 성신(星辰)을 둘러보라."

동자(童子)가 응명(應命)하고 나가더니 조금 사이 들어와 고(告)하되,

"큰 별이 동방(東方)으로부터 떨어져 빛이 땅에 비추더이다."

주옹(主翁)과 다못 이객(二客)이 허희(歔欷) 탄식(歎息) 왈(曰),

"막비천수(莫非天數)[210]이라. 어찌하리오."

생(生)이 그 형상(形狀)을 보고 의괴(疑怪)하여 무망중(無忘中) 물어 가로되,

"주인(主人)의 탄식(歎息)함이 무슨 일이뇨."

주인(主人)이 가로되,

"율곡(栗谷)[211] 선생(先生)의 명(命)이 장차(將次) 진(盡)한 고(故)

---

208) 잠깐 동안. '소언에'로 쓰임.
209) 무릎을 꿇고 앉음.
210) 하늘이 정한 운수 아님이 없음.
211) 이이(李珥)의 호. 이이는 조선조 선조 때의 명신(名臣)이며 학자. 이조 판

로 내 이 이인(二人)으로 더불어 하늘께 빌어 그 수(壽)를 늘여 생령 (生靈)을 구(救)하려 하더니 대수(大數)[212]가 관계(關係)한 바에 마침 내 영험(靈驗)이 없으니 아까 떨어진 별은 이모(李某)의 주성(主星)이로라."

생(生)이 가로되,

"내 금월초(今月初)에 경중(京中)에서 떠나올 제 이모(李某)가 조금도 미양(微恙)[213]이 없더니 이 어찐 말이뇨."

주인(主人)이 가로되,

"칠팔년(七八年) 후(後)에 왜구(倭寇)가 장차(將次) 범경(犯境)할 것이니 율곡(栗谷)이 계신 즉(卽) 거의 난(亂)을 막을 것이어늘 이제 하릴없이 팔로(八路) 창생(蒼生)이 다 어육(魚肉)이 되리로다."

이인(二人)이 처창(悽愴)함을 띄어 가거늘, 생(生)이 물어 가로되,

"국운(國運)이 장차(將次) 이같을진대 나같은 궁유(窮儒)는 어찌 살기를 바라리오."

주인(主人)이 가로되,

"만일(萬一) 당면(唐沔)[214]의 땅으로 향(向)하면 가(可)히 도면(圖免)하리라."

또 물으되,

"이객(二客)은 이 뉘뇨."

주인(主人)이 가로되,

"유관(儒冠)한 자(者)는 가(可)히 그 성명(姓名)을 이르지 못할 것

서, 병조 판서, 우찬성(右贊成)을 역임함. 당쟁을 조정하기에 힘썼고 국방을 강화하려는 의도로 10만 양병설을 주장하였으나 실현되지 못하였음. 이통기국설(理通氣局說)을 창안하여 기호학파(畿湖學派)를 이룸.

212) 운수(運數).
213) 대단하지 아니한 병.
214) 충청남도 당진군(唐津郡)과 면천면(沔川面).

이요 치의(緇衣)[215]는 이 검단대사(黔丹大師)이니라."

생(生)이 집에 돌아와 물은 즉(卽) 율곡(栗谷) 선생(先生)이 과연(果然) 모일(某日)에 하세(下世)하니, 그날은 삼인(三人)의 기성(祈星)하던 밤일러라.

임진란(壬辰亂)을 당(當)하매 당면지간(唐沔之間)에 이접(移接)하여 전가(全家)가 무사(無事)하니라.

---

215) 검은 물을 들인 중의 옷.

15. 회림관사유문상(會琳官四儒問相)[216]

　　숭정(崇禎)[217] 병자(丙子)[218] 별시(別試)에 봄에 초시(初試)를 뵈고 회시(會試)는 명춘(明春)으로 퇴정(退定)[219]하니 그때에 입격(入格) 유생(儒生) 네 사람이 북한(北漢)[220]에 가 회시(會試) 공부틀 하더니, 일일(一日)은 승도(僧徒)가 사인(士人)더러 가로되,

　　"이 절에 신승(神僧)이 있으니 서방주(書房主) 등과(登科) 여부(與否)를 물어 보소서."

　　사인(士人)이 일제히 승(僧)을 불러 물은 즉(卽) 승(僧)이 가로되,

　　"소승(小僧)의 관상(觀相)하는 법(法)이 조좌(稠座) 중(中)에 말하지 아니하오니 반드시 일인(一人)씩 논상(論相)하여 내어 보내리이다."

　　사인(士人)이 그 말을 좇아 각각(各各) 승방(僧房)에 하나씩 들어가 그 의논(議論)을 듣고 나와 서로 더불어 물으니 일(一) 즉(卽) 가로되,

　　"나는 백자 천손(百子千孫)을 두고."

　　일(一) 즉(卽) 가로되,

　　"나는 적장(賊將)이 되고."

　　일(一) 즉(卽) 가로되,

　　"나는 신선(神仙)이 되고."

　　일(一) 즉(卽) 가로되,

　　"나는 등과(登科) 후(後) 반드시 삼인(三人)을 만나리라."

---

216) 회림관에서 네 명의 유생이 관상을 보다.
217) 중국 명나라 의종(毅宗)의 연호.
218) 인조 14년(1636). 병자 호란이 일어난 해임.
219) (기한을)물리어서 작정함.
220) 북한산(北漢山).

하니, 일장 대소(一場大笑)하고 허망(虛妄)한 승(僧)이라 하더라.

불의(不意)에 그 해 납월(臘月)에 청병(淸兵)이 아국(我國)을 범(犯)하매 강도(江都)221)가 함몰(陷沒)하고 남한(南漢)222)이 에움을 입으니, 이때에 네 선비 각자(各自) 도생(圖生)하여 비록 평정(平定)한 후(後)에나 소식(消息)을 듣지 못한 지 기허년(幾許年)이라. 그 중(中) 일사(一士)가 등과(登科)하여 영백(嶺伯)이 되어 봄에 순력(巡歷)하여 안동(安東)에 이르렀더니, 임발시(臨發時)에 문외(門外)에 소 탄 손이 통자(通刺)223)하거늘 영백(嶺伯)이 그 뉜 줄 알지 못하고 하여금 들어오라 한 즉(卽)이에 안면(顔面)이 의의(依依)하고 폐포 파립(敝袍破笠)이 소연(蕭然)한 일개(一箇) 한사(寒士)이라. 한훤(寒暄)을 편 후(後) 차차(次次) 수작(酬酌)한 즉(卽), 이에 석일(昔日) 북한(北漢)에서 공부하던 사람이라. 한번(番) 창상(滄桑)224)으로부터 각각(各各) 분산(分散)하여 사생(死生)을 모르더니 의외(意外)에 서로 만나매 어찌 기쁘지 않으리오.

그 소주처(所住處)를 물은 즉(卽) 이에서 멀지 아니한지라. 객(客)이 가로되,

"영감(令監) 행차(行次)가 이미 비소(卑巢)에 가까우니 평생(平生) 정의(情誼)를 생각하셔 어찌 존가(尊駕)를 왕굴(枉屈)하여 봉필(蓬蓽)225)에 광색(光色)을 내지 않으시나니이꼬."

영백(嶺伯)이 그 위의(威儀)를 덜고 평복(平服) 단기(單騎)로 우배객

---

221) 사도(四都)의 하나. 지금의 강화(江華). 고려 23대 고종 때, 몽고의 침입으로, 이 임금 19(1232)년 6월부터 24대 원종 11(1270)년 5월 환도(還都)할 때까지 39년 동안의 임시 수도였음. 이곳으로 서울을 옮긴 후부터 이 이름이 생겼음.
222) 남한산성(南漢山城).
223) 명함을 통함. 명함을 줌.
224) 상전벽해(桑田碧海).
225) (쑥이나 가시덤불로 지붕을 이었다는 뜻으로)가난한 사람의 집을 이르는 말.

(牛背客)226)을 따라 한 곳에 이른 즉(卽) 고루 거각(高樓巨閣)이 한 골
에 가득하여 큰 관부(官府) 모양(模樣) 같으니 좌정(坐定) 후(後) 객(客)
이 막차(幕次)227)에 들어가 개복(改服)할 새, 남천릭(藍天翼)228) 주사립
(朱絲笠)229)이 엄연(嚴然)한 일대장(一大將)이요 군교(軍校)와 나졸(邏
卒)230)이 영백(嶺伯) 위의(威儀)를 사양(辭讓)치 않을지라. 영백(嶺伯)이
대경(大驚)하여 물어 가로되,

"그대 모양(模樣)이 적괴(賊魁) 아니냐."

답왈(答曰),

"그러하다."

가로되,

"어찌 이에 이르뇨."

답(答)하여 가로되,

"향일(向日) 북한(北漢)에서 논상(論相)하던 승(僧)의 말을 기록(記
錄)하느냐. 그때 승(僧)의 허망(虛妄)함을 웃었더니 세사(世事)를 가
(可)히 측량(測量)치 못할지라. 산사(山寺) 떠난 후(後)로 가속(家屬)이
다 도륙(屠戮)이 되고 내 홀로 도생(圖生)하여 동서(東西)로 분찬(奔
竄)231)하여 이 산(山)에 들어와 피란(避亂)하니 이곳 모인 중(衆)이
다 피란(避亂)한 사람이라, 나로써 조금 문자(文字)를 안다 하여 미루
어 영수(領袖)를 삼으니 그 겁략(劫掠)한 물(物)을 공평(公平)히 분급
(分給)하매 크게 인심(人心)을 얻은지라. 비록 평정(平定)한 후(後)라

---

226) 소 등에 올라탄 손.
227) 임시로 막을 쳐서 임금이나 귀족 고관들이 머무르던 곳.
228) 남빛 철릭. 철릭은 옛 무관의 공복(公服)의 한 가지.
229) 붉은 빛의 사립. 사립은 명주실로 싸개를 하여 만든 갓.
230) 조선조 때 포도청의 하급 병졸. 자기가 맡은 구역 안의 순찰과 죄인을
    체포하는 일을 맡았음.
231) 바쁘게 도망함.

도 의구(依舊)히 소취(嘯聚)232)하여 문득 녹림당(綠林黨)233)이 되어
나로써 원수(元帥)를 삼아 문득 이 지경(地境)에 이르니 이제로써 보
면 승(僧)의 논상(論相)이 그 신이(神異)치 아니하냐. 내 일학(一壑)을
웅거(雄據)하여 부귀(富貴)를 안향(安享)하니 형(兄)의 아침에 제수(除
授)하고 저녁에 개차(改差)234)함을 부뤄 아니하노라. 마침 형(兄)이
여기 지남을 듣고 내 짐짓 맞아와 하여금 한 번(番) 보게 함이니 형
(兄)이 비록 방백(方伯)의 기구(器具)라도 나에게 밎지 못할지라. 돌
아간 후(後) 삼가 출포(出捕)할 생각을 내지 말고 또 반드시 입에 발
설(發說)치 말라. 만일(萬一) 망령(妄靈)되이 잡념(雜念)을 내면 유해
무익(有害無益)하여 후회(後悔)를 이루리라."

영백(嶺伯)이 황겁(惶怯)하여 '유유(唯唯)'하고 돌아오니라.

이로조차 발행(發行)하여 모군(某郡)에 이르러 또 한 조대(措大) 뵈기
를 청(請)하거늘 즉시(卽時) 맞아 본 즉(卽) 또한 향일(向日) 북한(北漢)
동접(同接)이라. 조대(措大) 청(請)하여 가로되,

"이제 공(公)이 여기 이른 즉(卽) 폐장(廢庄)235)이 멀지 아니하니
잠간(暫間) 욕림(辱臨)함이 어떠하뇨."

영백(嶺伯)이 허락(許諾)하나 향일(向日)의 일을 징계(懲戒)하여 위의
(威儀)를 성(盛)히 하고 그 집에 나아간 즉(卽) 문호(門戶)가 고대(高大)
하고 근처(近處) 촌락(村落)이 거의 수백가(數百家)이라. 엄연(嚴然)히
한 고을을 이뤘으니 다솔(多率)236) 하인(下人)의 접응(接應)과 순상(巡

---

232) 군호로써 많은 사람을 불러 모음.
233) 불한당, 화적을 이르는 말. 녹림은 원래 산의 이름인데, 전한(前漢)말에
     망명자가 이 산에 숨었기 때문에 도둑을 이르는 딴 이름이 됨.
234) 벼슬아치를 갈아냄.
235) 버려 둔 채로 있는 논밭. 여기서는 자기의 거처를 낮게 이르는 겸사(謙
     辭)로 쓰임.
236) (식구나 딸린 사람을)많이 거느림.

相) 지공(支供)[237]의 범절(凡節)이 비록 웅주(雄州) 거읍(巨邑)이라도 당
(當)치 못할지라. 영백(嶺伯)이 놀라 가로되,

"형(兄)이 향곡(鄕谷) 거생(居生)[238]으로 어찌 이 허다(許多) 소솔
(所率)[239]을 지접(支接)하되 구간(苟艱)함이 없고 이같이 정제(整齊)
하뇨."

조대(措大) 가로되,

"향자(向者) 북한(北漢) 승언(僧言)을 기력[240]하느냐. 내 병자란(丙
子亂)을 당(當)하여 집을 버리고 영남(嶺南)에 유락(流落)하여 한 산
곡(山谷)에 들어간 즉(卽) 피란(避亂)한 부녀(父女)가 취군 성당(聚群
成黨)하여 거(居)하더니, 내 일남자(一男子)로 투입(投入)한 즉(卽) 모
든 여인(女人)이 대희(大喜)하여 나로써 가장(家長)을 삼아 범백(凡百)
음식(飮食)과 의복(衣服) 등절(等節)을 여일(如一) 봉양(奉養)하여 비
록 평란(平亂)한 후(後)나 가지 아니하고 인(因)하여 동거(同居)한 지
기허년(幾許年)이 된지라. 낳은 바 남자(男子)가 백수(百數)에 가까운
지라. 각각(各各) 취부 생자(娶婦生子)하여 서로 나를 공양(供養)하매
만래(晩來) 복력(福力)이 적지 아니하여 시비(是非) 들리지 아니하고
영욕(榮辱)이 관계(關係)함이 없어 조금도 세상(世上)에 부러운 바가
없노라."

영백(嶺伯)이 들으매 도리어 무류[241]하더라.

이로조차 하동(河東) 땅을 지나 지리산(智異山)을 향(向)할 새 홀연
(忽然) 공중(空中)으로서 영백(嶺伯)의 자(字)를 부르는 자(者)가 있거늘

---

237) 음식물을 이바지함.
238) 일정한 곳에 머물러 있어서 살아감.
239) 딸린 식구.
240) 기억(記憶).
241) 무료(無聊).

영백(嶺伯)이 괴(怪)히 여겨 돌아본 즉(卽) 산상(山上)으로로부터 나는지라. 일행(一行)이 자세(仔細)히 본 즉(卽) 일인(一人)이 층암 절벽(層巖絶壁)에 앉았거늘, 영백(嶺伯)이 우러러 물으되,

"뉘뇨."

기인(其人)이 가로되,

"그대 나를 기력치 못하느냐. 나는 아무이로라."

영백(嶺伯)이 생각하니 석일(昔日) 북한(北漢) 동접(同接)이라. 영백(嶺伯)이 손을 들어 불러 가로되,

"내려 오라."

기인(其人)이 가로되,

"그대 반드시 올라 오라."

소언(少焉)에 이쌍(二雙) 청의동자(靑衣童子)를 보내어 영백(嶺伯)을 부액(扶腋)[242]하여 절험(絶險)에 올라감이 평지(平地)같은지라. 기인(其人)이 일어 맞아 손잡고 가로되,

"그대 북한(北漢) 승(僧)의 논상(論相)함을 기력하느냐. 나로써 선분(仙分)이 있다 하매 그 허망(虛妄)함을 웃었더니 이제로 보면 어찌 신이(神異)치 않으리오. 향일(向日) 호란(胡亂)에 가권(家眷)을 파탈(擺脫)하고 산중(山中)에 돌아오매 누일(累日) 기근(饑饉)하나 호구지계(糊口之計)가 없는지라. 시내를 인연(因緣)하여 올라간 즉(卽) 냇가에 이상(異常)한 풀이 있으니 풍유(豊裕)한 빛이 가(可)히 먹음직한지라. 따서 씹은 즉(卽) 단맛이 있으매 다 캐어 먹은 즉(卽) 밥 먹지 아니하여도 배부르고 옷 아니 입어도 더우며, 산행(山行) 야숙(野宿)하여도 질양(疾恙)이 없고, 행보(行步)가 나는 듯하여 명산 대천(名山大川)에 두루 놀고, 때로 수도(修道)한 신선(神仙)을 만나 장생 불사(長

---

242) 곁부축.

生不死)를 논란(論難)하니 자연(自然) 일신(一身)이 한가(閑暇)하여 기한(飢寒)을 근심치 아니하고, 이욕(利慾)을 괘념(掛念)치 아니하며, 질병(疾病)이 침노(侵擄)치 아니하니 나의 즐거운 바가 어찌 영공(令公)의 고아 대독(高牙大纛)243)을 사양(辭讓)하며, 나의 신단(神丹)244) 일엽(一葉)이 어찌 영공(令公)의 식전방장(食前方丈)245)을 부뤄하리오."

인(因)하여 홀홀(倏忽)246) 사이에 날려 학(鶴)의 등에 앉으니 일쌍(一雙) 청동(靑童)이 좌우(左右)에 뫼셔 서매 공중(空中)을 향(向)하여 가니 영백(令伯)이 몽연 자상(蒙然自喪)하여 몸이 영백(令伯)임을 알지 못하더라.

이로 보면 막비천정(莫非天定)이요 승론(僧論)이 여합부절(如合符節)하니 또한 이인(異人)일러라.

---

243) 장군의 본진(本陣)에 세우는 높은 아기(牙旗)와 큰 독기(纛旗). 전(轉)하여 일군(一軍)을 통솔하는 장군의 지위를 뜻함.
244) 황금을 액화한 금액(金液)과 단사(丹砂)를 개어서 만든 금단(金丹)의 하나. 아홉 가지가 있으므로 구단(九丹)이라고도 함.
245) 사방 열 자의 상에 잘 차린 음식이란 뜻으로 호화롭게 많이 차려 놓은 모양을 이르는 말.
246) 재빨라서 붙잡을 수가 없음. 걷잡을 수 없이 갑작스러움.

청구야담 권지십팔(靑邱野談 卷之十八)

1. 유패영풍류성사(遊浿營風流盛事)[1]

심합천(沈陜川) 용(鏞)이 의(義)를 좋아하고 재물(財物)을 흩어 풍류
(風流)로 스스로 즐기니 일세(一世)의 가희(歌姬) 금객(琴客)과 주도(酒
徒) 시붕(詩朋)[2]이 복주병진(輻輳幷臻)[3]하여 날마다 당(堂)에 가득하니
장안(長安)의 연석(宴席) 놀이에 공(公)을 청(請)치 않은 즉(卽) 가(可)히
판비(辦備)치 못하더라.

때에 한 도위(都尉)[4] 압구정(狎鷗亭)[5]에 놀 새 심공(沈公)에게 의논
(議論)치 아니하고 가금(歌琴)을 다 부르고 빈객(賓客)을 크게 모아 놀
새 명정추야(明淨秋夜)[6]에 월색(月色)이 수파(水波)에 비치니 흥(興)이
정(正)히 도도(滔滔)하더니, 홀연(忽然) 들으니 강상(江上)의 퉁소(洞簫)
소리 요량(寥亮)[7]하거늘 멀리 보니 한 작은 배 물에 떠오니, 배 안에

---

1) 평양에서 한 바탕 풍치 있고 멋스럽게 놀다.
2) 시로써 사귄 벗.
3) '폭주병진(輻輳幷臻)'의 변한 말. [수레의 바퀴통에 바큇살 모이 듯 한다는
   뜻으로] 한 곳으로 많이 몰려듦을 이르는 말.
4) 부마도위(駙馬都尉)의 준말. 임금의 사위.
5) 조선조 세조 때의 공신인 한명회(韓明澮)가 한강가에 세운 정자.
6) 달 밝은 가을 밤.
7) 맑고 뛺.

노옹(老翁)이 머리에 화양건(華陽巾)8)을 이고 몸에 학창의(鶴氅衣)9) 입
고 손에는 백우선(白羽扇)을 들고 올연(兀然)히 앉았으니 빈발(鬢髮)이
표표(飄飄)하고, 두 소동(小童)이 청의(靑衣)를 입고 좌우(左右)에 시립
(侍立)하여 옥(玉)저를 비껴 불고 배에 실은 쌍학(雙鶴)이 편편(翩翩)히
춤추니 분명(分明)한 신선(神仙)이라. 정상(亭上)의 모든 사람이 생가(笙
歌)10)를 머물고 난간(欄干)에 족립(簇立)하여 칭선(稱善)하기를 마지 아
니하고, 만목(萬目)이 강중(江中)을 쏘아 보매 석상(席上)에 사람이 없
는지라. 도위(都尉) 그 패흥(敗興)함을 분(忿)히 여겨 소선(小船)을 타고
나아가니 이 곧 심공(沈公)이라. 서로 더불어 일소(一笑)하고 도위(都
尉) 가로되,

"공(公)이 나의 승유(勝遊)11)를 압도(壓倒)하도다."

즐김을 다하고 파(罷)하니라.

때에 또 한 재상(宰相)이 기백(箕伯)을 하여 발행(發行)할 새 그 중형
(仲兄)이 수상(首相)이 되어 전송(餞送)을 홍제원(弘濟院)에 베풀어 써
보낼 새 도문(都門) 밖에 헌초(軒軺)12)가 수삼십(數三十)이요, 인마(人
馬)가 병전(騈闐)하니 행로(行路)에 관광(觀光)하는 자(者)가 다 책책(嘖
嘖)하여 그 복력(福力)을 일컬어 가로되,

"장(壯)하다. 공(公)의 복력(福力)이여."

하더니, 홀연(忽然) 보니 송림(松林) 사이로 일필(一匹) 준구(駿駒)가
나오니 마상인(馬上人)이 몸에 누비 양색(兩色) 단 갖옷을 입고 머리에

___

8) 은자(隱者)가 쓰는 두건.
9) 웃옷의 한 가지. 흰 창의에 소매가 넓고 가로로 돌아가며 검은 헝겊으로 가
   를 넓게 꾸민 옷.
10) 생황과 노래.
11) 즐겁게 놂. 또는 그 놀이.
12) 종2품 이상의 벼슬아치가 타던 수레. 썩 긴 줏대에 외바퀴가 밑으로 달리
    고, 앉는 데는 의자 비슷하게 되었으며, 위는 꾸미지 않았음. 초헌(軺軒).

칠색(七色) 촉모피(蜀毛皮) 이엄(耳掩)13)을 쓰고 손에 일조(一條) 황금편(黃金鞭)을 쥐고 화안(靴鞍)에 앉아 좌우(左右)로 고면(顧面)하니 풍채(風采) 동인(動人)14)하고, 선연(嬋妍)한 가인(佳人) 삼사인(三四人)이 머리에 전립(氈笠)15)을 쓰고 몸에 자지(紫地)16) 전복(戰服)을 입고 허리에 수록(水綠)17) 남전대(藍纏帶)18)를 띠고 발에 화문수운혜(花紋繡雲鞋)19)를 신고 양항(兩行)으로 작대(作隊)20)하여 뒤를 따르고, 또 오륙(五六) 동자(童子)가 청삼 자대(靑衫紫帶)로 각각(各各) 악기(樂器)를 가지고 마상(馬上)에서 아뢰고, 엽인(獵人)21)이 보라매를 팔에 받고22) 방울 단 사냥개를 불러 수풀 사이로 나오니, 관광(觀光)하는 자(者)가 다 가로되,

"이 반드시 심합천(沈陜川)이로다."

가까이 보매 과연(果然) 기(其)러라.

행인(行人)이 차탄(嗟歎)하여 가로되,

"사람이 세간(世間)에 있으매 백구(白駒)가 틈 지남23) 같은지라. 진실(眞實)로 마땅히 심지(心志)의 소락(所樂)을 궁진(窮盡)히 하며 이목(耳目)의 소호(所好)를 다하리로다. 홍제원상(弘濟院上) 성연(盛

---

13) 관복을 입을 때에 사모 밑에 쓰는 모피로 만든 방한구.
14) [몹시 놀라와서] 사람의 마음을 움직임.
15) 군뢰복다기.
16) 자주(紫朱). 자줏빛.
17) 물빛깔이 돋는 녹색.
18) 남전대(藍纏帶)띠. '전대띠'를 그 빛깔이 남색이라 하여 이르는 말.
19) 꽃과 구름 무늬를 수놓은 신발.
20) 대오(隊伍)를 지음.
21) 사냥꾼.
22) 받치고.
23) 백구과극(白駒過隙). 흰 망아지가 빨리 달리는 것을 문틈으로 보는 것과 같이 눈깜짝할 사이라는 뜻으로, 인생과 세월이 야속하게도 덧없고 짧음을 이르는 말.

宴)이 어찌 좋지 않으리오마는 그러나 자고(自古)로 공명(功名)이 패
(敗)함은 많고 이룸은 적은지라. 그 참소(讒訴)를 근심하고 꺼림을 두
려하므로 더불어론 어찌 마음을 쾌(快)히 하고 뜻을 맞게 하여 스스
로 즐겨 신외(身外)에 근심 없음과 같으리오."

장안(長安) 제인(諸人)이 서로 희언(戲言)하여 가로되,

"전송(餞送)이냐. 사냥이냐. 차라리 사냥할지언정 전송(餞送)은 않
으리라."

하니, 그 흠탄(欽歎)함을 가(可)히 알지라.

일일(一日)은 심공(沈公)이 가객(歌客) 이세춘(李世春)[24]과 금객(琴客)
김철석(金哲石)과 기아(妓兒) 추월(秋月), 매월(梅月), 계섬배(桂蟾輩)로
더불어 초당(草堂)에 모이어 금가(琴歌)로 즐기다가 공(公)이 제인(諸人)
더러 일러 가로되,

"너희 무리 서경(西京)을 보고자 하느냐."

다 가로되,

"뜻이 있으되 이루지 못하여이다."

심공(沈公)이 가로되,

"평양(平壤)이 단기(檀箕)[25]로부터 써 오므로 오천년(五千年) 번화
(繁華)한 땅이라. 그림 가운데 강산(江山)과 거울 속 누대(樓臺) 국중
제일(國中第一)이로되 내 또 보지 못한지라. 내 들으니 기백(箕伯)이
회갑연(回甲宴)을 대동강상(大同江上)에 베풀어 도내(道內) 수령(守令)
을 청(請)하고 명기(名妓) 가객(歌客)이며 육산 주해(肉山酒海)[26]로

---

24) 조선조 숙종 영조 때의 이름난 가객(歌客). 삼국 시대부터 전해 오던 가곡
   류의 창사(唱詞)를 처음 시조(時調)라는 새 곡조로 지어 부름. '시조'라는
   명칭도 이때부터 비롯된 것임.
25) 단군(檀君)과 기자(箕子).
26) 산같이 쌓인 고기와 바닷물같이 많은 술. 곧 성대한 잔치를 뜻함.

노는 선성(先聲)이 전파(傳播)하여 장차(將次) 모일(某日)에 개연(開
宴)한다 하니 한 번(番) 가면 다만 크게 소창(消暢)27)할 뿐이 아니라
또 반드시 금은재백(金銀財帛)을 많이 얻으리니 어찌 양주학(揚州
鶴)28)이 아니리오."

제인(諸人)이 용약(踊躍)하거늘 드디어 행장(行裝)을 차려 발행(發行)
할 새, 금강산(金剛山) 행리(行李)로써 일컫고 종적(蹤迹)을 감추어 가
만히 평양(平壤) 외성(外城) 유벽(幽僻)한 곳에 이르러 머무니 익일(翌
日)은 잔칫날이라. 드디어 일척(一隻) 소선(小船)을 세(貰)내어 위에 청
포장(靑布帳)을 베풀고 좌우(左右)를 막아 주렴(珠簾)을 드리우고 기객
(妓客)과 관현(管絃)을 감추고 배를 능라도(綾羅島)29) 부벽루(浮碧樓)30)
즈음에 숨기고 기다리더니, 아이(俄而)오 고악(鼓樂)이 훤천(喧天)하고
주즙(舟楫)31)이 폐강(蔽江)한대 순상(巡相)이 높이 누선(樓船) 위에 앉
았으니 수령(守令)이 다 모이고, 연석(宴席)을 대장(大張)32)하매 녹의
홍상(綠衣紅裳)이 좌우(左右)에 나열(羅列)하여 청가 묘무(淸歌妙舞)로

27) 심심하거나 갑갑한 마음을 풀어 후련하게 함.
28) 옛날에 객들이 모여 자신들의 소망을 말하는데, 어떤 사람은 양주(揚州)의
자사(剌史)가 되고 싶다고 했고, 어떤 사람은 많은 재화를 가지기를 원한
다고 했고, 어떤 사람은 학을 타고 하늘로 오르고 싶다고 했음. 그런데 그
중 또 한 사람이 자신은 허리에 십만금의 돈궤미를 차고서 학을 타고 양
주에 오르고 싶다고 했는데, 이는 먼저 말한 세 사람의 욕망을 다 합한
것이었으므로, 이러한 고사에서 연유하여 '양주지학(揚州之鶴)'은 모든 세
속적인 즐거움을 한 몸에 다 모으려는 짓을 비유하는 뜻으로 쓰이게 됨.
29) 평양 대동강 가운데 있는 경치 좋은 섬.
30) 평양 모란봉(牡丹峰) 밑 절벽 위에 있는 누각. 대동강에 면하여 마치 물
위에 떠있는 듯한 느낌을 주며 경치가 아주 좋음.
31) 배와 삿대. 곧 배의 통틀어 일컬음.
32) 크게 베풂.

낙사(樂事)33)를 돋우니 성두(城頭) 강변(江邊)에 사람이 산(山) 같은지라. 심공(沈公)이 이에 노(櫓)를 저어 앞으로 나아가 상망지지(相望之地)34)에 배를 머무르고 서로 수단(手段)을 겨루니 피선(彼船)에서 검무(劍舞)하면 차선(此船)에서 검무(劍舞)하고, 피선(彼船)에서 노래하면 차선(此船)에서 노래하여 피차(彼此) 겨루니, 저 선상(船上) 제인(諸人)이 괴(怪)히 여기지 아닐 이 없어 빠른 배를 보내어 잡으려 한 즉(卽), 심공(沈公)이 노(櫓)를 재촉하여 달리니 능(能)히 따르지 못하여 돌아오매 다시 노(櫓)를 저어 나오니 또 따른 즉(卽) 또 돌이켜 이같이 한 자(者)가 수삼번(數三番)이라. 이에 심(甚)히 괴(怪)히 여겨 멀리 그 선중(船中)을 바라본 즉(卽) 검광(劍光)이 번개를 번뜩이고 가성(歌聲)이 구름을 머무르니 결연(決然)히 심상(尋常)한 사람이 아니라. 또 주렴(珠簾) 안에 학창의(鶴氅衣) 입고 화양건(華陽巾) 쓰고 백우선(白羽扇) 든 일노옹(一老翁)이 올연단좌(兀然端坐)35)하여 담소(談笑)가 자약(自若)하니 어찌 이인(異人)이 아니리오.

드디어 가만히 선장(船將)에게 분부(分付)하여 작은 배 십여척(十餘隻)으로써 일제(一齊)히 에우고 끌어 이르러 큰 배에 대이니 심공(沈公)이 발을 걷고 대소(大笑)하니 순상(巡相)이 본대 숙친(熟親)한지라. 한번(番) 보매 경희(驚喜)36)함을 이기지 못하여 그 놀음을 차리고 내려온 뜻을 물으니 대개(大槪) 선중(船中) 제자(諸者)와 좌우(左右) 막빈(幕賓)과 순상(巡相)의 자서(子壻) 제질(弟侄)이 다 낙양(洛陽)37) 사람이라. 경성(京城) 기악(妓樂)을 보고 다 환희(歡喜)치 않을 이 없어 서로 더불어

---

33) 즐거운 일.
34) 서로 바라보이는 가까운 곳.
35) 홀로 단정하게 앉음.
36) [뜻밖의 좋은 일로] 몹시 놀라고 기뻐함.
37) 서울을 뜻함.

손을 잡고 회포(懷抱)를 펴니 이에 기가 금객(妓歌琴客)이 그 평생(平
生) 재주를 다하여 날이 맞도록 즐기니 평양(平壤)의 가무(歌舞)가 돈연
(頓然)히 안색(顔色)이 없더라.

순상(巡相)이 천금(千金)으로써 경기(京妓)[38]를 주고 수령(守令)이 또
각각(各各) 행하(行下)[39]하니 거의 만금(萬金)에 이른지라. 심공(沈公)이
일순(一旬)을 유련(留連)[40]하다가 돌아오니 이제 이르기 풍류 남자(風
流男子)를 칭(稱)하더라.

및 심공(沈公)이 몰(歿)하매 파주(坡州) 쇠곡(谷)에 영장(永葬)하니 가
금(歌琴) 제객(諸客)이 서로 낙루(落淚)하여 가로되,

"오배(吾輩) 다 심공(沈公) 풍류중(風流中) 지기(知己)며 지음(知音)
이라. 이로조차 노래 쉬고 거문고가 쇠잔(衰殘)하니 우리 장차(將次)
어찌하리오."

쇠곡(谷)에 회장(會葬)[41]할 새 일장가(一場歌) 일장금(一場琴)으로 일
장 통곡(一場痛哭)하고 각각(各各) 흩어지되 오직 계섬(桂蟾)은 수묘(守
墓)하여 가지 아니코 묘측(墓側)에 종신(終身)하니라.

---

38) 서울 기생.
39) 놀이가 끝난 다음에 기생이나 광대에게 주는 보수.
40) 객지에 묵음.
41) 장례 지내는 곳에 참례하는 일.

2. 과금강급난고의(過錦江急難高義)[42]

강릉(江陵) 김씨(金氏) 한 사인(士人)이 가빈(家貧) 친로(親老)[43]하니 그 편모(偏母)가 기자(其子)더러 일러 가로되,

"너의 집이 본대 부명(富名)이 있더니 중간(中間)에 탕패(蕩敗)하매 노비(奴婢) 호남도중(湖南道中)에 흩어 있는 자(者)가 기수(其數)를 알지 못하니 네가 수속(收贖)[44]하여 오라."

하고, 인(因)하여 노비(奴婢)문권(文券)을 내어 주니 사인(士人)이 문권(文券)을 가지고 도중(道中)에 가니 백여호(百餘戶) 촌락(村落)이 다 노비(奴婢) 자손(子孫)이라. 문권(文券)을 보고 차례(次例)로 뵈어 절하거늘 기중(其中) 두령(頭領)을 불러 수천금(數千金)을 수렴(收斂)하여 속량(贖良)[45]하고 문권(文券)을 다 소화(燒火)한 후(後) 돈을 싣고 돌아올새 길이 금강(錦江)을 지나는지라. 이때 월색(月色)이 강(江)에 조요(照耀)한데 마침 보니 노옹(老翁) 노고(老姑)와 한 소부(少婦)가 강변(江邊)에 열좌(列坐)하여 다투어 물에 들고자 하되 서로 붙들어 통곡(痛哭)하거늘, 사인(士人)이 괴(怪)히 여겨 물은대 노옹(老翁)이 가로되,

"내 독자(獨子)가 있어 감영(監營) 아전(衙前)이러니 포흠(逋欠)[46]이 만석(萬石)에 가까운지라. 누삭(累朔) 체수(滯囚)[47]하매 가장(家藏)

---

42) 금강을 지나다 급한 어려움을 보고 의로움을 발휘하다.
43) 부모가 늙음.
44) 지난날, 죄인의 속전(贖錢)을 거두던 일.
45) [몸값을 받고] 종을 풀어 주어서 양민(良民)이 되게 함. 속신(贖身).
46) 관청의 물건을 사사로이 써버림.
47) 죄가 결정되지 않아 오래 갇혀 있는 사람, 또는 그렇게 가두는 일.

을 진매(盡賣)하고 족징(族徵)[48] 동징(洞徵)[49]하되 오히려 여수(餘數)
가 많은지라. 명일(明日)로써 정한(定限)하니 만일(萬一) 명일(明日)이
지난 즉(卽) 장하(杖下)에 경혼(驚魂)이 될지라. 푼전(分錢)[50] 입미(粒
米)[51]를 다시 판출(辦出)할 길이 없으니 차마 독자(獨子)의 죽음을
보지 못하여 내 물에 빠져 죽어 모르고자 하되 노처(老妻)와 소부(少
婦)가 한가지 죽고자 하여 나의 물에 듦을 보고 서로 건져 내고 인
(因)하여 통곡(痛哭)하나이다."

사인(士人)이 가로되,

"돈이 얼마나 하면 가(可)히 포흠(逋欠)을 다하랴."

가로되,

"수천금(數千金)이면 가(可)히 구(救)하리이다."

사인(士人)이 가로되,

"내 추노(推奴)한 돈이 수십태(數十駄) 있으니 이로써 갚으라."

하고, 다 내어주니 그 삼인(三人)이 일시(一時)에 손 묶어 배사(拜謝)
하여 가로되,

"우리 네 사람의 명(命)이 이를 말미암아 생도(生道)를 얻으니 장
차(將次) 어찌 써 은혜(恩惠)를 갚으리오. 원(願)컨대 내 집에 유숙(留
宿)하고 가소서."

사인(士人)이 가로되,

---

48) 조선조 때 부당하게 징수하던 병역세(兵役稅)의 하나. 지방 고을의 이속(吏屬)
   들이 공금(公金)이나 관곡(官穀)을 사사로이 썼거나 군정(軍丁)이 도망 또는
   사망하여 군포세(軍布稅)가 모자랄 때 그 친척으로 하여금 군포를 대신 납부
   하게 하던 일.
49) 앞의 주(註)에서와 같이 군포세가 모자랄 때 그 동리 사람으로 군포를 대
   신 납부하게 하던 일.
50) 한 푼의 돈.
51) 한 톨의 쌀.

"날이 이미 저물고 돌아갈 길이 또 급(急)하니 가(可)히 유련(留連)치 못하리라."

하고, 곧 말을 몰아 가니 그 노인(老人)이 빨리 따라 소리를 높이 하여 가로되,

"원(願)컨대 행차(行次)의 거주(居住) 성명(姓名)을 듣고자 하노라."

답(答)하여 가로되,

"들어 무엇하리오."

하고, 인(因)하여 돌아 보지 아니코 달려 가니라.

노옹(老翁)이 즉시(卽時) 차물(此物)로써 숙포(宿布)52)를 가 갚으매 기자(其子)가 옥(獄) 밖에 살아 나오니 혼실(渾室)이 사인(士人)을 감축(感祝)53)하되 그 거주(居住) 성명(姓名)은 망연부지(茫然不知)54)라.

사인(士人)이 집에 돌아와 문후(問候)하니 기모(其母)가 그 무양(無恙)히 환귀(還歸)함을 기꺼하고 또 추노(推奴)를 여의(如意)함을 다행(多幸)히 여겨 그 속량(贖良)한 돈을 어찌 써 수운(輸運)하뇨. 사인(士人)이 금강(錦江)의 일로써 고(告)한대 기모(其母)가 그 등을 어루만져 가로되,

"이 참 내 아들이로다."

그 후(後) 기모(其母)가 천년(天年)으로 마치니 초종(初終)을 간신(艱辛)히 지내고 지사(地師) 일인(一人)으로 더불어 걸어 행(行)하여 두루 답산(踏山)하여 장지(葬地)를 구(求)할 새, 일처(一處)에 이르러 지사(地師)가 가로되,

"저 곳에 대지(大地)55) 있으되 산하(山下)에 촌락(村落)이 즐비(櫛

---

52) 밀린 포흠을 뜻함인 듯.
53) 받은 은혜에 대하여 축복할 만큼 매우 고맙게 여김.
54) 아득하여 도무지 알 수가 없음.
55) 좋은 묏자리.

比)하고 또 큰 집이 있으니 가(可)히 의논(議論)치 못하리로다."

생(生)이 가로되,

"과연(果然) 대지(大地)면 비록 점산(占山)하기는 어려우나 한 번(番) 가봄이야 무엇이 해(害)로우리오."

드디어 지사(地師)로 더불어 그 산(山)에 올라 용맥(龍脈)56)을 찾아 일처(一處)에 안고 쇠를 띄워 가로되,

"이 명혈(名穴)이라. 공명(功名) 부귀(富貴) 일세(一世)에 제일(第一)이요 자손(子孫)이 창성(昌盛)하리니 가(可)히 유(類) 없는 길지(吉地)라 이를 것이나 이 대촌(大村)이니 일러 무엇하리오."

탄상(歎賞)함을 마지 아니하거늘 김생(金生)이 가로되,

"비록 그러나 일세(日勢) 이미 저물었으니 저 대가(大家)에 유숙(留宿)하고 감이 또한 무방(無妨)하도다."

지사(地師)로 더불어 그 집에 들어가니 한 소년(少年)이 객실(客室)에 영접(迎接)하여 석반(夕飯)을 지난 후(後) 상인(喪人)이 등잔(燈盞)을 대(對)하여 산지(山地) 일사(一事)로 근심하더니, 홀연(忽然) 안으로써 한 소부(少婦)가 창(窓)을 열고 돌입(突入)하여 김생(金生)을 붙들고 일성통곡(一聲痛哭)에 기운(氣運)이 막히어 능(能)히 말을 못하거늘, 소년(少年)이 놀라 그 연고(緣故)를 물은대 소부(少婦)가 가로되,

"이는 금강(錦江)에서 만났던 대은인(大恩人)이라."

노옹(老翁) 노고(老姑)가 그 말을 듣고 뛰어 나와 김생(金生) 앞에 나배(羅拜)57)하여 가로되,

"나를 낳으신 자(者)는 부모(父母)이요, 나를 살리신 자(者)는 존객(尊客)이라. 낳으시고 살리심이 어찌 사이 있으리오."

---

56) 산수(山水)의 형세에 관한 풍수지리설의 설법(說法)으로, 기(氣)가 연결된 곳을 이름.

57) 여럿이 죽 늘어 서서 함께 절함.

생(生)이 처음 본사(本事)를 알지 못하고 당황(唐惶)하거늘 주인(主人) 내외(內外) 금강(錦江) 일을 자세(仔細) 말하고 인(因)하여 가로되,

"그때 존객(尊客)이 아니면 우리 어찌 금일(今日)이 있으리오. 존객(尊客)의 은혜(恩惠)를 감격(感激)하여 중심(中心)에 새겨 매양(每樣) 외실(外室)에 객(客)이 오면 반드시 창(窓)틈을 엿보아 만일(萬一) 다행(多幸)히 만남을 바라더니 어찌 금일(今日)이야 은인(恩人)을 만날 줄 알리오. 오자(吾子)가 생출(生出)하매 인(因)하여 퇴리(退吏)하고 촌(村)에 거(居)하여 산업(産業)을 이뤄 이제 부가(富家)를 이뤘으매 가사(家舍) 전장(田庄)을 두 곳에 배치(配置)하여 하나는 내 주장(主掌)하고 하나는 써 존객(尊客)을 기다린 지 오랜지라. 이제 하늘이 도우사 서로 만나오니 만일(萬一) 전산(前山)에 영폄(永窆)58)코자 하신 즉(卽) 이 집으로 묘막(墓幕)을 삼고 나는 다른 데 이접(移接)할 것이니 오직 존객(尊客)은 임의(任意)로 하라."

생(生)이 복복 칭사(僕僕稱謝)하고 길일(吉日)을 가리어 완장(完葬)하고, 인(因)하여 그 집에 거(居)하여 자손(子孫)이 만당(滿堂)하고 공명(功名)이 대불핍절(代不乏絶)하니 대개(大槪) 음덕(陰德)의 이룬 바일러라.

---

58) 완전하게 장사(葬事)함. 완폄(完窆). 완장(完葬).

3. 설유원부인식주기(雪幽寃婦人識朱旗)[59]

옛 밀양수(密陽倅)가 중년(中年)에 상배(喪配)하고 별실(別室)과 및
자부(子婦)와 미혼(未婚)한 여자(女子)가 있으니, 여자(女子)인 즉(卽) 난
지 수월(數月)에 모친(母親)을 여의고 유모(乳母)에게 길리어 유모(乳母)
대접(待接)하기를 친모(親母)같이 하여 일실(一室)에 동처(同處)하니 밀
양수(密陽倅)가 그 딸을 중애(重愛)하더니, 일일(一日)은 유모(乳母)로
더불어 부지거처(不知去處)이라. 읍내(邑內) 외촌(外村)에 두루 찾으되
형영(形影)이 없는지라. 밀양수(密陽倅)가 낙담 상혼(落膽喪魂)하여 광
증(狂症)이 대발(大發)하여 호통 분주(奔走)함을 마지 아니하니 이로부
터 체직(遞職) 환경(還京)하여 인(因)하여 이 병(病)으로 죽으니라.

이후(以後)로 밀양(密陽) 원(員)이 새로 하는 자(者)가 문득 도임(到
任)하는 날 신사(身死)하니 삼사등(三四等)[60]을 지나되 매매(每每) 이같
으니 다 흉읍(凶邑)으로 알아 다 모피(謀避)하여 비록 즉기지(卽其地)[61]
정배(定配)하되 사람이 원(願)하는 자(者)가 없으므로 조가(朝家)가 크게
근심하여 모일(某日) 조참(朝參)[62]에 하여금 문무 백관(文武百官)과 전
함인(前衘人)[63]을 궐내(闕內)에 모아 자원인(自願人)을 자모(自募)코자

---

59) 부인이 붉은 기가 뜻하는 바를 알아채려 그윽한 원한을 풀어 주다.
60) 세 네 번(番)의 등내(等內). '등내'는 벼슬아치가 그 벼슬을 살고 있는 동
　　안을 뜻함.
61) 즉석(卽席).
62) 매달 초 5일·11일·21일·25일의 네 차례, 모든 문무 관원이 검은 옷을
　　입고 근정전(勤政殿)이나 인정전(仁政殿)에서 임금에게 문안드리고, 정사
　　(政事)를 아뢰던 일.
63) 이전에 벼슬한 사람. 전함(前衘)은 전임(前任) 전직(前職)의 뜻임.

하니, 그때 한 무변(武弁)이 금군(禁軍) 구근(久勤)[64]으로 무겸(武兼)[65]을 얻어 겨우 승육(昇六)[66]하였다가 도로 낙직(落職)한 지 이십여년(二十餘年)이라. 연기(年紀) 육십(六十)에 기한(飢寒)이 도골(到骨)[67]하여 삼순구식(三旬九食)[68]과 십년일의(十年一衣)[69]라도 간신(艱辛)하니 이런 고(故)로 시러곰 문(門)에 나지 못한 지 이미 오랜지라. 소위(所謂) 명사(名士) 재상(宰相)을 하나도 지면(知面)함이 없더니, 밀양(密陽) 일을 듣고 기처(其妻)더러 일러 가로되,

"내 자원(自願)코자 하되 죽을가 저어 감(敢)히 생의(生意)치 못하노라."

기처(其妻)가 가로되,

"죽은 즉(卽) 죽으리니 무슨 두림이 있으리오. 가령(假令) 죽을지라도 오히려 태수(太守)의 이름을 얻을 것이요, 요행(僥倖) 죽지 않으면 어찌 만행(萬幸)이 아니랴. 원(願)컨대 자저(越趄)하지 말고 반드시 자원(自願)하소서."

무변(武弁)이 그 말을 옳이 여겨 조참(朝參) 날을 당(當)하여 대궐(大闕)에 달아 정신(挺身)[70] 출반(出班)하여 가로되,

"소신(小臣)이 비록 용렬(庸劣)하오나 원(願)컨대 부임(赴任)하려 하나이다."

---

64) 한 가지 일에 오랫동안 힘써 옴.
65) 무관과 선전관을 겸직한 사람. 곧 무신겸 선전관(武臣兼宣傳官)의 준말. 이 무신겸 선전관은 6품 이상이 되면 도사(都事)나 판관(判官)으로 나 갈 수 있었음.
66) 6품에 오름.
67) 뼛속 깊이 도달하다.
68) 서른 날에 아홉 끼니밖에 먹지 못한다는 뜻으로 집안이 매우 가난하게 지냄을 이르는 말.
69) 10년 동안 옷 한 벌로 지냄.
70) [무슨 일에] 앞장서서 나아감.

상(上)이 아름다이 여기샤 금일(今日) 정(政)[71]에 단부(單付)[72]하여
당일(當日) 사조(辭朝)하라 하시니 무변(武弁)이 집에 돌아와 탄식(歎息)
왈(曰),

"비록 그대 말로 자원(自願)하였으나 도임(到任)하면 반드시 죽을
지라. 나는 오히려 태수(太守)의 이름을 얻었으니 죽어도 한(恨)이 없
거니와 가권(家眷)인 즉(卽) 무슨 의미(意味) 있느뇨. 이로조차 영결
(永訣)하니 어찌 상통(傷痛)치 않으랴."

기처(其妻)가 가로되,

"전관(前官)의 다 몰(歿)함은 당자(當者)의 명(命)이라. 귀매(鬼魅)
가 어찌 능(能)히 사람을 범(犯)하리오. 내 비록 여자(女子)이나 가
(可)히 담당(擔當)하리니 나로 더불어 동행(同行)함이 어떠하뇨."

드디어 내권(內眷)을 데리고 발행(發行)하여 그 읍계(邑界)[73]에 이르
니 본읍(本邑) 관속(官屬)이 차차(次次) 현신(現身)하여 본관(本官)의 연
로(年老)함을 보고 오일경조(五日京兆)[74]로 알아 현연(顯然)히 경근(敬
謹)하는 뜻이 없고 이마를 찡그며 내행(內行)이 오매 더욱 두통(頭痛)으
로써 보니 기습(氣習)이 돈연(頓然)히 없더라.

아중(衙中)을 들어가니 내외(內外) 아사(衙舍)를 전혀 수리(修理)치
아니하고 떨어진 벽(壁)과 무너진 구들이 심(甚)히 소량(疎凉)[75]하더라.

황혼(黃昏) 때에 통인(通引) 급창(及唱)[76]이 다 영전(令前)[77]에 물러

---

71) 도목정사(都目政事)를 이름인 듯.
72) 단망(單望)으로 벼슬아치를 골라 정하던 일.
73) 읍의 경계(境界).
74) 한(漢)나라 장창(張敞)이 경조윤(京兆尹)에 임명되었다가 며칠 후에 면직된
고사에서 비롯된 말로, 오래 계속되지 못하는 것의 비유로 쓰임.
75) 거칠고 쓸쓸함.
76) 군아(郡衙)에 딸려 있던 사령의 한 가지. 원의 명령을 간접으로 받아서 큰
소리로 전달하는 일을 맡아 보았음.
77) 명령이 내리기 전.

가니 아중(衙中)이 공허(空虛)하여 한 사람도 없는지라. 부인(婦人)이 가로되,

"금야(今夜)는 정(正)히 두려우니 군자(君子)는 모로미 내아(內衙)에 처(處)하시면 내 마땅히 남복(男服)을 환착(換着)하고 아사(衙舍)에 앉아 써 동정(動靜)을 보리라."

하고, 드디어 촉(燭)을 밝히고 앉았더니 삼경(三更) 때에 홀연(忽然) 일진(一陣) 음풍(陰風)이 어디조차 이르러 촉영(燭影)이 명멸(明滅)하고 찬 기운(氣運)이 뼈에 사뭇더니, 이윽고 방문(房門)이 스스로 열리며 한 처녀(處女)가 일신(一身)에 피를 흘리고 몸을 들어내고 머리 풀고 손에 붉은 기(旗)를 들고 섬홀(閃忽)히[78] 방(房)에 들어오니 부인(婦人)이 놀라지 아니하고 가로되,

"네 반드시 원억(冤抑)함이 있으되 신설(伸雪)치 못하여 그 호소(呼訴)코자 옴인 즉(卽) 내 마땅히 너를 위(爲)하여 원수(怨讐)를 갚으리니 모로미 고요히 처(處)하고 다시 현형(現形)치 말라."

그 처녀(處女)가 백배 사례(百拜謝禮) 왈(曰),

"금야(今夜)에 명관(名官)을 처음 만나 삼생(三生) 숙원(宿怨)을 풀게 되오니 은혜(恩惠) 백골난망(白骨難忘)이라."

하고, 홀연(忽然) 간 곳이 없는지라. 부인(婦人)이 내아(內衙)에 들어가 기부(其夫)더러 가로되,

"원귀(冤鬼) 다녀갔으매 다시 두려움이 없으니 모로미 외아(外衙)에 나가 평안(平安)히 침수(寢睡)하소서."

기수(其倅)가 비록 겁심(怯心)이 있으나 부인(婦人)의 동지(動止) 안한(安閒)함을 보고 마지 못하여 마음을 단단히 먹고 외헌(外軒)에 나와 누워 전전(轉輾)히 자지 못하고, 날이 장차(將次) 밝으매 문외(門外)에 인적(人迹)이 요란(擾亂)하고 말소리 분요(粉擾)하여 초상(初喪)난 집 같

---

78) 번쩍하듯이.

은지라. 창(窓) 틈에 엿본 즉(卽) 장교(將校), 수리(首吏), 사령(使令)이 무리지어 혹(或) 초석(草席) 가졌으며 혹(或) 공석(空席)도 가져 뜰 가운데 가득하여 수뚜리며(?) 서로 밀어 가로되,

"네 먼저 청상(廳上)에 올라 문(門)을 열라."

하여 면면(面面)이 보고 즐겨 먼저 오르지 아니하거늘, 기수(其倅)가 이에 영창(映窓)을 밀치고 앉아 가로되,

"무슨 연고(緣故)가 있건대 이리 흉흉(洶洶)하며 너희 가진 바가 무엇이뇨."

이배(吏輩) 대경(大驚)하여 써 하되 신인(神人)이 하강(下降)하다 하여 창황(蒼黃)히 추피(趨避)[79]하거늘, 기수(其倅)가 드디어 작일(昨日) 궐번(闕番)한 제한(諸漢)[80]의 죄(罪)를 다스리고 수향(首鄕) 수리(首吏)를 일병(一竝) 부과(賦課)하여 호령(號令)이 엄명(嚴命)하니 관속(官屬)이 진율(震慄)[81]하여 감(敢)히 소리를 내지 못하더라.

그 밤에 내아(內衙)에 들어가 부인(婦人)더러 작야(昨夜) 지난 일을 물은대, 부인(婦人)이 그 일을 역력(歷歷)히 말하여 가로되,

"이 반드시 모(某) 등내(等內) 처녀(處女)의 정절(貞節)이 분명(分明) 흉한(凶漢)의 손에 원사(冤死)함이나 세상(世上)이 다 도망(逃亡)하여 간 줄로 아는지라. 그 귀신(鬼神)이 손에 붉은 기(旗)를 들었은 즉(卽) 이는 정녕(丁寧) 붉을 주자(朱字) 기 기자(旗字)라. 모로미 성명(姓名)에 주기(朱旗)란 자(者) 있거든 불수다언(不須多言)[82]하고 엄형(嚴刑) 취초(取招)[83]하소서."

기수(其倅)가 점두(點頭)[84]하고, 익일(翌日) 조사(朝仕) 후(後)에 우연

---

79) 빨리 피함.
80) 여러 놈.
81) 두렵거나 무서워서 몸을 떪.
82) 여러 말을 할 필요가 없음.
83) 죄를 범한 사람을 취조하여 공술(供述)을 받음.
84) 승낙하거나 옳다는 뜻으로 머리를 약간 끄덕임,

(偶然)히 장교안(將校案)을 상고(詳考)한 즉(即) 본청(本廳) 집사(執事)에 주기(朱基) 성명(姓名)이 있는지라. 크게 위의(威儀)를 갖추고 주기(朱基)를 즉각(即刻) 나입(拿入)하여 불문곡직(不問曲直)하고 결박(結縛)하여 형(刑)틀에 올려 매니 일읍(一邑) 상하(上下)가 다 경괴(驚怪)하여 그 연고(緣故)를 알지 못하더니, 기수(其倅)가 이에 물어 가로되,

"네 모(某) 등내(等內) 아기씨(氏)의 거취(去就)를 반드시 알 것이니 형장(刑杖)을 기다리지 말고 일찍 직초(直招)하라."

본관(本官)이 도임(到任) 날 면사(免死)하므로 두림을 신명(神明)같이 하니 뉘 감(敢)히 일호(一毫)나 기망(欺罔)하리오. 하물며 궐한(厥漢)이 몸에 중범(重犯)이 있으니 사람은 비록 아는 이 없으나 제 마음은 상해 동동(憧憧)[85]하더니, 및 나입(拿入)하는 영(令)을 들으매 심혼(心魂)이 비월(飛越)하여 면색(面色)이 여토(如土)하고 정신(精神)이 아득하여 감(敢)히 은휘(隱諱)치 못하고 전후(前後) 위절(委折)을 일일(一一) 직고(直告)하니, 대개(大槪) 모등(某等) 내행(內行)이 영남루(嶺南樓) 구경차(次)로 나왔을 때에 궐한(厥漢)이 창(窓)틈으로 본 즉(即) 처녀(處女)의 자색(姿色)이 천고 절염(千古絶艶)이라. 한 번(番) 보매 심혼(心魂)이 표탕(飄蕩)하여 십분(十分) 욕심(慾心)이 나고, 또 들으니 처녀(處女)가 유모(乳母)로 더불어 동실(同室)에 처(處)하여 유모(乳母) 대접(待接)함을 친모(親母)같이 한다 하니 궐한(厥漢)이 재물(財物)을 많이 허비(虛費)하여 그 유모(乳母)를 주고 또 언약(言約)하되 처녀(處女)를 달래어 모처(某處)에 이른 즉(即) 마땅히 천금(千金)으로써 후(厚)히 갚으리라 하니, 모처(某處)는 곧 내아(內衙) 후원(後園) 부용정(芙蓉亭)이니 심(甚)히 유벽(幽僻)하여 내아(內衙)로 더불어 절원(絶遠)하고 아래 죽림(竹林)이 있으니 자전(自前)으로 내행(內行)이 때때 소창(消暢)[86]하는 곳이라.

---

85) [걱정스런 일로] 마음이 들떠 있음.
86) 심심하거나 가깝한 마음을 풀어 후련하게 함.

궐녀(厥女)가 그 재물을 탐(貪)하여 드디어 처녀(處女)를 이끌고 부용
정(芙蓉亭) 상(上)에 올라 월색(月色)을 구경하더니, 궐한(厥漢)이 죽림
(竹林) 속에 은신(隱身)하였다가 불의(不意)에 뛰어 나와 곧 처녀(處女)
의 가는 허리를 안고 죽림(竹林) 심처(深處)로 들어가 겁욕(劫辱)코자
하니 처녀(處女)가 또 울고 또 부르짖어 죽기로 그음[87]하며 말을 듣지
아니하니, 궐한(厥漢)이 도차지두(到此地頭)하여 죽기는 일반(一般)이라.
드디어 찬 칼을 빼어 찔러 죽이고 또 생각하매 유모(乳母)를 죽이지 않
은 즉(卽) 일이 탄로(綻露)키 쉬운지라. 또 죽여 두 겨드랑에 각각(各
各) 일시(一屍)를 끼고 담을 넘어 관가(官家) 주산(主山)[88] 인적(人迹)
부도처(不到處)에 가만히 묻은 지 이제 기년(幾年)이로되 사람이 알 리
없더라.

본관(本官)이 그 사연(事緣)을 영문(營門)에 보(報)하여 즉일(卽日) 타
살(打殺)하고 그 처녀(處女)의 시체(屍體)를 파내어 본 즉(卽) 면색(面
色)이 생시(生時) 같고 피 흔적(痕迹)이 낭자(狼藉)하여 금방(今方) 죽은
사람 같은지라. 그 의복(衣服)과 관곽(棺槨)을 갖추어 본가(本家)에 통
(通)하여 그 선산(先山)에 보내어 장사(葬事)하고 부용정(芙蓉亭)을 헐고
그 죽림(竹林)을 불지르니 이후(以後)로 읍중(邑中)이 무사(無事)하니라.

태수(太守)의 신명(神明)함을 거개(擧皆) 훤전(喧傳)하니 이로조차 변
지(邊地) 방어(防禦) 병수사(兵水使)[89]를 차례(次例)로 옮아 통제사(統制
使)에 이르러 곳곳마다 선성(善聲)이 자자(藉藉)하여 영(令)치 아니하여
도 행(行)하고 노(怒)치 아니하여도 엄(嚴)하여 감(敢)히 은휘(隱諱)치
못하니 도처(到處) 선치(善治)하더라.

---

87) '한정(限定)'의 뜻을 가진 옛말.
88) 묏자리나 집터 또는 도읍터의 뒤쪽에 있는 산. 풍수지리에서 그 터의 운
　　수 기운이 매였다고 하는 산.
89) 병마절도사(兵馬節度使)와 수군절도사(水軍節度使)를 합쳐 줄인 말.

4. 영산업부부이방(營産業夫婦異房)[90]

상주(尙州) 땅 김생(金生)이 일찍 쌍친(雙親)을 여의고 또 가계(家計)
빈궁(貧窮)하여 연과이십(年過二十)[91]에 고공(雇工)이 되어 적년(積年)
품값을 모아 삼십(三十)에 비로소 취실(娶室)하여 영산(營産)할 뜻이 있
는지라. 빙처(聘妻)한 후(後) 삼일(三日)을 지나 기처(其妻)가 기부(其夫)
더러 일러 가로되,

"금일(今日)로부터 반드시 삼칸(三間) 방(房)을 반칸(半間)씩 막음
이 가(可)하니이다."

생(生)이 가로되,

"어찌 이름고."

처(妻)가 가로되,

"우리 부부(夫婦)가 만일(萬一) 동침(同寢)한 즉(卽) 자연(自然) 생
산(生産)하리니 금년(今年)에 아들 낳고 명년(明年)에 딸 낳아 자손
(子孫)의 낙(樂)이 좋은 즉(卽) 좋거니와, 저간(這間) 식구(食口)의 더
함과 질병(疾病)에 괴로우매 그 손재(損財)함이 마땅히 어떠하리오.
군자(君子)는 상방(上房)에 있어 짚신을 삼고 나는 하방(下房)에서 길
쌈하여 십년(十年)으로써 한(限)하되 날마다 한 그릇 죽(竹)을 먹어
써 가업(家業)을 이룸이 어떠하뇨."

생(生)이 그 말을 좋이 여겨 드디어 문(門)을 막고 부부(夫婦)가 각처
(各處)하니라.

부처(夫妻)가 매양(每樣) 날이 어두운 후(後)에 구덩이를 후원(後園)

---

90) 산업을 이루려고 부부가 다른 방을 쓰다.
91) 나이가 스물이 넘음.

에 팔 새 육칠칸(六七間)으로 한정(限定)하고 또 궁랍(窮臘)92)을 당(當)
하여 주머니를 많이 지어 대촌(大村) 여러 고공(雇工)에게 나놔 주어
개똥 한 섬으로 값을 정(定)하고 춘초(春初) 해빙시(解氷時)에 구분(狗
糞)93)을 구덩에 메이고 써 춘(春)모94)를 심었더니, 당년(當年)에 대숙
(大熟)하여 백여(百餘) 짐에 가까운지라. 인(因)하여 남초(南草)95)를 심
어 또 수십냥(數十兩)을 얻으니 이같이 근업(勤業)한 지 육칠년(六七年)
에 전곡(錢穀)이 충만(充滿)하되 죽(竹) 먹기를 여일(如一)히 하여 아홉
해 되는 섣달 그믐을 당(當)하여는 생(生)이 처(妻)더러 청(請)하여 가로
되,

　"이제 십년(十年)이 된지라. 원(願)컨대 밥을 먹고자 하노라."
　처(妻)가 가로되,

　"우리 이미 십년(十年)으로써 한(限)하였거늘 하루밤을 참지 못하
여 경선(輕先)96)히 경계(警戒)를 파(破)함이 가(可)하랴."
　생(生)이 무안(無顏)이 퇴(退)하다.

　십년(十年)이 되매 과연(果然) 거부(巨富)를 이뤄 일조(一朝)에 거갑
(居甲)97)이라. 드디어 대가사(大家舍)를 짓고 들어 동처(同處)하니 생
(生)이 내외(內外) 처음 만날 때 이미 나이 많았고 또 십년(十年)을 지
나매 생산(生産)이 단망(斷望)이라. 생(生)이 이로써 근심한대 기처(其
妻)가 가로되,

　"우리 산업(産業)이 이같은 즉(卽) 반드시 주장(主掌)할 자(者)가
있으리니 그대 원근(遠近) 족중(族中)에 가(可)한 자(者)를 가리어 아

---

92) 세밑.
93) 개똥.
94) 봄보리.
95) 담배.
96) 경솔하게 앞질러 하는 성질이 있음.
97) 으뜸 자리를 차지함.

들을 수양(收養)한 즉(卽) 생산(生産)하나 어찌 다르리오."

마침내 동성(同姓)에 수양(收養)하니 이 곧 상산(常山) 김씨(金氏)라. 그 후(後) 자손(子孫)이 번성(繁盛)하고 잠영(簪纓)이 대불핍절(代不乏絶)하더라.

5. 획생금부자동궁(獲生金父子同宮)[98]

송경(松京) 조동지(趙同知)[99]의 관향(貫鄕)은 백천(白川)이니 가재(家財)가 누기만(累幾萬)이라. 차인(差人)[100]이 팔로(八路)에 두루 있어 재물(財物)을 거래(去來)하되 본대 고종(孤宗)[101]이요, 또 자손(子孫)이 없어 명령(螟蛉)[102]을 구(求)하되 얻을 곳이 없는지라. 부처(夫妻)가 주야(晝夜) 근심하더라.

일일(一日)은 동지(同知) 당상(堂上)에 앉았더니 문외(門外)에 마침 밥 비는 소리 나니 겨우 십세아(十歲兒)라. 융동 설한(隆冬雪寒)[103]을 당(當)하여 기한(飢寒)을 이기지 못하되 그 용모(容貌) 골격(骨格)이 자못 장취(將就)[104] 있는지라. 동지(同知) 불러 방중(房中)에 들여 그 성(姓)을 물은 즉(卽), 가로되,

"다만 모친(母親)이 있어 함께 걸식(乞食)한다."

하거늘, 동지(同知) 즉시(卽時) 데려다가 그 연고(緣故)를 이르고 의식(衣食)을 주어 집에 두고 그 모(母)는 수씨(嫂氏)라 일컫고 근처(近處)에 작은 집을 사 주고, 인(因)하여 기아(其兒)로 기자(己子)[105]를 삼으

---

98) 생금(生金)을 얻어 아버지와 아들이 한 집에 살게 되다.
99) '동지(同知)'는 원래 중추부(中樞府)의 종2품인 동지중추부사(同知中樞府事)를 지칭하는 약칭이었으나 후에는 직함이 없는 노인의 존칭으로 쓰였음. 여기서는 후자의 뜻.
100) 장사하는 일에 시중 드는 고용인.
101) 자손이 번성하지 못한 종가(宗家).
102) 명령은 나나니벌이 업고 가서 기른다는 전설에서, 양자(養子)를 이름.
103) 엄동 설한(嚴冬雪寒).
104) 앞으로 늘어 나감. 나날이 진보하여 감.
105) 자기 아들.

니 기아(其兒)가 점점(漸漸) 자라매 양부모(養父母)에게 정(情)을 붙여 기출(己出)과 다름이 없더니, 십육세(十六歲)에 이르매 성취(成娶)하여 그 가산(家産) 출입(出入)을 저에게 맡기매 근간(勤幹)[106]하고 주밀(周密)하여 양부모(養父母)의 뜻을 맞추더라.

일일(一日)은 기자(其子)가 문득 가로되,

"내 장사할 경영(經營)을 하오니 원(願)컨대 수삼천금(數三千金)을 얻어 양서(兩西) 도회처(都會處)[107]로 나가 흥리(興利)하려 하나이다."

동지(同知) 가로되,

"나는 송인(松人)[108]이라. 자소(自少)로 흥리(興利)함이 이 소업(所業)이니 네 말이 또한 마땅하도다."

드디어 오천냥(五千兩)을 주니 기자(其子)가 행(行)하여 평양(平壤)에 이르러는 기녀(妓女)에게 혹(惑)한 바가 되어 수년간(數年間)에 오천금(五千金)이 눈같이 녹으니 집에 돌아갈 낯이 없어, 인(因)하여 기가(其家)에 머물러 사환(使喚) 차인(差人)이 되니라.

동지(同知) 이 소식(消息)을 듣고 드디어 부자지의(父子之誼)를 끊고 그 본생모(本生母)와 그 처(妻)를 다 내어쫓으니 고식(姑媳)[109]이 성외(城外)에 나가 의구(依舊)히 걸식(乞食)하니라.

기자(其子)가 폐의 파립(敝衣破笠)으로 기가(妓家)에 주접(住接)하여 적수(赤手)로 돌아갈 기약(期約)이 없더니, 기녀(妓女)가 마침 관가(官家) 연회(宴會)에 들어가고 조생(趙生)이 집을 지켰더니, 그날 대우(大

---

106) 부지런하고 성실함.
107) 인구가 많고 상공업이 발달하고 많은 문화적 시설을 갖춘 번화한 곳. 대처(大處). 도회지(都會地).
108) 송도(松都) 사람.
109) 시어머니와 며느리.

雨)가 붓듯이 오니 조생(趙生)이 우연(偶然)히 본 즉(卽) 들 가운데 누른 금(金)가루가 흐르거늘 그 근원(根源)을 찾아 캔 즉(卽) 뒷뜰로부터 역락(繹絡)110)하여 나오니 곧 방문(房門) 섬돌에서 나는 바이라. 그 가루를 낱낱이 주우니 거의 두어 근(斤)이 되고 그 섬돌을 본 즉(卽) 거의 방치돌111) 같으니 그 돌이 곧 생금(生金)이라.

조생(趙生)이 기녀(妓女)의 나옴을 기다려 말하여 가로되,

"내 연소(年少) 소치(所致)로 여간(如干) 전냥(錢兩)을 비록 그대에게 허비(虛費)하나 그대 기간(其間) 접대(接待)한 은혜(恩惠)를 실(實)로 잊기 어려운지라. 이제 여러 해 지나매 정리(情理) 소재(所在)에 돌아가지 아니치 못할지라."

한대, 기녀(妓女)가 이 말을 듣고 또한 창연(愴然)하여 가로되,

"조서방(趙書房)이 내 집에 오래 머물으나 내 넉넉치 못하므로 접대(接待)를 여의(如意)치 못하니 실(實)로 부끄러운지라. 다년(多年) 주객지여(主客之餘)에 이제 분수(分手)하니 주인(主人)의 도리(道理)가 가(可)히 도보(徒步)로 보내지 못하리라."

하고, 즉시(卽時) 육족(六足)112)을 세(貰)내어 주니 조생(趙生)이 가로되,

"감사(感謝) 감사(感謝)하여라. 다만 청(請)할 바가 있으니 뒷 방문(房門) 앞 섬돌이 족(足)히 귀(貴)치 아니하나 그대 조석(朝夕)으로 족적(足迹)이 있는지라. 내 이제 돌아가매 이 체석(砌石)113)을 가져다가 그대 낯을 대(對)한 듯 나 자는 방(房) 앞의 섬돌을 삼으면 거의 심회(心懷)를 위로(慰勞)하리로다."

---

110) 계속 이어져 끊임이 없음. 낙역(絡繹).
111) 다듬이돌.
112) [발이 모두 여섯 개란 뜻] 곧 말과 마부(馬夫).
113) 섬돌. 원문의 '췌석'은 '체석'의 잘못 표기.

기녀(妓女)가 가로되,

"조랑(趙郞)이 내게 유정(有情)한 줄 가(可)히 알지니 내 어찌 일
(一) 괴석(怪石)을 아끼리오. 그대 모로미 가져 가라."

조생(趙生)이 곧 실어 오니라.

때 세말(歲末)을 당(當)하매 무릇 송인(松人)의 나가 장사하는 자(者)
가 다 집에 돌아오고 그 가권(家眷)이 또 대찬(大饌)을 갖추어 오리정
(五里亭)에 맞는지라. 조생(趙生)이 폐포 파립(敝袍破笠)으로 그 가운데
섞여 와 감(敢)히 기부(其父)에게 뵈지 못하고 한 구석에 국축(跼蹐)[114]
하니 기외(其外) 허다(許多) 차인(差人)은 주객(主客)이 서로 희색(喜色)
으로 맞으되 조생(趙生)에게 이르러는 기부(其父)가 지이부지(知而不
知)[115]하고, 기자(其子)가 또한 감(敢)히 현알(見謁)치 못하니 간혹(間
或) 지면(知面)한 자(者)는 손가락질하고 조롱(嘲弄)하더라.

날이 저물매 그 성외(城外)에 간 즉(卽) 기모(其母)와 기처(其妻)의
원언(怨言)이 정(正)히 견디기 어려우되 조생(趙生)이 일언(一言)을 아니
하고 하루 밤 편(便)히 자더니, 명일(明日)에 서간(書簡)과 금봉(金封)으
로 기처(其妻)를 주어 하여금 기부(其父)에게 드리니, 이때 조동지(趙同
知) 바야흐로 모든 차인(差人)으로 더불어 일[116] 일어 회계(會計)하더
니, 기처(其妻)가 감(敢)히 문(門)에 들지 못하고 그 노자(奴子)를 불러
동지(同知)에게 통(通)하고 먼저 금봉(金封)을 드리니 동지(同知) 받고
버거 서간(書簡)을 본 즉(卽) 일렀으되,

"자(子)의 다년(多年) 소득(所得)이 비록 이 수근(數斤) 금(金)이오
나 향일(向日) 오천수(五千數)를 당(當)할 것이요, 또 이에서 더 큰

---

114) 마음에 황송하여 몸을 굽힘. 국척(跼蹐).
115) 알되 아는 체 하지 않음.
116) 일찍.

자(者)가 있는 고(故)로 먼저 복달(伏達)[117]하나이다."

동지(同知) 풀어 본 즉(卽) 다 생금(生金) 갈리[118]라. 그 값을 논(論)
하면 가(可)히 육칠천금(六七千金)을 당(當)할지라. 대희(大喜)하여 미쳐
모든 하인(下人)에게 이 말을 전(傳)치 못하고 급(急)히 안에 들어가 그
식부(息婦)를 불러 들이니 기처(其妻)가 대로(大怒)하여 꾸짖거늘, 동지
(同知) 가로되,

"그렇지 않은 자(者)가 있으니 조금 기다리라."

그 자부(子婦)더러 물어 가로되,

"너의 가장(家長)이 병(病) 없이 돌아오고 간 밤에 잘 잤으며 또
조반(朝飯)이나 먹었느냐. 너는 가지 말라. 내 이제 너의 남편(男便)
을 나가 보리라."

하고, 곧 외성(外城)에 나가 기자(其子)를 보니 기자(其子)가 배알(拜
謁)한대, 기부(其父)가 가로되,

"너의 보낸 금설(金屑)[119]이 불소(不少)하니 어찌 써 얻어 오뇨."

기자(其子)가 가로되,

"이 어찌 족(足)히 귀(貴)하리이꼬. 또 큰 덩이 있나이다."

가로되,

"어느 곳에 두었느뇨."

기자(其子)가 행탁(行橐) 중(中)으로써 내어 뵈니 동지(同知) 일견(一
見)에 눈을 둥그렇게 뜨고 입을 크게 벌리고 놀라 양구(良久)에 일어
등을 어루만져 가로되,

"상(相)을 가(可)히 속이지 못하리로다. 처음에 네 상(相)을 보니
만석(萬石)꾼 상격(相格)이 있는 고(故)로 취(取)하여 자식(子息)을 삼

117) 엎드려 아룀.
118) '가루'의 경상도 방언.
119) 황금의 가루.

왔더니 이제 과연(果然) 이 보배를 얻어 왔으니 만일(萬一) 불려 내면 나의 가산(家産)에서 십배(十倍)나 되리니 차외(此外)에 무엇을 다시 바라리오. 향자(向者) 일시(一時) 외입(外入)이 또한 소년(少年) 여사(餘事)이라. 다시 이르지 말고 즉즉(卽卽)[120] 들어오라."

기모(其母)를 돌아 보아 가로되,

"수씨(嫂氏) 근일(近日)에 기한(飢寒)이 오죽하시리이까. 내 이제 교자(轎子)를 내어 보내리니 즉시(卽時) 귀택(貴宅)으로 오소서."

집에 돌아와 다 솔래(率來)하여 부자(父子)가 처음같이 지내니라.

슬프다. 부자(父子)의 친(親)이 순식(瞬息)에 떠나고 순식(瞬息)에 합(合)하니, 재리(財利) 있는 바에 어찌 두렵지 않으랴.

---

120) 즉시 즉시.

6. 첩행주권원수기공(捷幸州權元帥奇功)[121]

정금남(鄭錦南) 충신(忠信)[122]은 선묘조(宣廟朝) 중흥(中興) 공신(功臣)이라.

처음에 광주(光州) 아전(衙前)이 되었더니, 권도원수(權都元帥) 율(慄)[123]이 본주(本州) 목사(牧使)가 되었을 제 일견(一見)에 그 장재(將材)[124]인 줄 안지라. 일일(一日)은 양푼[125]에 물을 가득 부어 가만히 장자(障子) 위에 두었다가 혼야(昏夜)에 금남(錦南)으로 하여금 급(急)히 장자(障子)를 내리라 한 즉(即) 금남(錦南)이 담뱃대로 그 위에 둘러 수기(水器)[126]를 내린 후(後) 장자(障子)를 내리니 공(公)이 더욱 기이(奇異)히 여겨 이로부터 사랑함이 더욱 중(重)하더라.

임진 왜란(壬辰倭亂)에 도로(道路)가 막히어 대가(大駕)가 용만(龍灣)에 계시매 조정(朝廷) 소식(消息)이 통(通)치 못하는지라. 금남(錦南)이

---

121) 권율(權慄) 도원수가 행주 싸움에서 이길 때 기이한 공을 세우다.
122) 조선조 인조 때의 무신. 호는 만운(晩雲). 임긴 왜란 때 광주 목사 권율의 휘하에서 종군, 그의 장계(狀啓)를 가지고 의주(義州)의 행재소에 갔다가 병조 판서 이항복(李恒福)의 주선으로 학문과 무예를 닦음. 이괄의 난때 공을 세워 진무공신 1등이 되고 금남군(錦南君)에 봉해짐. 천문, 지리, 복서, 의술 등 다방면에 걸쳐 능했고 청렴하기로도 이름이 높았음.
123) 조선조 선조 때의 도원수(都元帥). 호는 만취당(晩翠堂). 광주 목사로 있을 때 임진 왜란이 일어나자 방어사(防禦使)가 되었고, 그 후 도원수가 되어 이치(梨峙)의 싸움과 행주(幸州)의 싸움에서 대승하였음. 시호는 충장(忠莊).
124) 장수가 될 만한 훌륭한 인재.
125) 음식을 담거나 데우는 데 쓰는 놋그릇. 모양은 운두가 낮고 아가리가 넓어 반병두리 같으나 큼.
126) 물그릇.

왕반(往返)[127]함을 자청(自請)하여 장계(狀啓)를 가지고 단신(單身)으로
행재소(行在所)[128]에 다르니, 오성(鰲城) 이상공(李相公)[129]은 권공(權
公)의 서(壻)이라. 권공(權公)의 글을 보고 인(因)하여 조정(朝廷)에 천
거(薦擧)하여 무과(武科)에 올라 공훈(功勳)을 세워 후(後)에 부원수(副
元帥)에 이르니라.

오성(鰲城)이 회해(詼諧)하기를 좋아하더니 매양(每樣) 금남(錦南)을
대(對)하여 말하되,

"악장(岳丈) 권공(權公)이 별(別)로 지략(智略)이 없으되 다행(多幸)
히 성공(成功)하니 내 족(足)히 두리지 아니하노라. 나로 하여금 땅을
바꾸면 사업(事業)을 판득(辦得)함이 반드시 많이 위가 되리라."

하니, 금남(錦南)이 웃더라.

일일(一日)은 오성(鰲城)이 뒷간에 갔더니 금남(錦南)이 졸지(猝地)에
달려와 기식(氣息)이 천촉(喘促)[130]하여 가로되,

"큰 일 났다. 큰 일 났다."

하거늘, 오성(鰲城)이 놀라 물어 왈(曰),

"무슨 큰 일고."

가로되,

---

127) 왕복(往復).
128) 임금이 왕궁을 멀리 떠나 거둥할 때에 일시 머무는 곳.
129) 조선조 14대 임금인 선조 때의 대신인 이항복(李恒福)을 말함. 이항복은
    호가 백사(白沙), 자는 자상(子常), 본은 경주(慶州)로 벼슬은 영의정(領議
    政)에 이름. 임진 왜란 때에 요직에 있으면서 국난을 수습하는 데에 힘
    을 다하여 공훈을 세우고 오성부원군(鰲城府院君)에 봉군됨. 광해군 때에
    인목대비 폐모론에 반대하다 북청(北靑)으로 귀양을 가 그 곳에서 죽음.
    저서로 '사례훈몽(四禮訓蒙)' '노사영언(魯史零言)' '백사집(白沙集)' 등이
    있음. 시호는 문충(文忠).
130) 가쁘게 숨을 쉬면서 헐떡거림.

"왜병(倭兵) 십만(十萬)이 이미 조령(鳥嶺)을 넘으매 브발(步撥)131) 이 아까 이르렀나이다."

이때 새로 왜란(倭亂)을 지나매 상(傷)한 자(者)가 오히려 일지132) 못하고 오성(鰲城)이 또한 칠년(七年) 병과(兵戈)133)의 간고(艱苦)를 가초 겪었더니, 및 차언(此言)을 들으매 실조(失措)134)함을 깨닫지 못하여 측상(厠上)에 주저 앉거늘, 금남(錦南)이 대소(大笑)하여 가로되,

"대감(大監)이 매양(每樣) 권공(權公)을 두리지 아닛노라 하더니 이제 어찌 그리 겁(怯)하시나니이꼬. 전(前)말은 희롱(戱弄)이라. 청(請)컨대 권공(權公)이 행주대첩(幸州大捷)하던 일을 아뢰리이다. 접전(接戰)하던 전일(前日)에 밤이 깊은 후(後) 권공(權公)이 홀연(忽然) 소인(小人)을 장중(帳中)에 불러 들여 가로되 '명일(明日)은 장차(將次) 대전(對戰)하리라. 지형(地形)을 알지 못하매 가만히 행(行)하여 두루 살피고 올 것이니 네 그 나를 따르라.' 단기(單騎)로 홀로 나가 강변(江邊)을 순행(巡行)하고 높은 언덕에 올라 진세(陣勢)를 살피더니, 이때 달이 없고 밤이 어두워 큰 들이 막막(漠漠)한데 홀연(忽然) 들으니 철기(鐵騎) 분치(奔馳)하고 도창(刀槍)이 쟁연(錚然)135)하며 왜병(倭兵)이 이미 백(百)겹이나 에웠으니 비조(飛鳥)도 나가기 어려운지라. 소인(小人)이 우러러 가로되, '계교(計巧)가 어디 나리이꼬.' 권공(權公)의 신색(神色)이 자약(自若)하여 가로되 '내 이미 파적(破敵)할 꾀를 얻었나니 두리지 말라.' 아이(俄而)오 대갈 일성(大喝一

---

131) 조선조 14대 선조 30(1597)년에 설치한 파발제도(擺撥制度)의 하나. 걸어서 공문(公文)을 전하는 직무를 맡은 사람을 이름. 보발꾼.
132) 원문에는 '이지'로 되어 있음.
133) 전란(戰亂).
134) 당황하여 정상적인 행동에서 벗어남.
135) 쇠붙이끼리 부딪치는 소리.

聲)에 가로되 '명일(明日)로 싸움을 언약(言約)하고 철기(鐵騎)를 놓아 에움은 겁(怯)함이요 신(信)이 아니라. 네 왜장(倭將)에게 가 전갈(傳喝)하고 돌아오라.' 소인(小人)이 '유유(唯唯)'하오나 감(敢)히 걸음을 옮기지 못하오니 또 꾸짖어 가로되 '양국(兩國)이 교병(交兵)에 사신(使臣)이 그 사이에 있으니 빨리 가라.' 드디어 죽기를 무릅쓰고 가 장령(將令)을 전(傳)한 즉(卽) 왜장(倭將)이 침음(沈吟) 양구(良久)에 진중(陣中)에 전령(傳令)하여 금문(禁門)을 열어 내어 보낼 새 진(陣)을 껴 길을 열매 검극(劍戟)이 맞걸려 겨우 일마(一馬)를 용납(容納)할지라. 공(公)이 고삐를 느직이 하고 서서(徐徐)히 행(行)하여 진문(陣門) 밖에 나와 또 소인(小人)을 불러 가로되 '다시 전갈(傳喝)하라. 나의 등편(藤鞭)[136]을 잃고 왔으니 반드시 찾아 보내라 하라.' 소인(小人)이 겨우 만인 갱참(萬人坑塹)[137]을 나오매 두 번(番) 천심해도(千尋海濤)[138]에 들어감이 정(正)히 난감(難堪)하오나 감(敢)히 영(令)을 어기지 못하와 또 가 전어(傳語)하온 즉(卽) 왜장(倭將)이 진중(陣中)에 하령(下令)하여 추심(推尋)하라 하니 일진(一陣)이 물끓는 듯이 등편(藤鞭)을 찾는지라. 소인(小人)이 돌아와 고(告)한 즉(卽) 비로소 서서(徐徐)히 돌아오니 장중(帳中)에 등편(藤鞭)이 오히려 있는지라. 소인(小人)이 그 연고(緣故)를 묻자온대 공(公)이 가로되, '병불염사(兵不厭詐)[139]라. 등편(藤鞭)이 여기 있으되 저기 찾음은 그 진중(陣中)으로 하여금 요란(擾亂)하여 편(便)히 자지 못하게 하여 적국(敵國)을 흔드는 술(術)이니 네 그 알소냐.' 인(因)하여 옷을 끄르

---

136) 무장(武裝)할 때 쓰던 채찍. 굵은 등(藤)의 도막의 머리쪽에 물들인 녹비나 비단의 끈을 달았음. 등(藤)채.
137) 많은 사람으로 이루어진 굴.
138) 천 길 되는 바다의 큰 파도.
139) 군사에 있어서는 적을 속이는 간사한 꾀도 꺼리지 아니함.

고 누우사 비식(鼻息)140)이 여뢰(如雷)하오니 소인(小人)이 한출첨배
(汗出沾背)141)하와 탄복(歎服)함을 깨닫지 못하더니, 읻일(翌日)에 과
연(果然) 대첩(大捷)하여 그 용병(用兵)하는 도량(度量)은 귀신(鬼神)
이 측량(測量)치 못하고 담략(膽略)이 영위(英威)하옴은 비록 옛 명장
(名將)이라도 이에서 지나지 못할지라. 이제 대감(大監)은 왜보(倭報)
를 들으시고 경황 실조(驚惶失措)142)하시니 어찌 써 권공(權公)을 두
리지 않으시리이꼬."

오성(鰲城)이 웃어 가로되,

"중정(中情)이 겁(怯)함이 아니라 특별(特別)히 너를 시험(試驗)함
이로라."

대개(大槪) 삼인(三人)이 다 각기(各其) 인걸(人傑)이라. 권공(權公)의
지략(智略)과 이공(李公)의 회해(詼諧)와 정공(鄭公)의 충용(忠勇)이 세
(世)에 드문 장관(壯觀)일러라.

---

140) 콧숨.
141) [너무 부끄럽거나 무서워서] 흐르는 땀이 등을 적심.
142) 놀라서 어찌할 줄을 모름.

7. 겁왜승유거사명식(刦倭僧柳居士明識)[143]

유거사(柳居士)는 안동(安東) 사람이니 서애(西涯)[144]의 삼촌(三寸)이라. 형모(形貌)가 소졸(疎拙)하고 행지(行止) 오활(迂闊)하여 평일(平日)에 언소(言笑)가 없고 한 초막(草幕)을 얽어 지게를 닫고 글만 읽으니 서애(西涯) 한 치숙(痴叔)으로 보더니, 일일(一日)은 거사(居士)가 서애(西涯)더러 일러 왈(曰),

"그대 나로 더불어 바둑 두어 소일(消日)함이 어떠하뇨."

서애(西涯) 국수(國手)로 자기(自期)[145]하매 일찍 치숙(痴叔)의 바둑 두는 양을 보지 못한지라. 답(答)하되,

"숙주(叔主)가 또한 바둑을 아느냐."

더불어 대국(對局)하매 서애(西涯) 인(因)하여 삼국(三局)을 지고 이상(異常)히 여기거늘 거사(居士)가 가로되,

"아직 바둑을 날회고[146], 오늘 저녁에 한 중이 올 것이니 모로미 나의 초막(草幕)으로 보내라."

서애(西涯) 그 미리 승(僧)의 올 줄 앎을 괴(怪)히 여겨 거짓 응(應)하여 가로되,

"낙(諾)다."

기석(其夕)에 과연(果然) 중이 와 말하되,

---

143) 유거사(柳居士)가 혜안을 가져 왜승(倭僧)을 겁주다.
144) 조선조 선조 때의 상신인 유성룡(柳成龍)의 호. 임지 왜란이 일어나자 삼남도체찰사(三南都體察使)가 되어 국난에 대처하였으며, 군대의 양성을 위하여 훈련도감(訓練都監)을 설치할 것을 건의하였음.
145) 스스로 마음속에 기약함.
146) '날회다'는 천천하다, 더디다의 뜻으로 쓰인 옛말.

"묘향산(妙香山)에 있노라."

하고, 일야(一夜) 유숙(留宿)함을 청(請)하거늘 서애(西厓) 그 치숙(痴叔)의 신통(神通)함을 경복(敬服)하고 소반(素飯)으로써 대접(待接)하여 초막(草幕)으로 보내니, 거사(居士)가 가로되,

"내 선사(禪師) 올 줄 알았노라."

승(僧)이 놀라 가로되,

"어찌 써 알으시니이꼬."

거사(居士)가 가로되,

"아까 내 조카 집에 옴을 본 고(故)로 반드시 내 집에 와 유숙(留宿)할 줄 헤아림이로라."

인(因)하여 수작(酬酌)함이 없고 누워 자니 그 승(僧)이 또한 곤(困)히 자거늘, 거사(居士)가 가만히 그 바랑을 열고 본 즉(卽) 동국(東國)147) 지도(地圖) 일부(一部)와 관방(關防)148) 요해(要害)149)와 호구(戶口) 강약(强弱)과 양계(良計)150) 유무(有無)를 세세(細細)히 기록(記錄)하고, 또 단검(短劍) 일쌍(一雙)이 있으니 천하(天下) 이검(利劍)151)이라. 거사(居士)가 칼을 잡고 승(僧)의 배에 걸터 앉아 청정(淸正)아 불러 가로되,

"네 죄(罪)를 아느냐."

그 승(僧)이 놀라 깨어 보니 번득이는 칼날이 목을 향(向)하여 내려오는지라. 승(僧)이 가로되,

"소승(小僧)은 무죄(無罪)하오니 원(願)컨대 잔명(殘命)을 살리소

---

147) 우리 나라.
148) 국경의 방비.
149) 지세가 험조하여 적을 막고 자기 편을 지키기엔 편리한 지점. 요해처(要害處).
150) 좋은 계책.
151) 날카롭고 잘 드는 칼.

서."

거사(居士)가 가로되,

"네 죄(罪) 셋이니 아국(我國) 지도(地圖)를 낭중(囊中)에 넣음이 하나이요, 세 번(番) 조선(朝鮮)에 들어옴이 둘이요, 아국(我國)을 무인지경(無人之境)같이 봄이 셋이니 어찌 죄(罪) 없다 하리오."

승(僧)이 감(敢)히 일언(一言)을 못하고 이에 애걸(哀乞)하여 가로되,

"만일(萬一) 일루(一縷)[152]를 빌리시면 곧 마땅히 바다를 건너 결초 보은(結草報恩)하리이다."

거사(居士)가 길이 탄식(歎息)하여 가로되,

"아동(我東)[153]이 칠년(七年) 액운(厄運)은 면(免)키 어려운지라. 내 너의 무리 보기를 썩은 쥐같이 아나니 죽여도 무익(無益)한지라. 이제 너의 성명(性命)[154]을 요대(饒貸)[155]하나니 일후(日後) 여배(汝輩) 만일(萬一) 안동(安東) 일보지지(一步之地)를 범(犯)하면 마땅히 씨를 없이할 것이니 급급(急急)히 돌아가라."

승(僧)이 '유유(唯唯)'하고 하직(下直)하니라.

임진란(壬辰亂)을 당(當)하매 팔로(八路)가 어육(魚肉)이 되대 안동(安東)은 홀로 병화(兵禍)를 면(免)함은 거사(居士)의 공(功)일러라.

---

152) [한 오리의 실이라는 뜻으로] '몹시 미약하여 겨우 유지되는 정도의 상태'를 비유하여 이르는 말.
153) 우리 나라.
154) 목숨.
155) 너그러이 용서함.

8. 산해관도독오노병(山海關都督鏖虜兵)[156]

대명(大明) 말(末)에 아국(我國) 사신(使臣)이 조천(朝天)할 때에 도독
(都督) 원숭환(袁崇煥)이 산해관(山海關)[157]을 진정(鎭靜)하여 써 호로
(胡虜)를 방비(防備)할 새 도독(都督)의 연기(年紀) 이십여(二十餘)이라.
사신(使臣)을 영접(迎接)하여 더불어 바둑을 대(對)하니 그 옹용(雍
容)[158] 한아(閑雅)함이 가(可)히 웅구(雄軀)일러라.

성중(城中)이 적연(寂然)하여 사람이 없음 같더니, 날이 오전(午前)에
군교(軍校) 일인(一人)이 추창(趨蹌)[159]하여 고(告)하되,

"노아합적(奴兒哈赤)[160]이 십만(十萬) 대병(大兵)을 몰아 삼십리(三
十里) 밖에 왔나이다."

도독(都督)이 가로되,

"알았노라."

사신(使臣)이 가로되,

"이제 대적(大敵)이 지경(地境)을 임(臨)하였거늘 공(公)이 어찌 비
어(備禦)의 책(策)[161]을 아니하느뇨. 청(請)컨대 기국(碁局)을 물리
라."

한대, 도독(都督)이 가로되,

---

156) 산해관의 도독이 오랑캐를 양껏 무찌르다.
157) 중국 하북성 북동쪽 끝, 요동만에 면하는 곳에 있는 관애. 만리장성 동쪽
　　끝의 제일관(第一關)에 해당하는 요지임.
158) (마음이) 화락하고 조용함.
159) 예도(禮道)에 맞추어 제 허리를 굽히고 빨리 걸어감.
160) 누르하치. 후금(後金)의 초대 황제. 여진족의 추장으로 만주족을 통일하
　　고 1616년 후금을 세움. 후금은 조금 후에 '청(淸)'으로 국호를 바꿈.
161) 미리 준비하여 막는 계책.

"두리지 말라. 이미 조처(措處)함이 있노라."

하고 위기(圍碁)함을 여상(如常)히 하더니, 아이(俄而)오 또 고(告)하여 가로되,

"이십리(二十里) 밖에 왔나이다."

도독(都督)이 가로되,

"이미 알았노라."

또 고(告)하되,

"십리(十里) 밖에 왔나이다."

도독(都督)이 이에 사람으로 더불어 누(樓)에 올라 보니 일망평야(一望平野)에 노기(虜騎)162) 개야미같이 땅에 깔렸거늘, 흑운(黑雲)이 참담(慘憺)하고 삭풍(朔風)이 술술163)한지라. 사신(使臣)이 성중(城中)을 돌아본 즉(卽) 사문(四門) 성루(城樓)에 기치(旗幟)를 벌였고 군사(軍士)가 삼천(三千)에 차지 못한지라. 사신(使臣)이 심(甚)히 두리더니 도독(都督)이 일교(一校)164)를 불러 귀에 대어 가로되,

"여차여차(如此如此)하라."

교리(校吏) '유유(唯唯)'하고 물러 가거늘 인(因)하여 음주(飮酒)함을 자약(自若)히 하더니, 아이(俄而)오 성루상(城樓上)의 일성 포향(一聲砲響)에 삽시간(霎時間) 하늘이 무너지고 땅이 터지는 소리 가운데 연염(煙焰)165)이 창야(漲野)하매 십만(十萬) 노병(虜兵)이 다 회신(恢燼) 중(中)에 들어 누린 내음새 코를 거슬리니, 사신(使臣)이 비로소 그 지뢰포(地雷砲)로 미리 매복(埋伏)함을 들으니 진실(眞實)로 천하 장관(天下壯觀)이라.

---

162) 오랑캐의 기병(騎兵).
163) 바람이 거침없이 부는 모양.
164) 한 장교(將校).
165) 연기 속에서 타오르는 불꽃.

날이 저물고 연진(煙塵)이 사라지매 살펴보니 먼 산(山) 가에 한 등(燈)불이 명멸(明滅)하여 닫거늘 도독(都督)이 탄식(歎息)하여 가로되,

"천야(天也)이라."

하고, 일교(一校)를 불러 이르되,

"저 등영(燈影)은 이 곧 노아합적(奴兒哈赤)이라. 한 병(瓶) 술을 가져 말을 달려가 주고 또 내 말을 전(傳)하되 '십년(十年) 기른 군사(軍士)가 일조(一朝)에 재를 이루니 내 박주(薄酒)로써 위로(慰勞)하노라.' 하라."

교리(校吏)가 전(傳)한 즉(卽) 노주(虜主)가 받아 통음(痛飮)하고 가니라.

사신(使臣)이 정신(精神)을 수습(收拾)하여 그 종말(終末)을 자세(仔細)히 알고 하직(下直)하니라.

9. 청석동천장투검객(靑石洞天將鬪劍客)[166]

천장(天將) 이제독(李提督) 여송(如松)이 임진(壬辰)을 당(當)하여 정병(精兵) 오천(五千)을 거느려 조선(朝鮮)을 구(救)할 새 평양(平壤) 일전(一戰)에 왜추(倭酋) 평행장(平行長)[167]이 대패(大敗)하여 밤에 닫거늘, 제독(提督)이 이김을 타 길이 몰아 청석동(靑石洞)에 이르니 길이 험(險)하고 곁에 막힘이 많아 수목(樹木)이 참천(參天)하고 계간(溪澗)[168]이 굴곡(屈曲)한지라. 홀연(忽然) 전면(前面)에 백기(白旗) 하늘에 뻗히고 냉기(冷氣) 사람을 핍박(逼迫)하거늘 제독(提督)이 가로되,

"이는 왜국(倭國) 검객(劍客)의 떼라."

드디어 군사(軍士)를 머물러 일자진(一字陣)을 치고 마상(馬上)에서 장검(長劍)을 빼어들고 몸을 솟아 공중(空中)에 올라 형영(形影)이 없으니 제군(諸軍)이 우러러 본 즉(卽) 다만 도환(刀環)[169] 소리 쟁연(錚然)하여 백기(白旗) 가운데 나거늘 서로 놀라 돌아보더니, 아이(俄而)오 왜인(倭人)의 머리 분분(紛紛)히 떨어지고 냉기(冷氣) 잠간(暫間) 거두매 제독(提督)이 올연(兀然)히 마상(馬上)에 있어 북치고 청석(靑石) 어귀를 나오니라.

및 벽제(碧蹄)에서 패하매 군사(軍士)를 개성부(開城府)에 머물고 나아가 칠 뜻이 없더니 서애(西厓) 유성룡(柳成龍)이 접반사(接伴使)[170]로 나아가 군무(軍務)를 의논(議論)하매 제독(提督)이 마침 머리를 빗더니,

---

166) 청석동에서 명나라 장수가 검객과 싸우다.
167) 임진 왜란 때 우리나라에 쳐들어 왔던 왜장(倭將)인 소서행장(小西行將).
168) 산골짜기에서 흐르는 시냇물.
169) 칼의 손잡이 끝에 달아맨 고리.
170) 외국 사신을 접대하던 관원.

흰 무지개 공중(空中)에 둘러 점점(漸漸) 가까이 오거늘 제독(提督)이 급급(急急)히 결발(結髮)하고 가로되,

"검객(劍客)이 오도다."

하고, 벽상(壁上)의 쌍검(雙劍)을 가지고 피(避)하여 골방(房)으로 들어가고 지게를 닫지 아니하여 서애(西厓)로 하여금 머물러 동정(動靜)을 보게 하더니, 삽시간(霎時間) 백홍(白虹)[171]의 기운(氣運)이 날아 골방(房)으로 들어오니 다만 쟁쟁(錚錚)한 소리 연속 부절(連續不絶)하고 찬 기운(氣運)이 방(房)에 가득한지라. 서애(西厓)가 심혼(心魂)이 비월(飛越)하여 능(能)히 정(定)치 못하더니 홀연(忽然) 보니 한 발이 드러나 지게를 치고 도로 들어가거늘, 서애(西厓)가 그 제독(提督)의 발인가 뜻하고 또 그 지게를 치고 들어가 문(門) 닫고자 하는 뜻을 짐작(斟酌)하고 드디어 일어 문(門)을 닫았더니, 수유(須臾)에 제독(提督)이 지게를 열고 나와 선연(嬋妍)한 미인(美人)의 머리를 뜰에 던지니 서애(西厓) 정신(精神)이 조금 정(靜)[172]하매 하례(賀禮)함을 마지 아니한대, 제독(提督)이 가로되,

"왜중(倭中)에 본대 검객(劍客)이 많더니 청석동(靑石洞)에서 다 죽고 이 미인(美人)은 그 중(中) 제일(第一) 고수(高手)로 검술(劍術)이 통신(通神)하여 천하(天下)에 대적(對敵)할 이 없는지라. 내 상해 관념(觀念)하더니 이제 다행(多幸)히 베었으니 다시 근심이 없도다. 그러나 그대 지게를 닫음이 어찌 그 영오(穎悟)하뇨."

서애(西厓) 가로되,

"지게를 치고 도로 들어가매 그 뜻을 가(可)히 알리이다."

또 가로되,

---

171) 흰 무지개.
172) 진정(鎭靜).

"그대 어찌 써 나의 발인 줄 알았느뇨."

서애(西厓) 가로되,

"왜인(倭人)의 발은 작은지라. 큰 발은 분명(分明) 장군(將軍)의 발이니 이러므로 닫았나이다."

제독(提督)이 가로되,

"조선(朝鮮)에 또한 사람이 있도다."

서애(西厓) 가로되,

"폐호(閉戶)함은 무슨 뜻이니이꼬."

제독(提督) 왈(曰),

"미인(美人)이 검술(劍術)을 해상(海上) 공활(空豁)한 곳에서 배운 고(故)로 내 짐짓 협방(夾房)에 들어가 하여금 그 능(能)함을 쾌(快)히 못하게 하여 수십합(數十合)을 싸우매 미인(美人)의 수법이 점점(漸漸) 착란(錯亂)함을 보고 지게에 나가 멀리 도망(逃亡)할가 저어한 고(故)로 닫고자 함이로라. 만일(萬一) 한 번(番) 나가면 벽해(碧海) 만리(萬里)에 어찌 잡으리오. 오늘 일은 그대 폐호(閉戶)한 공(功)이 실(實)로 많도다."

이로부터 더욱 경중(敬重)하더라.

10. 보중은운남치미아(報重恩雲南致美娥)[173]

이제독(李提督)이 평양(平壤)에 있을 제 한 김성(金姓) 역관(譯官)을
사랑하니 김역(金譯)의 나이 겨우 약관(弱冠)에 얼굴이 청수(淸秀)하고
손이 옥(玉) 같으니 남중일색(男中一色)이라. 제독(提督)이 주야(晝夜)로
친압(親狎)하여 잠간(暫間)도 떠나지 아니하니 비록 일색 미인(一色美
人)의 사랑이라도 이에 및지 못할지라. 말을 듣지 않음이 없고 원(願)
을 좇지 않음이 없더라.

철병(撤兵)하여 돌아갈 때에 인(因)하여 데리고 가 책문(柵門)에 이르
러는 요동(遼東) 도통(都統)이 군령(軍令)에 범(犯)한 일로 군법(軍法)을
행(行)하려 하니 도통(都統)이 삼자(三子)가 있으되 장(長)은 시랑(侍郞)
이요, 차(次)는 서길사(庶吉士)[174]이요, 셋째는 신이(神異)한 중으로 황
제(皇帝) 신사(神師)로서 대접(待接)하고 별원(別院)을 대내(大內)[175]에
짓고 맞아 두니라.

이때 삼자(三子)가 이 소식(消息)을 듣고 황망(慌忙)히 다 요동(遼東)
에 모이어 서로 아비 구(救)할 묘책(妙策)을 의논(議論)할 새 신승(神僧)
이 가로되,

"들으니 조선(朝鮮) 김역(金譯)이 제독(提督)에게 총(寵)이 있어 청
(請)하는 바를 듣지 않음이 없다 하니 어찌 한 번(番) 보아 간걸(懇
乞)치 않으리오."

---

173) 두터운 은혜를 갚고자 운남왕이 미녀를 보내다.
174) 명나라 태조가 두었던 벼슬 이름. 문학과 서법(書法)에 뛰어난 진사(進士)
    를 선발하여 임용하였음.
175) 임금이 거처하는 궁전.

하고, 서로 제독(提督) 원문(轅門)176) 밖에 나아와 김역(金譯) 보기를
청(請)한대, 김역(金譯)이 제독(提督)에게 고(告)하되,

"모관(某官) 형제(兄弟) 삼인(三人)이 소인(小人) 보기를 구(求)하오
니 장차(將次) 어찌하리이꼬."

제독(提督)이 가로되,

"반드시 그 아비를 위(爲)하여 옴이로다. 그러나 저는 상국(上國)
존중(尊重)한 사람이요, 너는 요마(么麽)177) 일역(一譯)으로 어찌 감
(敢)히 보지 않으리오."

김역(金譯)이 나가 보니 삼인(三人)이 간청(懇請)하여 가로되,

"가친(家親)이 불행(不幸) 당변(當變)하여 생도(生道)가 망연(茫然)
하니 그대 우리 삼인(三人)을 위(爲)하여 도독(都督)에게 잘 품(稟)하
여 부명(父命)을 완전(完全)케 함을 천만(千萬) 축수(祝手)하나이다."

김역(金譯)이 가로되,

"외국(外國) 미종(微種)이 어찌 감(敢)히 천장(天將)의 군률(軍律)을
간예(干預)하리이까. 그러나 귀인(貴人)의 간청(懇請)이 이같이 근지
(勤摯)178)하시니 어찌 감(敢)히 사양(辭讓)하리오. 마땅히 천장(天將)
께 앙품(仰稟)하와 처분(處分)을 기다리리이다."

하고, 돌쳐 들어가니 도독(都督)이 물어 가로되,

"저의 소원(所願)이 과연(果然) 기부(其父)를 위(爲)함이더냐."

김역(金譯)이 가로되,

"그러하이다."

---

176) [옛날 중국에서 전렵(田獵)할 때나 전진(戰陣)을 베풀 때에 수레로써 우리
　　처럼 만들고, 그 드나드는 곳에는 수레를 뒤집어 놓아 수레의 끌채를 서
　　로 향하게 하여 만들었던 것으로부터] '군영', '진영'의 문. 영문(營門).
177) 작음. 변변치 못함.
178) 근실하고 진지함.

인(因)하여 그 수작(酬酌)한 수말(首末)을 자세(仔細) 고(告)하니 제독(提督)이 침음(沈吟) 양구(良久)에 가로되,

"내 전진(戰陣)에 횡행(橫行)하여 일찍 사정(私情)으로써 공사(公事)를 폐(廢)함이 없더니, 이제 네 요마(幺麼)한 몸으로 이 귀인(貴人)의 간청(懇請)이 있음은 네 내게 긴절(緊切)함을 알 것이요, 또 내 너를 데리고 여기 왔으나 네게 다른 생색(生色)할 것이 없으니 사율(師律)[179]이 비록 지엄(至嚴)하나 마땅히 너를 위(爲)하여 한 번(番) 활협(濶狹)하리라."

김역(金譯)이 희색(喜色)을 띠어 나가 삼인(三人)을 보고 제독(提督)의 말을 다 고(告)한대, 삼인(三人)이 머리 조아 재배(再拜)하여 가로되,

"그대 덕(德)을 힘입어 아비의 명(命)을 구(救)하니 천지(天地)와 하해(河海) 같은 은혜(恩惠)를 어찌 다 갚으리오. 우모치혁(羽毛齒革)과 금은옥백(金銀玉帛)을 청(請)하는 대로 좇으리라."

김역(金譯)이 가로되,

"집이 본대 청검(淸儉)하니 보화(寶貨) 완호(玩好)[180]는 진실(眞實)로 원(願)하는 바가 아니로소이다."

삼인(三人)이 가로되,

"그대 조선(朝鮮) 일역(一譯)이라. 만일(萬一) 상국(上國)으로부터 그대를 명(命)하여 귀국(貴國) 정승(政丞)을 삼음이 어떠하뇨."

가로되,

"아국(我國)이 전(專)혀 명분(名分)을 숭상(崇尙)하나니 나는 중인(中人)이라. 만일(萬一) 정승(政丞)이 된 즉(卽) 반드시 중인 정승(中人政丞)으로 지목(指目)하리니 도리어 하지 아니함만 같지 못하여이

---

179) 군률(軍律).
180) 진귀한 노리갯감.

다."

삼인(三人)이 가로되,

"그러면 그대로써 상국(上國) 높은 벼슬에 거(擧)[181]하여 중원(中原) 거족(巨族)이 되게 함이 어떠하뇨."

가로되,

"우리 부모(父母)가 구존(俱存)하오니 오래 떠남이 절박(切迫)한지라. 오직 빨리 돌아가기를 원(願)하매 일일(一日)이 삼추(三秋) 같으니 도독(都督) 회군(回軍)하신 후(後)에 즉시(卽時) 하여금 돌아가게 한 즉(卽) 은혜(恩惠) 이에 큼이 없나이다."

삼인(三人)이 가로되,

"비록 그러나 이 은혜(恩惠)를 가(可)히 갚지 아니치 못할 것이니 그대는 오직 소원(所願)을 말하라. 비록 지귀(至貴)한 물(物)과 좇기 어려운 청(請)이라도 반드시 시행(施行)하리라."

하고 간청(懇請)하기를 마지 아니하니, 김역(金譯)이 솔이(率爾)히[182] 발구(發口)하여 가로되,

"내 소원(所願)이 한 번(番) 천하 일색(天下一色)을 보고자 하나이다."

삼인(三人)이 듣고 서로 돌아보아 묵연(默然) 양구(良久)에 신승(神僧)이 가로되,

"이 어렵지 아니타."

하고, 하직(下直)하니라.

김역(金譯)이 들어와 제독(提督)을 본대, 제독(提督)이 가로되,

"저의 무리 반드시 네게 보은(報恩)할 바가 있으리니 네 무슨 원

---

181) 천거(薦擧).
182) 갑작스럽게.

(願)으로써 말하냐."

김역(金譯)이 가로되,

"천하 일색(天下一色)으로 원(願)하였나이다."

제독(提督)이 궐연(蹶然)히 일어 그 손을 잡고 가로되,

"네 소국(小國) 인물(人物)로 어찌 그 말이 크뇨. 기태(其輩) 다 허(許)하더냐."

가로되,

"허(許)하더이다."

제독(提督)이 가로되,

"제 장차(將次) 어디로조차 얻을꼬. 이는 황제(皇帝)의 귀(貴)함으로도 졸연(猝然)히 쉽지 못할 일이로다."

김역(金譯)이 인(因)하여 제독(提督)을 따라 황성(皇城)에 들어가니 삼인(三人)이 김역(金譯)을 맞아 한 곳에 이르니 이에 새로 지은 큰 집이라. 제도(制度)가 굉장(宏壯)하고 금벽(金壁)이 현황(眩慌)[183]하더라.

인(因)하여 다담(茶啖)을 내와 가로되,

"금석(今夕)은 가(可)히 이 집에서 유숙(留宿)하라."

이윽고 안문(門) 여는 곳에 훈향(薰香)[184]이 습인(襲人)하며 수십(數十) 미인(美人)이 혹(或) 향로(香爐)를 들고 혹(或) 상자(箱子)를 받들어 쌍쌍(雙雙)이 배행(陪行)하여 나와 당전(堂前)에 서니 김역(金譯)의 안목(眼目)에는 무비절염(無比絶艶)[185]이라. 이미 보매 일고자[186] 하거늘 삼인(三人)이 가로되,

"어찌 일어나느뇨."

---

183) [정신이] 어지럽고 황홀함.
184) 훈훈한 향기.
185) 비교할 수 없이 아름다움.
186) 일어나고자.

가로되,

"내 이미 천하 일색(天下一色)을 보았은 즉(卽) 반드시 머물지 않으리라."

삼인(三人)이 웃어 가로되,

"이는 시아(侍兒)라. 어찌 시러곰 천하 일색(天下一色)이 되리오. 일색(一色)은 이제 바야흐로 나오느니라."

수유(須臾)에 안문(門)을 크게 열고 일타(一朶)[187] 난사(蘭麝)[188]의 훈향(薰香)이 농롱(濃濃)하고 시녀(侍女) 십쌍(十雙)이 전차 후옹(前遮後擁)[189]하여 나와 당(堂)에 올라 응장 성식(凝粧盛飾)으로 일개(一箇) 미인(美人)이 교의(交椅)에 앉으니, 홍안(紅顔)은 꽃이 부끄리고 설부(雪膚)는 옥(玉)이 무색(無色)하며, 바라보매 신선(神仙) 같고 나아가매 추월(秋月) 같아서 장강(長江)[190] 반희(班姬)[191]와 서시(西施)[192] 양비(楊妃)[193]라도 막과어차(莫過於此)[194]라. 삼인(三人)이 김역(金譯)으로 더

---

187) 한 줄기.
188) 난초와 사향.
189) 많은 사람이 앞뒤로 보호하여 따름.
190) 양자강(揚子江).
191) 반녀(班女). 기원전 1세기경, 한(漢)나라의 여류 시인. 성제(成帝) 때 뽑혀서 첩여(婕妤)가 되었으나 조비연(趙飛燕) 자매에게서 미움을 받아 장신궁(長信宮)으로 물러가 태후의 시중을 드는 동안 '원가행(怨歌行)'을 지었음.
192) 중국 춘추 시대 월(越)나라의 미인. 월나라 왕 구천(句踐)이 오(吳)나라에게 패한 뒤에 미인계로 서시를 오왕 부차(夫差)에게 보내니, 부차는 서시에게 혹하여 고소대(姑蘇臺)를 짓고 정사를 돌보지 아니하여, 드디어 구천의 침공을 받아 멸망하였음.
193) 양귀비(楊貴妃). 중국 당나라 현종(玄宗)의 귀비(貴妃). 이름은 옥환(玉環). 처음에 수왕(壽王) 모(瑁)의 비(妃)가 되어 태진(太眞)으로 일컬음. 뒤에 여도사(女道士)가 되었으나 재색이 뛰어나 754년에 궁녀로 불러 들여져서 현종의 총애를 받아 일족이 부귀 영화를 누림. 안녹산(安祿山)의 난이 일어나자, 육군(六軍)의 지탄을 받아 끝내 목을 매어 죽임을 당함.
194) 이보다 더하지 않음.

불어 또한 교의(交椅)에 배좌(排坐)하고 김역(金譯)더러 가로되,

"이 참 군(君)의 원(願)한 바 천하일색(天下一色)이니 과연(果然) 어떠하뇨."

김역(金譯)이 대(對)하여 본 즉(卽) 주취(珠翠) 만신(滿身)하고 신채(神采)[195] 찬란(燦爛)하여 눈이 희미(稀微)하고 정신(精神)이 아득하니 실(實)로 그 어떠한 형상(形相)인 줄 알지 못할러라.

삼인(三人)이 가로되,

"금야(今夜)에 그대 반드시 운우(雲雨)의 회(會)를 함이 어떠하뇨."

김역(金譯)이 가로되,

"내 한 번(番) 보기만 원(願)함이요 실(實)로 다른 뜻은 없노라."

삼인(三人)이 가로되,

"이 어찐 말고. 우리 그대 대은(大恩)을 감동(感動)하여 그대 소원(所願)을 비록 마정방종(摩頂放踵)[196]할지라도 어찌 사양(辭讓)하리오. 제이(第二) 제삼색(第三色)은 얻어오기 어렵지 아니하되 제일색(第一色)에 이르러는 천자(天子)의 세(勢)로도 또한 어려운지라. 연전(年前)에 운남왕(雲南王)이 원수(怨讐)가 있으매, 우리 위(爲)하여 원수(怨讐)를 갚아 주니 그 왕(王)이 바야흐로 수은(酬恩)코자 하여 무릇 나의 소원(所願)을 듣지 아니하는 바가 없으매 마침 왕(王)의 딸이 천하 일색(天下一色)이라. 그대 이미 보기를 원(願)한 즉(卽) 배각(排却)[197]이 어려운 고(故)로 그대로 더불어 상별(相別)한 후(後) 즉시(卽時) 매파(媒婆)를 운남왕(雲南王)에게 보내니 그 왕(王)이 또한 허락(許諾)한 고(故)로 그대 입경(入京)하는 날에 또한 솔래(率來)한

---

195) 뛰어난 풍채.
196) 이마를 부딪쳐 발뒤축까지 다침.
197) 밀어 내어 물리침. 물리쳐 버림.

고(故)로 기간(其間) 천리마(千里馬) 삼필(三匹)을 꺾고 수만(數萬) 은자(銀子)를 허비(虛費)함은 운남(雲南)이 경성(京城)에서 상거(相距)가 삼만여리(三萬餘里)라. 금일(今日) 서로 모임이 삼생숙연(三生熟然)이요 일세(一世) 희귀(稀貴)한지라. 하물며 그대는 남자(男子)이요, 저는 여자(女子)이니 만일(萬一) 한 번(番) 보고 흩어진 즉(卽) 제 이미 국왕(國王)의 친녀(親女)로 어찌 무고(無故)히 외국(外國) 남자(男子)를 볼 리 있으리오. 사리(事理) 응당(應當) 이같이 아니하리니 다시 사양(辭讓)치 말라. 금석(今夕)은 양신(良辰)198)이라. 합근(合巹)199) 성친(成親)함이 또한 마땅치 아니하냐."

김역(金譯)이 마지 못하여 유숙(留宿)할 새 초례(醮禮)를 행(行)한 후(後) 인(因)하여 동방(洞房)을 베푸니 납촉(蠟燭)이 휘황(輝煌)하고 난사(蘭麝)가 훈농(薰濃)한데 양인(兩人)이 상대(相對)하니 김역(金譯)이 또한 남중일색(男中一色)이라. 신채(神采) 서로 바애며 가연(佳緣)이 서로 합(合)한지라. 그러나 김역(金譯)이 경황(驚惶)하고 일변(一邊) 의아(疑訝)하여 일색(一色) 미인(美人)을 시이불견(視而不見)하니 탐화광접(探花狂蝶)200)의 마음이 돈무(頓無)하고 녹수(綠水) 원앙(鴛鴦)의 정(情)이 적막(寂寞)하니, 삼인(三人)이 여어보고 그 이같이 몰풍(沒風)201)함을 괴(怪)히 여겨 김역(金譯)을 불러 내어 가로되,

"합환(合歡)의 즐거움이 어찌 그 매몰하뇨. 그대 안목(眼目)이 소졸(疏拙)하고 정신(精神)이 단소(短少)함이 아니냐."

이에 한 서랍을 내어 앞에 놓아 가로되,

---

198) 길일(吉日).
199) 합근지례(合巹之禮). 신랑과 신부가 서로 잔을 주고 받는 예식. 혼례식을 가리킴.
200) (꽃을 찾아 다니는 미친 나비라는 뜻으로) '탐화봉접(探花蜂蝶)'을 강조해 이르는 말.
201) 아무런 풍치나 풍정(風情)이 없이 멋적음.

"시험(試驗)하여 이를 먹으라. 이는 촉산(蜀産) 홍삼(紅蔘)이니 이를 먹고 방(房)에 들어간 즉(卽) 정신(精神)이 상연(爽然)하고 눈이 밝아 미인(美人)의 모발(毛髮) 안색(顏色)을 소연(昭然)히 가(可)히 보리라."

김역(金譯)이 그 말과 같이 한 즉(卽) 화용 월태(花容月態) 참 천상(天上) 선녀(仙女)이요 월궁(月宮) 항아(姮娥)[202]이라. 드디어 동침(同寢)하고 새벽에 일어나니 삼인(三人)이 이미 내대(來待)하여 김역(金譯)더러 물어 가로되,

"저 미인(美人)을 어찌 써 구처(區處)하려 하느뇨."

가로되,

"외국(外國) 미종(微種)이 외람(猥濫)히 은혜(恩惠)를 입사오나 내두(來頭)일을 시러곰 예탁(豫度)치 못하리로소이다."

삼인(三人)이 가로되,

"그대 다행(多幸)히 천하 일색(天下一色)을 얻으니 한 번(番) 모이고 흩어지면 대해(大海) 평토(平土)이요 천애(天涯) 운영(雲影)[203]이라. 이 인정(人情)에 차마 할 바이리오. 그대 외국(外國) 사람으로 솔귀(率歸)하기 어렵고 이에 있어 해로(偕老)함이 시하(侍下) 정리(情理)에 또한 가(可)치 아니하니 우리 삼인(三人)이 이미 그대 후은(厚恩)을 입은 즉(卽) 그대 일에 어찌 범홀(泛忽)[204]하리오. 그대 이미 역임(譯任)에 있으니 매년(每年) 정사(正使) 행차(行次)에 반드시 수행(隨行) 역관(譯官)으로 들어와 일년(一年)에 한 번(番)씩 만나 우녀(牛女)[205]가 칠석(七夕)에 모임과 같이 함이 또한 좋지 않으랴. 우리 마땅히 주인(主人)이 되리라."

---

202) 달 속에 있다는 선녀.
203) 구름의 그림자.
204) 데면데면하여 탐탁하지 않음.
205) 견우(牽牛)와 직녀(織女).

김역(金譯)이 과연(果然) 그 언약(言約)과 같이 하여 늙기에 이르도록 역관(譯官)으로써 매년(每年)에 한 번(番)씩 모이어 행락(行樂)하고 돌아오며 혹(或) 별사(別使)[206]와 황력(皇曆)에도 따라 들어가 금슬지락(琴瑟之樂)이 무궁(無窮)하여 마침내 삼남 이녀(三男二女)를 두어 김역(金譯)의 자손(子孫)이 연경(燕京)에 창대(昌大)하니라.

---

206) 특별한 사신.

11. 향산과위성봉모선(餉山果渭城逢毛仙)²⁰⁷⁾

정묘조(正廟朝) 임인(壬寅) 계묘(癸卯) 간(間)에 영남(嶺南) 안찰사(按察使) 김모(金某)가 중추(中秋)에 순력(巡歷)하여 함양(咸陽)에 이르러 위성관(渭城館)에 지숙(止宿)할 새, 지인(知印)과 기아(妓兒)를 일병(一竝) 물리고 홀로 자더니 밤이 깊고 사람이 고요한 때에 방문(房門)이 잠간(暫間) 열리고 잠간(暫間) 닫히어 인적(人迹)이 있거늘, 김공(金公)이 잠을 깨어 물으되,

"네 사람인가 귀신(鬼神)인가."

가로되,

"내 귀신(鬼神)이 아니요 사람이로라."

가로되,

"그러면 심야(深夜) 행적(行蹟)이 어찌 이리 수상(殊常)하뇨. 또한 소회(所懷)를 말하고자 하느냐."

가로되,

"그윽히 아뢸 일이 있나이다."

김공(金公)이 이에 일어 앉아 사람을 불러 촉(燭)을 밝히고자 하니, 가로되,

"그렇지 아니타. 행차(行次)가 만일(萬一) 나의 형상(形相)을 보면 반드시 놀라시리니 혼야(昏夜)에 좌담(座談)함이 무방(無妨)하도다."

김공(金公)이 가로되,

"그대 모양(模樣)이 어떠하건대 촉(燭)을 밝히고자 않느뇨."

가로되,

---

207) 과일을 마련하여 위성(渭城)에서 털난 선인(仙人)을 만나다.

"전신(全身)이 털이로라."

김공(金公)이 들으매 더욱 경괴(驚怪)하여 물으되,

"네 사람이면 어찌하여 일신(一身)에 털이 났느뇨."

가로되,

"나는 근본(根本) 상주(尙州) 우주서(禹注書)[208]라. 중묘조(中廟朝)에 명경과(明經科)를 하여 주서(注書)로 경성(京城)에 있을 제 정암(靜庵) 조선생(趙先生)[209]에게 다년(多年) 수학(修學)하더니 기묘사화(己卯士禍)[210]를 당(當)하여 김정(金淨)[211]과 이장곤(李長坤) 제생(諸生)이 추착(推捉)[212]할 때에 경사(京師)로부터 도망(逃亡)할 새 만일

---

208) 주서(注書)는 승정원의 정7품 벼슬. 사초(史草)를 쓰는 일을 맡아봄.

209) 조선조 11대 중종 때의 성리학자이며 정치가였던 조광조(趙光祖)를 이름. 조광조는 자가 효직(孝直) 호는 정암(靜庵) 본은 한양(漢陽), 도학파(道學派)의 우두머리로 벼슬은 부제학 대사헌(大司憲)에 이름. 도덕적 이상 정치를 꾀하다가 원로들과 충돌되어 1519년 기묘사화(己卯士禍)로 능주(綾州)에 귀양갔다가 38세 때에 남곤(南袞) 일파에게 몰리어 처형됨. 시호는 문정(文正).

210) 조선조 11대 중종 14년(1519)에 일어난 사화. 홍경주(洪景舟), 남곤(南袞), 심정(沈貞) 등 사장파(詞章派)의 훈구재상(勳舊宰相)이 이상(理想) 정치를 주장하던 조광조, 김정(金淨) 등 젊은 신진파를 몰아 낸 사건임. 조광조가 현량과(賢良科)를 설치, 신진 사류를 대거 등 용하여 요직에 앉히므로 이에 훈구파의 불만이 커지던 중, 조광조가 정국공신(靖國功臣) 중에 자격 없는 자가 많다 하여 남곤, 심정을 포함한 76명의 공신호를 박탈하자, 훈구파는 마침 홍경주의 딸이 임금의 총애가 깊은 것을 기화로 임금에게 접근하는 한편 갖은 음모를 써서 조광조가 반역을 꾀한다고 무고하여 조광조는 사사(賜死)되고 70여 명에 달하는 신진 사류들이 참화를 입었음.

211) 조선조 11대 중종 때의 문신 유학자. 자는 원충(元冲), 호는 충암(沖菴) 본은 경주(慶州). 벼슬은 도승지(都承智) 대사성(大司成)에 이름. 조광조와 더불어 지치주의(至治主義)를 부르짖어 미신 타파 향약(鄕約)의 전국적 시행 등에 많은 업적을 남김. 기묘사화 때 조광조 등과 함께 투옥되고, 후에 사사(賜死)됨. 시호는 문간(文簡).

212) 범죄자를 수색하여 붙잡아 옴.

(萬一) 향려(鄕廬)[213]로 향(向)한 즉(卽) 자관(自官)으로 기포(譏捕)[214]
할 염려(念慮)가 있는 고(故)로 바로 지리산(智異山)에 들어가 여러
날 기곤(飢困)하매 호구(糊口)할 모책(謀策)이 없는지라. 간초(澗
草)[215]도 캐어 먹으며 산과(山果)도 따먹어 겨우 충복(充腹)하더니
오륙삭(五六朔) 후(後)에 자연(自然) 혼신(渾身)에 점점(漸漸) 털이 나
매 길이 수촌(數寸)이라. 행보(行步)가 나는 듯하여 비록 천인(千仞)
절벽(絶壁)이라도 무난(無難)히 뛰어 넘어 원노(猿猱)[216]의 유(類)와
같은지라. 스스로 생각한 즉(卽) 세인(世人)이 만일(萬一) 보면 반드
시 괴수(怪獸)로 지목(指目)할 듯한 고(故)로 감(敢)히 산(山)에 나지
못하고, 초동(樵童) 목수(木手)를 만나면 반드시 은신(隱身)하고, 길이
암혈(岩穴) 사이에 있어 혹(或) 청풍 낭월(淸風朗月)을 당(當)하면 층
암(層巖) 송음(松陰)에 앉아 전일(前日) 경서(經書)를 외우며, 고인(古
人) 시구(詩句)를 읊으며 홀로 배회(徘徊)하다가 신세(身世)를 돌아보
(고) 한심(寒心)함을 깨닫지 못하여 눈물이 자연(自然) 흐르고 고향
(故鄕)을 생각하니 부자(父子) 처자(妻子)가 다 작그(作故)하매 다시
돌아갈 마음 없는지라. 이같이 산중(山中)에서 경세 경년(經歲經
年)[217]하니 비록 맹호(猛虎)도 족(足)히 두리지 않으나 다만 두리는
바는 오직 포수(砲手)라. 낮이면 숨고 밤이면 행(行)하여 몸은 비록
이미 변(變)하였으나 마음은 오히려 전(前)과 같은지라. 매양(每樣)
한 번(番) 세상(世上) 사람을 만나 세사(世事)를 묻고자 하되 이 괴상
(怪狀)으로 감(敢)히 현형(現形)치 못하더니, 일전(日前)에 마침 행차

---

213) 고향 집.
214) 조선조 때, 강도나 절도를 체포하던 일. 오군문(五軍門) 포도청(捕盜廳)에
    서 기포를 관장하였음.
215) 산골짜기 물가의 풀.
216) 원숭이와 긴팔원숭이.
217) 계속해서 해를 지냄.

(行次)가 여기 임(臨)하심을 듣고 감(敢)히 와 뵈옴이요 별(別)로 다
른 뜻이 없나이다. 정암(靜庵) 선생댁(先生宅) 자손(子孫)이 얼마며
선생(先生) 신원(伸寃)은 마침내 쾌(快)히 하였나니이까. 원(願)컨대
자세(仔細)히 이르소서."

공(公)이 가로되,

"정암(靜庵)이 인묘(仁廟)[218] 모년(某年)에 신원(伸寃)하여 문묘(文
廟)에 종사(從祀)하고 사액서원(賜額書院)[219]이 곳곳이 있고 자손(子
孫)이 여차여차(如此如此)한 사람이 있어 조가(朝家)에서 각별(恪別)
수용(受容)하니 다시 여감(餘憾)이 없느니라."

인(因)하여 기묘(己卯) 당화(黨禍)의 수말(首末)을 물은 즉(卽) 하나도
차착(差錯)함이 없어 일일(一一)이 담론(談論)하며 허희(戱欷)함을 마지
아니하거늘, 또 물으되,

"처음 도망(逃亡)할 때에 나이 얼마더뇨."

가로되,

"삼십오세(三十五歲)로라."

가로되,

"이제 거의 삼백여년(三百餘年)이니 그러면 그대 춘추(春秋)가 사
백(四百)에 가깝도다."

가로되,

"중간(中間) 일월(日月)을 산중(山中)에서 보내었으니 나도 또한 얼
만 줄 알지 못하노라."

김공(金公)이 가로되,

"그대 소거(所居)가 여기서 반드시 멀 것이니 옴이 어찌 신속(迅

---

218) 조선조 제16대 임금 인조(仁祖).
219) 임금이 이름을 지어 주고 서적·노비·토지 등이 하사된 서원.

速)하뇨."

가로되,

"바야흐로 그 기운(氣運)을 지어 행(行)할 제 층암 절벽(層巖絶壁)이라도 달림이 비노(飛猱)220) 같아서 일순간(一瞬間)에 십여리(十餘里)를 행(行)하나이다."

김공(金公)이 괴이(怪異)히 여겨 찬물(饌物)로써 먹이고자 한대 가로되,

"이는 원(願)치 아니하오니 과실(果實)이나 주소서."

방중(房中)에 마침 저축(貯蓄)한 바가 없고 심야(深夜)에 얻어 들임이 또한 난편(難便)한지라. 일러 가로되,

"과실(果實)이 마침 없으니 내야(來夜)221)에 그대 만일(萬一) 다시 오면 마땅히 판비(辦備)하여 두리니 그대 즐겨 오라."

가로되,

"그리하리라."

하고, 홀연(忽然)히 가니라.

김공(金公)이 모인(毛人)으로 언약(言約)이 있으매 신양(身恙)222)을 칭탁(稱託)하고 인(因)하여 위성관(渭城館)에 머물러 일일(一日) 다담상(茶啖床)의 과접(果楪)223)을 다 유치(留置)하여 기다리더니, 야심(夜深) 후(後) 과연(果然) 모인(毛人)이 표연(飄然)히 이르거늘, 김공(金公)이 일어 맞아 한훤(寒暄)을 마치매 인(因)하여 과접(果楪)을 주니 모인(毛人)이 대희(大喜)하여 다 먹고 가로되,

"다행(多幸)히 일포(一飽)하괘라."

---

220) 날으는 원숭이.
221) 내일 밤.
222) 몸의 병.
223) 과일 접시.

김공(金公)이 가로되,

"지리산(智異山) 중(中)에 과실(果實)이 응당(應當) 많을 것이니 그대 계량(計量)하느냐."

가로되,

"매양(每樣) 가을을 당(當)하여 잡실(雜實)을 주워 삼사퇴(三四堆)를 만들어 이로써 양식(糧食)을 하니 처음 풀씹던 괴로움을 이제 면(免)하였나니 실과(實果) 먹은 근력(筋力)이 조금도 풀 먹을 때도곤 감(減)치 아니하니 비록 맹호(猛虎)가 당전(當前)하여도 손으로 치고 발로 차 거의 다 잡노라."

기묘(己卯) 설화(說話)를 일장(一場) 다한 후(後) 하직(下直)하고 가니라.

김공(金公)이 이 일을 일찍 향인(向人)[224]하여 설도(說道)히 아니하더니 및 임종(臨終)에 그 자제(子弟)더러 일러 가로되,

"옛적에 모녀(毛女)가 있더니 금세(今世)에 모남(毛男) 있음이 또한 괴이(怪異)치 아니타."

하고, 드디어 책(冊)에 기록(記錄)하니라.

---

224) 사람을 대하여.

12. 작선사수의계홍승(作善事繡衣繫紅繩)[225]

옛 수의(繡衣) 행(行)하여 모읍(某邑)에 이르러 외촌(外村)에 암행(暗行)하니 때 정(正)히 팔월(八月) 망간(望間)이라. 요우(潦雨)[226]가 쾌청(快晴)하고 천기(天氣) 불한 불열(不寒不熱)[227]하매 촌가(村家)에 기식(寄食)하고 월색(月色)을 타 다시 여리간(閭里間)[228]에 산보(散步)하여 한 촌가(村家) 울 밖에 이르러는 잠간(暫間) 앉아 쉬더니, 홀연(忽然) 들으니 울 안에서 소어(笑語)하는 소리 심(甚)히 훤화(喧譁)하거늘, 가만히 여어보니 이에 장건(壯健)한 처녀(處女) 사오인(四五人)이 서로 희학(戲謔)하되 그 중(中) 한 여자(女子)가 가로되,

"오늘 밤이 고요하고 달이 명랑(明朗)하니 우리 태수(太守)의 일을 행(行)하여 일장(一場) 희사(戲事)[229]를 함이 어떠하뇨."

다 가로되,

"낙(諾)다."

모든 여자(女子)가 서로 배정(配定)하여 일(一) 즉(卽) 태수(太守)가 되고, 일(一) 즉(卽) 형방(刑房) 되고, 일(一) 즉(卽) 급창(及唱) 되고, 일(一) 즉(卽) 사령(使令) 되고, 일(一) 즉(卽) 박좌수(朴座首)가 되니라.

그 태수(太守)가 된 자(者)가 형방(刑房)에게 분부(分付)하여 가로되,

"모촌(某村) 박좌수(朴座首)를 사속(斯速) 나입(拿入)하라."

형방(刑房)이 급창(及唱)에게 전(傳)하고 급창(及唱)이 사령(使令)에게

---

225) 어사가 좋은 일을 하려고 혼인을 주선하다.
226) 장마비.
227) 춥도 덥도 않음.
228) '여리(閭里)'는 백성의 집이 모여 있는 곳. 여염(閭閻).
229) 놀이.

전(傳)하니 사령(使令)이 소리를 길게 하고 대답(對答)을 높이 하여 박
좌수(朴座首)를 끌어 계하(階下)에 꿇리고 가로되,

　"나입(拿入)하였나이다."

그 태수자(太守者)가 분부(分付)하여 가로되,

　"여자(女子)가 나매 혼취(婚娶)하기를 원(願)함은 사람의 대륜(大
倫)이라. 가(可)히 폐(廢)치 못할 것이니 부모(父母)의 마음은 사람마
다 있거늘 너는 딸 오인(五人)을 두어 다 과년(過年)하되 오히려 의
혼(議婚)할 생각이 없으니 그 장차(將次) 폐륜(廢倫)하랴. 네 가장(家
長)이 되어 이를 염려(念慮)치 아니하니 어디 아비된 도리(道理) 있
느뇨."

형방(刑房)이 그 말을 전(傳)하니 급창(及唱)이 가로되,

　"분부(分付) 듣자와라."

그 좌수자(座首者)가 꿇어 아뢰대,

　"민(民)도 또한 사람이라. 어찌 이를 모를 리 이꼬. 우민(憂悶)한
마음이 상해 간절(懇切)하되 가세(家勢) 빈한(貧寒)하오니 뉘 즐겨 빈
가(貧家) 여자(女子)에게 장가들리이꼬. 또 가합(可合)한 남자(男子)가
없사와 오히려 정(定)치 못하였사오니 지죄지죄(知罪知罪)로소이다."

그 태수자(太守者)가 가로되,

　"모촌(某村) 이좌수(李座首) 가(家)에 이십세(二十歲) 수재(秀才)[230]
가 있고, 모촌(某村) 김좌수(金座首) 가(家)에 십구세(十九歲) 수재(秀
才)가 있고, 모촌(某村) 서별감(徐別監) 가(家)에 십팔세(十八歲) 수재
(秀才)가 있고, 모촌(某村) 최도감(崔都監)[231] 가(家)에 십칠세(十七歲)
수재(秀才)가 있고, 모촌(某村) 강별감(姜別監) 가(家)에 십육세(十六

---

230) 미혼 남자를 높여 부르는 말.
231) 도감(都監)은 조선조 때에 궁방전(宮房田)의 도조(賭租)를 수납 감독하던
　　이역(吏役)의 우두머리.

歲) 수재(秀才)가 있거늘 어찌 가합(可合)한 곳이 없다 하느뇨. 네 도
시(都是) 추탁(推托)하는 말이니 잡(雜)말 말고 속속(速速)히 통혼(通
婚)하여 택일(擇日) 성례(成禮)함이 지가지가(至可至可)하니라."

그 좌수(座首)가 가로되,

"분부(分付)가 지당(至當)하오니 삼가 마땅히 빨리 도모(圖謀)하오
리다."

그 태수자(太守者)가,

"끌어 내치라."

사령(使令)이 소리를 높이 하여 아뢰되,

"나출(拿出)하나이다."

서로 박장 대소(拍掌大笑)하고 일제(一齊)히 흩어지니 수의(繡衣) 수
미(首尾)를 살피매 해괴(駭怪)함을 이기지 못하나 그 정사(情事)를 생각
컨대 도리어 애긍(哀矜)한지라.

익일(翌日)에 염탐(廉探)한 즉(卽) 그 집이 과연(果然) 박좌수(朴座首)
의 집이요 딸 오인(五人)이 있으니, 장(長)은 이십삼세(二十三歲)요, 기
차(其次)는 쌍녀(雙女)이니 이십일세(二十一歲)요, 기차(其次)는 십구세
(十九歲)요, 가장 젊은 자(者)가 십칠세(十七歲)이라. 소위(所謂) 박좌수
(朴座首)는 다만 가빈(家貧)할 뿐 아니라 사람이 우준(愚蠢)[232]하여 비
록 오녀(五女)가 과년(過年)한 지 이미 오래되 심상(尋常)히 알아 선천
사(先天事)[233]에 두고, 그 여자(女子)가 본대 교훈(敎訓)이 없어 나이는
비록 장대(長大)하나 침선(針線) 방적(紡績)과 인사(人事) 체면(體面)을
다 통(通)하지 못하고 오직 유희(遊戱) 도일(度日)[234]하기를 좋이 여기
는 고(故)로 사람이 원(願)하는 자(者)가 없더라.

---

232) 어리석고 민첩하지 못함.
233) 나기 전의 일. 옛일.
234) 날을 보냄.

또 그 수재(秀才) 있는 곳을 탐문(探問)하니 하나도 차상(差爽)이 없는지라. 읍내(邑內)에 들어가 출도(出道) 후(後)에 소위(所謂) 박좌수(朴座首)를 성화(星火) 착래(捉來)하여 관정(官庭)에 나입(拿入)하고 그 수죄(數罪)함을 향야(向野) 처녀(處女)의 말과 같이 하니 박좌수(朴座首)가 과연(果然) 가합(可合)한 남자(男子)가 없다 하거늘, 어사(御使)가 드디어 처녀(處女)의 말을 의지(依支)하여 낭자(郎者)[235]를 차례(次例)로 세어 가로되,

"나의 아는 바로 저러한 가합(可合)한 곳이 있거늘 어찌 의혼(議婚)치 아니하고 일향(一向) 추탁(推托)하느뇨."

박좌수(朴座首)가 가로되,

"알지 못함이 아니로되 빈가(貧家) 여자(女子)를 뉘 즐겨 취부(娶婦)하리이꼬. 이러므로써 감(敢)히 사람을 향(向)하여 개구(開口)치 못하나이다."

어사(御使)가 가로되,

"네 그런 즉(卽) 어려서 가르치지 못하고 자라매 폐륜(廢倫)하면 어찌 사람의 아비 되리오. 내 마땅히 금일(今日) 내(內)로 정(定)하여 주리라."

하고, 드디어 각면(各面)에 전령(傳令)하여 이른 바 이좌수(李座首), 서별감(徐別監), 최도감(崔都監), 김좌수(金座首), 강별감(姜別監) 등(等) 오인(五人)을 일병(一竝) 즉각(卽刻) 착치(捉致)하여 하여금 당면(當面) 정혼(定婚)하게 하고, 또 사속(斯速)히 연길(涓吉)[236]하여 혼례(婚禮)를 행(行)하게 하고, 또 본관(本官)에게 부탁(付託)하여 그 혼수(婚需)를 우

---

235) 신랑될 만한 사람.
236) 혼인, 기타의 경사 때 택일(擇日)함.

급(優給)237)하고 자관(自官)으로 또한 독촉(督促)하여 일제(一齊)히 성혼
(成婚)하게 하니라.

---

237) 넉넉하게 공급함.

청구야담 권지십구(靑邱野談 卷之十九)

1. 검암시필부해원(檢巖屍匹婦解寃)[1]

김상공(金相公) 아무가 소시(少時)에 친(親)한 벗 수삼인(數三人)으로
더불어 백연봉(白蓮峰) 아래 영월암(映月巖)에서 글 읽더니, 일일(一日)
은 벗이 다 연고(緣故) 있어 집에 돌아간지라. 밤이 깊도록 홀로 앉아
글을 보더니, 문득 계집의 곡성(哭聲)이 있으되 원망(怨望)하는 듯하며
하소하는 듯하여 영월(映月) 뒤로부터 점점(漸漸) 가까와 창(窓) 밖에
이르러 그치거늘, 공(公)이 기(奇)히 여겨 단좌 부동(端坐不動)[2]하고 물
어 왈(曰),

"귀신(鬼神)이냐. 사람이냐."

여인(女人)이 길이 한숨 쉬며 대답(對答)하여 가로되,

"귀신(鬼神)이로소이다."

공(公)이 가로되,

"그러한 즉(卽) 유명(幽明)이 길이 다르니 어찌 서로 섞이리오."

여인(女人)이 가로되,

"내 전생(前生) 해원(解寃)할 일이 있으니 공(公) 곧 아니면 가(可)

---

1) 절벽 사이에 있는 시체를 검사하여 힘없는 여인의 원을 풀다.
2) (자세를 바르게 하여) 단정하게 앉아 조금도 흐트러짐이 없음.

히 해원(解寃)할 길이 없어 특별(特別)히 왔나이다."

공(公)이 문(門)을 열고 보니 간 데 없고 공중(空中)에서 휘파람하여 가로되,

"형상(形狀)을 뵌 즉(卽) 공(公)이 놀랄까 저어하나이다."

공(公)이 가로되,

"아무케나 뵈라."

언파(言罷)에 한 젊은 부인(婦人)이 머리를 풀고 피를 흘리며 앞에 서거늘, 공(公)이 가로되,

"무슨 원(寃)을 아뢰고자 하느냐."

답왈(答曰),

"나는 조관(朝官)의 딸로서 아무 집에 시집갔더니, 미구(未久)에 가부(家夫)3)가 음부(淫婦)의 참소(讒訴)에 혹(惑)하여 나로써 음행(淫行)이 있다 하여 야반(夜半)에 칼로써 나를 찔러 영월암(映月巖) 절벽(絶壁) 사이에 버리니 사람이 알 자(者)가 없는지라. 우리 부모(父母)를 속여 왈(曰), '실행(失行)하여 갔다' 하니, 내 비명 횡사(悲鳴橫死)도 원통(寃痛)하거니와 불결(不潔)한 이름을 또 실으니 천고 지하(千古地下)의 이 원(寃)을 씻기 어렵도소이다."

공(公)이 가로되,

"네 원혼(寃魂)이 비록 긍측(矜惻)하나 내 선비로서 어찌 풀리오."

여인(女人)이 가로되,

"공(公)이 아무 해에 등과(登科)하여 아무 해에 아무 벼슬하고 아무 해에 추조(秋曹)4) 당상(堂上)을 할 것이니 추조(秋曹)는 형벌(刑罰) 맡은 벼슬이라. 해원(解寃)함이 어찌 쉽지 아니하리오."

---

3) 지아비.
4) 형조(刑曹)의 별칭.

하고, 드디어 하직(下直)하고 가더라.

익일(翌日)에 가만히 층암(層巖) 사이를 살펴본 즉(卽) 과연(果然) 한 여자(女子)의 신체(身體) 있으니 이에 지난 밤에 보던 자(者)라. 선혈(鮮血)이 임리(淋漓)5)하여 새로 죽은 모양(模樣) 같더라.

돌아와 글을 읽고 그 말을 발설(發說)치 아니하였더니, 후(後)에 과연(果然) 등과(登科)하여 여러 벼슬을 지나 형조 참판(刑曹參判)에 이르니 공(公)이 영월암(映月巖) 일을 생각하고 즉시(卽時) 마을에 가 좌기(坐起)하고 그 지아비를 착래(捉來)하여 물어 가로되,

"네 영월암(映月巖)에 원억(寃抑)히 죽은 사람을 아느냐."

그 놈이 승복(承服)치 아니하거늘, 드디어 한가지로 영월암(映月巖)에 가 신체(身體)를 뵈니 그 사람이 즉시(卽時) 항복(降伏)하거늘 드디어 원녀(寃女)의 부모(父母)를 불러 묻으라 하고 그 지아비는 법(法)대로 하다.

그 밤에 공(公)이 영월암(映月巖)에 들어가 촉(燭)을 밝히고 홀로 앉았더니, 그 여인(女人)이 창(窓) 밖에 와 울며 사례(謝禮)하니 머리채와 의상(衣裳)이 정제(整齊)하여 전일(前日) 모양(模樣)이 아니더라.

공(公)이 앞에 가까이 앉히고 다시 그 전정(前程)을 물은대, 여인(女人) 왈(曰),

"공(公)이 아무 해에 아무 벼슬 하고 아무 때에 아무 일로 벼슬이 정승(政丞)에 이르러 나라를 위하여 죽기를 판단(判斷)한 연후(然後)에야 착한 이름이 무궁(無窮)하고 자손(子孫)이 창성(昌盛)하리라"

하고, 인(因)하여 하직(下直)코 가거늘 공(公)이 가만히 기록(記錄)하였더니 과연(果然) 여합부절(如合符節)하여 아무 해에 마침내 국사(國事)에 죽고 착한 이름이 무궁(無窮)하더라.

---

5) 피, 땀, 물 따위가 흥건하게 흐르거나 뚝뚝 떨어지는 모양.

2. 박천군지인효충(博川郡知印效忠)[6]

이기영(李基榮)은 박천(博川) 지인(知印)이라. 위인(爲人)이 밖으로 공순(恭順)하고 안으로 담략(膽略)이 있더니, 신미(辛未) 서적(西賊)[7]을 당(當)하여 군수(郡守) 임성고(任聖皐)[8]가 도적(盜賊)에게 굴(屈)치 아니하고 구수(拘囚)를 당(當)하여 죽기 조석(朝夕)에 있더니, 기영(基榮)이 분(忿)하여 몸을 돌아보지 아니하고 밤을 타 가 보고 도적(盜賊)칠 계교(計巧)를 말한대, 임공(任公)이 그 도적(盜賊)의 간첩(間諜)인가 의심(疑心)하여 가로되,

"내 명(命)이 경각(頃刻)에 있으니 어찌 도적(盜賊)칠 묘책(妙策)이 있으리오. 또 네 통인(通引)에 있으되 내 평일(平日)에 신임(信任)한 일이 없으니 어찌 도적(盜賊)을 두려 아니하고 나를 와 보느뇨."

기영(基榮)이 개연(慨然)하여 가로되,

"나라를 위(爲)하여 역적(逆賊)을 침은 신자(臣者)의 떳떳한 일이니 어찌 신임(信任) 여부(與否)를 의논(議論)하리이까."

하고, 인(因)하여 음식(飮食)을 드리고 강개 체읍(慷慨涕泣)하거늘 임공(任公)이 그 진정(眞情)인 줄을 알고 글을 써 안주(安州) 병영(兵營)에

---

6) 박천군의 지인(知印)이 충성을 본받다.
7) 조선조 순조 때의 홍경래(洪景來) 난을 가리킴. 홍경래는 과거 시험에 낙방한 뒤, 조정에서의 평안도 출신에 대한 배척과 안동(安東) 김씨(金氏) 세도정치(勢道政治)의 심한 횡포를 개탄하여 순조 11년(1811) 정권 쟁탈을 기도하여 난을 일으켜 평안도 북부 일대를 장악했으나, 곧 이어 관군과 의병의 대대적인 반격을 당하여 정주성에서 농성하다가 폭사했음.
8) 조선조 인조 때의 무신. 홍경래의 난 때 박천 군수(博川郡守)로서 포로가 되어 갖은 협박과 회유에도 불구하고 굴하지 않아 100여일 동안 구금됨. 난이 평정된 뒤 그 충절을 표창받고 요직을 역임함.

보(報)하여 써 구(救)완함을 구(求)코자 하거늘, 기영(基榮)이 낭중(囊中)
으로 필묵(筆墨)을 내어 써 드려 가로되,

"원(願)컨대 옷깃을 베어 써 표적(標的)을 삼고 서중사(書中辭)에는
급(急)히 포수(砲手) 사오십명(四五十名)을 보내어 이 도적(盜賊)을
멸(滅)하라 하소서."

임공(任公)이 그 말과 같이 하여 글을 써 주니 기영(基榮)이 옷 속에
감추고 단신(單身)으로 병영(兵營)에 가니, 때에 혼금(昏禁)이 엄숙(嚴
肅)하여 가(可)히 들어가지 못하고 일이 누설(漏泄)할까 저어 동북(東
北) 토성(土城)으로조차 산(山)을 의지(依支)하여 들어가 급(急)히 득달
(得達)하니 때 이미 오경(五更)이라. 바로 병영(兵營) 아중(衙中)에 들어
가니 등촉(燈燭)이 휘황(輝煌)하거늘 드디어 크게 불러 가로되,

"시급(時急)히 품(稟)할 일이 있어라."

하니, 병사(兵使)가 대경(大驚)하여 써 도적(盜賊)인가 하여 잡아 물
은대, 기영(基榮)이 가로되,

"원(願)컨대 좌우(左右)를 물리치시면 앞에 나아가 글을 드리리이
다."

병사(兵使)가 장검(長劍)을 안고 불러 가까이 나아오라 하거늘 기영
(基榮)이 비로소 옷 속에 내어 드리니, 이에 박천 군수(博川郡守)의 포
수(砲手) 빌리라 하는 글이라. 그 진위(眞僞)를 자세(仔細)히 묻고 새벽
으로 선방 포수(善放砲手)[9] 오십(五十) 명(名)을 발송(發送)할 새, 한 장
교(將校)로 하여금 영거(領去)하니 안주(安州)서 박천(博川)이 상거(相
距)가 오십(五十) 리(里)라. 소식(消息)을 듣지 못하다가 기영(基榮)을
보고 기특(奇特)히 여겨 후(厚)히 상(賞)준대, 기영(基榮)이 사양(辭讓)하
여 받지 아니하고 답서(答書)를 받아가지고 사이로 행(行)하여 먼저 돌

---

9) 표적을 잘 맞추는 포수.

아와 임공(任公)을 보니라.

날이 오시(午時) 못하여서 방포(放砲) 소리 크게 일어나니 적군(敵軍)이 불의(不意)에 미처 응접(應接)치 못하여 풍비 박산(風飛雹散)하니 박천(博川) 에운 것이 풀리다.

임공(任公)이 도적(盜賊)에게 잡혔을 때에 칭소인(稱小人)한 일과 병부(兵符) 빼앗긴 일로써 나수(拿囚)를 당(當)하니, 대개 임공(任公)이 처음 잡힐 때에 도적(盜賊)을 향(向)하여 가로되,

"내 원(員)이 되어 능(能)히 고을을 보전(保全)치 못하고 노모(老母)가 있으되 안보(安保)치 못하니 불충 불효(不忠不孝)의 죄인(罪人)이라. 살아 무엇하리오. 빨리 나를 죽이고 노모(老母)를 해(害)치 말라."

도적(盜賊)이 본대 임수(任倅)의 선치(善治)를 들은 고(故)로 차마 죽이지 못하니, 대개 죄인(罪人)이란 말이 소인(小人)이란 말과 어음(語音)이 근사(近似)한 고(故)로 사람이 그릇 듣고 전(傳)한 것이요, 인병부(印兵符) 딴은 힘이 굴(屈)하여 빼았겼으니 비록 정가산(鄭嘉山)[10]이 도적(盜賊) 꾸짖고 죽은 데 비(比)컨대 적이 부끄럽거니와 이로써 죄(罪)를 얽으면 어찌 원통(寃痛)치 않으랴. 천일(天日)이 밝으샤 필경(畢竟) 소석(昭析)하여 특별(特別)히 방송(放送)이 되니라.

그 나처(拿處)하였을 제 기영(基榮)이 한결같이 따라 다니며 잠간(暫間)도 떠나지 아니하니 훈장(訓將)이 듣고 기특(奇特)히 여겨 도감(都監) 교련관(敎鍊官)을 차정(差定)하여 신임(信任)하려 하더니, 임공(任公)이 방석(放釋)하매 미처 인(因)하여 하직(下直)하고 본토(本土)로 돌아와 평일(平日)에 도적(盜賊) 평정(平定)한 일을 말하지 아니하니, 슬프다,

---

10) 조선조 순조 때의 무신인 정시(鄭蓍)를 가리킴. 정시는 홍경래 난이 일어나던 해 가산 군수(嘉山郡守)로 있었는데, 반군에 의하여 가산이 맨 먼저 함락당하자 아버지 노(魯)와 함께 붙잡혀 항복을 거부하다가 살해 되었음.

하방(遐方)의 요마(幺麽)[11] 통인(通引)이 강개 체읍(慷慨涕泣)하여 죽기를 맹세(盟誓)하고 도적(盜賊)을 치니 어찌 그리 충성(忠誠)되며, 척서(尺書)를 전(傳)하여 구(救)완병(兵)을 빌어 뭇 도적(盜賊)을 일조(一朝)에 멸(滅)하니 어찌 그 지혜(智慧)로움이 이같으며, 본관(本官)이 나래(拿來)하여 충신(忠臣)과 역적(逆賊)을 판단(判斷)치 못하니 전일(前日) 친신(親身)한 사람이라도 다 피(避)하거늘 홀로 지키고 가지 아니하니 어떠한 그 의(義)며, 공(功)을 감추고 말 아니하여 공명(功名)을 피(避)하니 어찌 그 기특(奇特)타 아니하리오.

---

11) 작음. 변변하지 못함.

3. 진양성의기사생(晉陽城義妓捨生)[12]

논개(論介)[13]라 하는 자(者)는 진양(晉陽) 명기(名妓)라.

임진(壬辰)에 왜적(倭賊)이 진주(晉州)를 치니 상락군(上洛君) 김시민 (金時敏)[14]이 성(城)을 굳이 지키고 여러 번(番) 싸워 다 파(破)하고 왜 적(倭賊) 수만(數萬)을 죽이니 도적(盜賊)이 감(敢)히 호남(湖南)을 엿보 지 못하더라.

이듬해 계사(癸巳) 유월(六月)에 왜장(倭將) 청정(淸正)[15]이 평수길(平 秀吉)[16]의 뜻을 받아 반드시 진양(晉陽)을 설치(雪恥)코자 하여 군사(軍 士) 십만(十萬)을 거느리고 와 에우니, 그때에 본도 병사(本道兵使) 최 경회(崔慶會)[17]와 충청 병사(忠淸兵使) 황진(黃進)[18]과 창의사(倡義使)

---

12) 진양의 의로운 기생이 삶을 버리다.
13) 조선조 선조 때의 의기(義妓). 진주(晉州)의 관기로 경상우도 병마절도사 최경회(崔慶會)의 사랑을 받았음. 임진 왜란 중 진주성이 일본군에게 함락 되고 왜장들이 촉석루(矗石樓)에서 축연을 베풀 때, 만취한 왜장 한 사람 을 유인하여 함께 남강(南江)에 뛰어들어 빠져 죽었음.
14) 조선조 선조 때의 무신. 임진 왜란이 일어나자 진주 판관으로서 목사를 대신하여 성지를 구축하고 무기를 잘 갖추어 포위한 왜적과 7일간의 치열 한 공방전 끝에 적군 3만여명을 크게 격파하였음. 그 공으로 상락군에 봉 해짐.
15) 임진왜란 때 왜병을 이끌고 우리나라에 쳐들어 왔던 왜장 가등청정.
16) 임진왜란을 일으킨 장본인인 풍신수길(豊信秀吉).
17) 조선조 선조 때의 무신. 임진 왜란 때 의병을 모집하여 금산(錦山)과 창원 (昌原) 등지에서 왜병을 격퇴하여 그 공으로 경상우도 병마절도사에 승진 되었으나 진주성 싸움에서 전사하였음.
18) 조선조 선조 때의 무신. 1591년 통신사 황윤길(黃允吉)을 따라 일본에 다 녀와서 그들의 침입이 있을 것을 예언하였고, 임진 왜란 때 적을 격퇴하 다가 많은 공을 남기고 전사하였음.

김천일(金千鎰)[19]과 김해 부사(金海府使) 이종인(李宗仁)[20]과 복수장(復
讐將)<원수 갚는 장수(將帥)이라> 고종후(高從厚)[21]와 사천 현감(泗川
縣監) 장윤(張潤)[22] 등(等) 모든 사람이 들어가 지키거늘, 홍의장군(紅
衣將軍) 곽재우(郭再祐)[23]가 가로되,

  "이 성(城)은 반드시 왜적(倭賊)이 다툴 땅이니 호남(湖南) 영남(嶺
  南) 관애(關隘)의 제일(第一) 긴(緊)한 곳이라. 약(弱)한 군사(軍士)로
  강적(强敵)을 만나면 반드시 패(敗)하리라."

하고, 마침내 성(城)에 들어가지 아니하니 제공(諸公)이 촉석루(矗石
樓)에 모이어 한가지로 사생(死生)을 맹세하고 지킬 일을 의논(議論)하
더라.

  왜장(倭將)이 하령(下令)하여 가로되,

  "작년(昨年) 패(敗)한 원수(怨讐)를 정(正)히 금일(今日)에 갚을 것
  이니 이 성(城)을 파(破)치 못하면 맹세(盟誓)코 돌아가지 아니하리

---

19) 조선조 선조 때의 의병장. 임진 삼장사(壬辰三壯士)의 한 사람으로 나주
   (羅州)에서 의병을 일으켜, 양화도(陽花渡)에서 크게 이기고, 진주 싸움에
   서 성이 함락되자 자결하였음.
20) 조선조 선조 때의 무신. 임진 왜란이 일어나자 김해 부사로서 진주성이
   왜군에게 포위되자, 전라도 관찰사 황진 등과 함께 성을 방어, 끝까지 용
   전했으나 성이 함락당하자 적병을 양 팔에 하나씩 끼고 남강에 뛰어 들어
   순국했음.
21) 조선조 선조 때의 의병장. 임진 왜란 때 금산 싸움에서 함께 참전하였던
   아버지 고경명(高敬命)과 동생이 전사하자 다시 의병을 일으켜 스스로 복
   수 의병장이라 칭하고 왜적을 격퇴하였음.
22) 조선조 선조 때의 무신. 임진 왜란이 일어나자 사천 현감으로 성산(星山)
   개령(開寧) 등지에서 큰 전과를 올리고, 이듬해 진주성이 포위되자 주장인
   황진의 뒤를 이어 전투를 지휘, 성을 방어하다가 공방전 끝에 전사함.
23) 조선조 선조 때의 의병장. 임진 왜란이 일어나자 의령(宜寧)에서 의병을
   일으켜 큰 공을 세우고, 정유 재란 때 다시 의병장으로 출전하여 고성(孤
   城)을 홀로 지키던 중 모친상을 당하여 울진(蔚珍)으로 돌아감. 시호는 충
   익(忠翼).

라."

인(因)하여 성(城)을 치니 제십일(第十日) 만에 성(城)이 함몰(陷沒)하매 육만여인(六萬餘人)이 한 날 다 죽고 제공(諸公)은 다 남강(南江)에 빠져 죽으니라.

이때에 논개(論介) 단장(丹粧)을 찬란(燦爛)히 하고 왜장(倭將) 중(中)의 가장 세찬 놈을 가 보고 거짓 좋은 뜻으로 아당하니24) 왜장(倭將)이 물리치고자 하되 듣지 아니하고 완순(婉順)한 말로 왜장(倭將)을 유인(誘引)하여 걸어 강변(江邊) 바윗돌 위에 나가 더불어 대무(對舞)할새, 이 바위 강(江)언덕에 박혔으니 삼면(三面)은 다 깊은 소(沼)라. 드디어 왜장(倭將)의 허리를 안고 강중(江中)에 뚝 떨어져 죽으니 왜진(倭陣)이 크게 놀라더라.

난리(亂離) 평정(平定) 후(後)에 논개(論介)를 정문(旌門)하여 가로되, '의기(義妓)라' 하고, 강상(江上)에 사당(祠堂)을 세워 제사(祭祀)하고 그 돌은 의기암(義妓巖)이라 하고 일대장강 천추의열(一帶長江千秋義烈) 여덟 자(字)를 새기니라. 그 바위를 또 낙화암(落花巖)이라 하니 대개 의기(義妓) 침강(沈降)함으로써 떨어진 꽃에 비(比)함이러라.

---

24) 아첨하니. '아당하다'는 아첨하다의 옛말.

4. 이절도맥장우신승(李節度麥場遇神僧)[25]

이병사(李兵使) 원(源)은 당장(唐將)[26] 이제독(李提督)의 후예(後裔)
라. 춘천(春川) 땅에 유락(流落)하여 가래와 호미를 친(親)히 잡아 농부
(農夫)가 되었더니, 마침 하절(夏節)을 당(當)하여 보리 타작(打作)을 하
고 곤(困)하여 마당 가 나무 그늘에 누워 자더니 졸음을 깨는 자(者)가
있거늘, 이원(李源)이 눈을 떠 본 즉(卽) 한 소년(少年) 중이 곁에 있는
지라. 원(源)이 일어나 가로되,

"네 내 잠을 깨웠는가."

가로되,

"그리하였나이다."

하고, 인(因)하여 가로되,

"서방주(書房主)가 보리 마당에 골몰(汨沒)치 말고 즉금(卽今)으로
발행(發行)하여 상경(上京)하소서."

원(源)이 가로되,

"내 경성(京城)에 하나도 아는 이 없고 또 볼 일 없이 공연(空然)
히 상경(上京)함이 시러곰 허랑(虛浪)치 아니하냐."

중이 가로되,

"불과 사오일(四五日)에 서방주(書房主)가 반드시 벼슬하시리이다.
또 자상(自上)으로서 서방주(書房主)를 찾으시니 이제 빨리 상경(上
京)하소서."

재삼(再三) 부탁(付託)하거늘 원(源)이 그 말을 이상(異常)히 여겨 즉

---

25) 이절도사가 보리 타작 장소에서 신승(神僧)을 만나다.
26) 중국 장수. '당(唐)'은 중국을 뜻하는 접두어.

시(卽時) 경행(京行)하여 동대문(東大門) 안 여각(旅閣)에 머물렀더니, 명일(明日)에 몸소 정판서(鄭判書) 창순(昌順)27)의 집에 가니 소매(素昧) 평생(平生)이로되 시재(時在)28) 병판(兵判)인 연고(緣故)이라. 문(門)밖에 통자(通刺)29)하니 즉시(卽時) 불러들여 보거늘, 이원(李源)이 아무의 후예(後裔)라 말한대, 정판서(鄭判書)가 가로되,

"일전(日前) 연중(筵中)30)에서 자상(自上)으로 채판서(蔡判書)31)께 이제독(李提督)의 후예(後裔)를 물으시니 그대 모로미 채판서(蔡判書)를 가보라."

이원(李源)이 즉시(卽時) 가 채공(蔡公)을 보니 채공(蔡公)이 인접(隣接)하여 자세(仔細)히 묻고 또 가로되,

"자주 다니라."

채공(蔡公)이 후일(後日) 입시(入侍)에 즉시(卽時) 품(稟)한대 자상(自上)으로 특별(特別)히 남행(南行)32) 선전관(宣傳官)을 제수(除授)하샤 하여금 제허참(除許參)33)하고 다니라 하시고, 또 명(命)하여 입시(入侍)하라 하시니 크게 은전(恩典)을 입었더라. 오래지 아니하여 무과(武科)에

---

27) 조선조 정조 때의 문신. 예조 판서, 판중추부사 등을 역임.
28) 현재.
29) 명함을 내밀고 면회를 청함.
30) 경연(經筵) 도중.
31) 조선조 영조·정조 때의 명상(名相)인 채제공(蔡濟恭)을 이름. 호는 번암(樊巖). 규장각 제학(提學) 때 '국조보감(國朝寶鑑)'을 편찬하였고, 정조 14년(1790) 천주교도에 대한 박해가 시작되자 신서파(信西派)의 영수로서 공서파(攻西派)와 맞서 천주교 신봉의 묵인을 주장하였으며, 정조 17년(1793) 영의정에 오름. 남인(南人)으로 정조의 신임을 받아 독상(獨相) 수년에 천주교에 대한 온건 정책을 유지하는 등 나라를 위하여 전력하였음. 시호는 문숙(文肅).
32) 고려, 조선조 때 부조(父祖)의 공으로 얻어 하던 벼슬.
33) 허참례(許參禮)를 면하게 함. 허참례는 새로 입사(入仕)한 벼슬아치가 고참 벼슬아치에게 음식을 차려 대접하는 일.

올라 여러 번(番) 웅주 거목(雄州巨牧)을 지내니 심중(心中)에 그 중의 신기(神技)함을 생각하되 얻어 볼 길이 없더니, 무신(戊辰)에 호남 수사 (湖南水使)로 동작(銅雀)이 날늘[34] 건널 새 배 가운데 한 걸승(乞僧)이 있어 서서 눈을 들어 주시(注視)하거늘, 수사(水使)가 또한 마음이 동 (動)하여 사람을 명(命)하여 불러오니 이에 춘천(春川) 보리 마당 가에 서 보던 중이라. 기쁨을 깨닫지 못하여 행탁(行橐)[35] 중(中)으로조차 넉넉히 행하(行下)하고, 다시 전정(前程)을 물은대 매매(每每)히 받지 아니하고, 또 가로되,

"영감(令監) 전정(前程)이 아직 멀었나이다."

이공(李公)이 가로되,

"내가 아장(亞將)[36]이나 하랴."

가로되,

"할 듯하니이다."

이윽고 배 물가에 닿으니 배에 내려 인(因)하여 헤어지니라.

임자년(壬子年)에 공(公)이 울산 병사(蔚山兵使)를 갈고 돌아왔더니, 후(後)에 도감 별장(都監別將)으로서 창의문(彰義門)[37] 성역(城役)의 감 동관(監董官)[38]을 하여 군막(軍幕) 가운데 앉았더니, 군막(軍幕) 밖에 중이 있어 두류(逗留)하며 자주 돌아보거늘 이공(李公)이 또 마음이 동 (動)하여 군사(軍士)를 보내어 불러오니 이에 동작진(銅雀津)에서 만나 던 중이라. 술을 주어 관곡(款曲)히 대접(待接)한 후(後)에 또 내두(來 頭)를 물은대, 중이 웃고 가로되,

---

34) 나무를.
35) 여행시에 노자를 넣는 주머니. 행장을 넣는 자루.
36) 조선조 때, 병조 참판, 포도 대장 등을 두루 이르던 말.
37) 서울의 서북쪽 성문(城門)으로, 사소문(四小門)의 하나. 별칭 자하문(紫霞 門).
38) 조선조 때, 역사(役事)를 감독하기 위하여 임시로 임명하던 벼슬.

"영감주(令監主)가 어찌 옛날 보리 타작(打作)하시던 일을 생각치 아니하시나니이까. 이제 이미 곤수(閫帥)39)를 지나고 또 아장(亞將) 하나가 격(隔)하였으니 다시 무엇을 바라시나니이꼬."

하고, 마침내 다시 말하지 아니하니 공(公)이 또한 웃고 파(罷)하다.

이원(李源)이 마침내 병사(兵使)로서 명년(明年)에 졸(卒)하니라.

---

39) 병사(兵使)나 수사(水使)를 예스럽게 부르는 말.

5. 김승상과전견이인(金丞相瓜田見異人)[40]

청사(淸沙) 김상공(金相公)[41]이 수의(繡衣)로서 영남(嶺南)에 나갔더니 그때 오뉴월(五六月)을 당(當)하여 천기(天氣) 심(甚)히 더운지라. 행(行)하여 태백산(太白山) 중(中)에 이르니 구갈(口渴)이 심(甚)히 급(急)한지라. 협중(峽中)에 사람도 없고 또한 우물과 샘이 없거늘 겸인(傔人)으로 더불어 노중(路中)에서 방황(彷徨)하되 해갈(解渴)할 길이 없더니, 마침 한 고개를 지난즉(卽) 길가에 참외밭이 있으되 상직막(上直幕)도 없고 다만 보니 참외 많이 익었거늘 갈증(渴症)이 태심(太甚)한지라, 어찌 신 들메는[42] 혐의(嫌疑)[43]를 돌아보리오. 겸인(傔人)으로 하여금 두 푼(分) 돈을 가져다가 밭 가 콩가지에 걸고 들어가 따오라 하니, 겸인(傔人)이 들어가더니 불과(不過) 수보(數步)에 즉시(卽時) 혼미(昏迷)하여 밭 가운데 엎더져 입 안으로 외마디 소리를 하여 가로되,

"나리님 날 살리오."

하고, 인(因)하여 다시 소리 없거늘 김공(金公)이 크게 괴(怪)히 여겨 감(敢)히 들어가지 못하고 밭 가에서 방황(彷徨)하여 심(甚)히 망조(罔措)하더니, 홀연(忽然) 보니 한 노옹(老翁)이 머리에 삿갓을 쓰고 산상(山上)으로부터 내려오며 불러 가로되,

---

40) 김승상이 오이밭에서 이인을 만나다.
41) 김재로(金在魯). 청사는 그의 호. 조선조 영조 때의 문신. 관직 생활의 절반을 모두 대신으로 있으면서 노론의 선봉자로 활약함.
42) '들메다'는 신발이 벗어지지 않도록 끈을 단단히 조여 매다의 뜻.
43) 납리지혐(納履之嫌). '과전불납리(瓜田不納履) 이하부정관(李下不整冠)'에서 나온 말. 오이밭에서 신이 벗겨져서 이를 다시 신기 위해 몸을 굽히면 오이를 따려한다는 혐의를 받는다는 뜻.

"어찌 가(可)히 당돌(唐突)히 밭에 들었느뇨."

거동(擧動)을 보니 행보(行步)가 완완(緩緩)하고 언사(言辭)가 옹용(雍容)하여 조금도 경괴(驚怪)하는 모양(模樣)이 없거늘, 김공(金公)이 고(告)하되,

"목이 갈(渴)한 연고(緣故)로써 돈을 달고 들여내었노라."

전옹(田翁)이 가로되,

"이 밭이 비록 막(幕)도 사람도 없으나 그대 밭 가의 흰 삼(蔘) 심은 것을 보지 못하는가. 이것이 족(足)히 도적(盜賊)을 막는다."

하고, 웃고 밭에 들어가 겸인(傔人)의 손을 잡고 아무 방위(方位)로조차 나오니 아까 불성 인사(不省人事)하던 사람이 금시(今時)에 여상(如常)하더라.

또 참외 두어씩 얻어 먹고 김공(金公)이 자세(仔細)히 본 즉(卽) 외밭 사면(四面)에 흰 삼(蔘)을 돌려 심었으니 그 심은 법(法)이 혹(或) 성기며 혹(或) 밀밀(密密)44)하여 완연(宛然)히 팔문(八門) 모양(模樣)을 이뤘으니 뜻하건대 이 팔진도법(八陣圖法)이라 하고, 인(因)하여 겸인(傔人)에게 아까 광경(光景)을 물은대 겸인(傔人)이 대답(對答)하되,

"겨우 두어 걸음에 오장(五臟)이 요란(搖亂)하며 칠정(七情)이 혼미(昏迷)하여 눈에 뵈는 바가 없고 지척(咫尺)을 분변(分辨)치 못하여 인(因)하여 넘어졌더니, 아까 노인(老人)이 손을 붙들고 길을 가리키니 비로소 눈에 뵈는 것이 있고 정신(精神)이 깨어나더이다."

김상공(金相公)이 크게 괴이(怪異)히 여기더라.

이에 전옹(田翁)이 고쳐 한 말도 아니하고 표연(飄然)히 산(山)을 향(向)하여 가거늘, 김상공(金相公)이 써 신인(神人)이라 하여 겸인(傔人)은 근처(近處) 촌가(村家)에 보내고 가만히 그 차취를 따라와 두어 고

---

44) 아주 빽빽하게 들어서 있음.

개를 넘어 전옹(田翁)을 따라 그 거(居)하는 집을 들어가니 이에 수간
초옥(數間草屋)이요, 방(房)은 다만 한 간(間) 뿐이더라. 공(公)이 만단
(萬端)으로 자기를 청(請)한대, 전옹(田翁)이 웃고 안에 들어가 노처(老
妻)로 더불어 종용(從容)히 말한 후(後)에 손에 한 그릇 조밥을 가지고
부엌으로 청(請)하여 앉아 먹고 한 닢 짚자리를 펴고 앉기를 청(請)하
여 왈(曰),

"산중(山中)에 사는 인사(人士)가 너무 무지(無知)하니 허물 말으소
서."

하고, 인(因)하여 한가지로 잘 새 공(公)이 바야흐로 그 평생(平生)을
묻고자 하되 전옹(田翁)의 코고는 소리 우뢰(雨雷) 같으니 접어(接語)할
길이 없더라.

저근덧하여 동방(東方)이 새고자 하거늘 공(公)이 전옹(田翁)을 깨워
가로되,

"주인(主人)이 어찌 잠을 곤(困)히 자느뇨."

노옹(老翁)이 눈을 씻고 일어 앉아 가로되,

"노혼(老昏)[45] 소치(所致)라. 접객(接客) 인사(人事)가 이같으니 죄
(罪)를 사(赦)하소서."

공(公)이 가로되,

"내 바야흐로 경영(經營)하는 일이 있어 이제 아무 땅으로 향(向)
하니 알지 못게라. 그 일이 잘되랴."

노옹(老翁)이 웃어 가로되,

"내 이미 수의(繡衣) 사도(使道)가 내 집에 올 줄 알았으니 속이지
말으소서."

공(公)이 놀라 가로되,

---

45) 늙어서 정신이 흐림.

"이 무슨 말이뇨. 향곡(鄕谷)의 궁(窮)한 선비를 어찌 수의(繡衣)로 보느뇨. 주인옹(主人翁)이 참 망령(妄靈)이로다."

노옹(老翁)이 손으로 처마 끝의 별을 가르쳐 왈(曰),

"이 별은 수의(繡衣) 맡은 별이라. 이로써 아나니 어찌 자취를 감추느뇨."

공(公)이 이 말을 들으매 은휘(隱諱)할 수 없는 줄 알고 실상(實相)으로써 고(告)하고, 평생(平生) 사로(仕路)[46]에 어떠하며 자손(子孫)의 어떠함을 자세(仔細)히 물은대, 전옹(田翁)이 일일(一日)이 고(告)하여 가로되,

"아무 년(年)에 아무 벼슬하고 아무 년(年)에 아무 가자(加資)하고 아무 년(年)에 입각(入閣)하여 필경(畢竟) 영상(領相)에 이르러 귀(貴)함이 인신(人身)에 극(極)하고 문묘(文廟) 배향(配享)하여 혈식(血食)[47] 천추(千秋)할 것이요, 아들 삼인(三人)을 두되 버금 아들이 마땅히 영상(領相)이 되리라."

하고 지어(至於) 무신란(戊申亂)[48]까지 역력(歷歷)히 다 말하거늘 김상공(金相公)이 속에 기록(記錄)하였더니, 후래(後來)에 벼슬과 가자(加資)한 일이 다 여합부절(如合符節)이러라.

---

46) 벼슬길.
47) 종묘에 제사지냄.
48) 조선조 영조 4년(1728) 일어난 이인좌(李麟佐)의 난을 가리킴.

6. 식단구유랑표해(識丹邱劉郞漂海)[49]

강원도(江原道) 고성군(高城郡)에 유동지(劉同知)라 하는 자(者)가 있
으니 소시(少時)에 동리(洞里) 거(居)하는 이십사인(二十四人)으로 더불
어 배를 가지고 미역을 따러 가 한 섬 중(中)에 대이고 배를 돌이킬 즈
음에 홀연(忽然) 서북풍(西北風)이 크게 일어나 배를 돌이킬 길이 없는
지라. 배 가운데 사람이 눈이 현황(眩慌)하고 정신(精神)이 어질하여 다
배 밑에 엎드려 다만 죽기만 기다리고 시러곰 운동(運動)치 못하더니,
다만 들으니 물결 소리 흉용(洶湧)하여 산악(山岳)이 무녀지는 듯하는
지라. 서로 더불어 베개 베듯하고 눈을 번히 뜨고 여러 날을 음식(飮
食)을 못 먹었더니, 일일(一日)은 문득 한 곳에 닿으니 바람이 그윽하
고 배 머물거늘, 유동지(劉同知) 일어나 본 즉(卽) 동행(同行) 이십사인
(二十四人)에 다만 다섯 사람이 살았으되 욕사 욕사(欲死欲死)[50]하고
기여(其餘) 십구인(十九人)은 죽은 지 이구(已久)하더라.

유랑(劉郞)이 써 하되 죽은 자(者)는 하릴없거니와 이미 산 자(者)는
불가불(不可不) 구(救)하리라 하고, 이에 정신(精神)을 돌려 강잉(強仍)
하여 몸을 일으켜 사장(沙場)에 뛰어내리니, 그나마 죽지 아니한 자(者)
가 네 사람에서 두 사람은 뛰어내릴 때에 물에 떨어져 죽으니 다만 세
사람만 남은지라. 다 기진(氣盡)하여 사장(沙場)에 누워 서로 더불어 눈
을 번히 뜨고 묵묵(默默)히 볼 따름이러라. 몽롱(朦朧) 중(中)에 보니
문득 두 백의 동자(白衣童子)가 사장(沙場)으로 완완(緩緩)히 와 앞에
당(當)하여 말하여 가로되,

---

49) 유랑(劉郞)이 표류하여 동해의 단구(신선이 산다는 곳임)를 다녀오다.
50) 곧 죽을 듯함.

"어느 곳 사람이 사장(沙場)에 누웠는고. 반드시 표풍(漂風)한 사람이라."

한대, 유랑(劉郎)이 간신(艱辛)히 일어나 입으로 능(能)히 말을 못하고 손을 들어 입을 가르치거늘, 동자(童子)가 허리 사이로 호로병(壺蘆瓶)을 끌러내어 우상(羽觴)<우상(羽觴)은 신선(神仙) 먹는 술잔(盞)이라>으로써 술을 부어 먹여 가로되,

"우리 선생(先生)이 군배(君輩) 이곳에 있음을 이미 아는 고(故)로 나를 보내어 구(救)하라 하더이다."

삼인(三人)이 한 번(番) 마시매 정신(精神)이 돈연(頓然)히 나며 기력(氣力)이 여상(如常)하고 배도 또한 부른지라. 즉시(卽時) 일어 앉아 가로되,

"선생(先生)은 어떠한 사람이며 어느 곳에 있느뇨."

가로되,

"선생(先生)이 데리고 함께 오라 하더이다."

삼인(三人)이 즉시(卽時) 일어나 동자(童子)를 따라 선생(先生) 있는 곳에 이른 즉(卽) 소위(所謂) 선생(先生)이 머리에 쓴 것이 없으며 몸에 파면자(破綿子)51)를 입고 초막(草幕)에 앉았으되 얼굴이 검은 숯 같은 노인(老人)이라. 삼인(三人)이 예(禮)를 마치매 노옹(老翁)이 가로되,

"그대 등(等)이 어느 고을에 있으며 무슨 일로 인(因)하여 표류(漂流)하뇨."

유랑(劉郎)이 가로되,

"우리 무리는 다 고성(高城) 사람이라. 미역 따러 갔다가 표풍(漂風)하였나이다."

노옹(老翁)이 가로되,

---

51) 헌 솜.

"나도 또한 고성(高城) 사람으로 바람에 밀린 바가 되어 이에 와 있노라."

삼인(三人)이 그 고성(高城) 사람이란 말을 들으매 그 기쁜 마음이 어찌 한갓 타향(他鄕)의 봉고인(逢故人)[52]뿐이리오. 즉시(卽時) 물으되,

"장자(長者)가 이미 고성(高城) 사람이라 하니 어느 면(面) 어느 촌(村)에 거(居)하였느뇨."

가로되,

"아무 면(面) 아무 촌(村) 사람이요, 아무의 아비며 아무의 아자비라. 여기 온 지 이미 오래매 우리 집이 근간(近間)에 어찌된지 알지 못하노라."

그 촌명(村名)을 들은 즉(卽) 곧 세 사람의 동리(洞里)요, 이른바 아무 아무는 곧 세 사람의 조부(祖父)와 증조부(曾祖父)의 벗이라. 작고(作故)한 지 이미 오륙십년(五六十年)이 지났으니 이제 생존(生存)한 자(者)로써 보건대 노옹(老翁)의 현손(玄孫)과 오대손(五代孫)이 넉넉히 될러라. 인(因)하여 그 일을 말한대 노인(老人)이 측연(惻然)하여 하더라. 이후(以後)로부터 노인(老人)이 삼인(三人)을 데리고 고금(古今)을 말하여 해를 보내더라.

대저(大抵) 이 섬은 맑은 모래와 푸른 솔 따름이요, 가운데 금잔디 한 벌 깔렸고 간간(間間)히 인가(人家)가 있으되 농사(農事)를 아니하고 다만 물만 마시고 풀만 입을 따름이요, 두 동자(童子)가 혹(或) 가며 혹(或) 오되 그 입은 옷은 전수(全數)히 흰 깃으로 하였더라.

삼인(三人)이 물어 가로되,

"이 섬 이름은 무엇이뇨."

노인(老人)이 가로되,

---

52) 타향에서 고향 분을 만남.

"동해(東海)의 단구(丹邱)이라.<단구(丹邱)는 신선(神仙) 있는 곳이라>"

하더라.

삼인(三人)이 도중(島中)에 오래 머물어 매양(每樣) 일출(日出)하는 장대(壯大)함이 세간(世間)에 비(比)할 바가 아님을 보고 노인(老人)에게 물어 가로되,

"해돋는 곳이 여기서 몇 리(里)나 되느뇨."

답왈(答曰),

"삼만여리(三萬餘里)니라."

또 가로되,

"여기서 고성(高城)이 몇 리(里)나 되느뇨."

가로되,

"또 삼만여리(三萬餘里)니라."

인(因)하여 일출(日出) 보기를 청(請)하거늘 노인(老人)이 매매(每每)히 방차(防遮)[53]하되 삼인(三人)이 누차(屢次) 간청(懇請)하거늘, 하루는 두 동자(童子)를 명(命)하여 가로되,

"네 이 사람으로 더불어 함께 가 일출(日出)을 보게 하라."

이윽고 두 동자(童子)가 배를 대어 가로되,

"이 배에 올라 일출(日出)을 가 보게 하소서."

삼인(三人)이 즉시(卽時) 배에 오르니 배는 흰 깃으로 엮었더라.

두 동자(童子)가 상앗대를 가지고 배 양편(兩便)에 서서 저어 가로되,

"앉지 말고 다 누워 다만 한 잔(盞) 우상(羽觴)을 마시라."

하니, 대개 처음 오면서부터 지금까지 먹는 바가 다만 이 물 뿐이라. 물빛이 젓국 같아서 심(甚)히 흐리되 마신 즉(卽) 청열(淸洌)하더라. 동

---

53) 막아서 가림.

자(童子)에게 물어 가로되,

"이 물 이름이 무엇이뇨."

답왈(答曰),

"경액수(瓊液水)54)이니다."

경액(瓊液)을 세 번(番) 먹더니 배 언덕에 닿은지라.

동자(童子)가 가로되,

"일어나 보소서."

이에 창(窓)을 열고 본 즉(卽) 만경(萬頃) 파도(波濤)가 하늘에 닿아 흉용(洶湧)하되 일만(一萬) 길이나 되는 은(銀)같은 산(山)이 병풍(屛風) 같아서 청천(靑天)에 솟아났고, 그 위로 날이 올라오니 구름과 바다가 서로 끌어 붉은 빛이 눈을 쏘아 그 광대(廣大)하고 찬란(燦爛)한 빛을 시속(時俗) 안목(眼目)으로써 가(可)히 형용(形容)치 못할러라. 해 오를 때에 기운(氣運)이 심(甚)히 추워 사람으로 하여금 떨려 진정(鎭靜)치 못할러라. 대저 은산(銀山)이 수정(水晶) 같아서 그 밖에 깎은 듯이 섰으니 가(可)히 써 비춰어 볼 듯하더라. 동자(童子)에게 들어 가로되,

"저 산(山) 위를 넘어가면 가(可)히 일출(日出)하는 근본(根本)을 보리라."

동자(童子)가 가로되,

"이 산(山) 밖은 우리 선생(先生)님도 가보지 못하였으니 다시 말씀 말으소서."

즉시(卽時) 회정(回程)하여 돌아와 노인(老人)을 보니, 노인(老人)이 가로되,

"군(君)이 일출(日出)을 보았느냐."

가로되,

---

54) 달고 맛있는 액즙.

"다행(多幸)히 노인(老人)의 덕(德)을 입어 세상(世上)에 없는 장관
(壯觀)을 얻어 보되 은산(銀山) 밖을 못 본 것이 한(恨)이로소이다."
노인(老人)이 가로되,

"그 산(山) 밖은 비록 천상 신선(天上神仙)이라도 구경치 못하느니
라."

삼인(三人)이 여러 날을 유전(流轉)하매 실(實)로 의미(意味) 없는지
라. 부모(父母) 처자(妻子)의 생각이 간절(懇切)하여 매양(每樣) 슬픈 말
로써 고향(故鄕)에 돌아가기를 원(願)하거늘, 노인(老人)이 가로되,

"군배(君輩) 반드시 돌아가지 말고 이곳에 머무는 것이 또한 무방
(無妨)하니 이곳 하루는 곧 인간(人間) 일년(一年)이라. 이에 온 지
이미 오십년(五十年)이 되었으니 비록 집에 돌아도 무비생소(無非生
疎)55)하고 가솔(家率)이 다 영락(零落)하였을 것이니 이 도중(島中)에
서 여년(餘年)을 보냄이 또한 낫지 아니하냐."

삼인(三人)이 헤오되 이곳에 온 지 불과(不過) 삼삭(三朔)이라 하였더
니, 이제 이 말을 듣고 당황(唐慌)함을 깨닫지 못하여 장신 장의
(將信將疑)56)하여 더욱 급급(急急)히 돌아가고자 하여 날마다 애걸(哀乞)하
거늘, 노인(老人)이 가로되,

"하릴없다. 그대의 시속(時俗) 연분(緣分)이 다하지 못하였으니 어
찌하리오."

하고, 즉시(卽時) 두 동자(童子)를 명(命)하여 가로되,

"이 사람들을 본향(本鄕)으로 실어 보내라."

하니, 삼인(三人)이 대희(大喜)하여 노인(老人)으로 더불어 작별(作別)
하고 배에 오르니 배는 향자(向者) 일출(日出) 구경할 때에 타던 배더

---

55) 생소하지 않은 것이 없음.
56) 믿기도 하고 의심하기도 함.

라.

발선(發船)할 때에 노인(老人)이 두 동자(童子)에게 지남철(指南鐵)을 내어주며 가로되,

"아무 방(方)으로 향(向)하여 아무 방(方)으로 가면 고성(高城)이니라."

유랑(劉郎)이 가로되,

"노인(老人)이 이 섬 중(中)에 어찌 이 지남철(指南鐵)을 얻어 두뇨."

가로되,

"내 표류(漂流)할 때에 가지고 온 바이로다."

배에 오른 후(後)에 먹는 바가 또한 여전(如前)하고 배 가운데 있는 것이 스무나믄 병(瓶)이라. 유랑(劉郎)이 세 병(瓶)을 도적(盜賊)하여 몸에 감추니라.

며칠 만에 배 한 곳에 닿거늘 동자(童子)가 가로되,

"배 이미 닿았나이다."

일어 앉아 보니 고성(高城) 땅이라. 동자(童子)가 가로되,

"배에 내리소서."

하거늘, 배에 내려 언덕에 오르니 배와 다못 동자(童子)가 경각(頃刻)에 부지거처(不知去處)이러라.

삼인(三人)이 각각(各各) 집에 돌아가 보니 촌락(村落)이 전(前)에서 크게 다르고 사람을 만나매 다 생면(生面)이라. 저의 집을 찾아가니 또한 사람도 알 자(者)가 없거늘 드디어 그 세파(世派)57)를 강론(講論)하니 그 부모(父母)가 작고(作故)한 지 이미 사십여년(四十餘年)이요, 아

---

57) 원래 한 조상에서 갈려나온 지파(支派)를 의미하나, 여기서는 족보를 가리킴.

내 또한 늙어 죽고, 표류(漂流)할 때에 낳은 아들이 또한 죽고, 즉금(卽今) 당가(當家)한 사람이 곧 그 손자(孫子)이요 또한 빈발(鬢髮)이 창창(蒼蒼)하고, 표류(漂流)한 세 사람의 집은 각각(各各) 그 집에서 의복(衣服)으로써 허장(虛葬)하고 제사(祭祀)는 배 타던 날로 행(行)한다 하더라.

한가지로 온 두 사람은 화식(火食)을 한지라 불과(不過) 수년(數年)에 죽고, 유동지(劉同知)는 다행(多幸)히 두 병(瓶) 경액(瓊液)을 도적(盜賊)하여 날마다 한 번(番)씩 마시고 화식(火食)을 먹지 아니하는 고(故)로 평생(平生)에 병(病)이 없고 몸이 또한 강건(康健)하니 그 연세(年歲)를 헤어 보면 자못 이백(二百)이 지났더라. 매양(每樣) 고성(高城) 원(員)이 새로 도임(到任)한 즉(卽) 반드시 표류(漂流)한 사적(事蹟)을 묻고 혹(或) 인읍(隣邑) 원(員)과 및 일시(一時) 지나가는 객(客)이라도 또한 불러 묻는 고(故)로 관가(官家) 출입(出入)이 빈삭(頻數)하니 이로써 자못 난감(難堪)하다 하더라.

7. 방도원권생심진(訪桃源權生尋眞)[58]

서문(西門) 밖의 권진사(權進士)가 소년(少年)에 진사(進士)하고 대과
(大科)에 뜻이 없어 전(專)혀 산천(山川) 유람(遊覽)하기로 일을 삼아 팔
도(八道)에 주유(周遊)하여 종적(蹤迹)이 이르지 않은 곳이 없고, 명산
대천(名山大川)과 영경 승지(靈境勝地)[59]를 편답(遍踏)치 않은 데 없어
혹(或) 재삼(再三) 구경하더라.

춘천(春川) 기린창(麒麟倉)에 이르니 그날은 마침 개시(開市) 날이라.
주막(酒幕)에 앉았더니, 한 사람이 삿갓 쓰고 소 타고 들어와 주인(主
人)에게 물어 가로되,

"저 방(房)의 객(客)이 어떠한 양반(兩班)이냐."

답왈(答曰),

"이는 서울 사는 권진사(權進士)님이라. 팔도(八道)에 주유(周遊)하
여 방방곡곡(坊坊曲曲)이 아니 본 데 없으니 내게도 도한 세 번(番)
째 오기로 친숙(親熟)한 지 오래로라."

가로되,

"저 양반(兩班)이 아는 것이 있느냐."

가로되,

"자못 지리(地理)에 익으니라."

가로되,

"혹(或) 가(可)히 청(請)하여 가랴."

가로되,

---

58) 무릉도원을 방문한 권생이 참세상을 그리워하다.
59) 신령스런 땅과 경치 좋은 곳.

"쉬울 듯하니라."

이윽고 점주(店主)가 들어와 고(告)하되,

"아무 촌(村) 아무가 진사주(進士主) 포재(抱才)[60]하였단 말을 듣고 써 청(請)하여 가기를 원(願)하니 진사주(進士主)는 의심(疑心)치 말고 잠간(暫間) 써 행차(行次)하심이 좋을 듯하니이다."

권진사(權進士)가 여러 날 점(店)에 유(留)하매 무료(無聊)하더니, 답왈(答曰),

"예서 가기 멀지 아니하면 한 번(番) 놂이 무방(無妨)하다."

하니, 이에 첨지자(僉知者)가 들어와 뵈어 가로되,

"진사주(進士主) 성명(姓名)을 들은 지 오랜지라. 이제 내가 소를 타고 왔으니 잠간(暫間) 누지(陋地)에 가심이 어떠하니이꼬."

권진사(權進士)가 가로되,

"첨지(僉知)의 집이 예서 몇 리(里)나 하뇨."

답왈(答曰)

"이 장(場)에서 불과(不過) 삼십리(三十里)로소이다."

즉시(卽時) 소를 타고 행(行)할 새 첨지(僉知)는 채찍을 잡고 뒤에 있으니 때 오시(午時)는 되었더라. 그 소가 빨리도 아니 가고 더디도 아니하여 대강 삼사십리(三四十里)나 갔더니, 권진사(權進士)가 첨지(僉知)에게 물어 가로되,

"영감(令監) 사는 촌(村)이 멀지 아니할 듯하다."

첨지(僉知) 가로되,

"아직 멀었나이다."

진사(進士)가 가로되,

"그러면 이제 몇 리(里)나 왔느뇨."

___

60) 드러내지 않고 품고 있는 재주.

가로되,

"팔십리(八十里)니이다."

권진사(權進士)가 크게 괴(怪)히 여겨 가로되,

"백리(百里)나 가까이 와서 촌(村)이 그저 먼 즉(卽) 처음 삼십리(三十里)라 함이 어찌 그 허랑(虛浪)하냐. 영감(令監)이 나를 속이고 온 뜻은 어찌코자 함이냐."

가로되,

"자연(自然) 묘리(妙理) 있으니 점주(店主)는 다만 내 집이 삼십리(三十里) 허(許)에 있는 줄만 알고 나의 있는 바 마을은 자세(仔細)히 알지 못하나이다."

진사(進士)가 마음에 비록 의괴(疑怪)하나 기이(旣已) 이에 이르렀으니 가(可)히 회정(回程)치 못할지라. 마지 못하여 행(行)하니 대개 장(場)으로부터 삼십리(三十里) 밖은 다 심산 궁곡(深山窮谷)이라. 낙엽(落葉)에 발이 빠지고 다만 작은 길이 있더라.

일모시(日暮時)에 이르러 첨지(僉知) 소를 잡고 왈(曰),

"잠간(暫間) 내려 요기(療飢)하고 가사이다."

진사(進士)가 소를 내리니 시냇가에 작은 행담(行擔)[61]에 밥을 묻어 두었더라. 물을 움키어 먹고 또 소를 타고 행(行)하니 낮이 이미 서산(西山)에 넘어 때 정(正)히 황혼(黃昏)이 되었더라. 이윽고 멀리 사람 부르는 소리 있거늘 첨지(僉知) 또한 응(應)하여 가로되,

"이제야 온다."

하더라.

진사(進士)가 소 등 위에서 본 즉(卽) 수십병(數十柄)[62] 횃불이 영

---

61) 길 갈 때에 가지고 다니는 작은 상자. [흔히, 싸리나 버들로 걸어 만듦.]
62) 수십 자루.

(嶺)을 넘어 오니 다 소년(少年) 촌맹(村氓)이라. 횃불로 전도(前導)하고
영(嶺)을 넘어 내려가니 희미(稀微)한 가운데 한 대촌(大村)이 있어 일
동(一洞)을 차지하였으니 계견(鷄犬)의 소리와 용저(舂杵)[63]의 노래 사
면(四面)에 일어나더라. 한 집에 다다라 소를 내려 문(門)에 들어가니
방롱(房櫳)이 정쇄(精灑)하고 누각(樓閣)이 훤칠하여 산협(山峽) 백성(百
姓) 사는 데 같지 아니하더라.

이튿날 문(門)을 열고 보니 동중(洞中)에 인호(人戶)가 이백여개(二百
餘箇) 되고 앞벌이 평포(平鋪)하여 무비양전옥토(無非良田沃土)요, 그
주위(周圍)를 물은 즉(卽) 이십여리(二十餘里)라 하니 은연(隱然)히 세상
(世上) 밖의 무릉 도원(武陵桃源)[64]이더라. 또 벽(壁)을 격(隔)하여 수간
(數間) 방(房)에 밤마다 글 읽는 소리 있거늘, 물은 즉(卽) 답왈(答曰),

  "동중(洞中) 소년(少年)들이 공연(空然)히 놀지 못하여 매양(每樣)
  추동(秋冬)을 당(當)하면 낮에는 밭갈고 밤에는 글 읽어 반드시 여기
  모여 공부(工夫)한다."

하더라.

권진사(權進士)가 팔역(八域)을 편답(遍踏)하고 한 번(番) 도원(桃源)
을 구경할 마음이 매양(每樣) 경경(耿耿)하더니 의외(意外)에 여기 이르
니 마음에 흔연(欣然)하여 첨지(僉知)를 보고 문득 공경(恭敬)하여 물어
가로되,

---

63) 절굿공이.
64) 신선이 살았다는 전설적인 중국의 명승지. 또는, 이 세상과 따로 떨어진
별천지의 뜻. 도연명(陶淵明)이 지은 '도화원기(桃花源記)'에서 나온 말인
데, 중국 진(晉)나라 때 호남(湖南) 무릉(武陵)의 한 어부가 배를 저어 복
숭아꽃이 만발한 수원지를 올라가 어떤 굴 속에서 진(秦)나라의 난리를 피
하여 온 사람들을 만났는데, 그들은 그곳이 하도 살기 좋아 그 동안 바깥
세상의 변천과 많은 세월이 지난 줄도 몰랐다고 함.

"주인(主人)이 신선(神仙)이냐, 귀신(鬼神)이냐. 이 마을이 어떠한 마을이냐."

첨지(僉知) 경괴(驚怪)하여 가로되,

"진사주(進士主)가 어찌하여 홀지(忽地)에 경대(敬對)하시나니이까. 나는 별(別) 사람이 아니라 선세(先世)에 본대 고양(高陽)서 살다가 우리 증조(曾祖)가 마침 이곳을 얻어 이사(移徙)하여 들어오니, 그때에 동성(同姓) 당내(堂內) 지친(至親)과 외가(外家) 처가(妻家)의 결네65)와 인친 족당(姻親族黨)이 따라오기를 원(願)하는 자(者)가 합(合) 삼십여가(三十餘家)이라. 한가지로 들어온 후(後)에 상의(相議)하기를 다시 세상(世上)에 왕래(往來)치 말자 하고 여간(如干) 경서(經書) 염장(鹽醬) 등속(等屬)만 가지고 와 일변(一邊)으로 기경(起耕)하며 작답(作畓)하여 먹고, 혼취(婚娶)하기에 이르러는 동중(洞中)의 제족(諸族)이 대대(代代) 성친(成親)하여 문득 대촌(大村)이 되니 그 후(後)에 자손(子孫)이 번열하여 한 우물 먹는 집이 이백여가(二百餘家)이니이다."

진사(進士)가 가로되,

"의식(衣食)은 이 속에서 판비(辦備)하려니와 소금에 이르러는 어렵지 아니하냐."

가로되,

"진사주(進士主) 어제 타고 오신 소는 일행(日行) 이백여리(二百餘里) 하는지라. 증조(曾祖)가 여기 들어올 때에 가지고 온 바이니 낳는 족족 걸음을 잘 걸어 장(場)에 왕래(往來)할 때에 반드시 이 소로써 소금을 싣고 오는 고(故)로 일동(一洞)의 소금이 전(全)혀 다 이 소를 믿고 고기는 노루, 사슴, 제육(猪肉), 양육(羊肉) 등속(等屬)이

---

65) '겨레'의 옛말.

있고, 꿀은 벌통 수삼백개(數三百箇)를 산(山) 밑에 벌여 두고 일동
(一洞)에 별(別)로 주(住)하는 자(者)가 없어 서로 추용(推用)하고, 생
선(生鮮)은 여러 소년(少年)들이 모여 천렵(川獵)하여 나눠 먹나이
다."

진사(進士)가 일삭(一朔)을 유련(留連)하여 동중(洞中) 산천(山川)을
다 보고 나올 때를 당(當)하여 첨지(僉知) 신신 부탁(申申付託)하여 가
로되,

"이 동중(洞中)은 춘천(春川)도 아니고 또한 낭천(狼川)도 아니니
사람이 이르지 아니하고 세상(世上)에 알 자(者)가 없는지라. 진사주
(進士主) 여기 오시기는 또한 연분(緣分)이니 산(山)에 나간 후(後)에
행(幸)혀 번설(煩說)치 말으소서."

진사(進士)가 가로되,

"내 또한 집에 돌아간 후(後)에 솔권(率眷)하여 오리라."

첨지(僉知) 가로되,

"쉽지 못하고 쉽지 못하다."

하더라.

진사(進士)가 나온 후(後)에 늙어 집에 거(居)하여 매양(每樣) 탄식(歎
息)하되 '내 평생(平生)에 진개 도원(眞箇桃源)에 들어가지 못함은 도시
(都是) 세속(世俗)을 벗어나지 못한 연고(緣故)이라' 하더라.

8. 거북산금남성대공(據北山錦南成大功)[66]

정금남(鄭錦南)이 안주 목사(安州牧使)하였을 때는 인묘(仁廟) 갑자년(甲子年)[67] 봄이라. 괄적(适賊)[68]이 평안 병사(平安兵使)로 삼천기(三千騎)를 거느려 사잇길로 바로 경성(京城)을 범(犯)하니 대가(大駕)가 공주(公州)로 파천(播遷)하시다. 도원수(都元帥) 장만(張晩)[69]이 평양(平壤)에 막부(幕府)<막부(幕府)는 대장(大將)의 군막(軍幕)이라>를 열었더니, 괄(适)의 반(反)한 소식(消息)을 처음 듣고 금남(錦南)을 불러 계교(計巧)를 물은대, 금남(錦南)이 가로되,

"이 도적(盜賊)이 상중하(上中下) 삼책(三策)이 있으니, 만일(萬一) 청천강(淸川江) 이북(以北)을 웅거(雄據)하고 북노(北虜)[70]를 체결(締結)하여 병력(幷力)하여 길이 몰아온 즉(卽) 가(可)히 막지 못할 것이니 이 상책(上策)이요, 만일(萬一) 온전(穩全)히 일도(一道)를 웅거(雄據)하여 병(兵)을 웅위(雄衛)하여 스스로 지킨 즉(卽) 가(可)히 세월

---

66) 금남(錦南) 정충신(鄭忠信)이 북산에 진을 쳐 큰 공을 이루다.
67) 조선조 인조 4년(1624).
68) 이괄(李适) 도적(盜賊)의 약칭. 이괄은 조선조 인조 때의 반신(叛臣). 인조 반정에 가담하여 거사일의 작전 지휘를 맡아 반정을 성공으로 이끌었으나, 정사 공신 2등에 책봉되어 평안도 병마절도사겸부원수로 외방에 보임되자 불만을 품고 있던 중, 1624년 아들 전(旃)이 당시 시정을 개탄한 사실이 과장되어 반역을 꾀하고 있다는 무고를 받고 사실 여부를 조사당하게 되자, 무능하고 의심증 많은 공신에 대한 평소의 적개심이 폭발하여 반란을 일으켰으나 실패함.
69) 조선조 인조 때의 무신. 인조 반정 후 8도 도원수로서 원수부를 평양에 두고 있다가 부원수 이괄이 난을 일으키자 진압, 이 공으로 진무공신 1등이 되고 옥성부원군(玉成府院君)에 책봉됨.
70) 남만주 지방에 거주하던 여진족을 가리킴.

(歲月)로 파(破)치 못하리니 이 중책(中策)이요, 만일(萬一) 바로 경성 (京城)을 향(向)하여 참람(僭濫)한 이름에 급(急)한 즉(卽) 패(敗)하기 쉬우리니 이 하책(下策)이니라."

물으되,

"무슨 책(策)에서 날꼬."

금남(錦南)이 가로되,

"괄적(适賊)이 용맹(勇猛)은 있으되 꾀 없고 이(利)를 보면 의(義) 를 잊는지라. 반드시 하계(下計)에서 나리라."

하더니, 알아본 즉(卽) 과연(果然) 하계(下計)에 났는지라. 즉시(卽時) 장만(張晚)으로 더불어 정병(精兵)을 거느려 경성(京城)에 올라오니, 장 만(張晚)이 옥천암(玉泉巖) 치마바위 등처(等處)에 진(陣)을 치고자 하거 늘, 금남(錦南)이 가로되,

"병법(兵法)에 먼저 북산(北山)을 웅거(雄據)하는 자(者)가 이긴다."

하고, 힘써 다투어 드디어 길마재에 진(陣)치니 괄(适)이 경성(京城) 에 있어 바라보고 스스로 군사(軍士)를 거느려 나와 거슬러 치더니, 마 침 서북풍(西北風)이 크게 일어나거늘 금남(錦南)이 바람을 타고 내려 가 쳐 대첩(大捷)하고 드디어 괄(适)을 베고 첩서(捷書)를 쌍수산성(雙 樹山城)에 드리다.

대가(大駕)가 환궁(還宮)하실 새 제장(諸將)이 다 노량진(鷺梁津)에 나가 배알(拜謁)하되 홀로 정금남(鄭錦南)이 원공(元功)으로서 즉시(卽 時) 안주(安州) 임소(任所)로 돌아가니, 상(上)이 글을 주어 부르신대 비 로소 올라오거늘, 상(上)이 물으시되,

"어찌하여 홀로 돌아가뇨."

대(對)하여 가로되,

"몸이 관원(官員)이 되어 능(能)히 땅을 지키지 못하고 도적(盜賊)

을 놓아 경성(京城)에 들어와 군상(君上)으로 하여금 파천(播遷)하시게 하니 신자(臣者)의 죄(罪)요, 기병(起兵)하여 도적(盜賊)을 침은 신자(臣者)의 직업(職業)이니 그 죄(罪) 진실(眞實)로 용대(容貸)[71]키 어려운지라. 무슨 공(功)이 있으리이꼬. 또 국가(國家) 위령(威令)을 힘입어 역적(逆賊)이 이미 소멸(消滅)하오니 마땅히 직차(職次)에 돌아가 대죄(待罪)할 것이거늘 어찌 감(敢)히 대가(大駕)를 맞아 공(功)을 요구(要求)하며 상(賞)을 바라리이까."

상(上)이 더욱 중(重)히 여기시더라.

금남(錦南)이 도적(盜賊) 요량(料量)을 신통(神通)히 하고 용병(用兵)함을 지혜(智慧)로 하고 의(義)에 처(妻)함을 밝히 하니 비록 옛 명장(名將)이라도 그 짝이 드물다 하더라.

---

71) 용서(容恕).

9. 득지보가호매기병(得至寶賈胡買奇病)[72]

강남(江南)에 심효자(沈孝子)이란 사람이 있으니 집이 간난(艱難)하고 어버이 늙은지라. 지효(至孝)로 부모(父母)를 섬기니 향당(鄕黨)이 다 일컫더라.

일일(一日)은 대우(大雨)가 급(急)히 오더니 작은 고기 하나가 뜰 가운에 떨어지거늘, 심효자(沈孝子)가 그 부친(父親)께 봉양(奉養)하였더니 그 아비 인(因)하여 병(病)을 얻어 식음(食飮)을 전폐(全廢)하고 다만 청포(淸泡)[73]만 먹더라. 반년(半年)이 되대 낫지 못하고 부창(浮漲)[74]이 대발(大發)하여 작수(勺水)를 마시지 못하니 먹는 것이 오직 청포(淸泡)이라. 효자(孝子)가 노심 초사(勞心焦思)하여 의관(醫官)을 찾아 약(藥)을 쓰되 다 효험(效驗)이 없고, 하늘께 빌며 귀신(鬼神)에게 기도(祈禱)하되 또한 영험(靈驗)이 없더니, 일일(一日)은 서촉(西蜀) 가호(賈胡)<장사하는 오랑캐라>가 집에 와 병인(病人)을 보거늘 효자(孝子)가 양약(良藥)을 구(求)한대 가호(賈胡)가 가로되,

"병(病)은 가(可)히 나을 것이니 내 그 병(病)을 사고자 하노라."

효자(孝子)가 가로되,

"만일(萬一) 친환(親患)을 고치면 결초 보은(結草報恩)할 것이니 어찌 가(可)히 팔리오."

가호(賈胡)가 가로되,

"비록 그러하나 가(可)히 허소(虛疎)히 못할 것이니 매매(賣買)하는

---

72) 오랑캐 나라의 장사치가 기이한 병(病)을 사서 더없이 귀한 보배를 얻다.
73) 녹말묵.
74) 부기(浮氣)(?)

문권(文券)을 써 내라."

하고, 재계(齋戒)한 지 삼일(三日) 만에 노병인(老病人)의 방(房)에 들어가 작은 은합(銀盒)을 열고 붉은 가루 약(藥)을 백비탕(白沸湯)[75] 한 잔(盞)에 타 먹이니 이윽고 오장(五臟)이 뒤치며 한 버러지를 토(吐)하거늘, 가호(賈胡)가 은저(銀箸)로 집어 은합(銀盒) 속에 넣고 비단보(緋緞褓)로 싸 전대(纏帶)에 감추다.

병인(病人)이 충(蟲)을 토(吐)한 후(後)로부터 식음(食飮)이 여상(如常)하여 병(病)이 즉시(卽時) 나으니 가호(賈胡)가 기이(奇異)한 비단(緋緞)과 명주(明珠) 보패(寶貝) 한 수레를 주고 갈 새 심효자(沈孝子)를 청(請)하여 한가지로 남해(南海) 가에 가 돗을 펴고 앉아 기다리더니, 이윽고 청의 동자(靑衣童子)가 연엽주(蓮葉舟)를 타고 물결 속으로 나와 한 상자(箱子)를 앞에 드려 가로되,

"우리 왕(王)이 이것으로써 정성(精誠)을 표(表)하나니 대은(大恩)을 입어지라 하더이다."

하거늘, 열어보니 다 산호(珊瑚)와 진주(珍珠)이라. 가호(賈胡)가 꾸짖어 왈(曰),

"예물(禮物)은 적고 바라기는 크게 하니 어찌 그리 망령(妄靈)되뇨. 여원(如願)<여원(如願)은 뜻대로 하는 보배라>이 아니면 불가(不可)하니라."

동자(童子)가 도로 물 속으로 들어가더니, 이윽고 백발 노옹(白髮老翁)이 수궁(水宮)으로부터 나와 백배 치경(百拜致敬)하고 다른 보배로써 바꾸기를 원(願)하거늘, 가호(賈胡)가 또 꾸짖으니 노옹(老翁)이 머리를 긁고 청의 동자(靑衣童子)를 물 속으로 들여보내더니, 이윽하여 일개(一箇) 선연(嬋娟)한 미인(美人)이 물결을 헤치고 나오거늘, 가호(賈胡)

---

75) 맹탕으로 끓인 물. 백탕(白湯).

가 비로소 은합(銀盒)을 열고 그 벌레를 내어 놓으니 용약 비등(踊躍飛騰)하여 작은 용(龍)이 되어 가니라. 가호(賈胡)가 그 미인(美人)을 싣고 돌아갈 새 심효자(沈孝子)가 그 연고(緣故)를 물은대, 답왈(答曰)

"이 충(蟲)은 곧 용자(龍子)이라. 비와 구름 행(行)하는 법(法)을 배우다가 그릇 그대 집에 떨어져 사람의 삼킨 바가 되니 화(化)하여 버러지 되어 변화(變化)할 길이 없으매 이러므로 병중(病中)에 다만 청포(淸泡)만 먹은 바이라. 내 이미 미인(美人)으로 바꾸니 이 미인(美人)의 이름은 여원(如願)이라. 무릇 세상(世上)에 하고자 하는 바를 못할 것이 없으니 이는 이에 천지간지보(天地間至寶)이라. 그러므로 용왕(龍王)이 아낀 바이라."

하더라.

심효자(沈孝子)가 집에 돌아가 그 보배와 재물(財物)로써 거부(巨富)가 되니 사람이 써 효감소치(孝感所致)라 하더라.

10. 강대현선아정산실(降大賢仙娥定産室)[76]

퇴계 선생(退溪先生)[77]의 외조(外祖)가 함창(咸昌)에 거(居)하되 집이 가멸고[78] 위인(爲人)이 관후(寬厚)하여 장자(長者)의 풍도(風度)가 있으니 향중(鄕中)이 영남(嶺南) 대현(大賢)으로 칭(稱)하더라.

때에 엄동(嚴冬)을 당(當)하여 풍설(風雪)이 대작(大作)하더니, 문(門) 밖에 홀연(忽然) 나질(癩疾) 앓는 부녀(婦女)가 있어 의상(衣裳)이 남루(襤褸)한지라. 하룻밤 자기를 간청(懇請)하니 그 용모(容貌)와 거동(擧動)이 극(極)히 추악(醜惡)한지라. 사람이 다 코를 가리워 피(避)하고 혼실(渾室)이 다 손을 둘러 구축(驅逐)하여 문(門) 밖에 가까이 못하게 하거늘, 노인(老人)이 가로되,

"쫓지 말라. 제 비록 악질(惡疾)이 있으나 날이 저물고 풍설(風雪)이 여차(如此)하니 어찌 차마 쫓으리오. 만일(萬一) 우리 집에 용납(容納)치 못한 즉(卽) 다른 사람이야 뉘 즐겨 받으랴."

밤이 점점(漸漸) 깊으매 그 부녀(婦女)가 추위를 부르며 욕사 욕사(欲死欲死)하거늘 노인(老人)이 또 차마 못보아 방중(房中)에 불러 들여 웃방(房)에서 자게 하니 그 여인(女人)이 노인(老人)의 잠든 때를 타 점점(漸漸) 굴러 아랫방(房)으로 가 혹(或) 발로써 노인(老人)의 이불 속에 넣거늘, 노인(老人)이 깨닫고 두 손으로 들어 내려놓으니 이같이 하기

---

76) 선녀가 대현(大賢)이 태어날 산실을 정해 주다.
77) 퇴계는 조선조 명종 때의 학자 이황(李滉)의 호. 대제학을 역임하였고, 일생을 통하여 학문에 전주(專主)하여 학자적 태도는 후세 사림(士林)에 크게 영향을 미침. 주자(朱子)의 학설을 주로 한 이기이원론(理氣二元論)을 주장하였고, 영남학파(嶺南學派)의 주류를 이룸.
78) '가멸다'는 재산이 많다, 살림이 넉넉하다의 뜻.

를 삼사차(三四次)하더라.

　새벽이 되매 고(告)치 아니하고 바로 가더니, 수일(數日) 후(後)에 또 오거늘 노인(老人)이 조금도 고(苦)로와 하는 빛이 없고 여전(如前)히 뉘여 재우니 온 집이 민망(憫憫)하여 하더라.

　일일(一日)은 그 여인(女人)이 홀연(忽然)히 아름다운 계집이 되어 오니 향일(向日)의 나창(癩瘡)과 및 남루(襤褸)하던 의복(衣服)이 자못 껍질 벗은 매미 같은지라. 노인(老人)이 심(甚)히 의아(疑訝)하여 종용(從容)히 물은대, 여인(女人)이 가로되,

　"나는 인간(人間) 사람이 아니라 천상(天上) 선녀(仙女)로써 잠간(暫間) 생원주(生員主) 댁에 와 생원주(生員主) 심덕(心德)을 시험(試驗)할 따름이요, 이 밖에는 다른 일이 없나이다."

　노인(老人)이 불각(不覺) 존경(尊敬)하여 감(敢)히 우러러 보지 못하는 뜻이 있거늘, 여인(女人)이 가로되,

　"향일(向日) 두어 밤을 이불 속에서 서로 친(親)함이 있으니 다시 무슨 남녀(男女)의 별(別)이 있으리오. 내 이미 생원주(生員主)로 더불어 전생연분(前生緣分)이 있으니 조금도 의괴(疑怪)치 말으소서."

　인(因)하여 더불어 동침(同寢)하여 장차(將次) 열흘이 넘으니 집 사람이 다 괴(怪)히 여기고 혹(或) 사괴 망량(邪魁魍魎)으로 지목(指目)한대, 노인(老人)이 소불동념(少不同念)하고 일향(一向) 성심(誠心)으로 대접(待接)하더니, 일일(一日)은 여인(女人)이 가로되,

　"금일(今日)은 내 생원주(生員主)로 더불어 작별(作別)하노이다."

　노인(老人)이 가로되,

　"이 무슨 말이뇨. 인간(人間)에 적강(謫降)한 한(限)이 이미 찼느냐. 나의 정성(精誠)이 점점(漸漸) 풀어짐이냐."

　여인(女人)이 가로되,

"다 아니라. 그러나 사소곡절(些少曲折)이 있으니 번설(煩說)치 말
으소서. 한 말이 있으니 생원주(生員主)가 부디 어기지 말으소서."
하고, 인(因)하여 가로되,

"내정(內庭)에 아무 좌향(坐向)으로[79] 방(房) 한 간(間)을 짓고 도
배를 정결(淨潔)히 하고 긴(緊)히 봉(封)하여 한만(汗漫)히 쓰지 말고
주인(主人) 댁 동성(同姓)의 산부(産婦) 해산(解産)할 대를 기다려 산
실(産室)을 만드소서."

말을 마치며 문(門)에 나가더니 문득 뵈지 아니하거늘, 노인(老人)이
이상(異常)히 여겨 그 말대로 좇아 내정(內庭) 가운데 좌향(坐向)을 의
지(依支)하여 한 간(間) 방(房)을 정(精)히 짓고, 비록 간절(懇切)한 일이
있어도 쓰지 아니하고, 자손(子孫) 중(中)의 잉태(孕胎)하여 산기(産氣)
당(當)한 자(者)로 하여금 들어가 처(處)한 즉(卽) 반드시 고통(苦痛)하
여 시러곰 해복(解腹)을 못하고 다른 방(房)에 옮긴 연후(然後)에 비로
소 순산(順産)하니 노인(老人)이 그 말이 맞지 아니하는 것을 괴(怪)히
여기되 오히려 감(敢)히 한만(汗漫)히 쓰지 못하더라.

노인(老人)의 사위는 곧 예안(禮安) 사람이라. 그 처(妻)의 초산(初産)
을 위(爲)하여 그 처(妻)를 데리고 왔거늘 노인(老人)의 집에 두었더니,
산기(産期)를 당(當)하여 홀연(忽然)히 신병(身病)으로써 크게 앓거늘 백
방(百方)으로 치료(治療)하되 조금도 효험(效驗)이 없으니 거가(擧家)가
황황(遑遑)하더니, 일일(一日)은 병인(病人)이 노부(老父)께 청(請)하여
가로되,

"일찍 들으니 가중(家中)에 선녀(仙女)가 강림(降臨)할 때 산실(産
室)을 새로 만들었다 하니, 이제 산월(産月)을 당(當)하여 우연(偶然)
득병(得病)하여 회생지도(回生之道)가 만무(萬無)하오니 만일(萬一)

그 방(房)을 얻은 즉(卽) 혹(或) 생도(生道)가 있을까 하노이다."

노인(老人)이 고쳐 생각한 즉(卽) 선아(仙娥)가 이르기를 주인(主人)의 동성(同姓)이라 하니 전(前)의 산부(産婦)는 비록 자부(子婦)와 손부(孫婦)이나 다 타성(他姓)이라. 고(故)로 이 방(房)에 옮겨도 부정(不正)하니 이제 이 딸이 비록 출가(出嫁)하였으나 본시(本時) 동성(同姓)이니 선아(仙娥)의 말이 효험(效驗)이 있을 듯 하다 하고 드디어 거처(居處)하게 하니, 수일(數日) 간(間)에 병(病)이 쾌차(快差)하고 또 농장지경(弄璋之慶)[80]을 보니 이 퇴계(退溪) 선생(先生)이라. 동방 대유(東邦大儒) 되어 문묘(文廟)에 종사(從事)하니 대현(大賢)의 강생(降生)함이 또한 범인(凡人)과 다르더라.

---

80) 아들을 낳은 경사.

11. 감주은노승점명혈(感主恩奴僧占名穴)[81]

한안동(韓安東) 광근(光近)이 대대(代代) 서교(西郊)에서 사니 그 조
부(祖父) 생시(生時)부터 가산(家産)이 초요(稍饒)[82]하고 비복(婢僕)의
성(盛)함이 일읍(一邑)의 으뜸일러라.

한 완노(頑奴)가 있어 한공(韓公)의 자부(子婦) 초례(醮禮) 날에 그
상전(上典)을 능욕(凌辱)하니 상전(上典)이 대로(大怒)하여 쳐 죽이고자
할 즘에 그 놈이 도주(逃走)한지라. 그 놈의 지어미께 노(怒)를 옮겨 안
뜰 곳간(庫間) 가운데 가두고 빙례(聘禮) 길일(吉日)에 용형(用刑)이 미
안(未安)하다 하여 아직 삼일(三日) 후(後)를 기다려 쳐 죽이려 하더니,
신부(新婦)가 야심(夜深)한 후(後) 측간(厠間)에 갔다가 은근(慇懃)히 우
는 소리를 듣고 마음에 의아(疑訝)하여 그 소리를 찾아가니 곳간(庫間)
가운데로부터 나되 쇄약(鎖鑰)[83]을 단단히 한지라. 가(可)히 들어가지
못하여 친(親)히 자물쇠를 빼고 문(門)을 열고 들어가 본 즉(即) 비자
(婢子)가 대경(大驚)하여 가로되,

"소인(小人)이 죽을 줄을 알지 못하고 잠간(暫間) 울었사오니 사죄
사죄(死罪死罪)로소이다."

신부(新婦)가 왈(曰),

"네 어떠한 사람이완대 이 밤에 곳간(庫間)에 슬피 우느냐."

답왈(答曰)

"지아비는 아무이라. 일전(日前)에 노생원(老生員)님을 크게 욕(辱)

---

81) 주인의 은혜에 감동하여 노비 출신 중이 명당 자리를 잡아 주다.
82) 살림이 조금 넉넉함.
83) 자물쇠.

하고 즉기지(卽其地)[84]로 도망(逃亡)하니 노생원(老生員)님이 다른 데 설분(雪憤)할 데 없어 소인(小人)을 곳간(庫間)에 가두고 새아기씨 혼례(婚禮) 후(後) 삼일(三日)을 기다려 즉시(卽時) 타살(打殺)하려 하고 아직 이에 보수(保囚)하였으니 소인(小人)은 명(命)이 조석(朝夕)에 있는지라. 하릴없거니와 다만 불쌍한 자(者)는 안고 우는 어린 아이 난 지 겨우 이칠(二七)이라. 이로써 원통(寃痛)하여 목멘 소리 자연(自然)히 나는 줄을 깨닫지 못하였나이다."

신부(新婦)가 듣고 애련(哀憐)한 마음이 발(發)하여 이에 궐녀(厥女)에게 일러 가로되,

"나는 어제 새로 온 신부(新婦)이라. 내 이제 너를 내어 보낼 것이니 네 모로미 멀리 도망(逃亡)하여 살게 하라."

궐비(厥婢) 가로되,

"소인(小人)은 살아나니 좋거니와 아기씨께 죄책(罪責)이 적지 아니할 것이니 불감불감(不敢不敢)[85]하여이다."

신부(新婦)가 왈(曰),

"나는 자연(自然) 방색(防塞)할 도리(道理) 있으니 너는 여러 말 말고 즉시(卽時) 나가라."

궐녀(厥女)가 이에 밤을 타 멀리 달아나다.

삼일(三日) 후(後)에 노생원(老生員)이 사랑에 나가 안고 다소(多少) 건노(建奴)로 하여금 고중(庫中)에 가두운 비자(婢子)를 잡아내라 하니 자물쇠는 여전(如前)하되 비자(婢子)는 간 데 없는지라. 노생원(老生員)이 노기(怒氣) 대발(大發)하여 일장(一場) 호령(號令)에 거실(擧室)이 황황(遑遑)하여 망지소조(罔知所措)하더니, 신부(新婦)가 앞에 나와 자물

---

84) 즉석(卽席).
85) 감히 하지 못하겠다는 뜻.

쇠를 열고 내어 보낸 뜻을 갖춰 말한대 노생원(老生員)이 비록 분(憤)
이 탱중(撑中)하나 신부(新婦)의 한 일이라 또한 어찌하리오. 인(因)하
여 치지(置之)[86]하다.

그 후(後) 여러 해에 가계(家計) 점점(漸漸) 소삭(消削)하고 노인(老
人)이 이미 기세(棄世)하고 신부(新婦)의 아들 둘이 다 재주는 있으되
가계(家計)는 심(甚)히 빈곤(貧困)하더라. 신부(新婦)가 나이 늙어 죽으
니 바야흐로 초혼(招魂)[87]하고 발상(發喪)할 새 홀연(忽然) 일개(一箇)
승한(僧漢)이 바로 내정(內庭)에 들어와 곡(哭)함을 심(甚)히 섧이 하니
거실(擧室)이 다 당황(唐慌)하더니, 그 중이 울기를 다한 후(後)에 두
상주(喪主)가 물으되,

"네 어느 곳 중이완대 감(敢)히 양반(兩班)의 내정(內庭)에 들어와
당돌(唐突)히 우느뇨."

그 중이 눈물을 씻고 가로되,

"소인(小人)은 댁 모노(某奴) 모비(某婢)의 아들이라. 다행(多幸)히
대부인(大夫人) 마누라님 하늘 같은 덕(德)을 입사와 시러곰 재생(再
生)하오니 명감(銘感)[88]하온 마음을 어느 날 감(敢)히 잊사오며 이제
상사(喪事)를 듣삽고 감(敢)히 분상(奔喪)하여 곡(哭)하지 아니하리이
까."

상주(喪主) 두 사람이 어려서부터 그 말을 익히 들은지라. 비로소 그
중이 그 비자(婢子)의 곳간(庫間) 가운데서 안고 울던 아인줄 알고 차
탄(嗟歎)함을 마지 아니하더라.

---

86) 내버려둠.
87) 발상(發喪)하기 전에 죽은 이의 혼을 부르는 일. [죽은 이가 생시에 입던
    저고리를 손에 들고 오른손은 허리에 대고 지붕이나 마당에서 북쪽을 향
    해 '아무 동네 아무개 복(復)'하고 세 번 부름.]
88) 마음속에 깊이 새겨 감사함.

그 중이 수일(數日)을 낭하(廊下)에서 두류(逗留)하다가 성복(成服) 후(後)에 품(稟)하여 가로되,

"상제주(喪制主)가 이 망극(罔極)한 때를 당(當)하여 성복(成服)이 이미 지나고 양례(襄禮)[89] 당차(當次)하였으니 과연(果然) 산지(山地)를 정(定)하였나니이까."

상인(喪人)이 가로되,

"댁(宅) 구산(舊山)은 이미 여록(餘麓)이 없고 집이 또 빈곤(貧困)하니 신점(新占)[90]이 또한 쉽지 못한지라. 이로써 우려(憂慮)하노라."

궐승(厥僧)이 가로되,

"소인(小人)이 고중(庫中)에서 나온 후(後)로부터 소인(小人)의 어미 매양(每樣) 안고 앉아 젖먹이며 어루만져 가로되, '네 살기는 막비(莫非) 마누라님 덕택(德澤)이라. 천지 하해(天地河海)라도 그 은혜(恩惠)를 비유(比喩)치 못하리니 네 타일(他日)에 반드시 갚기를 생각하라.' 하더니, 이제 어미 죽은 지 이미 오래오나 부탁(付託)이 이미 귀에 있사오니 오매일념(寤寐一念)[91]이 속에 맺히어 삭발위승(削髮爲僧)하여 다행(多幸)히 신승(神僧)을 만나 풍수법(風水法)을 배워 대강 조박(糟粕)이나 아옵기로 금일(今日)을 유의(留意)하고 이십년(二十年)을 구산(求山)하여 이 근처(近處) 삼십리(三十里) 땅에 모좌 모향(某坐某向)의 자리를 얻었사오니 다른 지관(地官)의 말을 듣지 말으시고 결단(決斷)하여 영폄(永窆)한 즉(卽) 댁의 일후(日後) 복록(福祿)을 이로 측량(測量)치 못할 것이요, 소승(小僧)의 은혜(恩惠)도 또한 갚으리이다."

상주(喪主)가 가로되,

---

89) 장례(葬禮).
90) [집터나 묏자리를] 새로 잡음.
91) 자나깨나 오직 한 생각만 함.

"네 이미 지성(至誠)으로 하니 어찌 다른 데 구(求)하랴. 과연(果然) 어느 곳에 있느뇨."

가로되,

"예서 강(江) 하나를 건너면 곧 인천(仁川) 땅이니 원(願)컨대 상제주(喪制主)와 한가지로 가 간심(看審)하여지이다."

두 상인(喪人)이 그 중으로 더불어 가 볼 새 그 중이 한 뫼를 가리켜 가로되,

"예니이다."

상인(喪人) 가로되,

"이는 고총(古塚)이니 어찌 가(可)히 쓰랴."

승(僧)이 가로되,

"이는 옛 사람의 치총(置塚)이요 참 쓴 것은 아니니 즉금(卽今) 헤쳐보면 가(可)히 알리라."

하고, 드대(어) 헤치니 과연(果然) 여조(麗朝)적 치표(置標)[92]일러라. 상인(喪人)이 대희(大喜)하여 즉시(卽時) 택일(擇一)하여 영장(永葬)한 후(後)에 중이 하직(下直)하여 가로되,

"소인(小人)의 일은 이미 필(畢)하였나이다. 마누라님이 좋은 땅에 들어 계시니 삼상(三喪)을 지낸 후(後)는 가계(家計) 점점(漸漸) 유여(有餘)하고 십년(十年) 후(後)에 작은 상제주(喪制主)가 등과(登科)하고 그 후(後)에 무한(無限) 창성(昌盛)하리이다."

하니, 작은 상주(喪主)는 이 광근(光近)이라. 계사(癸巳) 문과(文科)에 과연(果然) 등과(登科)하니 여러 번(番) 청직(淸職)을 지내고 자손(子孫)이 번열하더라.

---

92) [표하여 둔다는 뜻으로] 묏자리를 미리 잡아 표적을 묻어서 무덤처럼 만들어 두는 일

임자년(壬子年) 간(間)에 안동(安東) 원(員)으로 홀연(忽然) 영남 지사(嶺南地師)를 만나 그 친산(親山)을 보고 시비(是非) 분운(紛紜)하거늘, 광근(光近)이 의혹(疑惑)하여 장차(將次) 면례(緬禮)하고 파광(破壙)하려 할 새, 산상(山上)으로부터 한 노승(老僧)이 고깔을 벗어 들고 급(急)히 달음으로 내려와 크게 소리하여 가로되,

"헤치지 말고 잠간(暫間) 기다리소서."

한안동(韓安東)이 괴(怪)히 여겨 역사(役事)를 그치고 기다리더니, 가까이 오매 본 즉(卽) 향일(向日) 산지(山地) 정(定)하던 중이라. 문안(問安) 후(後)에 급(急)히 물어 가로되,

"이 산(山)에 무슨 연고(緣故)가 있어 면례(緬禮)하나니이까."

안동(安東)이 가로되,

"해(害)롭다 하기에 그리 하노라."

중이 가로되,

"지중(地中)이 안온(安穩)한 즉(卽) 영감(令監)이 가(可)히 변심(變心)하리이까."

가로되,

"그러하다."

그 중이 즉시(卽時) 좌편(左便)을 파고 영감(令監)으로 하여금 손을 넣어 가로되,

"어떠하니이꼬."

안동(安東)이 가로되,

"과연(果然) 더운 기운(氣運)이 있으니 재해(災害) 없을 듯하도다."

그 중이 가로되,

"빨리 봉축(封築)하고 다시 면례(緬禮)할 계교(計巧)를 생각치 말으소서."

즉시(卽時) 하직(下直)하고 가며 가로되,

"금년(今年) 춘하간(春夏間)에 영감(令監)이 반드시 안질(眼疾)이
있을 것이니 이후(以後)는 다시 소망(所望)이 없으리이다. 이 산소(山
所)를 만일(萬一) 헤치지 아니하고 열 두 해만 지내더면 발복(發福)
이 어느 지경(地境)에 이를 줄 알지 못하더니 이제 이같이 하니 막
비운수(幕非運數)이라."

하고, 인(因)하여 가니라.

안동(安東)이 과연(果然) 그 해 가을 운기(運氣) 후(後)에 안질(眼疾)
로써 폐명(廢明)93)이 되어 불구(不久)에 죽으니 그 중의 말이 과연(果
然) 합부(合符)하더라.

---

93) 시력을 잃음.

12. 궤주석양의주공(饋酒石良醫奏功)[94]

자하동(紫霞洞) 정진사(鄭進士)는 본디 포재(抱才)하여 금기서화(琴棋書畵)와 의약복서(醫藥卜筮)를 무불통지(無不通知)하고 술을 잘 먹으며 기특(奇特)한 계교(計巧)를 좋아하되 집이 간난(艱難)하여 산수지락(山水之樂)을 즐기더라.

일일(一日)은 청신(淸晨)에 잠을 깨어 앉았더니, 한 미소년(美少年)이 문(門)을 열고 들어와 말하되,

"소생(少生)은 김포(金浦)서 사옵더니 성명(姓名)은 백화(白華)이라. 선생(先生)의 높은 이름을 듣고 한 번(番) 뵈오려 왔나이다."

정군(鄭君)이 보니 풍모(風貌)가 준매(俊邁)하고 말씀이 조리(調理) 있으니 비범(非凡)한 사람이더라. 백생(白生)이 소매로서 작은 병(瓶)을 내어 술을 부어드려 왈(曰),

"처음 뵈오매 이로써 표정(表情)하나이다."

정군(鄭君)이 받아 마시니 주기(酒氣) 청렬(淸冽)[95]하여 평생(平生) 처음 먹는 맛이더라. 또 한 잔(盞)을 드리니 그 병(瓶)이 겨우 두 잔(盞)이 드니 윗 뚜에[96]는 잔(盞)이 되고 아래는 합(盒)이 되고 합(盒) 속에 기이(奇異)한 안주가 있더라. 드디어 하직(下直)코 가더니, 명조(明朝)에 또 오고 십여일(十餘日)을 연(連)하여 오니 정군(鄭君)이 물어 가로되,

"무슨 말을 하고자 하느냐."

---

94) 용한 의원이 병을 고쳐주고 술 나오는 돌을 예물로 받다.
95) [물맛이] 시원하고 산뜻함.
96) '뚜껑'의 옛말.

생(生)이 가로되,

"지극(至極)한 정리(情理) 있으되 감(敢)히 앙청(仰請)치 못하나이다."

"무슨 정리(情理)뇨."

가로되,

"소생(小生)이 친병(親病)이 있어 적년(積年) 침고(沈苦)하니 원(願)컨대 한 번(番) 왕림(枉臨)하시면 감은(感恩)하옴이 비(比)할 데 없으리이다."

정군(鄭君)이 이미 남의 술을 여러 날 먹고 또 근맥(根脈)97)을 알고자 하여 드디어 허락(許諾)하니 백생(白生)이 대희(大喜) 왈(曰),

"이미 나귀를 대령(待令)하였나이다."

드디어 동행(同行)하여 양화도(楊花渡)에 이르니 배를 대이고 기다리는 자(者)가 있는지라. 배를 타니 배 가기를 나는 듯이 하여 향(向)하는 바를 모를러라. 어언간(於焉間)에 대양(大洋) 밖에 나가니 정군(鄭君)이 마음에 헤오되, '이 반드시 이인(異人)이로다' 하고 그 소연(所緣)을 묻지 아니하고 술을 자약(自若)히 먹더니, 문득 보니 해상(海上)에 큰 배 하나가 비단돛을 높이 달고 사공(沙工)이 불러 가로되,

"오느냐, 오느냐."

하거늘, 백생(白生)이 정군(鄭君)을 청(請)하여 큰 배에 오르라 하니 그 배 아국(我國) 제도(製圖)는 아니라. 배 가운데 방창(房窓)과 난함(欄檻)98)을 다 침향(沈香)99)으로 하고 그 안에 문방 사우(文房四友)와 금수 포진(錦繡鋪陳)과 수정(水晶)발이 있더라. 좌정(坐定)하매 주찬(酒饌)

---

97) 일이 생겨난 유래.
98) 난간(欄干).
99) 팥꽃나무과의 상록 교목. 높이 20 미터나 되는 열대 지방 원산의 큰 나무. 재목은 향료로 쓰임.

을 드리니 다 별미(別味)라. 백생(白生)이 시좌(侍坐)하여 조금도 태만 (怠慢)치 아니하더니, 이주야(二晝夜) 만에 배를 대이거늘, 보니 구름과 바다가 하늘에 접(接)할 따름이더라. 백생(白生)이 배에 내리소서 청 (請)하니 언덕 가에 비단 장막(帳幕)을 치고 거마(車馬)가 구름 같이 모 여 각각(各各) 남여(籃輿)를 타고 행(行)하니 인물(人物) 의복(衣服)이 인간(人間)은 아니더라. 들어가 한 궁(宮)에 처(處)하니 궁실(宮室)의 화 려(華麗)함이 평생(平生) 초견(初見)이라.

정생(鄭生)이 가로되,

"이 어느 곳이뇨."

백생(白生)이 가로되,

"소생(小生)의 속인 죄(罪)를 용서(容恕)하소서. 이는 백화주(白華 州)이요, 소생(小生)은 또 백화 태자(白華太子)라. 부왕(父王)이 병 (病)이 있어 천하 명의(天下名醫)를 두루 구(求)하되 얻지 못하더니 하늘이 도우사 선생(先生)이 왕림(枉臨)하시니 명일(明日) 진맥(診脈) 하고 약(藥)을 쓰게 하소서."

정군(鄭君)이 묵연(默然)하여 병증세(病症勢)를 묻지 아니하고 하룻밤 을 자더니, 명조(明朝)에 태자(太子)가 와 문후(問候)하고 들어가기를 청(請)하거늘 정군(鄭君)이 한 곳에 이르니 태화전(太華殿) 삼자(三字)를 크게 쓰고 장려(壯麗)함이 비(比)할 데 없더라. 그 가운데 국왕(國王)이 써 전좌(殿座)하고 수백(數百) 궁녀(宮女)가 시위(侍衛)하였더라.

정군(鄭君)이 들어가 절하니 왕(王)이 등에 반송(盤松)을 지고 앉았거 늘, 정생(鄭生)이 보고 해연(駭然)하여 문후(問候)한 즉(卽) 국왕(國王)이 답왈(答曰)

"수고로이 멀리 오니 감사(感謝)하다."

하고, 하여금 진맥(診脈)한 후(後)에 병증(病症)을 말하여 가로되,

"과인(寡人)이 어려서부터 솔을 즐겨 송순(松筍), 송엽(松葉), 송근
(松根)을 지지며 삶아 먹더니, 일일(一日)은 등이 가려우며 홀연(忽
然) 소나무가 나와 점점(漸漸) 자라 반송(盤松) 형상(形狀)이 되어 그
지엽(枝葉)이 무엇에 찔린 즉(卽) 아픔을 견디지 못하니 이 무슨 병
(病)이뇨."

정생(鄭生)이 스스로 혜오되, '내 의서(醫書)를 박람(博覽)하였으나
이는 듣도 보도 못한 괴증(怪症)이로다' 하고, 답왈(答曰),

"물러가 생각하여 마땅히 약(藥)을 쓰리라."

인(因)하여 사처(私處)에 오니 태자(太子)가 지성(至誠)으로 공봉(恭
奉)하되 주야(晝夜)로 궁리(窮理)하여도 그 증세(症勢)를 알지 못하여
분향(焚香) 묵좌(默坐)하여 삼일 삼야(三日三夜) 후(後) 홀연(忽然) 한
계교(計巧)를 내어 태자(太子)에게 일러 가로되,

"도끼 백병(百柄)과 가마솥 일좌(一座)와 시목(柴木) 백속(百束)과
냉수(冷水) 한 독을 금일(今日) 내(內)로 대령(待令)하라."

즉시(卽時) 대령(待令)하였거늘, 도끼를 가마 속에 넣어 물을 가득 붓
고 문무화(文武火)[100]로 완완(緩緩)히 달여 제삼일(第三日) 만에 그 물
을 철기(鐵器)에 담고 태화전(太華殿) 반송(盤松) 아래 들어가 손으로
세세(細細)히 뿌리니 반향(半晌)이 못하여 송엽(松葉)이 점점(漸漸) 말라
떨어지고 황혼시(黃昏時)에 이르러 솔뿌리만 남아 작은 손가락 만하거
늘, 연(連)하여 씻으니 다 녹고 흔적(痕迹)이 없거늘 인(因)하여 그 물
을 마시이니 통세(痛勢) 아주 없는지라. 국왕 부자(國王父子)가 만심 환
희(滿心歡喜)[101]하여 대사 일국(大赦一國)[102]하고 정군(鄭君)의 은혜(恩
惠)를 감사(感謝)하며 병(病)의 근원(根源)을 물은대, 정생(鄭生)이 가로

---

100) 약하게 타는 불과 세차게 타는 불.
101) 만족하여 한껏 기뻐함, 또는 그 기쁨.
102) 온 나라의 죄인을 크게 풀어줌.

되,

　"솔 독(毒)이 속에 모여 나무가 불을 내니 대저(大抵) 도끼는 찍는 것이요, 또 금(金)이라. 금극목(金克木)하나니 이 독(毒)한 기운(氣運)을 녹인 즉(卽) 통세(痛勢) 자연(自然) 그칠지라. 그러므로 도끼 삶은 물을 쓰니 이는 오행지리(五行之理) 기(其)니이다."

물으되,

　"어느 방서(方書)[103]에 있느뇨."

정생(鄭生)이 답왈(答曰)

　"병(病)과 약(藥)이 본대 출처(出處)가 없으니 의원(醫員)이란 것은 의사(意思)대로 하는 것이라. 시속(時俗) 용의(庸醫) 다만 본방(本方)만 의지(依支)하여 재작(裁作)하는 고(故)로 고집 불통(固執不通)하여 그릇 사람을 상(傷)하나니이다."

이에 삼일(三日) 소연(小宴)하고 오일(五日) 대연(大宴)[104]하여 받들기를 신명(神明)같이 하더라.

정군(鄭君)이 돌아가기를 청(請)하거늘 국왕(國王)이 가로되,

　"인생 세간(人生世間)이 흐르는 물결 같으니 뜻에 맞으면 어느 곳에 가 살지 못하리오. 원(願)컨대 부귀(富貴)를 한가지로 즐겨 여년(餘年)을 마침이 어떠하뇨."

정군(鄭君)이 가로되,

　"부귀(富貴)는 나의 원(願)이 아니라 집 생각이 나니 고관 대작(高官大爵)과 황금 백벽(黃金白璧)이라도 동심(動心)치 아니하나이다."

---

103) 방술(方術)을 적은 글.
104) 삼일에 한번씩 작은 잔치를 열고, 닷새에 한 번씩 큰 잔치를 열어줌. 원래 이 말은 중국 삼국시대 위(魏)나라의 조조(曹操)가 조건부로 항복한 관우(關羽)를 심복시켜 자신의 부하로 만들려고 베풀었던 특별한 대접에서 비롯되었음. 관우는 조조의 이러한 대우에도 불구하고 후일 유비(劉備)의 소재지를 알아 그에게로 돌아갔음.

태자(太子)가 가로되,

"선생(先生)의 은혜(恩惠) 하해(河海)같이 넓어 갚을 길이 없으니 원(願)컨대 수삼일(數三日)을 더 유(留)하여 전송(餞送)하려 하나이다."

하고, 주석(酒石)[105]으로써 준대 정군(鄭君)이 받지 아니하거늘 태자(太子)가 왈(曰),

"이 돌이 해중(海中) 지극(至極)한 보배라. 향일(向日) 선생(先生) 자시던 술이 다 이 돌에서 난 것이라. 그릇에 두면 좋은 술이 절로 나 천년(千年)이라도 마르지 아니하나이다."

정군(鄭君)은 술을 좋아하는 사람이라, 답왈(答曰)

"행자유신(行者有贐)[106]은 예(禮)니 어찌 가(可)히 받지 아니하리오."

한대, 드디어 주석(酒石)을 은합(銀盒)에 넣어 봉송(奉送)하다.

수일후(數日後) 발행(發行)할 새 절차(節次)는 올 때와 한가지더라. 돌아와 양화도(楊花渡)에 대이거늘 인(因)하여 집에 돌아가니 집사람이 일망(一望)[107]이나 고대(苦待)하였더라. 인(因)하여 왕래(往來)한 일을 다 말하고 주석(酒石)을 감추어 평생(平生) 장취(長醉)하니라.

---

105) 술 나오는 돌의 뜻으로 쓰임.
106) 떠나는 사람에게 선물로 돈이나 물건을 줌.
107) 한 보름 동안.

13. 환옥동재상상채(還玉童宰相償債)[108]

이상공(李相公) 아무가 소시(少時)에 위인(爲人)이 뇌락(磊落)하고 재주를 품어 투계 주마(鬪鷄走馬)로 이름이 일세(一世)에 들리더라.

일일(一日)은 동교(東郊)로 나가더니, 한 놈이 준마(駿馬)를 이끌고 긴 언덕에서 걸음을 익히니 그 말 빛이 희어 사슴의 다리요, 오리 가슴이요, 눈이 닦은 방울 같고, 은안(銀鞍) 금늑(錦勒)이 사람의 안목(眼目)을 동(動)하는지라. 공(公)이 보고 기꺼 한 번(番) 타고 달리기를 원(願)하거늘 그 놈이 쾌(快)히 허락(許諾)하니 한 번(番) 올라 타매 빠르기 바람 같아서 막지소향(莫知所向)이라. 날이 늦으매 심산 궁곡(深山窮谷) 초막(草幕) 가운데 다다라 말을 내려 보니 수백(數百) 호한(好漢)이 앞에서 절하여 왈(曰),

"우리는 다 양민(良民)이라. 기한(飢寒)에 못 이기어 녹림객(綠林客)이 되었으니 원(願)컨대 자생(資生)할 재물(財物)을 얻어 양민(良民)이 되려 하되 지술(智術)이 천단(淺短)하여 생재지도(生財之道)가 없더니 이제 상공(相公)이 멀리 오시니 높은 지혜(智慧)를 내어 원(願)을 풀게 하소서."

공(公)이 가로되,

"나는 선비라. 다만 시서(詩書)만 알고 차등사(此等事)는 알지 못하니 나무에 올라 고기를 구(求)함 같다."

하고, 백가지로 사양(辭讓)하되 무가내하(無可奈何)이라. 주야(晝夜) 생각하다가 허락(許諾)한대, 중인(衆人)이 가로되,

"경중거부(京中巨富) 홍동지(洪同知) 집에 다만 과부(寡婦)와 어린

---

108) 재상(宰相)이 옥동(玉童)을 돌려주어 부채를 갚다.

아이만 있고 재물(財物)은 누거만(累巨萬)이라. 어찌하면 그 재물(財物)을 다 탈취(奪取)하리이까."

공(公)이 마지 못하여 한 계교(計巧)를 내어 가로되,

"너희 수백금(數百金)을 가지고 경성(京城)에 들어가 홍동지(洪同知) 집에 단골109) 맹인(盲人) 무녀(巫女)와 근처(近處)에 있는 무녀(巫女) 맹인(盲人)을 금(金)으로써 체결(締結)한 후(後)에 부탁(付託)하되 홍동지(洪同知) 집에서 만일(萬一) 변고(變故)가 있어 길흉사(吉凶事)로 와 묻거든 해리(解理)하되 가택(家宅)이 발동(發動)하여 대화(大禍)가 이를 것이니 아무 날은 곧 극흉(極凶)한 날이라. 그날은 일가(一家) 남녀(男女) 없이 다 출피(出避)하여 구명 도생(救命圖生)하여 비록 변고(變故)가 있어도 돌아보지 말라 하고, 모든 무녀 판사(巫女判事)로 하여금 여출일구(如出一口)110)한 연후(然後)에 너희는 가만히 숨었다가 밤 중(中)에 그 집에 가 와륵(瓦륵)111)과 사석(沙石)을 던져 연삼야(連三夜)를 그리하면 홍동지(洪同知) 집에서 반드시 문복(問卜)하고 출피(出避)할 것이니 그 밤에 들어가 그 보화(寶貨)를 수탐(搜探)하여 오라."

중인(衆人)이 그 계교(計巧)와 같이 하여 누거만(累巨萬)을 얻으니, 이에 누백인(累百人)이 그 재물(財物)을 나눌 새 공(公)에게 갑절을 준대, 공(公)이 웃어 가로되,

"어찌 재물(財物)을 위(爲)하여 이 일을 하였으리오. 일시(一時) 도생지계(圖生之計)112)니라."

그 보화(寶貨) 중(中)에 한 옥(玉)으로 만든 동자(童子)가 있으되 금

---

109) '무당'을 호남 지방에서 일컫는 말.
110) 여러 사람의 말이 한결같이 같음. 이구동성(異口同聲).
111) 깨진 기왓조각.
112) 살기를 도모한 계교.

수(錦繡)로 쌌거늘 공(公)이 취(取)하여 가로되,

"이 하나가 족(足)하다."

하고, 드디어 준마(駿馬)를 타고 돌아오니 제인(諸人)이 각각(各各) 헤어지다.

공(公)이 이 말을 발설(發說)치 아니하였더니, 후(後)에 공(公)이 등과(登科)하여 평안 감사(平安監司)한 후(後) 홍동지(洪同知) 아들을 부르니 오히려 젊었는지라. 비장(裨將)으로 데리고 가 월름(月廩)[113]에 남은 것을 일병(一竝) 맡겼더니 돌아올 때에 그 구처(區處)함을 품(稟)한대, 공(公)이 가로되,

"그대 집에 두라."

돌아온 후(後)에 또 품(稟)하거늘, 공(公)이 가로되,

"군(君)의 노모(老母)로 하여금 나를 와 보게 하라."

한대, 과연(果然) 내실(內室)에 와 뵈거늘 공(公)이 옥동자(玉童子)를 내어 뵈어 가로되,

"노고(老姑)가 이것을 아느냐."

노고(老姑)가 보고 눈물이 비 오 듯하거늘 공(公)이 그 연고(緣故)를 물은대, 답왈(答曰)

"이는 우리 가장(家長)이 역관(譯官)으로 연경(燕京) 들어가 얻어온 것이라. 집에 독자(獨子)가 있으되 모양(模樣)이 그 옥동(玉童)과 흡사(恰似)한 고(故)로 연경(燕京)의 사람이 주어 우리 아이 명(命)을 이어준 것이더니, 아무 해에 가변(家變)이 있고 도적(盜賊)의 환(患)을 당(當)하여 가산(家産)을 다 잃은 중(中)에 옥동(玉童)이 역재기중(亦在其中)이더니, 대감(大監)이 어찌 이것을 얻으시니이꼬."

공(公)이 웃어 가로되,

---

113) 옛날 월급으로 주던 곡식.

"내 또한 괴이(怪異)한 일이 있어 노고(老姑)의 집 일을 밝히 아는 고(故)로 돌려 보내고 또 내 기백(箕白) 적에 관용(官用) 남은 것을 이미 노고(老姑)의 아들을 주었으니 족(足)히 잃은 재물(財物)을 당(當)하리라"

노고(老姑)가 굳이 사양(辭讓)하되 듣지 아니하니 그 재물(財物)로써 다시 부명(富名)을 얻으니라.

사람이름 찾기

* 한자 숫자와 아라비아 숫자는 각각 원전의 권과 편을 가리킴.

(ㅈ)

(ㅊ)

땅이름 찾기

※ 한자 숫자와 아라비아 숫자는 각각 원문의 권과 편을 가리킴.

(ㅈ)

(ㅎ)

원 문

청구야담 권지 종

득지 부사 홍면 거병

방통의 리셩 셜어

박쳔군지의 효흥

青邱野談 十九

땅쌍히 규일 비물 졍 ᄒᆞ여 듁위 ᄒ

졍령 ᄒᆞ여 일은 바나 받ᄉ 셔별 ᄀ

별샤 듕ᄉ야 일ᄒᆡᆼ 듀ᄉᆨ 작치 ᄒ

ᄒᆞᆫ ᄒᆞ여 ᄒᆞᆯ 쟉ᄉ 듁ᄒ야 길 ᄒᆞ여 ᄒ

ᄒᆞᆨ복한 에게 욱 착 ᄒᆞ여 ᄌᆞᄒᆞᆯ 우금 ᄒᆞ

ᄒᆞ록 듁 ᄒᆞ여 일ᄒᆡ 희졍 ᄒᆞᆯ ᄒᆞ세 ᄒᆞᄉ나

영산 엄부사 이방

강희 유회 지혼수 호퇴 선계 호라라

靑邱野談 十

빅어 붕여 쥬셩흐여 쯈어령 빅어 풀엉지 못흐더라 일로

붓터 막비텬명이오 숭즈이여 협 븍혈흐 썅흐이알

이얼라

득가연제촉빅양영

青邱野談 十七

靑邱野談 十六

청구야담 권지십육

중혀ᄋ이라 ᄒ옥광 이면 엇서두 멀이 잇수닌오 가서 의쳔
광을 다ᄒ 챵솟 회격 울서 짝 ᄒ닌니 그ᄉᇰ이 두회 여샹
야와 ᄒ가시로 광ᄎ 여ᄃ니 가 바플 ᄯ 엇ᄃᄉᄋᄁ 멉
삼흘ᄒ 광ᄒᄒ 잇 ᄒ근 힛치나 여워 ᄒ혀 ᄒ를 ᄒ있ᄒ나
ᄒ잇 가ᄒ ᄒᄋ ᄒ의 ᄉ믈을 그ᄒᄇ 추분ᄒ를 ᄒ을도
빗 ᄒᄒ 엿ᄎ 본즉 ᄆ ᄉ믈에 ᄂ득ᄒ를 ᄀ 부ᄒ에
ᄀ구은 지쳐 ᄉ히라 ᄉ양이 ᄇ크ᄁ ᄒᄂ 두희의 ᄋᄒ
법 안ᄒ나 ᄀ셔 ᄀ회친 ᄒᄒ 라 ᄌ회 ᄯ 회 ᄆᄋ
ᄌᄉ양ᄎ ᄒ기라 그ᄒ에 ᄒᄒ ᄎ 갈 ᄒᄃ 안ᄒ
널나 ᄬ ᄉ즈이 ᄋᄋ 갑ᄂ 쳐 ᄒᄋ ᄒᄃ
ᄀ를직 ᄉ여 기여 이샹ᄎ ᄋ쳐의 ᄆᄇ 현 말ᄒᄒ
ᄒᄋᄒ ᄇ희ᄒ 갈희 두 쳘 ᄉ치라 ᄋ회을 ᄉ입
년ᄒ 길의 가시 ᄬ친 이ᄆᄋ ᄋ두의 야 비를 ᄉᄀᄒ 말
ᄇ ᄒ은 멋 ᄒ히 ᄀ라 셔희 나 ᄒ 말 ᄎᄋ라 ᄒ니
그ᄒ ᄉ입 닌ᄋ여 나ᄋ 여 ᄎ ᄒᄉᄒ이 ᄀᄒᄒᄆ
ᄉᄒ 즁ᄆ ᄋᄋ 버을 여ᄋ 광이 나을 ᄌᄂ은 쳥ᄋ라 ᄋᄋ오
ᄋ ᄬ 이다 쳥ᄉᄋ이 ᄃ루다

靑邱野談

十五

한이 잇스며 박슈 분쥐 니로되 제상 이몸이 쏫득
성화 슐이의 월여의 회정 쳐되 파결 이엇 기울신졍
이업희 부쳐 슐의 열오시 이번 것시 슐화 슐의 홈
여지 이야 제상이 이옥이 분 흘오셔 국가 훙라 인 흘의 맛
희홀입의 셰상 이흘오시 니슐라 잇슈흐여 니외 슐회 도
힐흘일 졔상 이흘오시 더욕 온 홍의 여비 가흘 힣 슐회 도
흥형을 박이 회졈의 일희 쳥흰 슐의 흘옷의 이밋
희 흔 슐의 더 연저 써의 몸이 흔 효화흘 산 졍의 잇지
흥 슐의오 흥슐의 약일 잇 슈인 더쳥화 흥의 쥭을 가시기
흘홀 홀이 흐의 흘라 맛것세 여비흘 각시 일흐나고
흥의선 졈이 와 보야 딱일 온 흔 이 잇 슈면 쳔 변벅 니흐다

시상의 뜻을 딱치기흘 졈싱이 라이 니셔 슈리흘옷의 니녕
빙이 쳔혈라 대상 븍흥 흘옷일 흘의 라다 기안 이클
오쳐 흘옵의 더솜 젹 흘화의 셜흘 드려온 쥭 졈 흥의 외 썻셥
의 자음 흘옵이 기날의오 각슈 쳘 일을 셰흘 흥레흘오
흥녀화 흥온 죽온인 여쟝 옷 흘거 죽 욜치라 죽욱 이엽지
여더 강가졀 이엇흐 흥시 블믜 옹을 누거흘 흥셕 흘의
졍시리 쏫 흘듯 흘셔 딱날이 쏫암이 쏫실 옷 흘
흥훍엇 흘나긔 훙현양 올치의 이떠 드릇 긔이 가제상
이옥에 오여 흘옷의 니을 강희 졔할 공병이라 일으 허흘허니
네기 슈런 분흘 혼 흥쇼화 흥려라

호산장략 성시쟝

부졔영부인샤명기

청구야담 뎨십사

青邱野談 十四

青邱野談

최 웅

· 서울대학교 문리과대학 국어국문학과 졸업
· 서울대학교 대학원 국어국문학과 졸업
· (현) 강원대학교 인문대학 교수
· 한국고전시학사(공저)
· 한국의 고전문학(공저)
· 한국의 극예술(공저)
· "선상탄 연구"외 논문 다수

주해 청구야담 Ⅲ

인쇄일 / 1쇄 1996년 07월 25일
2쇄 2015년 12월 15일
발행일 / 1쇄 1996년 08월 05일
2쇄 2015년 12월 30일

지은이 최 웅
발행인 정 찬 용
발행처 국학자료원
등록일 1987.12.21, 제17-270호

서울시 강동구 성내동 447-11 현영빌딩 2층
Tel : 442-4623~4 Fax : 442-4625
www.kookhak.co.kr
E-mail : kookhak2001@hanmail.net
ISBN 978-89-8206-039-7 (전3권)
978-89-8206-038-0 (04800)
가 격 120,000원